Um Rosto Bonito

Um Rosto Bonito

Lori Lansens

Tradução
Fal Azevedo

BERTRAND BRASIL
Rio de Janeiro | 2012

Título original: *The Wife's Tale*

Capa: Ângelo Bottino

Editoração: FA Editoração Eletrônica

Texto revisado segundo o novo
Acordo Ortográfico da Língua Portuguesa

2012
Impresso no Brasil
Printed in Brazil

Cip-Brasil. Catalogação na fonte
Sindicato Nacional dos Editores de Livros. RJ

L283r Lansens, Lori
Um rosto bonito/Lori Lansens; [tradução de Fal Azevedo].
— Rio de Janeiro: Bertrand Brasil, 2012.
406p.: 23 cm

Tradução de: The wife's tale
ISBN 978-85-286-1546-3

1. Romance canadense. I. Azevedo, Fal, 1971-. II. Título.

CDD: 819.13
12-0213 CDU: 821.111(71)-3

EDITORA BERTRAND BRASIL LTDA.
Rua Argentina, 171 — 2º andar — São Cristóvão
20921-380 — Rio de Janeiro — RJ
Tel.: (0xx21) 2585-2070 — Fax: (0xx21) 2585-2087

Atendimento e venda direta ao leitor:
mdireto@record.com.br ou (0xx21) 2585-2002

Para Maxim e Natasha

Um rosto bonito

Sozinha à noite, quando a luz já escoara pelo telhado de ardósia de sua pequena casa rural e o marido ficava trabalhando até mais tarde, Mary Gooch fazia um striptease para as estrelas na janela aberta do quarto: esgueirando-se da calça amarrotada, escorregando da blusa larga, liberando os seios, desenrolando a calcinha, sua carne cremosa derramando-se até ficar inteira e deslumbrantemente nua. No escuro, implorava a seu amante vento que a fustigasse até precisar agarrar o parapeito para se apoiar. Então, inalando a noite como um cigarro pós-coito, Mary se virava para encarar o espelho que a estivera observando o tempo todo.

O espelho exibia a imagem que Mary Gooch sabia ser a sua, uma morena de 43 anos e 1,67 metro de altura tão adornada pela gordura que quase nenhum osso de seu esqueleto conseguia se insinuar em seu reflexo. Nenhum sinal de clavícula, nenhuma sugestão de escápula, nenhuma protuberância no queixo, nenhuma ponta no joelho, nenhuma borda do ílio, nenhuma curvatura de junta, nem uma falange sequer no menor de seus dedos. E nenhuma fibra muscular, como se estivesse envolta em um edredom subcutâneo.

Mary se lembrava de descer da balança no consultório do dr. Ruttle, quando tinha 9 anos, e ouvi-lo sussurrar *a palavra* para sua delgada mãe, Irma. Não era uma palavra familiar, mas ela a entendia no contexto dos contos de fadas. *Obesta*. Havia bruxas e feiticeiros. Devia haver também ogros e obestas. A pequena grande Mary não ficou confusa com o diagnóstico. Fez sentido para sua mente infantil que seu corpo se tornara uma manifestação externa do animal faminto em seu estômago.

Um rosto tão bonito. Era o que as pessoas sempre diziam. Quando criança, faziam esse comentário para sua mãe, com cara de dó e um *tsc-tsc* ou uma dura reprimenda, dependendo da personalidade de quem comentasse. À medida que foi crescendo, as pessoas piedosas e desaprovadoras passaram a fazer seus comentários diretamente para Mary. Um rosto *tão* bonito. Ficavam implícitos a desgraça de seu volumoso corpo e o desperdício de seus olhos verdes e lábios arqueados, seu nariz aquilino, sua covinha profunda no queixo e sua pele macia como massa de pão crescida, sem quaisquer rugas ou marcas de preocupação — o que era notável, porque, quando não estava comendo, preocupar-se era o que Mary Gooch fazia.

Preocupava-se com o que comeria e com o que não comeria. Onde e quando comeria ou não comeria. Preocupava-se porque comera demasiadamente ou nem perto do suficiente. Preocupava-se com hipertensão, diabetes tipo 2, arteriosclerose, ataque cardíaco, derrame, osteoporose. O desprezo de estranhos. As bocas dos bebês. Morte súbita. Morte prolongada. Preocupava-se ainda mais porque toda aquela preocupação a deixava insone e, em suas horas sem sonhos, tinha mais preocupações: sobre seu marido, Gooch, e a aproximação das bodas de prata, sobre seu emprego insignificante na Farmácia Raymond Russell e sobre sua lista, que imaginava não como *Coisas a fazer*, mas sim como *Coisas que não foram feitas*.

O peso nada mais é do que um número em uma balança, dizia a si mesma, e o espelho trazia apenas outro ponto de vista. Apertando o olhar em direção a seu reflexo nu quando a lua brilhava e o ângulo estava perfeito, Mary Gooch via beleza na poesia de seus contornos, na carne expressiva, expansiva, comestível, e compreendia por que um artista que esboçava nus poderia achar atraente o abdômen montanhoso, e preferir a borda irregular da coxa inclinada, e apreciar a profundidade e a sombra de seios pendulares e papadas caídas. Uma forma ampla e sensual, como o imenso vaso redondo passado de geração em geração da família Brody, no qual colocava seus lírios na primavera. Ou como as dunas de neve virginal nas montanhas detrás de sua casa nos arredores da cidadezinha de Leaford.

Mary desejava rebelar-se contra a tirania da beleza, mas era, ao contrário, uma devota cobiçando sua moeda, devorando imagens em revistas de moda e programas de televisão, especialmente aqueles que narravam a vida dos ricos e famosos. Demorava-se sobre as fotos dos corpos, contornando com as pontas dos dedos, como uma amante ávida, abdomens duros como pedra e glúteos concretos, braços musculosos e deltoides inflados — tão ousados numa mulher —, pernas de avestruz, cintura de vespa, pescoço de cisne, cabeleira de leão, olhos de gato. Aceitava a supremacia da beleza e não podia negar cumplicidade no desperdício da própria.

Muitas vezes era um fardo insuportável para Mary Gooch carregar seu peso significativo e sua responsabilidade para com ele e, naturalmente, ela procurava a quem culpar. A mídia era não só seu alvo como também um de seus vícios. Folheava, entusiasmada, as páginas de suas revistas, satisfeita com a celulite das celebridades, horrorizada com as lindas anoréxicas, observando as peças *must-have* do outono, zombando junto com os críticos dos desastres da moda, e então se dava conta de que comera um litro de sorvete premium, coagida pela propaganda sob a foto da mocinha da televisão com mau gosto para homens. Mary sabia que era tudo culpa da mídia, mas apontar dedos era um exercício deveras cansativo, e não conseguia sustentar sua acusação por muito tempo. Sobretudo porque era confrontada de forma bastante frequente com o temperamento estúpido de simplesmente dizer não.

Jimmy Gooch, marido de Mary havia quase vinte e cinco anos, lia a *Time*, a *Newsweek*, a *Scientific American*, a *Atlantic* e a *National Geographic*. Assistia à CNN, mesmo quando os Estados Unidos não estavam sob alerta vermelho, e a programas de entrevista da TV a cabo com debatedores inteligentes que riam até quando nada engraçado era dito. Com Gooch trabalhando até tarde na maioria das noites e ocupado jogando golfe nos fins de semana, Mary reconhecia que sobravam apenas algumas horas por semana para estarem juntos e desejava amenizar o silêncio entre eles, mas não partilhava da paixão de Gooch por política. O casal às vezes encontrava terreno comum em devaneios sobre os caprichos da natureza humana.

— Leia o ensaio no verso — dissera Gooch recentemente, dando um tapa em sua cabeça com a revista dobrada; um gesto que Mary julgara agressivo, mas, argumentara o marido, era uma brincadeira.

O artigo falava das mazelas da cultura norte-americana; a confusão entre aquisição e sucesso, entre gula e satisfação. Gooch claramente teve a intenção de que Mary estabelecesse uma comparação com sua indulgência gastronômica, e ela o fez, mas o artigo era provocante por si só, questionando: *As pessoas, de maneira geral, são mais felizes agora — com informação instantânea e milhares de canais e marcas entre os quais escolher — do que antes da Revolução Industrial?* Mary imediatamente decidiu que *não*. Na verdade, ela se perguntava se o oposto era verdade, se na extenuante vida de seus ancestrais pioneiros, cuja singularidade de propósitos era evidente, houvera tempo para refletir sobre a felicidade. Cortar lenha. Carregar água. Era impossível imaginar que os primeiros Brody, que desbravaram Leaford do Burger King até o posto de gasolina, tivessem passado ao menos uma noite com insônia.

Tendo lido inúmeras revistas e passado horas se escondendo na seção de autoajuda, Mary Gooch sabia que não estava sozinha em sua obesidade mórbida ou depressão abstrata. Sintomas de desespero se encontravam em toda parte, e fórmulas para o sucesso, ao alcance de sua mão. Uma pessoa podia ter uma boa noite de sono e acordar bem-disposta, perder quilos indesejados sem fazer dieta, preparar jantares para seis pessoas em vinte minutos ou menos, reacender a chama da paixão sexual e atingir cinco metas pessoais até o fim do mês. Uma pessoa podia. Mas Mary, apesar das instruções passo a passo, não. O *segredo* continuava ultrassecreto. Parecia que faltava nela algum ingrediente-chave, algo simples e esquivo, como honestidade.

Mary fora criada sem religião, mas instintivamente traçava uma separação entre seu espírito e seu corpo. Seu espírito não tinha atração gravitacional. Seu corpo pesava 151 dos quilos deste planeta — o quilo extra era insignificante, já que, certa vez, jurara que se mataria caso ultrapassasse os 150. Outra promessa quebrada. Mais recriminações. A verdade do que motivava sua fome era tão presente e misteriosa quanto o Deus de qualquer pessoa.

Certamente a dor alimentava a besta, e, com a invasiva meia-idade se instalando, cada vez mais e maiores oportunidades iam surgindo. Cada passagem, mais particularmente as de tipo corporal, adornava Mary Gooch ainda mais. Quinze quilos por sua mãe, acumulados ao longo de muitos meses, anos atrás, embora Irma não tivesse, de fato, morrido. Os bebês, muito tempo atrás, haviam acrescentado 8 e 10 quilos, respectivamente. Então, houve os 5 quando seu pai morreu na primavera. E outros 5 com o sr. Barkley no verão. Sentia-se vagamente caridosa atribuindo os quilos a seus entes queridos, da mesma forma que se sentia levemente reconfortada quando calculava seu peso em *stones*, a unidade de massa do Reino Unido, ao estilo britânico, e não em libras norte-americanas.

Durante seus dolorosos ciclos de lamentação e aumento de peso, Mary pensava que seria melhor ter *qualquer* religião e perdê-la do que nunca haver tido religião alguma. Confiava em um conhecimento dúbio e em uma compreensão restauradora para criar um sistema de crenças que estava eternamente editando e emendando, de acordo com o último artigo de revista ou o endosso persuasivo de alguma celebridade. Exceto pela regra de três — uma crença duradoura, ainda que não baseada em texto religioso. Coisas terríveis acontecem em grupos de três. Morte, acidentes sérios, ruína financeira. Um. Dois. Três. O que encerraria a trilogia depois de seu pai e do sr. Barkley? Mary se perguntara. Outra morte? Ou apenas mais alguma desgraça enganosamente suportável?

Rebocando sua corpulência pelos poucos passos que separavam a caminhonete no estacionamento da porta dos fundos da Farmácia Raymond Russell, ofegante, as válvulas cardíacas abrindo-se e fechando-se, Mary pensava: *Sou eu. Vou encerrar a trilogia. Lá vem o meu ataque cardíaco fulminante.* Afogando-se em arrependimentos, via tudo com clareza, como fazem os adultos irresponsáveis, tarde demais. Mas, como todas as coisas, o sentimento passava, e ela transferia sua atenção para outra preocupação, suficientemente densa e nuançada para sustentar seu interesse, com ligações intrigantes para distraí-la do quadro mais amplo de sua vida. O passar do tempo. As maquinações da negação.

Mary Gooch *rezava* a Deus menos do que *pedia* a Deus, de quem esporadicamente duvidava. Pedia a Deus um fim para todas as guerras. E que o saco de seu gerente ficasse preso na caixa registradora. Desejava uma morte tranquila para sua mãe. E que tivesse algo bonito para vestir em seu jantar de bodas de prata. E havia também o desejo que antecedia a todos os demais, aquele que ela desejava a cada hora, eternamente — que simplesmente pudesse *perder peso*. Esse desejo Mary oferecia ao seu Deus incerto na menor e mais humilde das vozes. Se eu pudesse perder peso, Gooch me *amaria* de novo. Ou, então: eu poderia *deixar* Gooch me amar de novo. O estado de seu corpo era inseparável do estado de seu casamento e do universo.

Ah, se eu pudesse perder peso.

Com toda a sua incerteza a respeito de Deus, além da regra de três, Mary acreditava em milagres.

O despertador

O despertador nunca *tocava* para Mary. Naquela noite de outono, a véspera de suas bodas de prata, o relógio *retumbava* num ritmo pesado, em compasso com seu coração, jazz alternativo, incansável, como um pé batendo no chão ou um olhar que vagueia, à espera das primeiras notas de uma melodia incomum.

À deriva, o colchão com suas molas saltando no escuro, os pensamentos atravessando portais, tirando conclusões, misturando metáforas, Mary sentia gotículas de suor juntando-se em um riozinho que escorria por sua têmpora. Oleosa e com ares de maresia em sua desbotada camisola cinzenta, um triângulo de suor fustigando sua virilha, estava tonta das sensações conflitantes de calor e fome. O calor do aquecedor, que tentara desligar, ainda soprava através das grades do chão no minúsculo bangalô interiorano. A fome, como sempre, gritava para se fazer ouvir.

Mary conteve a respiração, ouvindo o som de um veículo a distância. Seu marido, Gooch? Não. Gooch viria do leste. Sacudiu suas carnes ondulantes e surfou nas ondas até ficar sem fôlego, cantarolando uma canção para distrair a *obesta* interior. Cantarolou mais alto, ouvindo as débeis garantias de um refrão distante que dizia que não estava sozinha. Havia esperança na harmonia, até que a fome a chamou da cozinha, escarnecendo.

No corredor, a camisola úmida colada ao corpo, comendo direto de um saco de alumínio que apanhara no balcão da cozinha, Mary conferiu a temperatura no termostato, lambendo seu dedo salgado antes de deslizar a chave de Desligado para Ligado para Desligado de novo. O aquecedor ronronou, desconsiderando a instrução. Bufando, largou o saco e abriu a porta do porão. Moléculas odoríferas de bolor e mofo escaparam como pássaros enjaulados quando acendeu a luz, impressionada pela visão da base da escada apodrecida que quebrara no inverno passado. Hesitou e fechou a porta, decidindo que o calor deveria ser suportado até que Gooch voltasse para casa.

Conferiu o relógio, lembrando a si mesma que o marido frequentemente chegava tarde e, às vezes, muito tarde. Mary mantivera esse tipo de vigília ao longo dos anos sem nunca questionar o paradeiro do marido, sem nunca admitir seu medo de escuro. Voltou para o pacote de salgadinhos, cacos fritos perfurando seu palato, dolorosos, porém calmantes, como o *blues*. *Chega*, disse a si mesma, e então, *Só mais um*. E mais um. E o último.

Sedenta, abriu a velha geladeira Kenmore e, enquanto engolia o refrigerante de cola numa imensa garrafa plástica, viu a luz do luar através da janela sobre a pia, filtrada por nuvens que se moviam rapidamente. Balançando seu rabo de cavalo cor de chocolate, deslizou pelo assoalho e abriu a janela, saudando a brisa, remexida pela fragrância outonal de maduras maçãs vermelhas e macias peras amarelas, pela terra molhada e pelas folhas em decomposição, uma decadência saborosa que logo se esvaeceria quando o inverno chegasse para amargurar o ar saturado.

A brisa beijou sua pele macia e ela estremeceu ao pensar em Gooch. Um gato selvagem miou ao longe e Mary se virou instintivamente para conferir as tigelas de prata no chão perto da porta dos fundos. A comida e a água do sr. Barkley.

Agulhada de dor. Morto. Nada de sr. Barkley. Nada de se preocupar com a comida e com a água do sr. Barkley. A infecção por vermes do sr. Barkley. A cárie dental do sr. Barkley. O sr. Barkley fora o menino de Mary, e não menos amado por ela do que qualquer criança por sua mãe. Uma década atrás, salvara o filhote de gato de um buraco no qual caíra no fundo da garagem e lhe dera o nome de um jogador de basquete, na esperança de que Gooch se afeiçoasse a ele. Cuidou do desgraçado choroso com um conta-gotas recheado de uma fórmula para bebê da farmácia, embalando-o numa toalha de mão, alisando-o com um pincelzinho molhado para simular uma língua. Ela se referia a si própria como "Mamãe" quando Gooch não estava por perto. Mamãe fazia peru para o sr. Barkley. Mamãe deixava o sr. Barkley dormir na abertura de seu decote. Como qualquer mãe, Mamãe não amava menos o sr. Barkley pelas maldades que fazia, muito embora o gato tenha passado a maior parte de seus dez anos se escondendo atrás das cortinas da sala, espalhando pelo laranja pela poltrona verde e resmungando quando Mamãe atrasava seu jantar.

Em uma noite de verão especialmente quente de julho, Mary se esgueirara para a cozinha para tomar um lanche, surpresa ao encontrar o sr. Barkley caído no centro do piso frio. Cutucou-o com o dedão do pé e entrou em pânico quando ele não resmungou nem escapuliu.

— Sr. Barkley?

Incapaz de se ajoelhar, puxou uma cadeira de vinil vermelha da cozinha até o gato estatelado e, usando os pés como gruas, içou-o até conseguir agarrar suas patas dianteiras e arrastar seu corpo flácido até a altura do peito. Ao ver que estava morrendo, Mary acariciou sua cabeça malhada e sussurrou para que seus últimos pensamentos fossem de esperança:

— Mamãe tem petiscos de atum.

Houve um curto espasmo. Sr. Barkley presente. Sr. Barkley passado. Nenhuma ideia sobre a causa de sua morte, apenas um palpite de que ele comera um roedor envenenado. A cadeira de vinil gemia conforme Mary balançava de lado a lado, beijando o focinho do sr. Barkley, coisa que jamais fizera em vida, por medo de que ele mordesse seu nariz.

As luzes estavam acesas, e o ar putrefato quando Gooch chegou bem tarde naquela noite e encontrou os conteúdos da geladeira sobre a mesa. Mary estava lambendo torta de ruibarbo do fundo de uma enorme concha de prata e não se mostrava preocupada por ter sido flagrada. Quando Gooch encarou sua esposa, sem compreender, ela conseguiu desembuchar:

— Sr. Barkley.

Quando Gooch, ainda assim, não entendeu, Mary gesticulou em direção à geladeira:

— Eu não quis que os vermes o pegassem.

Profundamente perturbado pela ideia do gato morto na geladeira, Gooch repousou suas enormes e reconfortantes mãos sobre os ombros dela e lhe assegurou que cavaria um buraco assim que amanhecesse. Beijou o rosto dela e disse:

— Perto das árvores grandes lá no fundo, Mare. Plantaremos umas flores para indicar o túmulo.

— Íris — concordou Mary, mastigando e engolindo. — Roxas.

Com os pássaros se regozijando nos carvalhos e Gooch de pé a seu lado, Mary jogou terra sobre o sr. Barkley, cujo corpo rígido envolvera em 60 metros de papel-filme, antes que Gooch o depositasse no buraco escuro e úmido.

Agora, com o olhar perdido na noite nascente atrás das árvores e além do túmulo do sr. Barkley, Mary lamentava que não houvesse luzes acesas nas casas dos vizinhos de nenhum dos lados. Sentia-se menos solitária quando podia observar a vida silenciosamente desesperada das outras pessoas. Os belicosos Feragamo, com sua ninhada de rapazes adolescentes, viviam na casa vitoriana em ruínas um acre ao oeste. Penny e Shawn, o jovem casal que gritava um com o outro sempre que o bebê recém-nascido chorava, ficavam do outro lado do rio. A casa dos Merkel, além da plantação de milho, era muito longe para ser espionada sem binóculos, embora Mary duvidasse de que houvesse muito a ser visto. E a pequena casa de campo laranja, onde as gêmeas Darlen (famosas porque nasceram unidas pela cabeça) haviam morado, agora era o museu de história local e abria apenas no verão.

O velho salgueiro no fim da estrada foi subitamente tomado por um vento forte. Estacionada sob a árvore, a caminhonete Ford vermelha com teto solar customizado acumulava folhas em formato de lágrima. O teto solar estava emperrado na posição aberta desde a primavera. Estivera durante meses na lista de Mary de coisas não feitas: *conserto do teto solar*.

Venha para casa, Gooch. Venha para casa. Por que você está tão atrasado? A preocupação gerou uma fome angustiada em Mary, e ela encontrou o saco de palitinhos de carne-seca que escondera de si mesma, enfiado no fundo do armário atrás das latas de sopa. Mastigando, lembrou-se da lista. *Conserto do teto solar. Aquecedor consertado? Substituído? Cheques para o asilo de St. John's. Trabalhar turno extra para Candace. Terno de Gooch na lavanderia.* Abriu os botões de sua camisola e voltou para o quarto, peidando indignamente, cansada da lista, fazendo promessas para o dia seguinte. Amanhã, autoconfiança. Amanhã, autocontrole. Equilíbrio. Moderação. Graça. Amanhã.

Sentindo o cheiro da autocomiseração quando encontrou a cama vazia, Mary Gooch pensou, como costumava acontecer, em um menino que um dia conhecera.

Unidos pela diferença

Quando garota, Mary Brody se contentara em passar os verões lendo romances em seu quarto ou ouvindo música alta no rádio enquanto suas colegas se reuniam vestindo blusinhas tomara que caia para fumar os cigarros Peter Jackson de suas mães e compartilhar seu verdadeiro desespero. Havia garotas na rua, Debbie e Joanne, que, como Mary, liam livros em seus quartos e com quem acreditava poder estabelecer uma aliança, mas Mary preferia ficar sozinha com sua fome.

Mesmo enquanto chafurdava em seus banquetes, preocupava-se com o olho clínico de sua mãe para inventários e fazia viagens frequentes à venda da esquina dos Klik para reabastecer o estoque usando o dinheiro enviado por parentes distantes no Natal e em aniversários. Irma começara a trabalhar em período integral como secretária na loja de ferramentas quando Mary tinha 5 anos e dissera à filha que, se houvesse uma emergência, deveria pedir ajuda ao sr. ou à sra. Klik.

Os Klik eram um casal austero, com seis filhos, um dos quais, Christopher, do mesmo ano escolar de Mary, fora diagnosticado com um câncer raro quando completara 12 anos. Mary, a menina gorda, e Christopher, o menino doente, eram unidos pela diferença, embora raramente trocassem mais do que irritadiços olhares furtivos.

Ocasionalmente, ao sair da loja dos Klik, Mary Brody encontrava o menino parado no rack de bicicletas perto das latas de lixo, empoleirado em sua bicicleta motorizada especial, que a loja de bicicletas Chatham doara porque ele estava morrendo. A foto de Christopher estivera na primeira página do jornal *Leaford Mirror*, seus frágeis dedos brancos agarrando o guidão, e os donos da loja, inflados de caridade, equilibravam seu corpo delgado no assento. Mary torcia para que Christopher não houvesse lido a reportagem sob a foto, embora invejasse o prognóstico sobre o garoto. Ele parecia ser muito amado em função de sua morte iminente.

Um dia, durante o sétimo ano, ao sair da loja dos Klik com um pão, um pote de mel e meio quilo de balas sortidas, Mary se retraíra ao encontrar Christopher agachado ao lado de sua bicicleta, segurando as pernas pelos tornozelos. O menino parecia estar sentindo dor, embora não pudesse ter certeza de que tivesse caído. Mary parou sem se aproximar e perguntou:

— Quer que eu chame sua mãe?

O menino disparou-lhe um olhar.

— *Não.*

Eles voltaram a atenção para um grande corvo negro batendo as asas ao redor da lata de lixo. O pássaro aterrissou numa sacola plástica e inclinou a cabeça para observá-los.

— Odeio corvos — disse Mary.

— Eles também odeiam você.

— Não me importo.

— Gosta da minha bicicleta?

Mary ergueu uma sobrancelha, fingindo que acabara de reparar.

O menininho sentou-se, encontrando os belos olhos de Mary.

— Quer dar uma volta?

Ela imaginou que a pergunta fosse retórica.

— Ninguém além de mim já andou nela.

— Eu sei.

— Todo mundo quer.

— *Eu sei.*

— Você pode.

Christopher espiou a estrada para garantir que não havia carros se aproximando ou pessoas caminhando. Então, levantou a camisa, revelando o peito côncavo.

— Faça isso — disse ele, beliscando o mamilo cor-de-rosa de seu peito direito — e você pode dar uma volta.

Mary ainda não havia andado em sua própria bicicleta naquele verão, sentindo que o esforço de pedalar e de se equilibrar era muito intenso para seu corpo grande e cansado, e estava eletrizada pela perspectiva de tamanha liberdade veicular. Se Christopher fosse um menino saudável, ela provavelmente teria corrido para chamar Irma no trabalho, mas ele era um menino doente, e Mary não considerou seu pedido lascivo, apenas exótico.

Deu um passo à frente, levando os dedos gorduchos em direção à pele translúcida do menino. Quando ele bateu em sua mão, afastando-a, ela ficou chocada com sua rapidez e força.

— Não no *meu*, idiota.

— Você acabou de dizer — disse Mary, fazendo uma careta.

— No *seu* — ofegou Christopher.

— Oh! — respirou ela. — Desculpe.

— Faça isso e você pode dar uma volta na minha bicicleta.

Uma troca justa. Levantou a regata canelada, derramando seu seio almofadado, e beliscou levemente o mamilo rosado antes de puxar o tecido para baixo.

Christopher sorriu abertamente.

— Pervertida.

— Posso dar uma volta agora, Chris-to-*pher*?

Seu lamento pareceu genuíno.

— Não achei que você fosse *mesmo* fazer. Meu pai me mata se eu deixar *alguém*.

Ela sentou na calçada ao lado dele, pescando jujubas viscosas do pacote, mastigando com vigor. Lembrando-se de suas boas maneiras, ofereceu o pacote a Christopher, que disse:

— Não gosto de bala.

Mary estava incrédula.

— Mas você é o dono da loja! Poderia comer tudo o que quer!

Christopher fez uma pausa dramática.

— Poderia.

Eles ficaram quietos por um momento. O fato da morte prematura da criança mexia com seus sensos mútuos de injustiça.

— Não é justo — disse Mary, finalmente.

Christopher franziu o lábio e fungou. Naquele momento, não havia distância alguma entre eles.

— Você seria bonita se não fosse tão gorda — disse ele, simplesmente.

— Tudo bem. — Mary deu de ombros, lisonjeada. Estudando-o, perguntava-se, não pela primeira vez, se ele sabia que estava morrendo. Ficou atônita quando o menino respondeu aos seus pensamentos.

— Estou morrendo da minha doença, e daí?

Ficou claro para Mary que Christopher Klik era mágico ou místico.

— Semanas ou meses? — Seus pais haviam se perguntado à mesa do jantar.

— Que tipo de pergunta é essa?

— Desculpe.

— Além disso, você também está morrendo. Todo mundo está.

Perplexa ao se dar conta de que o menino mágico estava certo, Mary observou sua minúscula branquidão, aguardando maiores esclarecimentos.

— Mostre aquele peitinho de novo — exigiu ele.

Encontrando seu olhar, levantou a blusa e moveu a mão hesitantemente em direção ao seio, puxando o mamilo enquanto ele observava boquiaberto.

Quando Mary terminou, Christopher Klik sorriu.

— Vou contar pra *todo mundo* que você fez isso.

Mary sorriu de volta, pois sabia que ele não tinha ninguém para quem contar. Esperou até encontrar seus olhos antes de se inclinar e sussurrar:

— Serei sua namorada até você morrer.

O menino não parou para pensar, apenas balançou a cabeça para a frente e para trás e fez um movimento dolorido para se levantar.

Sem virar para olhar, agarrando a sacola da loja da esquina, Mary se apressou, horrorizada com o doloroso calombo que subitamente se alojara em sua garganta, queimando por dentro, convencida de que o menino moribundo a infectara com sua trágica doença. Abriu a porta da geladeira de sua casa silenciosa e vazia esperando que a sensação de sufocamento pudesse ser aliviada por um gole de suco. Então acreditou que torradas de mel poderiam ajudar, picolés, barrinhas de amendoim do congelador, o restante das balas sortidas, um pouco de presunto que sobrara.

Christopher não andou em sua bicicleta motorizada depois daquele dia. O funeral ocorreu três semanas depois. Os Klik venderam a loja da esquina para a franquia de lojas de conveniência Quick Stop, que substituiu os doces por cigarros e pilhas. Irma diria:

— Pense no pobre Christopher Klik quando começar a sentir pena de si mesma, Mary Brody.

E ela pensou.

Tum, fez o relógio ao lado da cama de Mary. A janela quadrada do quarto estava aberta e a brisa embaralhava as cortinas verde-musgo. Tonta, suada e cansada de pensar em Christopher Klik, Mary zapeou pelos canais da televisão, encontrando apenas os mais profundamente falsos *reality shows* e, entre eles, os comerciais prolixos e cruéis que anunciavam uma delícia aqui, um docinho chicletoso acolá. Nenhum programa de fofoca de celebridades. O canal de compras fora do ar. Ela desligou a televisão e atirou o controle remoto longe, pedindo a Deus que Gooch voltasse para casa.

A prateleira próxima à janela do quarto exibia as organizadas pilhas de revistas lidas duas ou três vezes, as brilhantes imagens de beleza pelas quais Mary babava, os cobiçados itens de decoração já fora de moda, o casamento de celebridades anulado semanas atrás. Seu prazer mais *ultrajante*, os tabloides, ela escondia sob os colchões.

Gooch e Mary haviam acordado recentemente que não haveria mais revistas para ela ou canais de esporte para ele até que pagassem o homem que colocara o carpete. A ideia do carpete novo fora de Gooch, e ela sabia que era porque ele não aguentava mais olhar para o sulco que traçara no tapete entre sua cama e a cozinha. O carpete fora seu presente de aniversário mútuo, e Mary sentira um pequeno consolo no fato de sua cor ser prateada.

Quisera pedir a Gooch uma nova aliança de aniversário de casamento, já que a original, com uma pedrinha modesta, fora cortada sem cerimônia pelo joalheiro anos atrás, quando seu dedo roliço começara a ficar azul. Mas não havia dinheiro para um anel, e Gooch assinalara que, além disso, alianças de casamento eram símbolos antiquados. Mesmo assim, nunca tirava sua aliança de ouro, e ela se sentia segura com sua presença no dedo dele.

Sem televisão para assistir e sem revista para folhear, os olhos de Mary repousaram, como fazem os olhos sem sonhos, no teto liso e sombreado acima de sua cama nodosa. Lembrou-se da sensação de ser transportada por um bom livro, desejando ter um agora enquanto esperava Gooch voltar para casa. Gostava de ler histórias de amor e de mistério quando jovem e, naquela época, eram os romances para mulheres com adesivos dourados do clube do livro. Gooch sugerira que visitasse a Biblioteca Leaford, lembrando-a de que era *gratuita*, e ela se imaginara trazendo para casa uma pilha de livros bem-resenhados, mas o esforço da viagem e de andar pelos corredores e olhar e erguer livros parecera tão grande que encontrara desculpas para não ir. Ultimamente, a desculpa era a distração de planejar a humilde festa de seu aniversário de casamento.

Os detalhes da festa haviam sobrecarregado a lista (que já era longa) de coisas a fazer de Mary. Pior, só podia culpar a si mesma, já que anunciara o evento com meses de antecedência, no dia em que fora fazer compras na cidade vizinha de Chatham e encontrara o terninho verde de seda bem-ajustado que um completo desconhecido dissera que *fazia seus olhos sobressaírem*. A roupa fora seu incentivo, mas havia sido comprada antes do luto e do ganho de peso por causa do sr. Barkley, e o conjunto de seda agora estava dois números menor que o dela. Como sempre, Mary não tinha nada para vestir.

Os únicos convidados seriam os três outros casais — Erika e Dave, Kim e François, Pete e Wendy — que eles conheciam, com exceção de Erika, desde o colegial, e seria algo simples. Jantar no restaurante de peixe à beira do lago e depois um jogo de pôquer ou *bridge* na cozinha dos Gooch.

— Temos exatamente trezentos e vinte e quatro dólares na conta, Mare — advertira Gooch, insistindo para que servissem a sobremesa em casa.

Mary implorara:

— Sem presentes.

Mas Wendy estava fazendo um álbum para os Gooch em sua aula de artesanato, um tributo fotográfico aos anos que haviam passado juntos, uma ideia que fez o estômago de Mary revirar.

Escuridão. Um lado. O outro. O calor. A fome. O desejo. A preocupação. Para alguém como Mary Gooch, encontrar conforto em sua cama não era uma simples questão de virar o corpo, mas um esforço de magnitude tão hercúlea quanto mover uma montanha. Conserto do teto solar. Cheques para o asilo. Buscar a sobremesa para o jantar de comemoração.

Gooch dissera:

— Por volta das dez. Mas não espere acordada.

A última entrega dele para a Leaford Móveis & Ferramentas foi na região de Windsor, perto da fronteira com Detroit. Mais ou menos uma hora de distância, mas, do jeito que Gooch dirigia, apenas quarenta minutos. Seu parceiro estava de folga, com conjuntivite, mas seu tamanho e força extraordinários permitiam a seu marido carregar a máquina de lavar louça em um carrinho e carregar sozinho o conjunto de mesa e cadeiras para sete pessoas.

Havia uma corrente de ar. E aquele cheiro. Úmido. Cortante. Elétrico. Gotas de chuva forte invadiam o quarto pela janela aberta enquanto trovoadas ressoavam pesadas e graves ao longe. Mary olhou para o céu à procura de relâmpagos, lembrando-se de que, em sua infância, ficara de pé no quadradinho de grama na parte de trás do bangalô da Iroquois Drive segurando o cabo de metal do esfregão sobre sua cabeça encharcada pela chuva. Não quisera morrer, apenas se iluminar, como a mulher na televisão que fora atingida por um raio e vira Deus.

Ao secar o suor da testa com a fronha, Mary escutava o estrondo do trovão, pensando em Gooch pelas estradas escorregadias da chuva, tentando ignorar uma vozinha em sua cabeça que a advertia de que havia algo errado. Esticou-se para acender a luz a seu lado, uma dor serrilhada esfaqueando seu esterno. Ofegante com o peso esmagador de seus seios e com o coração galopando pelo esforço de se levantar da cama, fechou os olhos. *Respire*, disse a si mesma. *Respire*. Com controle ou sem controle, não morreria sozinha na cama, usando sua camisola de mau gosto, na véspera de suas bodas de prata.

O ato de se sentar geralmente trazia um rápido alívio, mas não naquela noite. Não conseguia se desvencilhar da impressão de que havia algo no ar para além da chuva, um pressentimento sombrio trazido à tona pelo temporal. O rosto de Gooch antes de sair para o trabalho naquela manhã voltava à sua cabeça como uma música que Mary não conseguia esquecer.

Depois do café da manhã, enquanto um corvo solitário grasnava no campo atrás da casa, Gooch parara na porta, rugas partindo sua testa, lábios rachados caídos nos cantos e seus redondos olhos azuis procurando os dela. Em seu olhar, Mary vira a soma de suas vidas juntos e sentira-se impelida a pedir desculpas. Que olhar era aquele? Dó? Desprezo? Terna afeição? Nada disso? Tudo isso? Um dia acreditara poder ler os pensamentos dele.

Com o pássaro barulhento grasnando ao fundo, Gooch pigarreara antes de perguntar:

— Você tem alguma coisa para vestir para o negócio amanhã à noite, Mare?

Jimmy Gooch era como um órgão vital cuja função era misteriosa, mas sem o qual, pensava Mary, pereceria. Gooch fora seu primeiro amor. Seu companheiro. Seu parceiro. A única família que restara. O tempo, para Mary, era medido em "antes de Gooch" e "depois de Gooch".

Reconhecendo o sectarismo de sua memória, Mary sabia que estava inventando pelo menos um pouco, em alguma medida, quando se lembrava do primeiro dia em que pusera os olhos em Jimmy Gooch. Repassava a cena em sua mente do jeito como imaginava que pessoas modernas construíam lembranças, como diretores filmando as próprias histórias de vida: em ângulo aberto para comunicar a linguagem corporal, pungentes perfis duplos, *close-ups*, trilha sonora sexy da Motown. Em câmera lenta e heroica, cabelos ondulados capturados pelo vento, Jimmy Gooch atravessava as portas duplas e adentrava os corredores do Colégio de Leaford, onde a turma de estudantes se dividia como o mar. Jimmy Gooch, aos 16 anos, era uma espécie de Deus. Com luz própria e brilho no olhar, aluno nota dez e atleta de destaque, ele era o novo centroavante dos Cougars, sua chegada de Ottawa anunciada, já assediado por faculdades americanas. Grandes músculos proeminentes cobriam um esqueleto adolescente de 1,98 metro, músculos abdominais marcando sua camiseta moderna de banda de rock.

Os belos olhos de Mary Brody não piscaram quando Jimmy Gooch se aproximou do local onde seus quilos estremeciam em larga calça de *stretch* e jaqueta escolar de tamanho GG. Sentiu seu útero contrair-se quando ele perguntou:

— Você sabe onde é a aula de literatura avançada 3?

Essas foram as únicas palavras que o garoto lhe dirigira o ano todo, apesar de seus armários serem vizinhos e de fazerem quatro matérias juntos; mas, naquele momento virginal, quando o extremamente alto homem-menino olhara rapidamente nos olhos de Mary Brody, ela pressentira uma alma gêmea, antevira um *flash* do futuro e o improvável entrelaçamento de seus destinos.

Será que todas as pessoas insones veem os eventos de suas vidas como uma reprise de televisão?, perguntou-se Mary, o coração palpitando, saliva formando-se nos cantos da boca, lembrando-se daquela manhã mais uma vez.

— Você tem alguma coisa para vestir para o negócio amanhã à noite, Mare?

A voz de Gooch era pornográfica. Ele era capaz de excitar Mary com a mera carícia de sua voz de tenor em seu quente ouvido interno. Perguntou-se por que nunca dissera isso ao marido e lamentou que essa revelação não importasse mais.

Franzindo as sobrancelhas, puxara seu uniforme na cintura — o maior dos tamanhos *plus size* para mulheres, sendo que agora teria de passar para as roupas *plus size* masculinas, e Ray Russell Jr., o dono/ gerente da farmácia, teria de fazer o pedido para ela. Esse pensamento incendiava seu rosto, já que recentemente ouvira Ray e Candace fazendo comentários nada engraçados sobre seu traseiro — Candace sugerindo que eles fizessem uma vaquinha para a cirurgia de redução de estômago, e Ray comentando que era tão grande que deveria ter o seu próprio blog. Agora tinha de pigarrear ou tossir antes de entrar na sala dos funcionários.

Mary garantira:

— Encontrarei algo.

— E aquela coisa verde que você comprou? — perguntara Gooch cuidadosamente.

— O zíper está quebrado — mentiu ela.

— Lembra o que aconteceu da última vez que você teve de improvisar? Compre alguma coisa se você não tiver nada, Mare. Isso é importante. Encontre algo *bonito*.

Tendo encolhido 2 centímetros ao longo dos anos, de pé na porta em sua camisa de trabalho feita sob medida, casaco de cotelê marrom e jeans azul empoeirado da loja Big Man, com o boné de beisebol enterrado na cabeça de ondulados cabelos grisalhos e a face desgastada como uma luva de apanhador de beisebol, Gooch estava bonito, porém esgotado. Mary imaginou se ele parecia mais ou menos cansado do que qualquer homem de 44 anos de qualquer cidade pequena. Inclinou a cabeça, perguntando:

— Você está arrependido do jantar que teremos amanhã, querido?

Ele fez uma pausa com aquela expressão no rosto e disse:

— Vinte e cinco anos, senhora Gooch. É uma coisa e tanto. Certo?

— Sim — concordou ela. — A que horas você volta para casa?

— Por volta das dez. Mas não espere acordada.

Ele dissera a última frase depois de bater a porta dos fundos.

Era uma coisa e tanto estar casada por vinte e cinco anos, mas ninguém jamais perguntara a Mary qual era o segredo para manter um casamento duradouro. Ela poderia ter respondido:

— Não telefone para seu marido no trabalho.

Naturalmente, ao longo dos anos, teria telefonado para o *pager* ou para o celular de Gooch se tivesse havido uma emergência, mas a vida dela era um tanto previsível e suas tragédias, raramente repentinas. Quase telefonara para Gooch no trabalho quando recebera a notícia da morte de seu pai, mas decidira que, como todo o resto, exceto sua fome raivosa, isso podia esperar. Começou a discar para o *pager* muitos anos atrás, quando estava possuída por uma cólica uterina, mas desligara ao perceber que a ambulância chegaria mais rápido. Deixara um bilhete na mesa da cozinha. *Fui para o hospital com hemorragia.* Pensara em telefonar para ele recentemente, na noite em que ultrapassou a marca dos 150 quilos na balança, mas, em vez disso, juntou os analgésicos do armário do banheiro, lembrando-se de seu juramento de se matar. Enquanto sacudia os comprimidos dos frascos na mesa da cozinha, confrontara suas falsas intenções e concluíra que, de qualquer modo, a dose não era forte o suficiente para seu enorme peso corporal. A porta se abrira subitamente detrás dela, e Gooch marchara para dentro de casa, enchendo-a com seu perfume de óleo de caminhão e seu vigor de homem forte, chamando:

— Ei. Você ainda está de pé.

Livrando-se do casaco, tirando as botas, ele estava prestando atenção em outras coisas e não percebera as pílulas e os frascos sobre a mesa, que Mary enfiara num saco plástico e rapidamente jogara no lixo. Naquela época, permitira-se imaginar se o marido não percebera seu comportamento suspeito porque também escondia algo.

O despertador. Palpitações do coração. *Tum. Tum. Ush.* Artérias saturadas com glóbulos de preocupação. Esticou-se em direção ao telefone, mas parou. Uma boa esposa confiava em seu marido e nunca verificava o que ele estava fazendo, não questionava seus atrasos nem revirava suas gavetas. A verdade, que Mary raramente confessava até para si mesma, era que não ligava para Gooch porque temia descobrir que ele estava onde não deveria. Não queria o fardo dessa confissão mais do que ela acreditava que ele queria a dela.

O peso da dor

Oito quilos por seu pai. Orin Brody morreu em decorrência de um coágulo, uma trombose sacana que migrara da perna para o pulmão algum tempo depois de Mary fechar a porta de seu apartamento que dava para o rio na cidade vizinha de Chatham.

— Vejo você amanhã, Murray — berrara ele, usando o apelido de Mary, como sempre fazia. A mãe chamava-a de *querida*.

O coágulo viera como um fim um tanto chocante, dado o histórico de doenças cardíacas e colite de Orin. Seu peso *post-mortem* — um número que aferroara Mary e ainda zumbia em seu ouvido no escuro — era 48 quilos. Mas, em seu último ano, Orin perdera completamente o apetite por esportes na televisão, por comida, pela vida, por tudo, indistintamente. Seu cadáver tinha exatamente a mesma quantidade de quilos que a gorducha Mary aos 9 anos, quando o médico sussurrara o óbvio para sua delgada mãe, Irma. Quarenta e oito quilos. *Obesta*. Mary indevidamente expandida. Orin cruelmente reduzido. O peso compressor da dor a deixava faminta.

Na manhã do funeral de seu pai, Mary levantara-se cedo sem ter conseguido dormir nada, e encaminhou-se para o banheiro para pintar o cabelo. Apanhara a caixa de tintura na sacola da farmácia e abrira-a antes de perceber que pegara a embalagem errada — Ruivo Vibrante em vez de Castanho Vibrante. Resignada com suas raízes prateadas, saíra do banheiro e encontrara Gooch lidando com sua ereção matinal em sua enorme mão calejada. Ele fez cara de quem fora pego no flagra, e sentou-se ofegante.

— Achei que você fosse arrumar o cabelo.

Nem um pouco ofendida pelo hábito de Gooch, pelo contrário, excitada, ponderou rapidamente como seria sentar ao lado dele na cama e acariciá-lo ali, e deixá-lo passar a mão sobre a carne de suas costas para consolá-la com carícias e sussurros, como fizera um dia. Ansiava por aquele amor arrebatador, mas sentia muito distintamente a mensagem enviada por seu corpo, que não queria ser tocado.

— Peguei a embalagem errada — suspirou ela. — É *ruivo*.

Mais tarde, Gooch ouviu um som no quarto e encontrou-a estatelada na cama. Não fora um ataque cardíaco fulminante nem mesmo tristeza, mas seu vestido preto apertado, que servira no último funeral, acomodado por entre seus montes texturizados. Ao ver seu rosto arrasado, Gooch apertou os olhos e saiu silenciosamente do quarto.

Trancada no banheiro, sentada nua na privada, embora não estivesse com vontade de se aliviar, Mary arranhara suas coxas depiladas sem nenhuma vergonha ou horror em particular. Sua fome era eternamente presente, mas seu ódio de si mesma vinha em ondas. As roupas não suscitavam necessariamente aversão pelo seu corpo, mas sim, mais frequentemente, pelas próprias peças — justas, arranhadas, nodosas. Todas as roupas, exceto sua camisola cinza, eram odiosas para sua pele. Adorara quando a política de uniformes fora imposta na farmácia — folgada calça azul-marinho que lembrava um pijama cirúrgico deveria fazer a equipe que lidava com o público parecer mais profissional, mas todos ficavam horríveis nela.

As mulheres na farmácia haviam reclamado dos uniformes — especialmente Candace, com sua minúscula cintura e seus seios salientes —, mas ninguém pedira a opinião de Mary. Numa noite insone, ela pensara, sem uma gota de autocomiseração, que era, literalmente, o elefante na sala. Seu corpo parecia mais ilusório por causa do segredo que o cercava. Seu peso real? Seu tamanho verdadeiro? Apenas Mary sabia. Escondendo comida. Comendo sozinha. Alimentando o corpo faminto a ela designado, cedendo à ansiedade desesperada do *quero* e do *quero mais.*

Inquieta no banheiro, tendo mudado de tempo verbal da forma que supunha ser a tendência natural dos pensamentos de todas as pessoas — uma oscilação para a frente e para trás entre memórias passadas e ansiedades atuais —, perguntava-se que emergência crível poderia liberar uma filha do funeral do próprio pai. Suaves batidas à porta:

— Mary?...

— Desculpe, Gooch.

— Acho que este vai funcionar, Mare. Posso entrar? — Ele abriu a porta.

A imagem do grande Jimmy Gooch em sua gravata esbelta e calça pregueada deu-lhe coragem para levantar. Ele mostrou uma calça preta e folgada emprestada do vizinho baixinho e gordinho, o velho Leo Feragamo, e uma camisa branca engomada do próprio Gooch, que Mary teria de usar aberta sobre a única camiseta branca e limpa que possuía. As raízes de seu cabelo brilhavam como ouropel em torno do rosto de lua cheia. Pôs um chapéu de abas largas sobre a cabeça e não olhou para o espelho de novo. Gooch fez sinal de positivo e anunciou que estava *estilosa*, o que levou a garganta de Mary a se contrair.

Enquanto dirigiam em silêncio pela estrada sinuosa do rio, Mary se perguntava se a dor do luto alguma vez chegava a ser um evento singular ou se os fantasmas espreitavam a cada falecimento. Vislumbrou um desfile na morte de seu pai: a erosão da mente de sua mãe;

o estilhaçamento de seu casamento; a perda dos bebês aos quais dera nome, mas não conhecera.

O funeral foi num dia excepcionalmente quente de primavera. Mary sentiu o abraço das lilases roxas no caminho até o asilo de St. John's, em Chatham, onde sua mãe vinha definhando na demência havia anos. Parou para colher um buquê de lilases para o criado-mudo da mãe, sabendo que Irma não apreciaria nem entenderia o gesto e que não tinha noção alguma do que aconteceria naquele dia, mas levar flores para a mãe era algo que alegrava Mary. A recepcionista bufou ao ver o buquê e explicou sucintamente que não tinham vasos.

Irma estava parada no quarto comum, ajeitada em sua cadeira de rodas, com as correias de prata esticadas, parecendo mais um arbusto de inverno do que um ser humano, olhando para o nada. Mary imaginou Irma virando-se para sorrir como os outros pacientes faziam quando seus parentes vinham chamá-los. Imaginou-se envolvida pelos braços cadavéricos de sua mãe. O sussurro de *Mary. Querida Mary.* Desejava ser beijada por aquela boca entreaberta, desejava tocar, *ser tocada*, suspirava por uma lasca de conexão com a pessoa que um dia Irma fora, a mãe que, certo dia, enquanto penteava gentilmente os cachos de Mary confidenciara:

— Minha mãe rasgava meus cabelos embaraçados. Simplesmente *os rasgava*. Eu não podia nem respirar, que ela me batia com a escova. Ainda me lembro disso. Nunca hei de bater em você com uma escova.

Ou a Irma que comentara casualmente:

— Você tem a letra mais linda do mundo, querida.

Orin amara Mary do mesmo jeito levemente ressentido, mas Mary não culpava os pais por seu estado atual nem os julgava por sua mesquinharia afetiva. Não era algo em que fossem ricos e davam o que podiam.

— Você tem o que tem e não deve desprezar — Orin gostava de dizer quando Mary estava mal-humorada. Quando ele queria que ficasse quieta, fingia passar-lhe uma minúscula chave na boca e advertia:

— Zip. Fechou. Ponha no seu bolso.

Papai teria odiado este lugar, repetia para si mesma, conduzindo sua mãe ausente por entre seus companheiros moribundos, grata pelo fato de o asilo estar convenientemente situado do outro lado da estrada da maior casa funerária de Chatham. Enquanto pelejava pela calçada com sua mãe enferrujada e suas coxas esfoladas, pensou em como Irma, a partir dos 50 anos, deixara pedacinhos de si mesma se ausentarem pouco a pouco, como jogadores saindo de campo — memória de longo prazo, memória de curto prazo, reconhecimento, razão. Pelo menos com Orin, Mary lembrou a si mesma, tivera a chance de dizer adeus. *Até amanhã, Murray.*

O gigante Jimmy Gooch e os velhinhos curvados estavam reunidos do lado de fora, dividindo uma garrafa de alguma mistura caseira que um dos parentes ainda fabricava na garagem. Gooch acenou quando avistou sua mulher empurrando os restos da mãe rampa acima e levantou os ombros, sorrindo languidamente — seu jeito de dizer *Oh, vida.* Mary assentiu duas vezes e deixou a cabeça pender para a frente — seu jeito de dizer *Eu sei.*

Oh, vida. Emocionou-se ao pensar em quantas vezes haviam trocado esses gestos em seus anos juntos e depois se irritou com Gooch, que não se apressara para tomar a cadeira de rodas de suas mãos inchadas. Talvez ele estivesse longe demais para ver que estava encharcada de suor e sem fôlego e não notara, da mesma forma que um pai nunca é o primeiro a perceber o estirão de crescimento de seu filho, o quão incapaz ela se tornara.

Desejando chorar a dor da perda com sua mãe, apesar de grata por ter se aliviado do fardo, Mary devolvera a frágil criatura ao asilo após o velório na casa funerária, antes do encontro no cemitério, onde Orin e Irma possuíam valas conjuntas perto de outros Brody mortos.

Mary passara muitas horas insone, muito antes da morte de Orin e do sr. Barkley, desejando que sua mãe morresse, completando um trio ou iniciando outro, mas o corpo pulsante de Irma era uma maravilha da biologia — com vida, porém não *viva*. Talvez ela não contasse.

Pouco antes de o pai falecer, Mary confidenciara a Orin sua sensação de estar ao mesmo tempo paralisada e desconectada, suas tentativas fracassadas de ser otimista, sua sensação de que só conseguia ver o copo meio vazio, ao que ele respondera impacientemente:

— Esqueça o copo, Murray. Beba direto da mangueira e siga em frente.

O canto dos pássaros foi a trilha sonora do enterro. Pontadas de fome rasgavam o estômago de Mary enquanto ela refletia sobre a liberação do espírito de seu pai por um pastor que não saberia diferenciá-lo de um caroço de cereja. O homem pedia a Deus que recebesse a alma de Orin, mas Mary sabia que o velho Orin jamais se aventuraria por uma distância tão grande, mesmo se tivesse sido aceito por Deus. Mary o imaginava como uma nuvem vaporosa lutando contra moléculas de oxigênio no ar acima de sua própria lápide, contente por estar onde estivesse, do mesmo jeito que se prendera ao condado de Baldoon durante toda a vida. Orin e Irma nunca entenderam a graça de viajar e nutriam certa desconfiança pela sede de viagens da filha.

Quanto à religião, Orin fora criado católico, com uma fé que nunca seguira verdadeiramente, por isso não a abandonara de fato ao se casar com Irma, que fora criada como evangélica, mas tinha ideias próprias. Irma dissera a Mary, quando a filha perguntara, que a família não frequentava a igreja dela porque isso lhe provocava pesadelos e que não frequentava a igreja católica porque o padre era um bêbado. Certa vez, quando criança, Mary vira alguns evangélicos limpando o grafite do muro do Kmart, impressionada pelas palavras em vermelho que pingavam — *Onde está Deus quando precisamos dela?*

Não, pensava Mary, nem mesmo o vapor de Orin Brody jamais deixaria Leaford, mas lançou uma oração aos céus, só para garantir. Levantou os olhos quando vários corvos negros passaram por sobre as cabeças, cortejando a repulsa dos enlutados. Um dos pássaros desceu e pousou sobre o caixão reluzente, pavoneando-se da cabeça aos pés e parando para apreciar Mary Gooch. Ela devolveu o olhar com um desprezo recíproco e sentiu ter vencido quando o pássaro foi embora.

Ao ver os olhos de Gooch umedecidos sob a franja de cílios escuros, Mary desejara chorar com o marido. Sentira o mesmo anos atrás, observando-o pegar um lencinho quando o jogador canadense de hóquei, Wayne Gretzky, anunciou que estava trocando os Edmonton Oilers pelos L.A. Kings. E naquele domingo à tarde, quando lágrimas rolaram de seus olhos enquanto as cenas finais de *Como era verde o meu vale* passavam na televisão nova. E no distante dia em que seu próprio pai falecera, quando bebera uma garrafa inteira de *Southern Comfort* e chorara depois que fizeram amor. Ela admirara que seu rnarido fosse homem o bastante para chorar, mas se perguntava no que é que isso a tornava.

Mary sacudiu sua camisa branca e o colarinho úmido ao redor do pescoço, e concentrou-se em sua respiração, ou mais precisamente em seu odor, *fromage* — estranhamente agradável para ela, mas teria de passar cotonetes e talco em seus vales e fendas assim que eles chegassem do cemitério.

A comida. Fome. Detalhes da bênção. Guardanapos e copos de plástico na mesa de cartas. Caçarolas em fogo baixo no fogão. Pete e Wendy estavam fora da cidade, mas Erika e Dave e Jim e François estariam lá. Os Rower, Loyer, Feragamo, Whiffen, Stieler, Nick Todino e mulher, Phil e Judy. Os Merkel não viriam; eles mal saíam de casa. Ninguém do lado de Gooch.

O pai de Gooch morrera em um acidente de carro quando seu filho e Mary estavam no último ano do Colégio de Leaford, e, apenas um ano e meio depois, sua mãe, Eden, e seu novo marido, Jack Asquith — um americano fumante inveterado a quem Gooch se referia como "Jack Bunda-mole" —, mudaram-se para a Califórnia, onde Jack era dono de uma empresa de produtos para animais de estimação em um lugar chamado Golden Hills. Eden prometera que eles ainda se veriam, mas parara de visitá-los no Natal depois dos primeiros anos. Mary pedira a Gooch que não tentasse fazer contato com sua trágica irmã mais velha, Heather, que não tinha endereço fixo.

A voz de Gooch tornara-se distante. Não apenas na volta do funeral do pai de Mary, mas gradualmente ao longo dos dias e meses e anos de casamento. Ela pensou tê-lo ouvido dizer:

— Espalhe minhas cinzas no campo de golfe, Mare. Buraco 18. É isso que eu quero.

As primeiras árvores haviam acabado de perder as folhas, e as chuvas de abril haviam verdejado tudo o que era cinza. Impossível não sentir o deus de *alguém* na paisagem pastoral. A ressurreição dos campos de terra preta. A glória nos penetrantes raios de sol. A promessa de aspargos encharcados de manteiga e morangos fresquinhos do campo. Mary observou a luz multicolorida banhando o perfil do marido, perguntando-se se estava de luto por seu próprio pai falecido muito tempo atrás e por sua mãe que partira ou por sua bolsa de estudos esportiva. Ele certamente devia pensar nos bebês, embora seus nomes, como xingamentos, não fossem pronunciados.

Gooch se esticou para abrir com um empurrão o teto solar temperamental, que nunca se fecharia de novo. Tirou as mãos do volante para tocar Mary por sobre o invólucro de lã da calça do sr. Feragamo. Quando seus enormes dedos encontraram a cobertura de sua coxa, ela enrijeceu.

— Devagar com a bebida hoje à noite, hein, querido? Você tem que ir a Wawa amanhã.

— Venha comigo — disse ele tão rapidamente que ela fingiu não entender para lhe dar a chance de voltar atrás. Mas ele repetiu. — Vamos para Wawa.

— Amanhã?

— É um lindo passeio, Mare. Para distraí-la de...

— Mas tenho o encontro com o advogado — rebateu ela. — E não posso deixar mamãe. — Tentou olhá-lo nos olhos, acrescentando: — Desculpe.

Gooch não esperara de fato que ela aceitasse. Pedira a mesma coisa centenas de vezes antes. Venha comigo para Montreal. Venha comigo para Burlington. *Venha* comigo. Venha *comigo*. Ele pressionou o botão do rádio, enchendo a caminhonete de Sly & The Family Stone.

— Vou sentir saudade do velho Orin — disse Gooch.

Mary fechou os olhos e deixou a música elevá-la.

Dedo de culpa

Mesmo com a brisa entrando pela janela aberta do quarto e agitando sua camisola úmida de suor, Mary sentia que o calor não lhe dava trégua. Tampouco se sentia liberta de sua fome. Doce depois do salgado. Um imperativo biológico, seguramente. Um desejo avassalador apagando o rosto de Gooch de seus pensamentos, a angústia pelos pais de seu espírito, a preocupação com o jantar de aniversário de sua consciência, e o desconforto do calor de seu rosto. Por que não pegara aquele pacote de doces de Halloween no caixa? Maldita voz repressora.

Concentrou-se em sua lista. Detalhes. O aniversário de bodas de prata. Confirmar reservas. Buscar sobremesa na padaria Oakwood. Gooch? Estaria demasiadamente exausto e infeliz para levar o jantar adiante se não chegasse em casa cedo e dormisse um pouco. Já estava angustiado com o custo e se preocupava com a possibilidade de os convidados pedirem entradas e pratos caros como frutos do mar, camarões e costela de boi. Ressaltara que Kim e Wendy gostavam daqueles coquetéis chiques e Pete, de cerveja importada. Gooch odiaria a conta. Mary já passara semanas odiando o álbum de fotos de Wendy, a prova fotográfica de quem fora e no que se tornara.

Mary vasculhara cuidadosamente as caixas de fotos antigas a pedido de Wendy, torturada por sua imagem lustrosa, observando o próprio crescimento ao longo dos anos, até que as únicas fotos que encontrava de si mesma eram de rosto virado ou tentando se esconder. Tentara ignorar a impaciência de Wendy quando lhe entregara uma dúzia de fotografias, nenhuma recente e a maioria tirada em um único ano, o ano em que ela estava esbelta.

— Bem — dissera Wendy. — Terei de usar o que eu encontrar em casa.

Levantando-se da cama, Mary sentiu um aperto no coração ao pensar nas fotografias. Agarrara-se à parede no corredor estreito, os ossos do fêmur em desacordo com as articulações enquanto se dirigia ao termostato e tentava mais uma vez, sem sucesso, desligar a fornalha. Desabotoou a fileira de botões da camisola, tirando-a pelos ombros e pendurando-a numa cadeira da cozinha enquanto caminhava em direção à brisa vinda da janela.

Ao vasculhar as caixas para Wendy, Mary encontrara uma foto que retirara e escondera dentro da gaveta de seu criado-mudo — um retrato de Mary Brody e sua professora favorita, sra. Bolt, de braços dados na escada do Colégio de Leaford. Mary não estava esbelta na fotografia usando calças desleixadas de moletom e um agasalho que mostrava as dobras do estômago, mas, ao rever a foto depois de tantos anos, pensou que seu sorriso continuava adorável como sempre.

A sra. Bolt, além de ensinar ciências sociais e supervisionar alunos, oferecia uma matéria eletiva que batizara de Pensamento Progressista. Era a mulher negra de pele mais escura que Mary, com seus poucos anos e curtas viagens, já vira pessoalmente. Parecia flutuar em vez de andar, varrendo o chão com suas longas e sedosas túnicas, uma dúzia de pulseiras de ouro tilintando em cada pulso, seios tão grandes que chegavam antes dela à sala de aula, enquanto seu traseiro enorme parecia chegar atrasado.

Nos olhos da mulher mais velha, Mary viu seu reflexo. Não a gorda e entristecida Mary Brody, mas uma estudante interessada, dotada de voz própria e de um belíssimo rosto. Considerava-se *compreendida* pela sra. Bolt, que não parecia se sentir aprisionada em sua abundância, mas libertada por ela, como se cada respiração fosse uma celebração. A sra. Bolt não era uma rebelde contra a beleza, mas um tipo particular de discípula. Seu lado selvagem era polido. Sua casualidade era estudada. Do modo como Mary a via, a professora parecia radiante.

Tentara descrever a sra. Bolt para Irma quando questionada à mesa de jantar sobre a professora nova.

— Ela se chama sra. Bolt — dissera articulando redondamente para que não houvesse desentendimentos acerca da política de sua heroína. — Ela é *negra*.

— Foi o que ouvi dizer — dissera Irma.

— E é *linda* — acrescentou em desafio. — Ela é grande. A sra. Bolt é *grande*.

— Como a sra. Rouseau?

— Maior.

— Maior que a sra. Rouseau?

Mary revirou os olhos — o que, afora comer compulsivamente, era seu único gesto de desafio.

— Ela aceita a si mesma. É parte do que está nos ensinando. Autoaceitação.

— Se a senhorita Bolt é maior do que a sra. Rouseau, ela é obesa mórbida, querida.

— E daí? — Mary revirou os olhos de novo. — Autoaceitação é uma coisa boa, mãe.

— Se os médicos do mundo todo chamam uma doença de *mórbida*, será que essa é uma boa coisa para se aceitar? Honestamente...

Apenas cinco alunos se inscreveram na matéria eletiva. Nenhuma menina da equipe de *líderes de torcida*, mas um menino do time de basquete — Jimmy Gooch, que se inscrevera na matéria em resposta a um desafio lançado por seus colegas de time. Mary sentiu uma lufada de ar quando Gooch passou por ela em direção ao fundo da classe, mas não se virou para olhar. Aprendera a evitar os olhos das pessoas, convencida de que seu olhar carregava uma ameaça não intencional.

A sra. Bolt uniu as mãos, olhos piscando, braceletes tilintando, flutuando pelas fileiras como se a sala tivesse cinquenta alunos, e não cinco.

— Em sua carteira, você encontrará um pedaço de cartolina e um par de tesouras. Por favor, recortem a forma de um círculo.

O grupo assim o fez, Gooch demonstrando seu tédio com um grande bocejo no fundo da sala.

— Agora — continuou a sra. Bolt —, em tinta preta, no círculo que você cortou, escreva as letras M-E-R-O-L-E. Ela esperou. Os alunos terminaram.

A paixão da sra. Bolt era contagiante. Ela era como o pastor, capaz de fazer as pessoas acreditarem.

— Nas suas vidas, meus lindos e jovens amigos, vocês terão escolhas ilimitadas. Vocês vêm de um mundo de privilégio e de oportunidades. Vocês podem fazer *qualquer coisa*. E é sua obrigação tirar vantagem disso. É a sua *raison d'être*. Não se tornem velhos arrependidos, dizendo: Quis estudar na universidade, mas não rolou. Quis votar nos meus líderes, mas não rolou. Quis aprender espanhol, mas não rolou. Quis viajar, ler os clássicos, fazer mergulho, escalar o Everest, me afiliar ao Greenpeace, mas *não rolou*. Olhem para os círculos que vocês acabaram de cortar. Agora vocês não têm desculpa.

Os alunos olharam para os círculos por um longo e silencioso período. Finalmente, foi Mary Brody, falando em sala de aula pela primeira vez, que levantou seu pedaço de cartolina e disse:

— Temos uma roda pedindo para ser rolada.

A sra. Bolt aplaudiu.

— Obrigada, srta. Brody!

A sra. Bolt era, como todos no Colégio de Leaford sabiam, uma grande *lésbica* e, fosse por sua preferência sexual, fosse por seu pensamento *excessivamente* progressista ou talvez por uma de suas próprias escolhas ilimitadas, ela não voltou depois daquele único e glorioso semestre. Embora Mary quisesse descobrir as raízes do feminismo e honrar suas irmãs sufragistas, sua paixão esvaneceu-se com a sra. Bolt, o círculo de cartolina foi amarrotado e jogado no lixo. Mary ficou profundamente arrasada com a saída da professora, particularmente depois que a sra. Bolt lhe dissera que tinha uma alma muito antiga.

Adeus, adeus. Um último adeus. Por um curto período, um longo período, para sempre. Canções e peças e romances e filmes escritos sobre o adeus. Mary sentia o adeus como um tema. Fechamento — não gostava da modernidade do termo descrevendo um ritual tão antigo. O reconhecimento daqueles que foram embora, daqueles que ficaram. Que partiram. Um último momento de separação. E, para Mary, tantas despedidas permaneceram não ditas. Perguntava-se se o acúmulo desses abandonos deveria ser responsabilizado por sua fome. O pesado dedo da culpa.

Havia movimento na periferia de seu olhar, e Mary virou-se pensando: *Gooch*. Era uma forma lindamente delineada, momentaneamente irreconhecível no vidro da janela na porta. Mary parou, imóvel, à medida que a forma foi adquirindo contornos, e viu que era uma mulher — uma mulher gorda e nua. *Então, esta sou eu*, pensou. Lançou a camisola por sobre a cadeira da cozinha atrás de si. Fazia anos que Gooch a vira nua pela última vez. Estremecia ao pensar sobre a última vez. Embora adorasse relembrar a primeira.

Simbiose

Não havia viva alma em Leaford, nem mesmo e especialmente a própria Mary Brody, que tivesse sido capaz de prever sua perda de peso naquele verão que precedera sua entrada no último ano do colegial. Irma imaginou que a filha se interessara por meninos. Jim e Wendy, da equipe de líderes de torcida, que a viam com doses alternadas de dó e desprezo desde o jardim de infância, concluíram que ela fizera a dieta de toranja da revista. Orin achava que sua filha simplesmente demorara a perder as bochechas de bebê, considerando que ninguém dos dois lados da família era gordo. Os meninos do Colégio de Leaford não se perguntaram sobre seu segredo, mas compartilharam o alívio ferrenho de que a subitamente linda Mary Brody não havia perdido seu GPS, código para *grandes peitos saltitantes*.

Os morangos chegaram cedo e, de acordo com a tradição familiar dos Brody, os três, Orin, Irma e Mary, foram até a grande fazenda *self-service* de Kenny, perto do lago depois de Rusholme, para encher caixas com suculentas frutas silvestres que assariam em tortas de dar água na boca ou cozinhariam com perigosas quantias de açúcar para fazer geleia para o inverno. Saindo do carro no estacionamento lamacento, Irma segurou o rosto de Mary entre as mãos e instruiu severamente:

— Escolha. Não coma.

Orin e Irma sabiam escolher com habilidade e começaram a trabalhar — estavam inclinados na altura da cintura, com as mãos movendo-se furiosamente e os olhos vasculhando as folhas rasteiras em busca de tesouros rubi. Mas, como Mary não conseguia dobrar facilmente a cintura, sentava-se no chão, inclinada para a frente como um caranguejo, para alisar cada planta exuberante. Seus pais não esperavam que ela acompanhasse o ritmo deles. E nenhum dos dois olhava para trás, nem uma vez sequer, para ver se estava escolhendo mais do que comendo. Cada fruta aromática era um mundo de sentidos. Doce. Azedo. Granuloso. Cheiroso. Suculento. Áspero. Poroso. Sedoso. Macio. *Já chega*, dizia a si mesma — e então, *só mais um*.

Alguns dias depois, enquanto mexia no fogão uma panela repleta de um abundante líquido vermelho vulcânico (lembrando-se do ano passado, quando testara a geleia fervente e queimara os lábios tão gravemente que tivera de conseguir uma receita do dr. Ruttle), Mary sentira a reclamação súbita de seu estômago. Perspirando pesadamente, largara a concha e correra para o banheiro, onde liberara um eflúvio tão impregnado de morangos que se tornaria incapaz de comer uma colher sequer de geleia durante todo o ano. Sempre fora fascinada, como imaginava que todos os humanos eram ou deveriam ser, por seus detritos e estudava-os rotineiramente.

Perguntava-se por que flutuavam ou afundavam como âncoras. Maravilhava-se com sua tenacidade. Admirava sua coesão. Sentia-se premiada quando não se fraturavam na entrada e trapaceada quando forças expulsivas os lançavam para além de seu campo de visão. Apesar de sentir vergonha de sua curiosidade repulsiva, apreciava suas formas de outono terroso e encontrava grande satisfação em seus aromas variados.

Naquele dia, quando se levantou para examinar, observou de relance algo que nunca vira — uma coisa que não a fizera se virar ou gritar por Irma, mas incitava-a a se inclinar para a frente, chegar mais perto, examinar. Contorcendo-se. Acenando. Dançando. Saudando. Jubiloso. Vida. Conforme Mary Brody descobria os invasores desmembrados, percebeu que, pela primeira vez em sua memória de vida, não podia ouvir a *obesta*. No campo de sua flora e fauna, uma batalha silenciosa fora travada e vencida. Mary Brody estava livre.

Uma visita à Biblioteca de Leaford confirmou. Parasitas. *Vermes*. Mas não oxiúros. Nem lombrigas. Algo distinto. Mais grossos do que fibras, da cor da gordura sob a pele da galinha. Ela não conseguia encontrar uma foto deles. Parasitas encontrados em excremento animal, que vivem na terra, provavelmente contraídos por comer frutas ou vegetais não lavados — jardinagem sem luvas.

Voltando para casa da Biblioteca de Leaford, depois de Irma anunciar que era hora de terminar o jantar, Orin notou que Mary apenas provara o assado e pincelara manteiga sobre a batata assada, mas não a comera. A mãe pusera a mão sobre a testa da filha, mas Mary garantira que estava se sentindo bem. Ela parecia, de fato, bem. Melhor do que bem. Seu segredo era um assunto simbiótico, não parasítico.

Tendo perdido completamente o apetite e sem sentir nenhum efeito colateral — com exceção da constante, mas, concluiria Mary, suportável coceira no ânus —, Mary apenas mordiscava garfadas de cada refeição naquelas primeiras semanas de verão — suficientes, imaginava ela, para sustentar seus ocupantes. Cada ida ao banheiro era uma agonia, já que ela temia o sumiço de seus salvadores. Contava-os mantendo registros mentais e, na época em que o milho estava pronto para ser colhido — notando uma diminuição acentuada na população —, entrara em pânico ao pensar que seu exército poderia estar se desfazendo completamente. Mary surpreendeu a mãe ao se oferecer para ajudar no jardim. Ela parou de lavar as mãos. Começou a fazer longas caminhadas, duas vezes ao dia, no parque perto do rio, onde, com uma colher da gaveta de talheres, cavava terra e a comia, na esperança de que num monte se escondesse uma pepita que pudesse colonizá-la de novo.

De início, Mary não percebeu o derretimento de sua carne e não celebrou seu emagrecimento da mesma forma que Irma e Orin o fizeram. Aceitou o orgulho deles por sua conquista, embora esta não fosse estritamente dela, com grunhidos e sorrisos curtos.

— Continue assim, Murray — comentava Orin, vendo-a recusar um bolinho de coco —, e nenhum dos primos vai reconhecê-la no encontro do outono.

Mary pensou que era uma coisa engraçada de se dizer, pois estava certa de que os primos Brody nunca haviam olhado para ela, razão pela qual não teriam referência para estabelecer uma comparação.

Naquele dia do encontro da família Brody, usando seu novo jeans Jordache, Mary foi confundida diversas vezes com a namorada de seu primo Quinn, que todos foram informados em estrita confidencialidade se tratar de uma stripper de Detroit! Eles riram a respeito, Irma, Orin e Mary, cada um por suas razões pessoais, mas seu divertimento compartilhado foi uma grande fonte dos prazeres lembrados daquele dia.

Encontrando sua maior satisfação na liberdade — não mais enclausurada, sua mente não mais ocupada pelos detalhes da comida —, Mary se sentiu expandida e ousou imaginar o futuro. Debruçou-se sobre revistas que ofereciam cursos de moda e design. Olhava-se no espelho frequente e obsessivamente, não para se admirar, mas chocada pela simples verdade diante de seus olhos. Ela não estava com fome. Ainda. Sem. Fome. Pegou o dinheiro que ganhara de presente e andou até o Kmart para comprar várias roupas adequadas a seu novo tamanho. Sentia os músculos em seu andar. O alongamento de seu torso. O balançar de seu brilhante cabelo escuro. Continuou a comer terra. Decidiu procurar um emprego de meio período.

Peg, a tia de Mary recentemente aposentada do departamento farmacêutico na Farmácia Raymond Russell, ouvira que Ray Russell estava procurando uma moça para trabalhar no caixa. A equipe já conhecia Mary. Em uma cidade tão pequena, com apenas uma farmácia, a equipe conhecia a população de Leaford inteira com uma intimidade embaraçosa. Mary passara mais do que um tempo normal no balcão dos fundos, esperando pelas receitas médicas de seus pais, e se sentia em casa em meio ao óleo de cravo e ao Metamucil.

Teria sido impossível considerar um cargo assim poucos meses antes, já que Raymond Russell tinha o maior sortimento de chocolates Laura Secord no condado de Baldoon; uma autêntica criança na loja de doces, Mary não poderia confiar em si mesma na presença de tais bombons. No entanto, sem nenhum desejo pelo chocolate com amêndoas nem pelo caramelo amanteigado, pôs um vestido de verão, pegou emprestadas as rasteiras da mãe e chegou dez minutos adiantada para a entrevista. Trabalharia pelas manhãs, no turno que ninguém queria, e aos sábados pelo resto do verão e, quando a escola retornasse, apenas aos sábados. Mary passada, Mary presente, Mary intermediária — como Gooch, as paredes da Farmácia Raymond Russell haviam testemunhado a maior parte de sua vida.

Jimmy Gooch mancou ao entrar na farmácia em muletas altas e barulhentas numa manhã de sábado em novembro do último ano de escola, tendo se ausentado de lá por duas semanas, durante as quais os Leaford Senior Cougars perderam quatro jogos seguidos. Ele sofrera um terrível acidente de carro após o qual seu pai fora hospitalizado, e ninguém o via desde então. Havia rumores na escola de que sua perna se quebrara em quatro lugares diferentes. Um corte com pontos estava cicatrizando em sua testa, e havia uma marca levemente amarelada em sua face, onde se queimara mais gravemente. Ele estava vestindo um moletom manchado e short de basquete para acomodar o enorme gesso em sua perna esquerda. O jovem Gooch de 17 anos vasculhou a loja, pegando um quadradinho de papel branco com seus grandes e trêmulos dedos, um homem perdido, até que avistou Mary Brody caminhando em sua direção.

O sinal que piscava em seu rosto dizia: *Estou salvo*. Talvez tenha visto seu próprio reflexo nos olhos de Mary e imaginou que ela já o possuía. Ou talvez a tenha reconhecido como igual em seu novo círculo de almas feridas. A vida inteira de ambos parecia estar decidida naquele momento.

Gooch parou, observando-a, e então levantou os ombros e sorriu languidamente como se quisesse dizer: *Oh, vida*. Mary Brody assentiu duas vezes e inclinou a cabeça para a frente, como se respondesse: *Eu sei*. Fez um gesto para que a seguisse até os fundos, o que ele fez balançando seu longo corpo nas muletas que gemiam. Mary pegou a receita e entregou-a para Ray Russell, pedindo de forma discreta que ele atendesse imediatamente o seu *amigo*. Virou-se para ver Gooch esperando, ansioso como um filhotinho de cachorro. Em silêncio, indicou-lhe uma cadeira, sentindo um calor subir por seu corpo enquanto ele repousava o gesso no chão e o corpo no assento.

Mary aspirou-o: jaqueta de couro, corpo não lavado, couro cabeludo empoeirado. Seus redondos olhos azuis imploravam por afeto, lucidez. Como se eles já fossem casados por vinte e cinco anos sem nunca terem conversado, Mary franziu as sobrancelhas reflexivamente e perguntou:

— O que os médicos estão dizendo sobre seu pai?

O pai de Gooch, James, uma torre, assim como seu xará, cravara o Dodge no qual Gooch era passageiro no carvalho centenário da curva mais acentuada da estrada que seguia o rio, voltando para casa do clube de *strip* na Mitchell Bay, aonde Gooch fora enviado para resgatá-lo. James insistira em dirigir, e Gooch, tragicamente, sentia mais medo da raiva de seu pai bêbado do que de ele dirigir embriagado. Apertara o cinto do lado do passageiro, tentando se convencer de que seu pai *realmente* dirigia melhor embriagado do que sóbrio, como professava. Ainda assim, não conseguiu conter um murmúrio, "Cuzão", ao que seu pai respondeu com um rápido tapa. Foi assim que sua face se machucara, mas ninguém, exceto Mary, ficaria sabendo disso.

Gooch olhou para Mary diretamente.

— Ainda parece um sonho.

— Esse pode ser o seu remédio — disse ela com autoridade.

O artigo no *Leaford Mirror* não mencionava, sob a fotografia do Dodge arrasado, que James Gooch estava voltando para casa do clube de *strip*, mas fizera referência aos ferimentos sofridos e descrevera a paralisia e o inchamento do cérebro, e a pequena probabilidade de que acordasse do coma. O artigo também relatava que Jimmy Gooch sofrera um ferimento na perna e não jogaria durante o restante da temporada do colegial, especulando ainda que suas esperanças de uma bolsa de estudos esportiva teriam de ser adiadas ou estariam mesmo totalmente liquidadas.

— Meu pai está tendo problemas com a colite — disse Mary, como se respondesse a alguma pergunta não formulada.

— Quer uma carona para casa? — ofereceu Gooch.

— Seis e meia — respondeu ela —, quando tiver terminado de conferir o caixa.

Naquela noite, quando o turno de Mary terminou, Gooch estava esperando no estacionamento. Ela se sentiu curiosamente calma caminhando em direção ao Plymouth Duster de cor castanha onde ele estava sentado, com um sorriso tímido no rosto. Estava concentrada no ar noturno, na curiosa calidez da noite de outono tardia. Escovara os dentes no banheiro dos funcionários, mas mal se olhara no espelho. Não se afligira com o que iria dizer. Não se preocupara por nunca ter sido beijada. Sabia o que estava por vir como se fosse uma lembrança, não uma projeção.

Gooch e Mary uniram-se *misticamente*, ou pelo menos assim parecera. Mesmo que um dia entendesse que era a única pessoa na vida de Gooch, incluindo ele mesmo, que não o considerava responsável pelo que acontecera ou que se sentira traída de algum modo pela consequência de seu ferimento, estivera certa a respeito de Jimmy Gooch naquele primeiro dia em que olhou em seus olhos. Ele não era o atleta prodígio arrogante para quem as coisas aconteciam facilmente, mas um grande menino ferido que precisava de um lugar seguro para se esconder.

Foram até o lago num silêncio confortável e alcançaram uma clareira entre as árvores, um refúgio aonde Jimmy Gooch já dirigira. Ele sabia exatamente onde virar para que os galhos não arranhassem a porta. Deixaram o interior do Duster, Gooch em suas muletas, e se apoiaram contra a grade quente do carro, a um suspiro de distância, observando o luar acariciar a água, levantando os olhos para as estrelas. Mary tentou lembrar as constelações da aula de astronomia da oitava série. Ursa Maior. Ursa Menor. Polar — a Estrela do Norte.

Gooch virou-se para ela depois de um longo tempo e disse:

— Ninguém além de Pete foi até a minha casa.

— Ouvi dizer que você não queria ver ninguém.

— Não quero — disparou ele e depois riu. — Não queria. Pelo menos pensei que não queria. Ninguém que eu conheça.

— Você me conhece. Nossos armários ficavam lado a lado na escola.

— Ficavam? — perguntou Gooch, inclinando a cabeça.

As faces de Mary queimaram.

— Não importa.

— Estou brincando, Mary — disse. — Eu me lembro de você.

— Pensei, porque estou diferente agora...

— Para onde você vai depois?

— Para casa?

— Não, quero dizer depois da formatura. Para onde você vai?

— Pensei em trabalhar por um ano e economizar dinheiro. Há uma escola de moda e design em Toronto, mas é bem longe. Meus pais meio que precisam de mim agora. Meu pai está passando por um momento difícil.

— Colite — assentiu Gooch, observando as estrelas.

— Ouvi dizer que você ia para Boston — disse Mary.

Ele apontou para a perna:

— Agora não. Não para jogar.

— Sinto muito.

Gooch deu de ombros.

— Não vou. É um alívio. — Ele suspirou alto o bastante para dispersar a fauna ao redor. — É tudo um grande alívio. — Mas ele não parecia aliviado.

Mary esperou enquanto Gooch respirou fundo novamente e, em sua expiração, contou-lhe a verdadeira história de sua vida: seus pais alcoólatras, os acessos violentos do pai, a propensão da mãe para cenas dramáticas, a tragédia da dependência de drogas da irmã mais velha, o medo paralisante de que não conseguisse corresponder às expectativas dos outros. As pessoas esperavam muito de um garoto gigante.

Os olhos de Mary não se desviaram de seu belo rosto enquanto ele falava, demorando-se sobre os apartes: descrevendo sua paixão pela escrita, seu caso de amor com os Estados Unidos, sua impaciência com os que reclamam demais, sua preferência por comida chinesa à italiana, sua meta de ler os clássicos, a vergonha de que suas roupas tivessem de ser feitas sob medida. Ele fez uma pausa, tentando decifrar o belo rosto de Mary. Ela pensou que Gooch poderia beijá-la e não estava preparada quando ouviu:

— Sua vez.

Poderia ter contado a Gooch a história de sua vida, confidenciado sobre seus pais doentios e decepcionados, sua intensa solidão, sua fome. Poderia ter confidenciado seu caso de amor com os parasitas e descrito o medo incapacitante de não conseguir emagrecer, mas Mary Brody não se revelou dessa forma. Em vez disso, saiu do lado do jovem Jimmy Gooch, imaginando-se uma mescla de cada estrela de cinema desavergonhada que já vira seduzir um homem.

Alcançou os botões da blusa, então tirou a saia, depois desprendeu o sutiã, abaixou a calcinha e tirou as meias, até ficar completa e deslumbrantemente nua. Levantou os braços, não como um incremento ao *striptease*, mas porque estava nua ao luar numa noite quente de novembro tinha certeza de que jamais faria aquilo de novo.

— Não quero machucá-la — disse Gooch, sem dar um passo à frente.

— Você não vai me machucar — assegurou-lhe.

Gooch repousou sua perna engessada num toco ao lado e puxou Mary para si, acariciando seu cabelo enquanto ela tremia. Ajudou-a a subir no capô do Duster e deixou seus lábios caírem na ondulação da face entre os cílios. Ela prendeu o ar quando a boca dele provou de seu pescoço, roçou seus ombros macios e encontrou seus seios empinados. Tremeu quando os dedos dele conduziram correntes de seu mamilo até a virilha, e quando os lábios dele encontraram sua pelve, e a língua abriu seus lábios. Um vislumbre do divino. De sua coxa, ela o ouviu sussurrar roucamente:

— Adoro seu cheiro.

Da mesma forma que Mary Brody fora totalmente absorvida pela comida e então obcecada por seus parasitas, tornou-se, depois daquela noite, consumida por Jimmy Gooch.

Naquele inverno, na noite dos pais no Colégio de Leaford, Mary ouviu a orientadora, srta. Lafleur, sussurrar para uma ansiosa Irma em seu charmoso sotaque franco-canadense:

— Ela passou de Mary para *Mary*.

Sylvie Lafleur era andrógina e clara, com cabelos cor de morango em uma trança ao longo de suas costas elegantes. Importava-se sinceramente com seus alunos e encorajara Mary durante sua transformação.

— Está conhecendo seu novo corpo. Tudo bem estar distraída das tarefas escolares. Isso também há de passar — garantiu a srta. Lafleur.

Mary estava impressionada com o fato de que todas as coisas *realmente* passavam e acrescentou a frase à sua teologia pessoal, abaixo da regra de três e de sua duradoura crença em milagres.

Parente distante do famoso jogador canadense de hóquei, a srta. Lafleur morava sozinha em um pequeno apartamento num prédio com vista para o rio em Chatham — no mesmo prédio, na verdade, no mesmo corredor em que o pai de Mary morrera com sua trombose. Sylvie fora uma enviada de Deus trazendo compras para Orin quando Mary não podia fazê-lo. Fazendo visitas para conversar porque sabia que ele era velho e sozinho.

A orientadora era uma mulher que sabia das coisas, mas Mary suspeitava da confiança de Gooch em seus conselhos. Durante o último ano, ele se encontrava com a srta. Lafleur semanalmente, para aulas particulares, em virtude do tempo que perdera com o acidente, e discutindo suas opções acadêmicas. Mary temia que a mulher fosse persuadir seu namorado a escolher alguma universidade distante ou adverti-lo de que Mary Brody claramente não era a garota certa para ele.

A srta. Lafleur deveria saber que Mary não estava distraída por seu próprio corpo, mas pelo corpo de Jimmy Gooch. Sua pele lisa e bronzeada, borbulhante junto ao couro cabeludo, amanteigada no pescoço. A textura de frutas silvestres de sua língua, a firmeza de sua face, as vibrações de seu âmago, a substância de suas protuberâncias. A pele macia como talco em todo o corpo e sua voz cremosa quando pedia que o tocasse. Uma rapsódia sensual. Mais necessário do que comida.

Mais vital do que ar. Nos meses que se seguiram ao falecimento do pai de Gooch, e quando ficou claro que não poderia mais competir, os dois se aferraram um ao outro, zumbindo com suas endorfinas. Amor desesperado, denso como ouro.

Nos primeiros anos de casamento, Gooch e Mary passavam as noites de sábado (e a maioria das manhãs dos dias de semana) em estado de cio, ouvindo *hard rock*, perdidos num *riff* de guitarra feito de perfume e movimento, ritmo e pressão, retenção e libertação. *Fale alguma coisa*, pedia, enquanto ele a acariciava. Gooch pensava que Mary queria ouvir sacanagem, mas só o que ela queria era o som de sua voz.

Por volta da metade do casamento, passavam os sábados jogando cartas num esquema rotativo nas modestas casas de seus amigos. Truco no sobrado de Pete e Wendy. Bridge na casa geminada de Kim e François. Pôquer no velho presbitério de Dave e Patti, antes de Patti trocar Dave por Larry Hooper. Gooch gostava de apostar e ficava mal-humorado quando perdia, mesmo que as maiores apostas não passassem dos vinte dólares e relembrassem a ele uma dúzia de vezes que era só uma brincadeira.

— Sou descendente de uma dinastia de perdedores — brincava ele.

Numa noite de outono varrida pelo vento, eles estavam na casa de Kim e François, sobre a ponte, do outro lado do rio. Naquela época, Mary recuperara todo o peso perdido, presa, como as lembranças feridas sustentadas pelo remorso, aos quilos que ganhara durante suas duas gestações malsucedidas. Escolhia roupas que caíam bem, usava gloss labial em tom coral para valorizar seus olhos verdes e tingia suas raízes prematuramente grisalhas de castanho-escuro a cada cinco semanas. Tinha bom gosto para sapatos. Ainda tinha o útero. Como casal, os Gooch estavam feridos, mas esperançosos.

O vento forte daquela noite fez os galhos baterem na porta de vidro, e Mary mudou de lugar duas vezes, perseguida pela corrente de ar. Wendy anunciou sua gravidez — gêmeos, oba. O segundo filho de Kim tinha apenas ingressado no jardim de infância, e ela já trouxera uma pilha de fotos do bebê mais novo em seu adorável pijama de cachorrinho. Era época de rifa escolar de novo. Mary comeu uma tigela inteira de patê de endro. Gooch ganhou dezoito dólares e bebeu nove *Black Labels.*

Dirigindo-se ao carro no fim da noite, Gooch apertou a grossa cintura da mulher e, então, lembrando-se de como ela odiava isso, inclinou-se para morder sua orelha.

— Você está cheirando a picles — disse ele, o que queria dizer que ela deveria escovar os dentes porque ele queria sexo.

Durante a curta viagem para casa, enquanto discutiam a ingenuidade da jovem namorada de Dave, um esplêndido veado marrom saltou da mata densa em direção à caminhonete. Mas não era um mero veado brilhando na luz dos faróis. Era um homem-bomba, um camicase batendo na grade, ricocheteando no capô, lançando-se sobre o para-brisa e caindo no asfalto quando Gooch acionou o freio.

As luzes brilhantes da caminhonete atingiram as folhas secas de cor laranja que roubavam a cena. Rajadas de vento furiosas arrancavam tufos de pelo do peito arfante do animal. Gooch espiou através do para-brisa estilhaçado o veado estirado sobre o asfalto. Sem dizer uma palavra, desceu da caminhonete e aproximou-se da criatura caída, cuja perna estava claramente quebrada. Deve ter ouvido Mary dizer:

— O que faremos, Gooch?

No entanto, Gooch simplesmente ficou ali parado, como um ator menor eclipsado pela cena de morte da grande estrela. Mary esperou que seu marido tomasse uma atitude. Uma eternidade se passou. O vento uivava. Terríveis batidas do casco do animal se ouviam. Nuvens ofegantes de ar condensado no céu. Gooch? *Gooch?*

Mary engatou a marcha, pressionou o pedal e dirigiu sobre a criatura. *Tum.* Para. Ré. A única coisa a fazer. Primeira. *Tum.* Para. Ré.

Primeira, respirar fundo. Morto. Inegavelmente. Freio. O vento jogou pedacinhos de vidro em seu colo. Ela espanou os fragmentos distraidamente, o coração batendo forte, enquanto observava Gooch sentar no banco do passageiro, sem ousar lançar um olhar na direção dele. O vento teria anestesiado Mary se ela já não estivesse anestesiada.

Depois de silenciosamente avaliar o estrago no veículo — além do para-brisa, a grade da frente e o capô estavam amassados —, o casal rumou para casa. Mary trancou-se no banheiro com um pedaço de bolo Sarah Lee, lambendo os fios de cobertura do topo da embalagem de papelão quando terminara de engolir o pão de ló amarelo. Depois escovou os dentes, embora estivesse certa de que Gooch não mais desejaria sexo. Ouvia a televisão ligada na sala de estar, onde ele assistia ao noticiário noturno.

O despertador tocou ao lado da cama como uma voz ordenando: *Vai, vai,* e Mary pôs a mão sobre o coração galopante. Era chegada a hora. Uma hora tão boa quanto qualquer outra para fazer uma confissão a Gooch, havia muito guardada, uma que estivera decidida a fazer mil vezes antes e perdera a coragem antes de falar ou não encontrara as palavras certas. Esperando que ele fosse para a cama, viu que aquela era a oportunidade perfeita para revelar. O veado na estrada. Ele entenderia perfeitamente. Era outra situação em que ninguém era culpado.

Quando finalmente Mary ouviu a porta do quarto rangendo ao se abrir e sentiu o peso de Gooch sobre a cama, ela se esticou timidamente em direção ao corpo dele e pôs a mão pesada sobre seu peito largo.

— Precisamos conversar, Gooch.

— Não — retrucou ele e, então, mais ternamente: — Hoje não, Mare. Tudo bem?

— Preciso lhe contar uma coisa — insistiu. Então ele a surpreendeu, beijando-a na boca.

— Gooch — sussurrou, enquanto ele enterrava o rosto em seu pescoço. Mary sentiu-o enrijecido por sob as cuecas. — Gooch?

Ele moveu o corpo contra o dela, de início gentilmente, depois mais rápido, mais forte, pulando, grunhindo, enquanto a cabeceira da cama açoitava a parede, até ser rendido e preso, e cair de costas sobre a cama. Antes de desmaiar, apertou o braço de Mary, mas ela não foi capaz de dizer se o gesto fora de gratidão ou de desculpa.

Às seis da manhã, o despertador acordou a ambos. Levantaram-se e deram início às suas rotinas matinais, Gooch saindo para pegar o jornal, Mary quebrando ovos. Nunca falariam sobre o veado na estrada, já firmemente entrincheirados em seu hábito, que era o de não discutir coisas dolorosas ou óbvias.

A âncora do segredo de Mary descia rumo ao fundo arenoso até ser revolvida por outra tempestade novamente, mas, como a comida que ela escondia de si mesma, Mary sempre conhecia sua localização exata.

Seu corpo elétrico

Um trem chacoalhava ao longe. A chuva atingia o batente da janela. O despertador, na mesa ao lado da cama de Mary, avisava que passava das três. O barulho da geladeira era quase uma canção de amor ecoando pela cozinha. Mary olhou para o telefone ao lado do despertador com um pressentimento, como um cheiro trazido pelo vento. Tentou alcançar sua camisola cinza, mas se lembrou de que a deixara na cozinha.

Movendo-se nua pelo corredor, sentia-se como uma barcaça navegando rumo a uma terra fria e distante. *Venha para casa de uma vez, Gooch. A fornalha. O aniversário. Estou preocupada. E estou morrendo de fome*. Olhou para o telefone, mas não se permitiu apanhá-lo.

Apertando os olhos sob a luz clara da geladeira, encontrou um pote de azeitonas. Será que Gooch teria atropelado um veado? Não. Até as estradas do interior eram suficientemente movimentadas para que alguém o encontrasse em menos de uma hora. Inclinou-se sobre o balcão, subitamente consciente de que não estava sozinha, de que era uma entre milhões de humanos de pé na cozinha, diante de suas geladeiras barulhentas, com fome de comida, cigarros, álcool, sexo. Amor. Mary se perguntava se esse era o refrão que às vezes ouvia recobrindo o bater de seu coração. Ou seria o som, como desejara, de um deus chamando por ela? Não o vingativo homem branco dos filmes antigos ou o sábio homem negro dos filmes recentes, mas uma grande, redonda e feminina deusa que pudesse aconchegá-la em seus braços maternais e mostrar-lhe o caminho para a glória? *Sra. Bolt?*

Muito tempo atrás, fora Irma quem plantara a ideia na cabeça de Mary, quando passavam pelo grafite vermelho ao lado do Kmart, *Onde está Deus quando precisamos dela?*

— Deus pode ser uma mulher, suponho — dissera Irma. — O Deus com quem cresci era muito bravo. Sempre gostei da aparência daquele Buda sorridente.

— Você pode pensar em Deus do jeito que quiser? — perguntou Mary, espantada.

— Claro, querida. Desde que você não tenha religião.

Mary ficou de pé observando a noite pela janela da cozinha enquanto o vento jogava o arado longe e incitava o cachorro de Merkel a latir no campo detrás da casa. Ao se lembrar subitamente de algo, Mary se apressou em olhar através do vidro sujo da janela dos fundos. "Estalo", respirou ela. Na fileira dupla de roupas penduradas perto da horta não podada, três das camisas de trabalho caras de Gooch feitas sob medida agitavam-se como afogadas nas ondas do vento. Estava tão brava consigo mesma quanto com a tempestade, porque pusera as camisas no varal três dias antes. Apenas sua preguiça explicaria a perda delas para Gooch.

Esquecendo-se da camisola por causa da pressa, Mary abriu a porta dos fundos; o vento, seu amante, acariciava sua pele enrugada e provocava seu cabelo selvagem. Agora não. *Agora* não. Seu coração começou a se agitar com batidas cerimoniais. Mary lutou contra o vento enquanto a primeira camisa era jogada para cima por uma corrente ascendente e rasgada pela árvore rija perto do túmulo do sr. Barkley. Então o vento se apoderou da camisa cinza, arrancando-a do varal e lançando-a em direção à casa dos Feragamo. Desapareceu, como o sr. Barkley, diante de seus próprios olhos.

Os pés gelados e descalços de Mary urgiam-lhe a dar um passo, depois outro e outro, determinados a vencer a distância pela grama úmida para resgatar a camisa remanescente. O vento a agredia conforme se esticava para alcançar a manga. Um pregador estalou, atingindo-a na testa. Assustada, largou a camisa e, ao dar um passo para trás na intenção de enxergar o tecido que voava, tropeçou no cesto de roupa suja e caiu com força no chão.

O vento deixou Mary Gooch como uma vítima de atropelamento, esparramada nua sobre as folhas úmidas naquela tempestuosa noite de outubro. Lutando contra o próprio peso, entoando o mantra acidental *Gooch Gooch Gooch*, encontrou um ritmo em sua respiração e deixou os pensamentos correrem soltos.

Talvez a nudez lhe houvesse concedido uma perspectiva nova. Deitada ali em meio à tormenta, compartilhando seu fardo com a doce terra úmida, Mary teve concomitantemente uma sensação peculiar de extrema liberdade e de profunda conexão. Liberdade de quê não sabia dizer. Conexão com quem também não sabia. Ou, o que era mais importante, não importava. Suspeitando que a privação de oxigênio poderia estar envolvida em seu despertar, lutou para respirar mais profundamente, o que aumentou, em vez de diminuir, sua consciência de que alguma mudança fora ativada. Ela sentiu uma corrente elétrica, um assobio em cada célula que se conectava de forma sublime ao pulsar de todas as coisas, de modo que ela era a terra que aninhava seu corpo e a formiga sobre o galho perto de sua orelha. Mary era as raízes do salgueiro fustigado pelo vento e o ar que alimentava seus pulmões. Era o recém-nascido chorando na casa distante e o sr. Feragamo deitado na cama dele. Era cada gota de chuva, o cachorro da sra. Merkel, o adubo de seu gato. Era totalmente feita dela mesma, e não era nada além da brisa que a conduzia lisonjeiramente para cima, até poder avistar sua enorme silhueta de bebê, bela e serena, despida pelo vento. De sua posição atual demasiadamente iluminada para arrependimentos, estimou o corpo do qual era herdeira e com o qual errava, sem preocupação nem desejo ou vergonha.

O vento soprava frio, e a chuva aferroava suas coxas. Um grilo juntou as patas perto de um galho ao lado do dedo do pé dela. Imaginou ter ouvido um gatinho laranja gritando atrás da garagem. *Sr. Barkley? É você?* Teve a percepção súbita de que Gooch poderia chegar em casa a qualquer momento; certa de que preferiria estar morta a ser vista daquele jeito, alcançou o cesto de roupa suja como uma alavanca para ajudá-la a se levantar. Correu em direção à porta dos fundos, suas ondas corporais em movimento, praguejando contra a natureza colérica. Em resposta a seu ódio silencioso, ou talvez para lhe dar uma lição sobre respeito, o vento bateu na janela aberta do quarto e lançou uma rajada através da casa que fechou a porta dos fundos.

A porta trancou-se automaticamente ao bater, Mary girou a maçaneta mesmo assim, esperando por um milagre. Com medo de ser descoberta nua em seu quintal no meio de uma tempestade, arrastou-se em direção à garagem e abriu a porta, sua nudez suína foi cruelmente banhada pela luz do sensor de movimento. *Haha*, quis gritar para quem quer que estivesse por trás disso. *Ria à vontade.*

As ferramentas de Gooch estavam dispostas de forma organizada sobre a mesa de trabalho dele. Havia caixas e engradados de sabe-se lá o quê, a vassoura, o cortador de grama, o extirpador de ervas daninhas, a bicicleta de Gooch. Um som familiar para os insones, de um veículo na noite, fez sua carne estremecer. Pegou a pá e olhou em direção à estrada, notando os faróis distantes. Com cada passo estrondoso que era como uma prova de sua determinação, avançou com dificuldade através das folhas em direção à porta dos fundos trancada, levantou o cabo da pá e bateu-o no vidro. Enfiou a mão lá dentro para virar a tranca, afundando-se em pânico à medida que os faróis se aproximavam.

Os cacos encontraram o calcanhar descalço de Mary no momento em que ela passou pela porta, como uma facada de frio congelante seguida de uma quente pontada de dor. Xingou o vidro até a última geração e saiu mancando sobre o piso da cozinha até se apoiar no balcão, enquanto o veículo passava lá fora.

Mary esticou o pescoço, levantou a perna e inclinou-se para o lado. Fosse qual fosse o ângulo do qual tentava examinar o pé, não conseguia vê-lo por causa da imensidão de seu corpo. Jogando um pano de prato no piso para absorver o sangue que se acumulava numa poça, pôs o pé no chão, percebendo tarde demais que o caco ainda estava alojado ali. Arrastou-se até uma das cadeiras vermelhas de vinil, com o sangue escorrendo da toalha e infiltrando-se pelos poros do reboco sujo.

Suando, grunhindo, Mary tentou levantar seu pé ferido até o joelho oposto para que pudesse retirar o vidro. Tentou içar com as mãos e pescar com os braços, mas nem a articulação do joelho nem a articulação da bacia, tampouco o acúmulo de gordura ao redor da patela, permitiam a transferência de peso. Fez um grande esforço, mal conseguindo alcançar o escorregadio e enlouquecedor caco, entalhando os dedos. Havia uma alarmante quantidade de sangue brotando da ferida. Envolveu outra vez o calcanhar ferido na toalha encharcada de sangue, que liberou o vidro de seu pé.

Respirando profundamente, mais calma do que deveria estar, Mary encontrou sua camisola cinza na cadeira e vestiu-a, sem perceber ou se preocupar com as manchas de sangue em seus dedos. Olhando seu reflexo na janela, pensando naquela outra Mary Gooch que conhecera tão brevemente, flutuando na tempestade, não definida por isto ou aquilo, mas por isto e aquilo e tudo o mais, pegou um cartão de receitas no qual estavam anotados os números de emergência, pegou o telefone e discou o número do celular de Gooch. A voz gravada de um estranho no serviço de mensagens de Gooch se desculpava: *Este assinante não está disponível. Favor deixar seu nome, o horário e o motivo de sua ligação.*

— Esta é uma mensagem para Jimmy Gooch — disse ela. — Você poderia pedir que ele ligue para a mulher dele?

Sentindo o vento entrar pela janela quebrada, Mary pensou em como Gooch diria "Você está deixando o calor sair" quando deixava a porta aberta e "Você está deixando o frio sair" quando seu nariz estava dentro da geladeira Kenmore. Ocorreu-lhe que deveria haver outra porta deixada aberta através da qual ela deixara Gooch sair.

Uma relação distante

A cortina verde dançava à medida que o vento frio se infiltrava pela janela escancarada. Mary acordou como acordava toda manhã, sobressaltada, chocada por ter sido capaz de adormecer. Quando se levantou para olhar, foi um choque ainda maior, porém, ver o sangue enegrecido que manchara os lençóis em que suas mãos cortadas haviam sangrado e que se acumulara na colcha sob seus pés.

Os corvos faziam um alvoroço no campo atrás da casa, insistindo para que ela se virasse para olhar, mas Mary já sabia que estava sozinha. Alcançou o telefone ao lado da cama e encontrou o cartão com os números de emergência. Ligou para o celular de Gooch. Quando a mensagem pré-gravada atendeu à chamada, conseguiu articular:

— Desculpe. É Mary Gooch novamente. A esposa de Jimmy Gooch. Por favor, se puder pedir que ele me ligue. São sete horas. Da manhã.

Arrepio de pavor. Espiral de medo. Gooch não estava em casa. Não atendia ao telefone. No entanto, ao mesmo tempo, o telefone dela não tocou. A polícia não ligara para avisar que ele estava preso. Ninguém batera à porta para avisar que houvera um acidente. Ocorreu-lhe que a noite simplesmente fora bastante dramática, como acontecia quando as pessoas se aventuravam pelo mundo afora. Como ela fizera. Como Gooch às vezes fazia. Sua ausência seria explicada em breve, plausivelmente e com genuíno remorso por sua preocupação, e então seria esquecida por ambos ou pelo menos não seria mencionada novamente. Não restaria nada de memorável daquela ausência, como se convencera tão bem em seu breve encontro com a noite.

Mary desligou o alarme antes que disparasse, impressionada pela podridão de seu hálito, lembrando-se de como Gooch gostava de decretar que as pessoas eram bunda-moles. Ela era uma dessas pessoas, é claro, embora ele nunca houvesse sido tão direto a esse respeito. Com exceção, talvez, de quando ganhara, no ano passado, o cruzeiro pelo Caribe numa rifa e cancelara a viagem no último minuto, mesmo depois de se terem dado o trabalho de tirar os passaportes. Insistira que, por causa de seu enjoo (e ela de fato sentia enjoo), seria incapaz de suportar uma viagem pelo oceano. O que não poderia suportar, na verdade, eram as orgias gastronômicas do navio, que ouvira duas mulheres comentarem durante uma de suas duas visitas anuais ao cabeleireiro. O outro problema, que sempre era um problema, era que Mary não tinha nada para vestir.

Gooch ficara nervoso, reclamando que existia todo um mundo para além de Leaford, e que ela podia ser uma bunda-mole se quisesse, mas *ele* embarcaria naquele cruzeiro. Acabaram dando as passagens para Pete e Wendy. Mary nunca foi capaz de compreender por que Gooch não fora sozinho. Onde estava aquele refrão? Aquele tremor de esperança? Onde estava Gooch, afinal?

Espiando pela janela, procurou o caminhão da Leaford Móveis & Ferramentas na entrada da garagem, onde Gooch sempre o estacionava ao lado da caminhonete de teto solar eternamente aberto. Assim como acontecia com a expectativa de seu próprio reflexo, sabia antes mesmo de olhar que não gostaria do que estava prestes a ver. Seu mundo sofrera uma mudança tão radical que não conseguia encontrar seu centro de gravidade, tendo de se agarrar ao batente para se apoiar. Ocorreu-lhe que nunca se *sentira* tão pesada, um pensamento acompanhado pela certeza de que nunca *estivera* tão pesada. Essa era a síntese. Ela finalmente engordara a ponto de expulsar o marido. Como água espirrando para fora da banheira.

Um ruído mecânico soou ao longe, e Mary levantou os olhos para ver o sr. Merkel em seu terreno, curvado atrás do volante do trator, com um grande cachorro marrom saltitando ao lado, por vezes se afastando para perseguir os corvos rapinantes. A vida desesperadora das outras pessoas.

— Sempre se pode olhar em volta — gostava de dizer Irma — e encontrar alguém *muito* pior.

Era verdade, e Mary consolava-se com a desgraça dos Merkel, um casal de idade que perdera o único filho, um menino de 4 anos, em um tornado no começo dos anos 1970. O vento, furioso, roubara o pequeno Larry da frente de casa e o levara a algum lugar secreto para nunca mais ser visto. Mary não dirigia os olhos para o senhor ou para a senhora Merkel sem pensar em Larry, mas fazia tempo que não os via. Nem ela nem ninguém.

A triste história de Larry Merkel era uma lenda de Leaford, como a história das gêmeas siamesas Rose e Ruby Darlen, que nasceram unidas pela cabeça. Poucas vezes Mary falara com elas, mas vira as estranhas meninas da distante janela de seu quarto na fazenda depois que se casou com Gooch. Perguntava-se sobre o que as meninas conversavam enquanto se acotovelavam na instável ponte sobre o riacho entre os campos. Assim como o minúsculo fantasma de Larry Merkel, que Mary pensava ter visto lançando-se sobre o milharal, as irmãs Darlen assombravam a paisagem. Os filhos de Mary também eram fantasmas, mas fantasmas silenciosos e observadores, como o sr. Barkley, que nunca saía de casa.

O pobre Christopher Klik, o principal parâmetro para a autocomiseração de Mary, foi substituído, após o nascimento das gêmeas Darlen, por Rose e Ruby.

— Unidas pela *cabeça*. Imagine uma coisa dessas — diria Irma quando tivesse a oportunidade de avistar o par. No entanto, Mary não se sentia particularmente compadecida das meninas. Pelo que podia ver, pareciam contentes em sua existência peculiar. Teria se sentido tola de admiti-lo — e, além do mais, não tinha com quem compartilhar uma confissão desse tipo —, mas invejara as meninas em sua ligação inextrincável.

As meninas escreveram suas autobiografias nos meses que antecederam suas mortes, autobiografias essas que todos do condado de Baldoon haviam lido e às quais todos faziam pelo menos uma ressalva. Havia quem protestasse contra a geografia de algumas partes; algumas pessoas faziam objeções ao uso de nomes reais; outras discordavam das caracterizações; e algumas ainda refutavam os eventos, considerando alguns deles fictícios, pois o que Rose Darlen escrevera sobre o ato sexual que presenciara entre seu tio Stash e Catherine Merkel não poderia ser verdade.

Mary devorara o livro num só fôlego, histérica com a possibilidade de se ver mencionada na próxima página, descrita por uma menina em termos condescendentes ou por outra como a mulher gorda e estéril da casa dos fundos, que via a vida passar pela janela. Quando descobriu que não fora nem ao menos mencionada por nenhuma das meninas, perguntou-se como era possível que uma mulher gorda como ela pudesse ser tão pouco perceptível.

Lembrar-se de Rose e Ruby era uma excelente distração até que fosse substituída por alguma força aleatória. A fornalha começou a rugir e, depois de uma série de curtos e violentos acessos, morreu de uma só vez num ímpeto de cólera. Mary sentiu-se vingada e desejou que a fornalha tivesse sofrido. Encorajada por esse simbolismo, fechou a janela do quarto e encaminhou-se para o corredor, esforçando-se para não se apoiar no calcanhar ferido.

A aurora iluminava o corredor como uma manhã depois de uma cena de assassinato, as paredes borradas do sangue de seus cortes na mão, manchas gritantes no carpete prateado novo. Era chocante, mas havia precisão na imagem. Algo *morrera* ali na noite anterior.

Chegando enfim à cozinha, aliviada por perceber que a ferida do pé não parecia estar sangrando, ou pelo menos não muito, abriu o congelador e sacou um pacote de milho, enfiando um punhado de grãos na boca, chupando-os para que descongelassem, entregando-se à fome e à decepção de constatar que era capaz de pensar em comer até a uma hora dessas. Perguntou-se se estaria traindo Gooch ou salvando-o ao ligar para o Grego.

Gooch dirigia e fazia entregas de caminhão para Theo Fotopolis, que todos chamavam de Grego há quase tanto tempo quanto chamavam Jimmy Gooch de *Gooch*, isto é, desde que Mary começara a trabalhar na loja de Raymond Russell. Grego contratara Gooch após o colegial para trabalhar no departamento de vendas, arcando com o custo de sua carteira de motorista de caminhão quando Gooch se recuperou do ferimento na perna.

O relógio na parede indicava sete da manhã. A questão de ligar ou não para Grego dependia da verdade que Mary estava preparada para enfrentar — se a ausência de Gooch era acidental ou não. Havia também a questão premente da encomenda de chocolate de Laura Secord, à sua espera na farmácia. Mary encomendara uma caixa de seus chocolates preferidos, chocolate ao leite com nozes e amêndoas, minibombons sortidos crocantes e cremosos, que o fornecedor conseguia com grande desconto. Se não fosse lá receber o pedido, Ray descobriria a transgressão. Na melhor das hipóteses, ficaria irritado. Na pior, acharia tanta graça que contaria a todos os funcionários. Além do mais, sempre havia uma ou duas caixas de chocolate danificadas durante o transporte (intencionalmente ou não) para abrir e dividir entre os funcionários. Mary sentia um prazer erótico com a mastigação extasiada de seus colegas, embora hesitasse quando as caixas defeituosas lhe eram oferecidas.

Gooch tinha uma relação peculiar com bens danificados. Sua pequena casa na parte rural de Leaford era mobiliada com peças da loja que haviam sido danificadas durante o transporte. Uma mesa de centro trincada. A geladeira Kenmore queimada cuja cor vermelho-amarronzada não correspondia exatamente à do fogão de mesma marca. Um sofá-cama com o mecanismo quebrado. As primeiras peças quebradas haviam sido, naquele difícil primeiro ano de casados, as cadeiras vermelhas de vinil com grossos pés de alumínio.

Certa manhã, Mary acomodou-se em uma das cadeiras usadas e estourou uma articulação já gasta. Gooch não se preocupou de forma manifesta com o fato de que sua jovem mulher, ganhando peso rapidamente no primeiro trimestre de sua segunda gravidez, poderia quebrar uma cadeira e cair com consequências trágicas, mas pensou nessa possibilidade. Naquela noite, apareceram as quatro cadeiras vermelhas, uma delas com um rasgo perceptível na costura, e as velhas foram mandadas para a garagem. Mary não perguntou ao jovem esposo se rasgara a costura propositalmente.

Gooch sentou-se em uma das firmes cadeiras vermelhas, levantando o vestido de Mary para que ela pudesse sentar em seu colo.

— Você perguntou ao médico? — sussurrou em seu decote avantajado.

— Ele disse que não deveríamos — mentiu Mary. Hesitante e envergonhada, perguntara ao dr. Ruttle se ela e o marido poderiam manter relações sexuais durante os últimos seis meses da gravidez e ficara chocada com a franqueza da resposta.

— Claro que sim. Até pouco tempo antes do parto, se for confortável para os dois.

Decididamente, aquilo não podia estar certo. Ou pelo menos não na situação dela, já que perdera o primeiro bebê (James ou Liza), e com Gooch sendo do jeito que era. Decidiu, ao sair do consultório do dr. Ruttle, que o bom médico se esquecera de seu primeiro aborto e do tamanho diferenciado de seu marido. Mary desejou ligar para Wendy ou para Patti e pedir suas opiniões, mas não discutia sua intimidade conjugal com ninguém. Assim como comer, tratava-se de um assunto intensamente privado.

Numa fria noite de outubro, na véspera de seu casamento, as quatro amigas, recém-formadas no Colégio de Leaford — Wendy matriculada no curso de enfermagem, Kim na Escola de Pedagogia de Londres, Patti trabalhando como recepcionista na imobiliária da mãe e Mary —, encontraram-se para comer saladas e beber champanhe no Restaurante Satellite, em Chatham. A aceitação de Mary no grupo de amigas ainda era recente; como uma estudante estrangeira de intercâmbio, achava que conseguia observar os costumes das amigas, mas, sem compreender as nuanças de sua linguagem comum, era incapaz de participar efetivamente do grupo.

Abrira os presentes do chá de panela debaixo da mesa, suando sob o vestido, encolhendo-se quando uma garota ou outra gritava:

— Deixa ver!

Um ursinho vermelho com lingerie combinando. Um longo preto com penas na gola.

— Você veste só isso, mais nada — ensinou Kim. — Tão sexy!

Um espartilho azul com fechos nas costas e um sutiã em formato de cone. Cada uma das peças no tamanho que fora o de Mary por pouco tempo e jamais voltaria a ser.

As garotas — todas com exceção de Mary, que tinha baixa tolerância ao álcool — beberam muito vinho e falavam de sexo. Patti uniu o dedão e o indicador e, espiando pelo minúsculo espaço entre os dedos, disse arrastadamente:

— O pau do Dave parece pequeno à primeira vista, mas quando se excita...

Kim entrou na conversa falando sobre o *tesão* que sua irmã mais velha sentira no terceiro trimestre de sua primeira gravidez, contando que ela deixara o marido mamar seu leite depois que o bebê nasceu. Mary considerou essa imagem perturbadora e odiou a palavra *tesão*, que soava tão bestial. Wendy confessou que não gostava muito de *foder*, mas que conseguia que Pete fizesse *qualquer coisa* (aquele show do Supertramp?) se lhe fizesse um rápido *vocês-sabem-o-quê*. Quando Kim exclamou:

— Eeeeca! — E ensinou: — Dá um lencinho para ele.

— Ou — gritou Wendy — engole!

O assunto passou a ser a gravidez de Mary.

— Você não tem medo de engordar de novo? — perguntou Wendy abruptamente. — *Morro* de medo. E eu nunca fui *gorda*.

— É normal engordar quando se está grávida. Não dê atenção a ela, Mary. O peso que minha irmã ganhou durante a gravidez evaporou depois — assegurou Kim. — Especialmente quando você está amamentando.

— Só estou dizendo — disse Wendy de um jeito arrastado — que prefiro morrer a ser gorda.

Kim passou o menu.

— Vamos pedir uma porção grande de fritas com molho para dividir?

Wendy prosseguiu, mamando seu vinho.

— *Espera aí*, pessoal. Não é como se Mary não soubesse que era gorda, não é? Não é?

Mary sentiu os olhos de Wendy cravejá-la.

— É.

— Jimmy Gooch nem olhava para a Mary antes de ela perder todo aquele peso e, poxa, só estou dizendo — hesitou Wendy — que odeio pensar que os ossos do seu rosto podem desaparecer e seus sapatos fofos podem não servir mais.

A maravilhosa e bêbada Wendy da equipe de líderes de torcida, apaixonada por Jimmy Gooch, estava apenas dizendo o que as mulheres ali pensavam, e Mary mais obsessivamente do que elas — que engordaria com a gravidez e não conseguiria perder o peso (como observado incontáveis vezes nos círculos de amigos de todas), e que Gooch a abandonaria para criar o fedelho do casal sozinha.

Mary parara de comer terra pouco tempo depois que oficializaram a relação. Gooch era tudo o que a sustentava. Contudo, quando aquele primeiro bebê ainda era menor do que um dedo, sua fome atroz voltara, e, como qualquer compulsão, voltara não do começo, mas de onde fora interrompida. Esgueirando-se da cama quando sabia que uma Irma inquieta e um Orin resignado estariam dormindo, ia para a cozinha e ali ficava de pé, mastigando o que encontrasse em sacolas de plástico, chupando fios gelados de macarrão do dia anterior e triturando fileiras de biscoitos de chocolate com seus enormes dentes molares.

— Grego vai dar um berço a vocês? — perguntou Kim para preencher o silêncio.

Se não fosse constituída de camadas e camadas de mentiras e mistérios, Mary talvez pudesse ter sido capaz de perguntar às outras garotas tudo o que gostaria de saber sobre seus corpos, sobre o ato sexual, sobre a libido de seus maridos. Antes de Gooch, jamais pensara em analisar os corpos masculinos com atenção, tão concentrada estava com a alimentação e os cuidados do próprio corpo. Suas únicas experiências antes de Gooch haviam sido mostrar o mamilo para Christopher Klik no estacionamento de bicicletas e aquela vez em que Jerry, o motorista enrugado da farmácia, se oferecera para massagear seus ombros numa sala de funcionários vazia. Com medo de parecer mal-agradecida, deixara que ele a amassasse por dez longos minutos enquanto sentia aquela ereção arqueada de velho pressionar suas firmes costas adolescentes. Não contou a ninguém a indecência que o velho fizera. Era também suficientemente ingênua para acreditar que a má intenção do motorista fora apenas fruto de sua imaginação. Além disso, antes de Gooch, costumava considerar a si mesma tremendamente repulsiva para ser capaz de provocar o desejo alheio, ainda que pervertido.

A energia sexual de Gooch e Mary fora poderosa, e o desejo dele não diminuiu após o casamento. Apenas quatro meses depois de sua primeira malfadada gravidez, descobriram que estavam esperando um novo bebê, e a segurança de Mary diminuíra em virtude de rápido acúmulo de quilos.

Abraçada ao marido na nova cadeira vermelha de vinil, concluíra que o conselho do dr. Ruttle deveria ser ignorado. Ela temia pelo segundo bebê (Thomas ou Rachel) para satisfazer Gooch da maneira habitual, e, pensando no que Wendy dissera na véspera de seu casamento sobre o modo como enfeitiçava Pete, Mary empurrou os largos ombros do marido contra a cadeira vermelha de vinil que ele trouxera para casa naquele dia e sussurrou em seu ouvido:

— O dr. Ruttle disse que não podemos fazer *aquilo*, mas podemos fazer *outra coisa*.

Depois, enquanto Gooch fechava o zíper e se levantava da cadeira vermelha, Mary sentiu, além de uma profunda gratidão do marido pelo que ela fizera — particularmente porque *não* lhe oferecera um lenço de papel —, que havia uma suspeita no ar. Alcançando a enorme mão dele para que pudesse ajudá-la a se levantar, sentira-se compelida a sussurrar:

— Nunca fiz isso.

Gooch ergueu uma sobrancelha, mas não quis saber mais, e Mary dormiu naquela noite com a mão sobre seu ventre em expansão, pensando que devia ter feito o que fez muito bem. Ficara satisfeita por ter seguido seu instinto, o de que a tumescência do marido era comestível.

Manifestações de genuína preocupação

Uma suave chuva matutina caía sobre a paisagem. Um vento frio soprava pela janela quebrada dos fundos enquanto Mary se dirigia para o telefone a fim de discar o número do marido. Era a secretária eletrônica de novo, com aquela voz estranha que Mary acreditava pertencer a uma recepcionista humana que daria o recado.

— É Mary Gooch de novo. Oito e quarenta e cinco. Se Jimmy Gooch puder, que ligue para a mulher dele no trabalho. Obrigada.

Pegando a manteiga de amendoim com o dedo, a agradável sensação do dedo longo e roliço em sua boca, Mary tentou lembrar-se da última vez em que fora tocada por outras mãos que não as próprias.

Lá fora, a chuva desenhava um padrão melancólico no vidro da janela sobre a pia. O teto solar! O interior do caminhão estaria encharcado. Teria de se lembrar de levar grandes toalhas sobre as quais pudesse se sentar no caminho para o trabalho. Perguntou-se se deveria ligar para a farmácia e avisar que estava doente, fingindo dormir quando Gooch chegasse em casa e agindo febril e agitadamente ao acordar, como se acreditasse que ele estivera ali a noite toda.

Concentrou-se na lista. Conserto do telhado? Técnico da fornalha? O que vestir no jantar? O jantar. Cancelar o jantar? A encomenda de Laura Secord.

O desejo agarrou-a pela garganta. Chocolate. Essencial. Algo que não podia esperar. Sentiu uma empatia momentânea pela irmã de Gooch, Heather, que passara a maior parte de sua última visita juntas vasculhando os bolsos vazios do casaco.

— Estou *morrendo* por um cigarro. Preciso passar numa loja de conveniência — dissera.

Antes de partir, Heather, com seus longos e ossudos membros e seus fundos olhos azuis, segurara os braços moles de Mary, cravando neles as unhas com maior intensidade do que o desejado, dizendo:

— Você tem muita sorte de ter o meu irmão.

O modo como dissera aquilo, como uma ex-namorada ou uma lamuriosa ex-mulher, fez Mary parar para pensar. Heather era viciada e linda, e Mary naturalmente suspeitava de seus motivos. Presumiu que Heather comprara seus cigarros. Ela nunca voltou para o rosbife do jantar.

Mary procurou no armário sob o micro-ondas como se já não soubesse que não havia chocolate escondido ali com os livros de receita. *Morrendo* por chocolate. Nada. Nem uma lasca. Nem um quadradinho. Nem um furtivo M&M. Apenas o fichário do casamento — não com fotografias, mas com uma coleção de recibos de cada centavo que Orin e Irma gastaram no casamento de Mary Elizabeth Brody com James Michael Gooch vinte e cinco anos atrás. Os pais lhe deram o fichário de presente na semana anterior ao casamento, detalhando cada recibo e cada fatura até chegarem ao resultado final, que Irma escrevera em grossa tinta preta.

— Não estamos pedindo para nos pagar de volta — dissera Irma solenemente. — É só para você saber que existe um custo. Para tudo.

Na noite anterior ao casamento, Irma viera ao quarto de Mary com chinelos relutantes se arrastando em direção à cama. De pé, avaliava o volume da filha sob a grossa colcha de chenile, notando que Mary ganhara muito peso para uma gravidez ainda em fase inicial. Olhara para o vestido de cor creme pendurado no fundo do armário e perguntara:

— Você o provou desde a semana passada?

— Hoje — disse Mary, sem mencionar que o vestido estava perigosamente apertado e que temia pelos botões na cintura.

Irma franziu a testa e disse baixinho:

— Bem, querida, é muito tarde para conversar sobre relacionamentos, que é o assunto sobre o qual se deve conversar com a filha na véspera do casamento.

Um rubor tingiu a bochecha de Mary, que fez uma careta, mas não em reação às palavras da mãe. Muito pão com as garotas no Restaurante Satellite. Sentia-se quente e estranhamente enferma.

— Você é muito jovem para se casar.

— Eu sei.

— Mas é a única coisa que há para fazer.

— É.

Irma limpou a garganta

— Seu pai e eu...

— Eu também — sussurrou Mary quando ficou claro que sua mãe não iria ou não poderia terminar a frase.

— Mas você arrumou a cama.

— Eu sei.

— E precisa deitar-se nela.

O modo como a mãe dissera *deitar*.

— Eu vou.

— E vai depender de você, querida. Não é o homem que manda no casamento. Isso eu posso lhe garantir.

— Certo.

— Não se *entregue*.

— Entregar o quê? — perguntou Mary vagamente e então — Oh.

— Vista roupas limpas antes de ele chegar em casa para o jantar e façam juntos à mesa um café da manhã *quente* todas as manhãs, cereal não vale, não importa se você passou a noite toda acordada com o bebê.

— Certo.

— E um pouquinho de batom não dói.

— Não me sinto bem — murmurou Mary.

— E todos eles têm um hábito particular. Um hábito indecente.

— Um hábito indecente?

— Todos têm. Todos eles. Você não vai mudar isso. E, quando você flagrá-lo, simplesmente finja que não viu. Não leve para o lado pessoal. Esse foi o melhor conselho que minha mãe me deu.

— Não estou me sentindo bem mesmo.

Irma acomodou-se na cama.

— É um bom sinal. Tive enjoo com você o tempo todo. Não tive um segundo de náusea nas outras gestações. Foi assim que eu soube que não iria perdê-la.

Mary acariciou seu ventre, sentindo a bile subir.

— Mas não é agradável.

— Muitas coisas não são agradáveis, querida.

Levou as pernas até o estômago, sentindo algum alívio, desejando que Irma ficasse na cama conversando assim pelo restante da noite. Mas foi só desejar, como se assoprando uma vela de aniversário, que sua mãe foi se levantando e, sem querer soar dura, disse:

— Agora vá dormir.

Na cama de sua infância, no quartinho do bangalô azul em que fora criada, Mary observava o luar recair sobre o vestido de noiva pendurado atrás da porta do armário. O vestido custara trezentos e setenta e quatro dólares. E as três alterações isoladas para que ficasse pronto, mais noventa e dois. Sapatos, cento e cinquenta e nove. Muito pão. E quase toda a porção de batatas fritas com molho que Kim pedira para todos à mesa. E duas fatias de bolo. Mary teria de passar o dia inteiro de seu casamento inspirando, encolhendo sua barriga de grávida, o que planejara fazer de todo jeito, mesmo sabendo que não havia um único convidado que já não soubesse ou não suspeitasse de seu *estado.*

Patti, Kim e Wendy nadavam em torno de sua mente em um vertiginoso balé aquático. Manifestações de genuína preocupação. Conselhos fraternais. Franqueza sexual. O tipo de ritual de amizade que Mary desejara, mas em cuja autenticidade não confiava. Lembranças assustadoras da conversa vinham como disparos — *prefiro morrer a ser gorda.*

Algumas horas depois de ter ouvido o arrastar das cadeiras da cozinha e o repousar das xícaras de Irma e Orin sobre a pia, Mary ainda estava totalmente acordada. Suava sob os cobertores e tremia ao mesmo tempo. Mary sentia fome. Muita fome. Esgueirou-se pelo corredor até a cozinha, mas foi atraída pela luz noturna no banheiro e parou para observar sua bela e pálida face.

A dor foi repentina e rasgou seu intestino. Gases. Ela arrotou. Prendeu a respiração, mas não desviou o olhar de seu reflexo no espelho. Mary *Gooch.* A senhora James *Gooch.* Não queria mudar de nome, mas não comunicara isso a ninguém. Irma teria revirado os olhos. A mãe de Gooch teria protestado. E Gooch? Ela temera magoá-lo. Como poderia se tornar Mary Gooch quando ela mal conhecia Mary Brody?

Mary se autoinstruíra, na mesa dos fundos da Biblioteca de Leaford, com uma série de livros sobre gravidez. Um deles exibia uma tabela de ganho de peso. Ela já estava fora da tabela. O mesmo livro explicara o assunto da incontinência, que às vezes acontecia durante o terceiro trimestre ou após o nascimento, com a extensão e a distensão dos músculos uterinos. Não obstante, soube, quando sentiu o quente gotejamento entre as pernas, que não estava urinando. Sangue. Afundou-se no vaso sanitário.

Embora considerasse uma grande desonra à memória de James ou de Liza o ato de recordar nos mínimos detalhes a morte e o desaparecimento daquela alma inocente, com frequência a lembrança lhe ocorria espontaneamente. Quando se levantou para inspecionar o que ocorrera, não conseguiu associar os destroços que viu na água do vaso ao bebê moreno e gorducho que imaginara em seu seio. O bebê que nomeara, que a encantava e com quem já compartilhara a sabedoria de uma vida inteira. O menininho que, como eles brincavam, seria o minibar da geladeira de Gooch. Ou a menininha cujos cabelos macios Mary pentearia como Irma penteara os da filha. O luto chegaria depois, nos dias e semanas seguintes, mas, naquele momento terrível, o instinto de Mary foi desfazer o que havia sido desfeito.

Observou o redemoinho vermelho, horrorizada pela rapidez de sua ação, percebendo, tarde demais, que nem se despedira. *Desculpe. Meu Deus, desculpe.* Os canos emitiram sons de sufocamento e, então, como para completar o horror, a água subiu lentamente ao vaso, derramando-se por sobre a porcelana, pingando ácido cor-de-rosa nos azulejos. Ela pegou as toalhas, caindo de joelhos para impedir que a onda vazasse por sob a porta. Era um pequeno consolo que o desentupidor estivesse por perto.

Esfregando sangue do piso na véspera de seu casamento, percebeu que não poderia contar a ninguém o que acontecera sem explicar o que fizera. Acabaria se convencendo de que estivera em estado de choque e que, portanto, capacidade de julgamento não era algo que se esperasse de uma pessoa nesse estado. Ainda assim, os fatos permaneciam sendo, conforme ela os imaginava sendo expostos, sufocamento involuntário do bebê em virtude de seu peso visceral, *homicídio involuntário*, e desfizera-se do corpo, pois era isso o que *devia* ter sido, do modo mais macabro, indignidade bruta a um cadáver.

O vestido de noiva na porta do armário, o fichário de recibos sob a lingerie ao lado das malas para a lua de mel nas Cataratas do Niágara, as toalhas manchadas de sangue escondidas no fundo do lixo. Tudo tem um custo. Mary moveu-se sob os cobertores, suportando sua primeira noite inteiramente insone. Não tinha febre, e o sangramento entre as pernas diminuíra para um gotejamento suportável, mas não conseguia parar de tremer.

Naquela manhã de seu casamento, como nesta manhã vinte e cinco anos mais tarde, acordou para um mundo cuja rotação essencial se deslocara. Comeu vorazmente os *waffles* de mirtilo que Irma pôs à sua frente e concordou com Orin que as abelhas poderiam ser um problema se estivesse suficientemente quente para comer ao ar livre. Por mais que quisesse confessar o que acontecera, por mais que compreendesse que sua perda não poderia ser escondida indefinidamente, não conseguia encontrar as palavras.

Entrou em seu vestido de noiva tremendo. Tendo perdido uma grande quantidade de fluido nas primeiras horas da noite, os botões fecharam facilmente na cintura. Irma alisou a saia, dizendo:

— Não seja uma estranha para esta casa.

— Você e papai também irão à nossa casa algumas vezes — replicou ela.

Vestida e arrumada, com o cabelo escuro elegantemente preso no topo da cabeça, Mary evitou seu reflexo enquanto se apressava para sair do quarto. Comera demais. E perdera o bebê por causa disso. Como contar a Gooch? Um custo. Para tudo.

Quando a viu se deslocando pelo corredor estreito, Orin assobiou baixo e devagar, mas ela pôde ver que ele estava contendo as lágrimas. Ele estava perdendo seu bebê. Ela perdera o dela. Era o dia mais triste de suas vidas. O cheiro quente de metal do absorvente ensanguentado entre suas pernas emergiu por sobre a renda e o tule.

Irma bateu palmas e disse:

— Vamos acabar logo com isso.

Enquanto subia com sua elegante e corada filha ao altar, Orin sussurrou:

— Você está parecendo um veado prestes a ser atropelado, Murray. *Sorria*, pelo amor de Deus.

Mary quase parara e correra pela porta dos fundos, mas prosseguiu, enfeitiçada pelo rosto sorridente de Gooch até encontrar sua mão no altar.

Viu as horas passarem como uma convidada em seu próprio casamento, temerosa de que sua mentira houvesse manchado o vestido e de que todos, incluindo Gooch, estivessem apontando para ela pelas costas. Mary não se lembraria da cerimônia. Do beijo. Das fotos. Do jantar. Do bolo. De nada disso — apenas do som da voz chorosa de Heather Gooch enquanto lia o insípido poema de amor que ela mesma escrevera e da expressão de dor no rosto de Gooch quando a tomou na pista de dança e ela percebeu que ele lesionara a perna de novo.

Pouco antes da meia-noite, no Lincoln Continental preto emprestado de Grego, Mary sugeriu que Gooch fizesse uma parada em Londres, onde sua hemorragia foi tratada numa sala de emergência, e o médico informou a Gooch:

— O bebê foi perdido.

Perdido. Como uma luva ou as chaves do carro. O médico voltou-se para Mary, deu uma palmadinha em sua mão macia e não revelou ao jovem noivo que sua noiva abortara o bebê na noite anterior ao casamento.

Gooch adentrou a sala monótona mancando gravemente na manhã em que ela seria liberada do hospital. Mary sentiu-se responsável por sua dor pelo fato de ele ter se machucado dançando, ainda que a dança tivesse sido fruto da insistência de sua mãe, e não dela. Gooch estava se recuperando da terceira cirurgia no joelho no espaço de um ano desde o acidente, mas Eden advertira que as pessoas teriam uma impressão ruim se não conduzisse a noiva para a pista de dança. E ela não permitiria que as pessoas ficassem com má impressão. Não mais.

Eden era uma mulher difícil de ignorar, com seus penetrantes olhos azuis, seu corte chanel curto, suas unhas feitas e seus sapatos de salto alto — uma beleza chique e conspícua em Leaford. Nos meses que se seguiram à morte trágica de seu marido, encontrara Jack Asquith, Jesus e a sobriedade, nessa ordem, e até mesmo o pingo de dignidade que sua filha, Heather, insistira que não possuía.

Gooch não suportava a afeição da mãe pelo americano que fumava como uma chaminé e gostava de provocar Jack durante o jantar, zombando de suas interpretações das intenções de Deus. *Deus* pensa. *Deus* pensa.

— O que Deus pensa de sua fornicação com minha mãe, Jack?

Esquecendo momentaneamente a própria dor ao ver o sofrimento no rosto de Gooch naquela manhã no hospital e consciente de que o joelho o estava matando, Mary disse:

— Você pode tomar um comprimido adicional a cada quatro horas, mas não mais do que isso. Certo?

Ele demonstrou alívio.

— Os comprimidos duram até sexta. Até lá, você já estará de volta ao trabalho.

O dr. Ruttle alarmara-se quando Gooch acabou com os primeiros narcóticos receitados antes do previsto e se recusara a receitar mais analgésicos.

— Às vezes, o melhor a fazer com a dor é suportá-la — dissera o médico. Os frascos ficam trancados a sete chaves agora, mas naquela época o estoque excedente era armazenado na estante alta sobre a mesa de Ray Senior, na porta de entrada. Mary roubara os comprimidos impunemente, mas eles eram de marca e dosagem diferente para que o roubo, caso fosse detectado, não fosse relacionado a Gooch.

— Desculpe — sussurrou ela quando Gooch se aproximou, alisando os lençóis do leito hospitalar.

— Não é sua culpa, Mare.

— Eu sei — mentiu ela. Pretendera, naquele momento, assim como pretenderia nos momentos seguintes, contar a verdade sobre o bebê; mas a dolorida perda, que agora podia lastimar, já que Gooch também sabia, e o profundo luto por sua própria *maternidade*, que Gooch jamais entenderia, refrearam seu impulso.

Ele acomodou-se a seu lado na cama estreita, envolvendo-a em seus grandes braços, sua voz soando, pela primeira vez, mais como a de um menino do que como a de um homem.

— Foi melhor assim, certo?

A afronta ao bebê, na sugestão do médico de que o feto não fora perfeito, daí o aborto ter sido *melhor*, havia sido imensa, mas ainda assim Gooch parecia encontrar conforto nisso, ao passo que Mary se enraivecera.

— Certo — disse ela.

Ele puxou o tecido do avental de Mary para baixo e repousou a face sobre seus seios. Ela leu sua mente: *Só nos casamos por causa do bebê.*

— Só nos casamos por causa do bebê — ecoou ela. — Não teríamos nos casado se eu não estivesse...

— Mas nos casamos.

— Gooch...

— Mary — disse ele. — Houve música e bebida. O fato está consumado. Somos casados.

— Sua mãe ficaria aliviada se pedíssemos anulação — disse ela, reparando na pequena pedra de diamante sobre seu dedo anular, incapaz de recordar o momento em que Gooch lhe colocara o anel.

— Você sabe quanto aquele casamento custou a seu pai?

— Sim — respondeu ela. Até o último centavo.

Eles olharam para o gélido céu de outono através da janela do hospital.

A voz de Gooch massageava seus ombros.

— Quando nossos armários ficavam lado a lado naquele ano...

Ela afundou em seu abraço.

— Quando nossos armários ficavam lado a lado.

— Encontrei um daqueles bilhetes. De bolinha. Nunca o entreguei a você.

Mary retesou-se. Os bilhetes de bolinha vieram esporadicamente até sua transformação no último ano de colégio — sete no total, oito, contando o que Gooch interceptara —, escritos numa letra cursiva cheia de arabescos com ilustrações hilárias nas margens sobre os odores corporais de Mary Brody pelo fato de ela não tomar banho após a tortura da aula de educação física.

— Por que você está me contando isso? Agora?

— Achei que você foi corajosa, Mare.

— Não tomava banho porque achava que fossem rir de mim, Gooch.

— Eles riam de você mesmo assim.

Ela suspirou, olhando pela janela, pensando se todos os homens teriam um senso de oportunidade tão ruim.

— Você voltou para a escola. Isso foi corajoso — disse ele.

— Não tive escolha.

— Sempre há uma escolha.

Mary dizia isso a si mesma.

— Você se sentava naquele balanço do seu quintal e lia romances. Nós víamos você da janela do Pete. Espiávamos você quando ficávamos entediados. Li *Laranja mecânica* por causa da expressão no seu rosto.

Mary sorriu, depois ficou séria.

— Os Droogs.

— Uma vez observei você da janela do carro enquanto esperava meu pai pegar uma receita. Você estava trabalhando atrás do balcão de cosméticos, ajudando uma senhorinha a comprar batom, e a fazia rir como louca, e eu pensei: "O que ela estará dizendo para fazer aquela velha rir daquele jeito?"

— Sempre fui boa com velhos — reconheceu Mary.

— E teve outra vez, dias após termos nos mudado para cá no verão. Eu estava indo de bicicleta para a escola para jogar basquete e vi você andando pela rua. Estava observando seu jeito de andar e tive esse *déjà-vu*. Senti que conhecia você. Tinha alguma coisa a ver com o seu andar. Senti como se já tivesse andado com você em algum lugar.

— Você fazia piadas a meu respeito? Você e Pete? Quando estavam entediados?

— O quê? Não.

— Mas você me achava gorda.

— Eu achava você bonita.

— O jeito que eles dizem *perdeu*, Gooch. Você *perdeu* o bebê. O bebê foi *perdido*.

— Eu sei.

— Parece que, quando você perde alguma coisa, deveria ser capaz de encontrá-la de novo.

Eles falavam ao mesmo tempo, Mary dizendo:

— A gente deveria pedir a anulação, Gooch, e você deveria ir para Montreal.

E Gooch dizendo:

— Vamos trabalhar por um tempo e economizar dinheiro, e então pensaremos na faculdade. E em outro bebê.

Gooch beijou a noiva na face e segurou seu queixo, esperando até que ela levantasse o rosto.

— Você tem os olhos mais bonitos que eu já vi — disse ele. — E achei isso desde a primeira vez em que a vi, junto dos armários. Você se virou para me olhar, e eu pensei comigo mesmo: "Essa garota é tão bonita."

Ela mordeu o lábio.

— E que pena?

— E que bunda! — Ele sorriu.

Ela lhe deu um tapinha amigável.

— Gooch...

— Agora você é a minha linda mulher. E pode soar brega, mas é verdade, não consigo pensar em nenhum lugar que eu gostaria de estar mais do que aqui com você.

— Isso é a letra de alguma música?

— Pode ser que sim.

— Você tomou Percodan, não tomou?

Ele apertou-lhe a mão. Momentos se passaram com o som do despertador, o arrastar dos pés pelo corredor e o resquício de um sussurro sob a porta de marfim rachado. Quando ambos não disseram uma palavra pela duração de um intervalo comercial e nenhum se levantou para ir embora, compreendeu-se que ficariam juntos.

Eles não foram para as Cataratas do Niágara.

Amanhã inabalável

Supondo que a negação seja um estado consciente, Mary Gooch estava ciente de que tinha apenas a si mesma a quem enganar ao rejeitar a possibilidade de que Gooch poderia não voltar para casa. Mas a escolha daquele dia, o aniversário de bodas de prata, pareceu-lhe um gesto excessivamente dramático. Gooch costumava evitar o drama, tendo sofrido seu quinhão em seus anos de formação com os próprios demônios. Sua mãe embriagada ateando fogo na cama quando descobriu que James a traía com a secretária. Atirando malas cheias de roupas do marido no canal Rideau quando descobriu que ele a traía com a babá. Jogando uma garrafa de licor através da janela de vidro quando ele anunciou que arrumara um emprego na cidadezinha de Leaford.

Sua irmã, Heather, mais doente que demoníaca, entrara e saíra da prisão de forma intermitente, assim como Mary começara e interrompera dietas. Quando adolescente, fora trazida para casa pela polícia duas vezes, fugira com um homem que tinha o dobro de sua idade depois de se formar, voltou grávida e dependente de drogas quando seu pai morreu, foi banida novamente depois de uma briga com a mãe que envolveu puxões de cabelo e, alguns anos mais tarde, foi presa por prostituição em Toronto. Quando a linda "tragimagra" Heather não estava desesperada atrás de cigarros, estava seguindo outro caminho destrutivo, o que amargurava Mary porque, mesmo sem fazer nenhum esforço, Heather tinha tudo. Na última vez em que Gooch falou com ela, a irmã estava morando em Buffalo com o paramédico que a ressuscitara depois de sua última overdose acidental.

O carpete prateado manchado. O vidro quebrado. O pano de prato ensanguentado no chão. Nada estava como costumava ser, nada estava como deveria ser. Mary negava seu medo, mexendo no que sobrara do engradado de ovos, seis ovos perfeitos, dizendo a si mesma que a porção extra era para o caso de Gooch chegar com fome. Na mesa da cozinha, em vez de sentar em seu lugar de costume, sentou-se na cadeira dele para não encarar o lugar vazio e para conseguir ver a porta.

Muitos anos atrás, sugerira a Orin que fizesse o mesmo depois que eles deixaram a mãe de Mary no asilo de St. John's, e ele confessara que perdera o apetite. Mary entendia que o hábito de comer acompanhado devia ser tão difícil de romper quanto o hábito de comer sozinho. Enquanto passava o último dos ovos da frigideira para o prato, a preocupação aferroou sua garganta, e ela imaginou por um instante se choraria. Em vez disso, engoliu o choro, outro hábito muito difícil de abandonar.

Um *bom* choro. Apropriado, dadas as circunstâncias. Lágrimas, ranho, engasgo, golada, lamúria, gemido. Mas não para Mary. Chorar, assim como viajar, era uma jornada sem objetivo definido para um lugar incerto cuja língua ela não falava e de cuja comida não gostaria. Mesmo depois de sua histerectomia e da histeria ali sugerida, Mary não chorara pelos bebês que jamais nasceriam. Suportara uma entrada prematura e instantânea na menopausa, com dor e sofrimento, incendiando-se de calor, suando na cama — mas sem chorar. A dor ficou presa como um caroço na garganta.

Vasculhando a gaveta da bagunça, encontrou a caixinha branca com o lacinho dourado que Gooch lhe dera de aniversário no último mês de março. Um celular. Irritara-se com o presente, considerando que ele *sabia* que ela não queria um celular. Em vez de "obrigada", disse:

— Você sabe que não vou usar isto, querido. Não vou me lembrar de colocá-lo na bolsa. Além do mais, para quem preciso ligar?

Ao abrir a caixa agora, surpreendeu-se ao encontrar um cartão. Nele, Gooch escrevera cuidadosamente: *Bem-vinda a um novo mundo, Mary Gooch. Escrevi instruções de uso do celular para conectofóbicos e o número dele num cartão que você pode guardar na carteira. Você precisa ligá-lo na tomada para carregá-lo, Mare. E deve mantê-lo na bolsa para tê-lo à mão quando precisar. Feliz Aniversário, do seu marido favorito.*

Ao ler as instruções de Gooch, descobriu que o telefone precisava ser plugado num carregador adaptável e a bateria precisava ser carregada por grande parte do dia. Plugou o telefone, ficando satisfeita quando este proclamou *Carregando*. Gooch se orgulharia, pensou, e subitamente sentiu o peso de sua decepção, que não percebera na época. Como podia ter sido tão mal-agradecida? Invejava a cantora francesa que não se arrependia de nada. Arrependia-se de tudo.

O carvalho acenou para Mary quando ela saiu mancando pela pouco utilizada porta da frente, vestida para o trabalho em seu uniforme amarrotado, com o cabelo amarrado em um rabo de cavalo e com uma pilha de toalhas velhas debaixo do braço para forrar o assento molhado do motor. Deu a partida no motor, mas teve a atenção voltada para um pedaço de tecido agitando-se em um galho alto. A camisa de Gooch. Vestindo suas velhas botas de inverno para acomodar o absorvente higiênico que prendera em seu calcanhar ainda sangrando, virou-se para examinar a estrada distante.

Inalando o ar frio, Mary desejou tolamente, como fazem as crianças, piscar e perceber, subitamente, que Gooch aparecera na estrada. O vento chicoteava sua face, soprando folhas úmidas em suas pernas. Tinha a impressão de estar subindo a ladeira, quando certamente estava cambaleando ladeira abaixo. Mary subiu na caminhonete, um sentimento esmagador e apertado em seu peito, o sangue tingindo suas faces. Espremeu os olhos, espiando através dos túneis vasculares. Nenhuma luz do outro lado. Um ataque cardíaco fulminante? Seria a hora perfeita. O triângulo se fecharia. Orin. Sr. Barkley. Mary Gooch.

Perguntou-se se Gooch, aonde quer que tivesse ido, voltaria para o funeral dela. Então percebeu, com um pânico familiar, que não tinha nada para vestir. Não havia nada a fazer a não ser gargalhar bem alto, e foi o que ela fez. Nada para vestir além de seu pijama cirúrgico azul-marinho. Visualizou a imagem de uma mulher obesa deitada num caixão descomunal, com as mãos cruzadas sobre o uniforme da Farmácia Raymond Russell e aquelas odiosas raízes prateadas. Pressionou o botão do rádio e aumentou o volume, encorajada por Aretha Franklin exigindo R-E-S-P-E-I-T-O, enquanto engatava a marcha e deslizava pelos cascalhos escorregadios da chuva.

Subestimara a umidade do estofamento da caminhonete e percebeu tarde demais que não trouxera toalhas suficientes. Planejou fazer alguma piada sobre sua bunda molhada na sala dos funcionários, antes que Ray dissesse algo por trás de suas grossas e arqueadas costas. Aceitação. Negação. Raiva. Não conseguia lembrar a ordem das emoções, então sentia todas de uma vez só. Perguntava-se se as pessoas seriam capazes de imaginar, só de olhar para ela, que seu marido não voltara para casa.

De início, Mary frequentemente pensara no fim. Via a si mesma entrando em casa à noite, depois do trabalho, e encontrando um bilhete escrito no garrancho de Gooch, dizendo que nunca pretendera magoá-la, lembrando-a de que eram jovens demais quando se casaram e de que o relacionamento deveria ter terminado muito tempo atrás. Suas roupas teriam sumido do armário, e suas ferramentas da garagem. (Mary sempre imaginara que ele levaria as ferramentas.) Ele pensaria em como dividiriam as dívidas e mencionaria isso no bilhete. Tivera medo de que Gooch a deixasse depois do segundo aborto espontâneo e depois da histerectomia. Mary tinha certeza de que Gooch iria embora depois de sua única briga realmente feia, quando ele fincou o pé em sua decisão de não adotarem uma criança, argumentando que sua irmã louca dependente de drogas já dera três bebês para adoção, como se isso fosse um argumento que encerrasse a discussão.

Mary gritara com Gooch, no único gesto dramático que podia lembrar com honestidade, *Mas eu quero ser mãe!* Ele virara os calcanhares e saíra, mas voltara três horas mais tarde, pegando-a com o nariz enfiado na Kenmore, rasgando as sobras da carne assada com os dedos, beijando-a com força na boca e guiando-a até a cama, onde olhou fundo em seus olhos e sussurrou, antes da última estocada: "Eu amo você."

Aniversário após aniversário, Gooch ficou. Depois de um tempo, Mary parou de esperar o bilhete. Presumiu que, como Orin, Gooch estava satisfeito de estar onde estava. Ou talvez — como ela com a comida, o pai de Gooch com a bebida, Heather com suas drogas — o hábito de sua união tivesse se tornado, com o tempo, um hábito inquebrantável.

Mary pensou na frase "nem aqui nem lá" quando considerou seu estado atual. Perguntou-se se poderia encontrar Irma em algum lugar deste universo alterado enquanto dirigia rumo ao trabalho — pelo caminho que exigia menos esforço, um atalho através da cidade em vez de contornar a serena estrada do rio.

Os bordos balançavam suas folhas vermelhas e amarelas sobre a rua principal de Leaford. A loja de ferramentas de Hooper. A loja de materiais esportivos de Sprague. A luxuosa loja de roupas femininas dos

Laval. A Farmácia Raymond Russell, cujo balcão de lanchonete se transformara há alguns anos num departamento de cosméticos mais lucrativo. No estacionamento atrás da farmácia, observando Ray estacionar ao lado dela em seu Nissan brilhante, Mary lembrou-se de um tempo em que ninguém no condado de Baldoon dirigia carros que não fossem norte-americanos. Ray buzinou impacientemente, baixou o vidro da janela e rosnou:

— Aí não! Vá para a sua vaga de sempre!

Ela abriu sua janela velha e respondeu:

— Mas a encomenda de Laura Secord chega hoje!

Ray gritou no vento:

— Eles mudaram a programação. Chegou ontem à noite. Quando você estava de folga.

Com o céu ameaçador sobre sua cabeça e o vento pesando sobre ela pelo teto solar aberto, Mary desceu da caminhonete. Gargalhando fortemente, virou-se para exibir seu enorme e ensopado traseiro.

— Meu assento estava molhado — explicou ela. — Da chuva.

Ray, franzindo o cenho, mal olhou em sua direção.

— Bem. Como vai Gooch?

Ela fez uma pausa.

— Ele está com o olho inflamado.

— E o que *você* tem, Mary?

Ray abriu a porta dos fundos e acionou as chaves do interruptor principal, acendendo os tubos fluorescentes acima de suas cabeças.

— Tome cuidado — advertiu ele enquanto Mary o seguia. Interrompendo a passagem no corredor, havia uma enorme caixa de chocolates sortidos na qual o fornecedor escrevera em grossa tinta preta: *Para Mary Gooch*. Mary estremeceu com uma dor no estômago.

— Você vai dar um jeito nisso antes que alguém se mate? — exigiu ele.

Mary inclinou-se para erguer a caixa, mas ambos sabiam que aquilo era apenas enganação. Ray torceu o nariz em sinal de desprezo e levantou a caixa ele mesmo, largando os pacotes nos braços de Mary sem nenhuma cortesia.

— Desculpe — disse Mary, pensando que, se fosse Candace, Ray carregaria a caixa até o carro, equilibrando-a em sua grossa ereçãozinha.

A porta dos fundos da farmácia bateu com a rajada de vento enquanto Mary carregava os chocolates até o estacionamento. Depositou a caixa no banco do passageiro, arqueada pelos gases nas entranhas que tentou, mas não conseguiu liberar. Mary virou-se quando ouviu um carro. Era um lustroso Cadillac dourado, e o chefe de Gooch, Theo Fotopolis, no volante. Encolheu as nádegas, com medo de poluir o ar enquanto ele estacionava na vaga ao lado.

Theo Fotopolis pôs o corpo bronzeado para fora do carro e dirigiu-se para Mary, que vestia seu pijama cirúrgico azul-marinho.

— Liguei para a sua casa — disse ele, sorrindo calorosamente. — Ninguém atendeu, então vim até aqui.

Mary assentiu tontamente.

— Você precisa consertar aquela janela da porta dos fundos. Está deixando o calor sair.

— É.

— Ponha um papelão por enquanto. — Grego levantou os braços num gesto confuso. — Que diabo está acontecendo, Mary? — Ela prendeu a respiração. — O que aconteceu com Gooch? — perguntou. — O sr. Chung me ligou faz uma hora para dizer que meu caminhão está bloqueando a passagem do funcionário dele.

— O sr. Chung?

— Gooch deixou lá o meu caminhão, atrás do restaurante.

— Deixou o caminhão? No sr. Chung? — Mary balançou a cabeça, sem entender. — Quando? Por quê?

— Depois que fecharam o restaurante. Chung disse que devia ser mais de meia-noite. Você me diga o porquê.

— Mas Gooch tinha aquela entrega em Windsor ontem à noite.

— Não, não foi. A encomenda ainda estava no caminhão. Ele não voltou para casa ontem à noite?

Mary fez uma pausa.

— Não.

— E não ligou?

Outra pausa.

— Não.

— Não é da minha conta, mas... Gooch faz coisas desse tipo? Fica sem voltar para casa?

— Não.

— Então que diabos aconteceu?

Mary seguiu-o enquanto ele andava em círculos.

— Ele estacionou o carro e depois o quê? Foi a algum lugar a pé? Não estou entendendo. Comeu lá?

— Ninguém o viu.

— Ele andou bebendo? — perguntou Mary.

— Como é que eu vou saber? Ele *anda* bebendo?

Ela parou um momento para refletir.

— Não mais do que o habitual.

A dupla parou encafifada enquanto um redemoinho de folhas atingia suas pernas. Mary não cogitara nada semelhante àquilo. O bolso da jaqueta de Grego tocou uma musiquinha, e ele pegou o celular. Mary prendeu a respiração. Gooch?

Grego leu o nome do autor da chamada. Olhou para Mary, balançando a cabeça, e pôs novamente o telefone no bolso — a ligação não era de Gooch.

— Gooch tem estado, não sei, diferente desde que o seu pai morreu.

Como Mary não percebera isso?

— Tem falado da família. De seu velho pai.

— Ele odiava o pai.

Grego deu de ombros.

— Devemos ligar para a polícia?

— A polícia? — perguntou, alarmada.

— E se Gooch foi assaltado ou coisa parecida?

— Assaltado? Gooch? Quem em sã consciência assaltaria Gooch? E para quê? Vinte e sete dólares e raspadinhas da casa lotérica?

— Não dá para... Mary, não quero me meter na sua vida, mas tem algum lugar... qualquer lugar... que você acha que ele possa ter ido? Ele tem alguma amiga?

O que ele queria dizer? Sabia de alguma coisa? Será que sabia de tudo o tempo todo?

— Ele levou alguma coisa, Mary? Você deu falta de alguma coisa na casa?

— Não — respondeu sem certeza alguma.

— Roupas? Mala? — O telefone de Grego tocou de novo, e ele retesou-se, falando para Mary: — Minha mãe está doente em Atenas. Preciso atender. — Virou-se e iniciou um curto e angustiado diálogo em grego antes de fechar o telefone.

— Você conferiu a conta bancária?

— A conta bancária? Bem, não, claro que não. Por que eu olharia a conta bancária?

— Deixa pra lá. Não sei.

— Para ver se ele tirou dinheiro?

— Talvez.

— Gooch não faria isso.

— Eu simplesmente não entendo.

Grego deu de ombros novamente; fizera tudo o que podia. O celular tocou de novo. Atendeu a chamada, falando rapidamente em sua língua materna.

— Peça que Gooch me ligue, Mary — instruiu Grego quando encerrou a chamada. — Peça que me ligue quando voltar. E, seja o que for, vamos dar um jeito.

Mary soube que roubaria essa fala quando finalmente tivesse notícia de Gooch. *Seja o que for, vamos dar um jeito.* Observando o Cadillac dourado desaparecer, ela soltou, com nítido alívio, uma sinfonia de vento.

Ray, parado na porta atrás dela, berrou:

— Essa foi boa, Mary. Isso que é elegância!

A coisa decente a fazer seria fingir que não ouvira. Por quanto tempo estivera ali? Ray segurou a porta aberta, arregalando os olhos.

— Vamos lá! É hora do inventário! — Separou bem as sílabas: — In-ven-tá-rio!

Mary ficou paralisada, com as chaves tilintando nas mãos, ponderando sobre a palavra. *Inventário.* Sim, era o que precisava fazer. Precisava inventariar os fatos. Entendera direito? Gooch estacionara o caminhão de entregas atrás do restaurante chinês de Chung em algum momento da noite e ninguém sabia onde estava? Será que foi assim que Irma se sentiu quando a vida finalmente parou de fazer qualquer sentido?

— O que você está esperando, Mary? *Vamos!*

Ela olhou para as nuvens que corriam no céu, o sol exposto em raios frágeis e flutuantes.

— Não estou brincando — ralhou Ray. — Você não tem se esforçado por aqui, Mary. E não sou o único a perceber.

Aceitação, negação — isso podia esperar. Raiva.

— Comece o trabalho, Mary.

— Vá para o *inferno*, Ray.

Pela expressão de Ray, Mary percebeu que de fato dissera as palavras em voz alta. Subindo na caminhonete, enfiando a chave na ignição como uma faca, engatando a ré, deixou o estacionamento sem olhar o retrovisor, oprimida por uma queimação no peito enquanto repassava mentamente a conversa com Grego. Gooch desaparecido. Estacionou o caminhão de entregas. Desaparecido. Em suas bodas de prata.

Em todos os seus muitos anos de noites insones, Mary sentira a segurança do amanhã implícita na constância de cada madrugada rompida. O amanhã, como um amor de cartão-postal, era paciente e bom. O amanhã era encorajador e eternamente misericordioso. Ela não contara com a súbita traição do amanhã, com quem acreditava compartilhar um acordo silencioso e tácito.

Trovão

Se Gooch tivesse estado lá naquela manhã, teria passado rapidamente por Mary, como sempre fazia, o ar escapando da cadeira vermelha de vinil quebrada, com o nariz nos jornais americanos que cobriam a região, parando para ler em voz alta o *FreePress* ou o *News* enquanto ela fingia ouvir. Gooch amava os Estados Unidos, sua política, seu esporte, seus músicos, seus autores, seu dom das segundas chances, e Mary sentia um pouco de pena quando ele sonhava com os Estados Unidos da América. Gooch estava apaixonado, e o objeto de seu afeto nem sabia de sua existência.

Acelerando pela estrada cheia de curvas ao longo do rio, sob um dossel de gansos batendo as asas, sentiu a queimação inflamar-se no peito e espalhar-se. Gooch. Desaparecido. Onde? Sentia mais estar sendo dirigida do que dirigindo enquanto o céu negro se insinuava pelo retrovisor.

Gooch teria informado Mary sobre as condições climáticas antes de ficar absorto diante da página de esportes. Sabia como sua mulher amava uma boa tempestade. Mary não tinha tempo para os jornais, concentrada demais em suas promessas quebradas, ocupada demais com suas falhas, muito preocupada com sua fome. Não é que a vida para além de Leaford fosse irrelevante para ela; era apenas desconsiderada. Não achava que se informar sobre os assuntos atuais era essencial — era apenas uma escolha, como o entretenimento. *Crise no Oriente Médio* era um romance denso que escolhia não ler. *Genocídio na África* era inescrupuloso, inacreditável, um filme mal-escrito que obtivera críticas terríveis. *Aquecimento global*? Não parece divertido. Há *todo um mundo para além de Leaford*. Não fora isso o que Gooch dissera?

Finalmente, Mary parou a caminhonete no estacionamento atrás do apartamento que dava para o rio em Chatham. Então era essa a sensação de compreender o próprio fim, pensou. Não o fim de uma vida, mas de um casamento. E não com narcóticos, mas com a verdade. Sabia o que tinha de fazer, mas sua decisão não era suficientemente firme, e, como um atirador virando o último copo de uísque num faroeste, buscou coragem em Laura Secord.

Um adiamento no chocolate. Mary poderia ter descrito o rasgo da cartela como uma espécie de transe, envolvida como estava pelo forte odor de cacau e enlevada por uma sensação de bem-estar. Respirando profundamente, arrancou o embrulho de plástico de uma caixa, e de outra, e de outra, atirando as tampas para os lados, escavando os doces, enfiando dois e três ao mesmo tempo em sua mandíbula escancarada. Não se importava que quadradinhos de chocolate estivessem caindo pelos assentos e pelo chão conforme ela punha de lado os invólucros de papel canelado. Murmurando e gemendo em sua busca vagamente erótica, dizia: *Já chega*. Depois: *Só mais um*.

Na última vez em que Mary estivera nos corredores do prédio alto e estreito, que sempre cheirava levemente a mofo, dissera seu último adeus a Orin. Ou pelo menos era isso o que dizia a si mesma. Na verdade, fora ele quem se despedira.

— Vejo você amanhã, Murray — ao que Mary respondera com lamentável aspereza:

— Farei plantão, Pai! Vou me atrasar! Não espere que o jantar seja servido quente! — E isso não era um adeus de jeito nenhum.

Naquela noite parara, como sempre fazia, à porta de Sylvie Lafleur, não para bater, visitar ou agradecer à mulher mais velha por sua bondade para com Orin, mas para ouvir. O som da televisão transmitindo *Wheel of Fortune* ou em outro *game show* em que pessoas comuns ganhavam uma fortuna em prêmios e dinheiro. O som do micro-ondas apitando. Pratos batendo na pia. A porta da varanda abrindo quando Sylvie saía para fumar. Sons solitários, reconfortantes e familiares, nos quais Mary ouvia a música da própria vida.

O carpete cinza no corredor do prédio estava cheio de marcas lamacentas de botas, mas, afora aquilo, o lugar parecia inalterado. Mary passou pela porta do apartamento em que seu pai morara e não se sentiu impelida, como pensou que poderia acontecer, a traçar o contorno do número na parede ao lado da campainha. Podia ouvir o som de música alta — punk? rap? não tinha certeza — vindo de lá de dentro. Haviam dito que uma mãe solteira tomara o lugar e estava a ponto de ser despejada por causa de seu filho adolescente rebelde.

Alcançou a porta de Sylvie e parou. Ouviu. Nenhum som do lado de dentro. Esperou. Pressionou a campainha. Nada. Então começou a bater à porta, mas como se quisesse sair, não entrar. O som da música cessou no velho apartamento de Orin, e a porta foi aberta por um garoto mal-humorado, de cabelo roxo e olhos delineados.

— O quê?

— Desculpe — disse ela. — Estou procurando Sylvie Lafleur. Você a conhece?

— Conheço.

— Sabe onde ela está?

O garoto deu de ombros e bateu a porta. Algo felino em sua expressão remeteu Mary à sua mãe — aquele sorriso de gato, desconfiado e remoto. Irma fixara aquele sorriso em Jimmy Gooch tantos setembros atrás, quando Jimmy anunciara que Mary e ele haviam decidido, dada a gravidez, casarem-se.

Irma perguntara-lhe diretamente:

— Você considerou as alternativas?

— Não há alternativa — retrucara Orin, dobrando os braços esguios sobre o peito cansado.

Houvera um vaso de gloriosas rosas cor-de-rosa na mesa do dr. Ruttle, algo que Irma teria considerado um toque excessivamente feminino para o consultório de um homem, caso houvesse esperado com Mary na sala de exames uma semana antes. Mary já suspeitava que estivesse grávida — a interrupção da menstruação, os seios inchados, o enjoo —, mas, quando o dr. Ruttle confirmou, reagiu com surpresa e confusão. Gooch, afinal, *prometera-lhe* que não podia engravidar se ele *tirasse antes*.

Corada e suando no ar frio de setembro, mastigando ruidosamente o pacote de salgadinhos que vinha deixando na bolsa para conter o enjoo, Mary caminhara do consultório do dr. Ruttle pela parte velha da cidade até o colégio, onde Gooch estava fazendo uma matéria especial para compensar o tempo e a média ponderada perdidos com o acidente. Ele queria ingressar na universidade em janeiro. Já que agora a escolha da universidade independia de sua performance atlética, prometera a Mary que se matricularia em Windsor, que ficava a menos de uma hora de distância. Mary encontrara uma escola noturna próxima que oferecia um curso de moda e design, mas não se inscrevera. Estava excessivamente ocupada com Gooch, trabalhando na farmácia e cuidando da casa para seus pais, e não tinha ido atrás disso.

Vagando pelo corredor pela primeira vez desde a formatura na primavera, Mary não conseguia conceber um jeito de anunciar a gravidez para Gooch. Vislumbrou seu imenso namorado através das portas duplas que davam para o estacionamento, apoiado no Duster, balançando a cabeça fatalmente como se já tivesse recebido a notícia. Surpreendeu-se ao ver fumaça de cigarro rodopiando ao lado de sua orelha, e Sylvie Lafleur a seu lado, parecendo uma criança perto do adolescente gigante. Sylvie olhou para cima e encontrou Mary espiando da sombra do corredor, acenou, então amassou o cigarro com a ponta do sapato e caminhou em direção a Mary.

— *Você* fala com seu namorado — gritou ela ao se aproximar. — Diga-lhe que é um *crime* desperdiçar o futuro.

Ela pronunciava os erres de forma bem-marcada, dizendo "crrime" em vez de "crime" e "futurro" em vez de "futuro".

— Há tantas opções. Tantas *escolhas.* — Por um momento, soou como uma versão minúscula, branca e francesa da sra. Bolt.

O futuro. Embora tentasse enxergar o panorama geral, Mary via a própria tela de sua vida rabiscada, cena após cena, de forma não muito correta. Um ângulo ruim. Uma perspectiva insatisfatória. Uma paisagem onde deveria haver um retrato. Todas as fotos vandalizadas com grafite, a mesma palavra pingando em vermelho, *Gooch.*

— Escolha um, Murray — Orin dizia segurando um buquê de pirulitos sortidos. — Escolha. *Um.*

— Ela está me enchendo o saco porque não quero ir para McGill — explicou Gooch, depois que a srta. Lafleur sumiu pelos corredores da escola. — Ela já resolveu tudo. Coisa que *não* pedi para ela fazer.

— Oh.

— Não vou.

— Certo.

— Se fosse, iria querer que você viesse comigo.

— Ir com você?

— Vir comigo. Ou então continuaria vendo você nos fins de semana.

— McGill é em Montreal. São sete horas de distância.

— De qualquer forma, não posso abandonar minha mãe. Agora, não. Esse lance com o bunda-mole não vai durar. Não posso abandoná-la. Com Heather.

— Você nem fala francês, Gooch.

— A escola de jornalismo é excepcional.

Excepcional. Uma palavra tão americana.

— Ela acha que pode me ajudar a conseguir uma bolsa. Tem o dinheiro do seguro do meu pai, mas acha que devo guardá-lo.

— Certo.

— Ela acha que sou um escritor talentoso.

— Ah, é?

Mary não tivera a intenção de parecer tão surpresa. Nunca lera nada escrito por Gooch, embora soubesse que tirara as notas mais altas por seu próprio talento. Estreitou-se em seus braços, lamentando tanto o tom banal de seu anúncio quanto a notícia que iria dar.

— Oh, Gooch — disse. — Estou grávida.

Vários dias depois, à noite, reunidos em torno de uma lareira no lago com muita bebida, Mary e Gooch anunciaram seu noivado para os amigos. As garotas deram gritinhos de prazer e bajularam Mary, invejando-a por possuir tudo o que poderia desejar, enquanto os rapazes — jovens homens, de fato, com idade suficiente para beber legalmente, votar, ir à guerra — responderam com sinais de positivo e tapinhas nas largas costas de Gooch.

Ninguém se perguntou se o par estava se casando porque Mary estava grávida. Já sabiam disso. E não parecia uma decisão particularmente equivocada para nenhum deles. A tragédia maior, da forma como os jovens viam, já ficara para trás. O destino de Gooch fora selado pelo acidente. Não entraria numa faculdade americana com uma bolsa esportiva. Nunca o veriam jogar na televisão. Perdera sua chance, na curva mais acentuada do rio, de ser extraordinário. Gooch ficou bêbado naquela noite, sua tolerância ao álcool em descompasso com sua tolerância à tragédia, e entregou as chaves do carro a Mary quando chegou a hora de voltar para casa.

Ciente de que as recordações errantes de dias extintos nunca traziam conforto ou compreensão mais profunda, Mary perguntou-se por que parecia incapaz de se libertar do passado. Sua mente avoada tinha tão pouco autocontrole quanto sua boca desejante. Até mesmo enquanto lutava para sair do prédio de apartamentos à beira do rio, não pensava em onde estava, mas no lugar onde estivera. Sentia falta do som da voz de seu pai.

No barulho branco do vento, Mary ouviu o toque de um telefone. Andando pelo corredor, sentiu o som como um chicote. Fustigador. Se aquele celular estivesse na bolsa dela, e não carregando no balcão de casa, Gooch estaria ligando, assim como estava ligando agora, tinha certeza. Provavelmente deixara um recado na farmácia. E tentara encontrá-la em casa. Imaginou-o frenético, ligando para vários lugares atrás dela, como se fosse *ela* quem não tivesse voltado para casa.

Reconfigurada e renascida

Do lado de fora do prédio, a atenção de Mary foi atraída pelas luzes de neon da loja de conveniência do outro lado da estrada. Sentindo o gosto do chocolate e das castanhas grudados em seus molares, precisava de uma bebida urgentemente. E também de algo salgado se tivesse de ficar a postos na caminhonete esperando Sylvie Lafleur voltar. Considerou a distância e o céu que estava escurecendo, suas pernas pesadas e o corte no pé, perguntando-se se deveria dirigir. Calculando a distância até a caminhonete, soltou um suspiro e foi até a estrada com passos lentos e percussivos.

Mary não gostava de fazer compras em lojas de conveniência, com sua escassez de frutas e vegetais ou caixas de cereal para esconder o carrinho cheio das deliciosas guloseimas que efetivamente comeria. Odiava o modo como balconistas estrangeiras a viam salpicar queijo alaranjado em nachos amolecidos ou encher copos tamanho-família com refrigerante ou levar pacotes de salgadinho para o balcão, pensando em termos culturais próprios algo como *Moça, esta é a última coisa de que você precisa.*

Ao entrar na loja, Mary deveria ter se espantado, mas não lhe causou o menor espanto ver Sylvie Lafleur no balcão, pagando uma imensa caixa de cigarros. Este encontro da mulher gorda com a amante esguia numa loja bem-iluminada num dia tempestuoso de outono era algo corriqueiro em Leaford, uma cidade pequena demais para coincidências. Com uma capa de chuva jogada descuidadamente sobre os pijamas e os cabelos finos frisados por causa do ar úmido, a francesa estava seca como o inverno. Sorriu ao deparar com Mary Gooch em seu pijama cirúrgico azul-marinho, como sempre fazia quando acontecia de se encontrarem.

— Mary.

Mary limpou a garganta.

— Olá, sra. Lafleur.

— Faz tanto tempo que não a vejo. Você está bem? — perguntou Sylvie, embora a resposta fosse evidente.

Mary lembrou-se de Gooch imediatamente, da forma como respondia quando lhe perguntavam como estava, com *Vivendo o sonho. Estou vivendo o sonho*. As pessoas se divertiam com a resposta, sobretudo quando era dada no contexto de transportar um sofá-cama dois andares acima.

— Bem, e você?

Sylvie abriu sua caixa de cigarros, rasgando o alumínio com seus dedos cortados e manchados, rindo com resignação.

— Passo o dia todo de pijama, fumando. A aposentadoria me cai bem, você não acha?

Em sua análise do rosto envelhecido da mulher, Mary não conseguia encontrar uma centelha de culpa. Nenhum remorso. Nenhum pedido de desculpas. Nenhuma *mea*. Nenhuma *culpa*. Uma *vagabunda* magrela e amoral, decidiu.

— Como vai Gooch? — perguntou Sylvie inocentemente. E eis que surgiu — um tique na pálpebra. Um piscar. Uma mudança. Uma *pista.* Gooch ensinara-lhe sobre as pistas, aqueles tiques nervosos: uma coceira, uma rusga, uma tosse, que entregavam o blefe do mentiroso. Sempre percebia as pistas, dizia com orgulho, e era por isso que geralmente ganhava nas cartas. Vendo Sylvie piscar, Mary sentiu-se aliviada, como uma pessoa misteriosamente doente ao receber finalmente o diagnóstico e perceber que não era tudo delírio seu.

Mary admirou a própria objetividade, mesmo que aquilo fosse tudo o que lhe restara.

— Gooch não voltou para casa ontem à noite. Pensei que você pudesse saber onde ele está.

A mulher mais velha fechou os olhos com força, encolhendo-se uma vértebra de cada vez até Mary se sentir a imensa e gorda encrenqueira ameaçando a garotinha esquelética que Sylvie era.

— Vamos sair. Podemos sair para que eu possa fumar?

Mary gostou de pensar que a mulher estava *morrendo* por um cigarro.

— Você sabe onde ele está, sra. Lafleur?

— Não sei, Mary. Não sei onde Gooch está.

— Ele não foi a sua casa ontem à noite?

Atrás do balcão, o coreano escancarou a embalagem de cachorro-quente. Tendo atendido Mary um grande número de vezes, estava ansioso para finalizar a transação.

— Três? Pode ser?

Mary balançou a cabeça sem olhar para o homem.

— Ele ligou para você?

Sylvie olhou rapidamente para o balconista antes de sussurrar.

— Você quer ter esta conversa aqui? Certo. Mas você precisa saber que faz anos que não vejo Gooch. *Anos.*

Aquilo não era tecnicamente verdade. Haviam cruzado com Sylvie no mês passado, no Kinsmen Corn Roast. E com frequência se encontravam os três no corredor quando Gooch acompanhava Mary em suas visitas a Orin. Mas ela sabia do que Sylvie estava falando e tendeu a acreditar nela.

— Aconteceu apenas uma vez. Só. Você precisa *saber* disso.

A notícia deixou Mary mais perplexa do que poderia ficar com o caso tórrido que sempre presumira.

— Ele vinha, é verdade, mas isso foi anos atrás, e só para dormir um pouquinho no sofá. Nós conversávamos. Vamos lá para fora agora — disse, acalmando seu cigarro impaciente.

— Vocês conversavam?

— Política. Filmes. É tão tedioso, na verdade.

Lágrimas brotaram dos olhos da mulher mais velha, uma ruguinha de bebê em seu queixo. Seria por desejar ardentemente um cigarro ou por remorso genuíno.

— Às vezes, eu lhe fazia torradas com canela.

Então era aquilo. Sylvie Lafleur importara-se profundamente com seu jovem amigo ilícito, compartilhara de sua paixão pelo planeta, um fascínio pela política internacional, um interesse pelos filmes antigos. Acariciara seus cabelos quando ele dormira no sofá e alimentara-o com torradas antes de ele voltar para casa, para sua mulher infeliz. Não era de uma amante, mas sim de uma *mãe* que Gooch precisara tão desesperadamente e encontrara em sua conselheira escolar.

— Uma vez?

— Juro.

A promessa não soou tão vazia quanto deveria.

— Quando?

— Foi na última vez. Já faz mais de dez anos, Mary. Disse que ele não poderia vir mais. E pronto. A última vez. A única vez.

— Por quê?

— Por quê?

— É, por quê? Essa única vez? Por que então?

Sylvie fez uma pausa antes de admitir.

— Foi depois que minha mãe morreu. Eu estava fazendo 45 anos e me sentindo tão *velha*. Fazia anos que um homem não me tocava. Estava um pouco bêbada. Pensei que nunca fosse acontecer comigo de novo. Ele sentiu pena de mim. Senti-me uma grande idiota depois.

Enquanto Sylvie corava e bufava, mexendo aflita em seu cigarro, Mary lembrou-se de ter lido algo sobre as mulheres francesas, que elas acreditavam que todas as mulheres de certa idade deviam fazer uma escolha entre o futuro e o passado, entre os rostos joviais e os traseiros caídos. Aquilo tinha um sentido lógico; necessitava-se de gordura para esticar as rugas e deixar o rosto jovial, mas a mesma gordura pesava nas bochechas de baixo como mármore num saco. Era óbvio, pelos olhos fundos e pela pele enrugada de Sylvie Lafleur, aparente no mapa de rugas verticais em sua boca e horizontais em seus olhos, que ela escolhera preservar o próprio traseiro, isto é, tirar o dela da reta.

— Desculpe, Mary. Estou contente por ter a chance de dizê-lo. Desculpe-me, mesmo.

Sylvie deu de ombros novamente, olhando para o céu que ia escurecendo atrás de Mary.

— Podemos ir agora para eu fumar? *Por favor?*

— Não — decidiu Mary, surpreendendo a si mesma. — E eu? Você falava com meu marido sobre mim?

— Não muito. Ele dizia, às vezes, que queria que você fosse feliz.

— Mas onde ele esteve todas as noites desde então? Todas as outras noites?

Mary não esperava uma resposta. Daria na mesma ter perguntado ao balconista coreano.

— Já faz tantos anos. Não o *conheço* mais. Não sei onde Gooch está. — Fez uma pausa. — Espero que você possa me perdoar.

Percebendo que estava bloqueando a saída e que não havia mais nada a dizer, Mary deu um passo para o lado para deixar Sylvie passar. Não tinha noção do tempo e se sentiu confusa quando virou e viu que a francesa desaparecera como uma baforada de um de seus cigarros malignos, tão rapidamente que Mary se perguntou se sonhara com aquela conversa toda. Viu que os olhos do coreano a observavam, e ele levantou a mão mostrando três dedos.

Esperando os cachorros-quentes, Mary inclinou-se contra o caixa automático, lembrando-se de sua conversa com Grego — dias atrás? Anos atrás? O relógio não visto. As mãos girando em espiral, saindo do controle. *Você conferiu sua conta bancária?*

Mary enfiou a mão na bolsa e encontrou o cartão do banco, que nunca usara. Embora houvesse discutido apaixonadamente com Gooch, não que se importasse com a redundância dos caixas humanos; simplesmente era preguiçosa demais para aprender algo novo. Fez várias tentativas atrapalhadas de inserir o cartão prateado no lugar correto e se sentiu esperta quando o caixa finalmente o aceitou. A máquina era feita para idiotas, como prometera Gooch. Não teve dificuldade em se lembrar do código — o mês e o dia de seu aniversário. Hoje.

Ela seguiu as instruções, pedindo vinte dólares para a máquina e pressionando o botão *sim* quando foi inquirida educadamente se gostaria de conferir o saldo. Extraiu o cartão e puxou o recibo. Leu o número. Conferiu de novo. Sabia o saldo de sua conta conjunta — trezentos e vinte e quatro dólares. Gooch avisara que era tudo o que eles tinham. Aquele número no fim da folhinha branca estava incorreto. Inseriu o cartão prateado na máquina novamente, enquanto o coreano registrava a venda, e pediu mais vinte dólares para a máquina, além de outro recibo. O saldo total apareceu novamente incorreto, menos vinte dólares.

Mary olhou para o papel encafifada. Algo estava errado. Na verdade, tudo estava errado. Por que o saldo deveria estar certo?

Introduziu mais uma vez o cartão de plástico na máquina, ignorando o coreano e os cachorros-quentes, pressionando os botões sem parar para ler, instantaneamente, como uma *expert*, pedindo mais do que a oferta habitual. Você gostaria de outra quantia? Sim. Não pode ultrapassar os quatrocentos dólares. Bem, então, quatrocentos dólares. E um recibo? Sim, por favor.

Esperou enquanto a máquina trabalhava, com medo de que a polícia pudesse aparecer e prendê-la. Estava pedindo mais dinheiro do que sabia que eles tinham. Não era a mesma coisa que passar um cheque sem fundos? Quando a máquina cuspiu os quatrocentos dólares em notas de vinte, pegou-os da bandeja de dinheiro e enfiou-os nos bolsos fundos de seu uniforme antes que o coreano ou Deus pudessem ver. Olhou para o recibo. Menos vinte. Menos vinte. Menos quatrocentos dólares. Mas o saldo ainda estava errado.

Saiu da loja, deixando para trás o coreano, os cachorros-quentes e o refrigerante, amassando o recibo nas mãos, atingida por um vento feroz. Mary perguntou-se de que jeito a macérrima Sylvie chegara em casa e passou os olhos pelo céu enegrecido, esperando ver sua forma delgada sendo carregada pelas correntes de ar como aquelas insípidas sacolinhas plásticas.

Gooch desaparecido. Um excesso de *vinte e cinco mil dólares* na conta bancária. *Onde está Deus quando precisamos dela*, pensou Mary.

Como que respondendo à pergunta — como se Deus estivesse esperando na coxia e tivesse acabado de receber a deixa —, deu-se um súbito trovejar e o céu escuro foi iluminado por raios vingativos. Nada de água, só um pouco de pirotecnia. Mary atravessou a estrada, cruzando a grama ainda verde que ladeava o prédio de apartamentos, com o pedacinho de papel pinçado entre o dedão e o indicador do mesmo jeito que os clientes levavam suas receitas à Farmácia Raymond Russell. O mistério dos fundos adicionais chamava a atenção, junto com seu medo crescente de que o desaparecimento de Gooch não fosse acidental.

Com o capuz escuro levantado para esconder o cabelo roxo, Mary não reconheceu à primeira vista o adolescente agachado perto da entrada dos fundos do prédio — era o garoto que agora morava no velho apartamento de seu pai. Ele apareceu vestindo uma capa negra, como um corvo entristecido, um enorme filho desgarrado do grupo zombeteiro que polvilhava os galhos de uma árvore próxima. Nas nuvens de carvão acima deles, houve rápidas descargas elétricas, correntes em espiral e uma descarga de luz de cegar os olhos. Não relâmpagos tímidos, mas furiosos, faíscas brilhantes em zigue-zague, ondas de choque rebeldes, trovões raivosos, tentáculos brancos encurvados esmorecendo, reconfigurados e renascidos. Flamejantes. Nervosos. O Deus com que Irma cresceu.

Mary não tinha intenção de olhar para o menino de cabelo roxo nem ele tinha intenção de olhar para ela, mas seus olhos se encontraram, precisamente, ao mesmo tempo que o menino exclamou:

— Puta merda!

Mary sussurrou:

— Minha nossa!

Ele projetou o capuz para a frente e baixou os olhos mais uma vez. O momento passara, fugaz como um orgasmo e fugidio como a sra. Bolt. Gooch. Da árvore estéril, os corvos tremiam e crocitavam: *Fim, fim, fim.*

Encontrando a maçaneta da caminhonete, Mary adentrou-a e foi tomada pelo rico odor de chocolate. Descansou a cabeça e fechou os olhos, sem poder resistir às vozes de seus pais sussurrando em seu ouvido. *Bem, se ele não estava tendo um caso com a francesinha, devia estar tendo um caso com alguém*, Irma teria dito. Orin gostava de Gooch, mas não seria menos pragmático sobre seu desaparecimento: *Bem, a única coisa a fazer é encontrá-lo, acho. Confrontá-lo. Se você acha que não pode se separar do homem. Você ligou para a mãe dele?*

Ligou para a mãe dele? Por que ligaria para a *mãe* dele? Mary não queria alarmar Eden se não havia motivo para alarme. Além disso, não estava preparada para admitir para a mulher (para quem telefonara religiosamente ao meio-dia da Hora do Pacífico no último domingo de cada mês pelos primeiros dez anos de seu casamento e que sempre soara igualmente surpresa e decepcionada — "Oh, Mary, é *você*") que ela estivera certa esse tempo todo. De qualquer forma, não poderia ligar para a mãe de Gooch. O celular ainda estava carregando na tomada de casa.

Mary dissera a Gooch, quando ele lhe dera o telefone, que nunca se lembraria de trazê-lo consigo. Ela também sabia que nunca descobriria como usá-lo, já que temia até mesmo as tecnologias mais simples, que, como o caixa eletrônico, pareciam oferecer mais oportunidades de atestar seu fracasso. Toda máquina, com exceção da caixa registradora do trabalho, era uma engenhoca feita para confundi-la. Por motivos similares, objetara quando Gooch quis comprar um computador pessoal para eles "como todas as pessoas no mundo livre". Ela argumentara que não podiam pagar por aquilo, mas também havia lido muitas colunas de conselhos sobre relacionamentos que alertavam para a preocupação de que a internet era um passaporte para a pornografia, além de levar a outros vícios desagradáveis. Gooch a chamara de ludita. Mary não sabia o que aquilo significava, mas desejou não sê-lo. Então teria um celular e poderia ligar para *alguém*.

Com as pernas rapidamente dormentes, paralisadas como geralmente ficavam quando se sentava por muito tempo, olhou através do teto solar aberto. Nada de chuva ainda. Lentamente, pois seus dedos estavam duros e frios, inseriu a chave na ignição, apreciando as alfinetadas agudas nos tornozelos enquanto o sangue chegava a seus músculos famintos.

Engatando a marcha a ré na caminhonete, olhando no espelho para ver o poste de concreto atrás dela, Mary não saiu da vaga imediatamente. Visualizou o rosto de Gooch antes de sair para o trabalho e imaginou o som de sua voz sedosa perguntando sobre a roupa para o jantar de aniversário. O modo genuíno como dissera que era uma coisa e tanto estarem casados por vinte e cinco anos. Como a estimulara a comprar algo *bonito*. Com o pé direito repousando no freio da caminhonete, remando nas corredeiras da esperança eterna, ela não percebeu a aproximação do corvo. Quando o pássaro mergulhou através do teto solar para recolher os tesouros de nozes que ele e seus colegas haviam roubado enquanto Mary estivera fora do carro, o ladrão pareceu tão chocado com sua presença quanto ela com a invasão.

Mary gritou. O pássaro assustado grasnou e, em vez de voar pelo teto solar aberto, voou direto no para-brisa, batendo as asas loucamente contra Mary, que, lutando com o pássaro, soltou o pé do freio, pisando inadvertidamente no pedal do acelerador e batendo a traseira da caminhonete no poste. Preto. Penas. Preto.

Ao levantar a cabeça do volante retorcido, Mary esperava ver sangue. O pássaro desaparecera. O chocolate, via agora, estava remexido, bicado e esmigalhado no assento ao seu lado — os corvos haviam feito aquilo? Ou fora ela? Sentia dor em sua testa, mas não encontrou nenhuma contusão, nem mesmo o menor dos galos. Virou os olhos quando uma sombra apareceu em sua visão periférica: o garoto adolescente. Dava para perceber, pela expressão em seu rosto, que ele presenciara toda a cena.

— Que merda! — ofegou ele, abrindo a porta e debruçando-se sobre Mary para pôr a marcha em ponto morto e virar a chave no motor ainda ligado.

— Você está bem? Aquilo foi inacreditável. O pássaro estava tipo... — Gesticulou com os braços agitadamente — E você estava... — Bateu no ar, imitando. — Inacreditável, porra.

— Bati a cabeça.

O garoto sacou o celular do bolso como uma arma. Mary o interrompeu.

— Não, estou bem. Como está a caminhonete?

Ele voltou-se para trás para inspecionar o Ford danificado.

— Esse carro é forte. — Ele sorriu.

Mary respirou fundo, sentindo a cabeça novamente. O espaço entre os olhos doía quando pressionado.

— Tem certeza de que não quer que eu chame uma ambulância?

— Certeza. Desculpe.

Ele reparou pela primeira vez na confusão de chocolates Laura Secord espalhados pelo banco da frente.

— Puta merda! — exclamou ele.

— Estou bem.

Fechando a porta relutantemente, o garoto comentou:

— Você não *parece* bem.

Doce garoto andrógino. Ele não sabia que Mary nunca parecia bem. Ela abaixou o vidro.

— Obrigada. De verdade. Desculpe.

A chuva forte, embora esperada, surpreendeu a ambos. O garoto puxou o capuz e correu enquanto Mary virou a chave na ignição, assaltada pelo barulho do motor e pela obediência das marchas. Acenou, observando o garoto magricela voltar à posição de agachamento no abrigo da porta, desejando que sua espera não fosse longa ou, como a dela, em vão.

Não havia outros carros nas estradas de Leaford. Nenhum pássaro nas árvores de Leaford. Nenhum ser humano com guarda-chuva na calçada perto da biblioteca ou do shopping. Todos haviam lido o jornal. Dirigindo em meio à tempestade, os limpadores de para-brisa fazendo muito barulho, a chuva batendo direto em seu couro cabeludo, Mary pensou que Gooch poderia ter sofrido um acidente. Poderia ter escorregado no estacionamento de Chung enquanto buscava seu Combo Número 5 — a noite anterior *fora* mesmo úmida. Poderia ter caído, batido a cabeça e perdido a memória ou o bom-senso. Examinou a estrada em busca de seu marido fantasma. Como a dor fantasma que ainda sentia na época em que sua menstruação estava por vir. Como a gordura fantasma que carregara em seu último ano de colégio, mesmo quando estivera em sua melhor forma.

Competindo com os trovões e relâmpagos, a chuva bombardeava o rosto de Mary através do teto solar. Conserto da fornalha. Teto solar. Jantar de aniversário. Os remédios novos de mamãe. Averiguar o assunto dos vinte e cinco mil dólares na conta. O paradeiro de Gooch? Esquecer a lista — chorar. *Pôr para fora.*

— Seria bom, Mare — Gooch dizia frequentemente —, se você pudesse pôr para fora.

Mary pegou os detritos de chocolate Laura Secord a seu lado, percebendo que praticamente só comera chocolate o dia todo e que já passava muito do meio-dia. Levando o quadradinho à boca, foi tomada por náuseas e jogou o chocolate no assento de novo.

O banco estava silencioso e vazio com uma única caixa à vista quando Mary entrou, sacudindo-se como um cachorro molhado num tapete de borracha. Uma jovem vestindo um terno bege atendeu-a na mesa, franzindo o cenho.

— Está feio lá fora, hein?

Mary presumiu que estava se referindo ao mundo em geral e concordou. Como era virtualmente uma estranha para o banco, a bancária estudou-a cuidadosamente, esperando.

— Só preciso saber o saldo da minha conta — disse Mary.

A mulher sorriu, pegando o cartão de Mary e passando-o na máquina. Ergueu uma sobrancelha quando a máquina respondeu à sua pergunta e entregou o pedacinho de papel a Mary. Vinte e cinco mil dólares a mais do que eles tinham. Mary teve medo de chamar atenção para o erro, no caso de não ser um erro. Se Gooch colocara aquele dinheiro no banco, aqueles ganhos só podiam ter sido ilícitos e certamente tinham algo a ver com seu desaparecimento.

Chegando a seu lar sem nenhuma lembrança do trajeto entre o banco e a casa, Mary estacionou a caminhonete e caminhou na chuva até a porta principal, perturbada pelo mistério do dinheiro e decidindo que Gooch devia ter perdido a cabeça e assaltado um banco. Ou o Grego.

Sentiu o cheiro da fornalha quebrada e a fria rajada de vento que vinha pelo vidro quebrado na porta dos fundos enquanto andava pela pequena sala de estar, onde Gooch gostava de assistir a partidas de golfe e a filmes em preto e branco, e foi até o corredor manchado de sangue. Seus olhos recaíram sobre a mesa da cozinha, onde temia tanto quanto esperava encontrar um bilhete deixado por ele.

A geladeira acentuou sua dor enquanto pegava a aspirina no armário acima do fogão, colocando duas e depois três pílulas na palma da mão, perguntando-se com ressentimento por que Gooch e ela continuavam a manter os remédios *fora de alcance* quando não tinham filhos e nunca os teriam. Engoliu as pílulas com saliva em vez de se dar o trabalho de abrir a torneira, tremendo quando percebeu como estava encharcada de suor.

Chapinhou em direção ao telefone, desejando que tivessem comprado a secretária eletrônica que Gooch sugerira, caso ele estivesse ligando o dia todo ou caso alguém precisasse deixar um recado importante, embora o fato de o telefone não estar tocando desesperadamente lhe proporcionasse uma satisfação perversa. Depois de conferir se havia sinal, socou o número de Gooch do cartão de emergência.

— É Mary Gooch. São 3h35 da tarde. Desculpe estar incomodando. Estou procurando meu marido de novo. Se você puder dizer a Jimmy

Gooch que estou em casa agora. E, se puder me ligar de volta, por favor. Obrigada. Desculpe.

Se você acha que não está pronta para se separar do homem, dissera seu Orin imaginário. Esgueirou-se pelo corredor manchado de sangue. Sua cama ainda por fazer acenou. Um descanso, pensou. Dormir. Sonhar. Arrependendo-se de suas palavras duras para com a fornalha, repousou seu peso e puxou o edredom até o queixo.

Sequência de sonhos

O telefone tocando deslocava-se pela paisagem onírica perturbada de Mary Gooch e perseguia-a como uma vespa no estéril horizonte de Leaford. Acordou apavorada, grogue, golpeando o aparelho. Era Joyce, do asilo de St. John's, lembrando-a de que precisava fazer o pagamento, de que tinha de assinar autorizando os novos remédios de Irma e de que a festa fora remarcada para terça-feira à noite. Mary murmurou um assentimento educado e desligou o telefone, despertando com memórias dúbias — Gooch não estava em casa? Sylvie Lafleur não era uma vaca maligna? E o acidente no estacionamento acontecera mesmo? O saldo na conta bancária? As últimas horas pareciam uma sequência onírica tão confusa na vida quanto o seria num filme.

O telefone tocou de novo, e ela o trouxe para o colo, respondendo:

— Sim, Joyce. — Pois Joyce sempre ligava de novo com algum detalhe que esquecera. — Sim. Farei o bolo para a rifa.

Onde você está, Gooch? E por que tem vinte e cinco mil dólares na nossa conta? Discando o número do celular dele, que Mary rapidamente decorara, esperou pela voz familiar da estranha. O céu límpido sugeria meia-noite, mas o relógio marcava 7h15 da noite. Dormira apenas algumas horas.

— É Mary Gooch falando. De novo. Desculpe. Se você puder, diga ao meu marido que estou muito preocupada e gostaria muito que ele me ligasse. São 7h15.

Ocasionalmente, lendo alguma entrevista de celebridades, Mary tentava destilar sua existência de acordo com perguntas como *Momento mais feliz?* e *Maior conquista?* Em *Frase mais usada?*, respondia sem hesitação: "Desculpe." Desculpava-se pelo modo como comia, com uma perturbadora falta de distinção. *Maior arrependimento?* — não contar sobre o aborto espontâneo na véspera do casamento para Gooch. *O grande amor?* — óbvio. *Maior extravagância?* — óbvia. *Pior hábito?* — óbvio. Mary invejava alcoólatras e jogadores, para quem os vícios não eram necessariamente visíveis. *Melhor traço físico?* — teria de mencionar os olhos. Na pergunta *Maior aventura?*, não tinha aventuras para descrever, nem grandes nem pequenas. E ainda tinha de definir seus objetivos de vida, então também pulava a pergunta *Conquista que mais lhe dá orgulho?* Estremecia ao imaginar como Gooch responderia às perguntas se ousasse fazê-lo com honestidade.

A Kenmore cantava pelo canal do corredor manchado de sangue e, como o malfadado marinheiro, Mary foi responder ao canto da sereia, levantando os pés da cama e balançando-os pelo carpete com um baque surdo. A geladeira cantarolou mais alto, num tom mais agudo, mas não conseguiu persuadir o restante do peso de Mary a se coordenar com as pernas que estavam à espera. Pausou, sua respiração ofegante abafava o chamado da cozinha. O telefone tocou, e ela atendeu dizendo:

— Sim, Joyce.

Fez-se um silêncio. Respiração.

— Gooch? — Mary deixou escapar. Sentiu o ouvido dele do outro lado da linha, o peso de sua tristeza, a profundidade de seu amor. Pensou nas centenas de coisas que planejara dizer, mas não podia transferir nenhuma delas do cérebro para os lábios agora.

— Volte para casa, Gooch, por favor — finalmente conseguiu dizer. — O que quer que seja, vamos dar um jeito.

Houve uma pausa, uma respiração superficial e então uma voz familiar, feminina e manhosa:

— Mary?

Era Wendy ligando do restaurante no lago.

— Mary?

Agora era a vez de Mary fazer uma pausa. Limpou a garganta.

— Não vamos conseguir comparecer hoje à noite, Wendy. Não vai dar.

— Não vai *dar*? — repetiu Wendy. — É o aniversário de casamento *de vocês*, Mary. Estamos todos aqui por *vocês*. O que está acontecendo com Gooch? Vocês dois brigaram? É sério? Acho que você nos deve uma...

Wendy tinha muito mais a dizer e ainda estava falando quando Mary desligou. Imaginou os seis reunidos em volta da mesa que haviam reservado meses atrás, com vista para o grande e agitado lago. Depois dos "Ó meu Deus", "Puta merda" e outras profanidades que diriam ao receber a notícia, supôs que decidiriam ficar no restaurante e prosseguir com a refeição. Wendy se regozijaria com a miséria dos Gooch e entediaria os demais com seus lamentos sobre o tempo perdido fazendo o álbum de fotos de aniversário. Pete se perguntaria por que Gooch não dissera nada, além da vez em que perguntara um dia, com indiferença:

— Você é *feliz?*

Ao que seu amigo mais velho lhe respondera:

— Você está *bêbado?*

Na sobremesa, Kim estaria encarando François, que haveria herdado um olhar distraído. Ninguém ficaria surpreso com a fratura de Jimmy e Mary Gooch. Era apenas uma questão de tempo.

Mary observou o telefone, pensando se deveria chamar a polícia. Mas o que diria? Vinte e cinco mil dólares haviam aparecido misteriosamente em sua conta, e seu marido não voltara para casa. O cenário era incriminador. Exercitou sua crença esporádica em Deus, apelando por um novo milagre preventivo. *Por favor, faça com que Gooch volte para casa*, implorou.

O telefone tocando. A esperança de uma oração atendida. Seu coração saltou. E então ouviu a voz barítona de Grego do outro lado da linha e se preparou para receber notícias. Mas ele tampouco tivera notícias de Gooch, e, como Mary, estava ficando cada vez mais preocupado e confuso. As perguntas dele assumiram um tom de interrogatório, e Mary se sentiu acusada. Quando Grego perguntou novamente se conferira a conta bancária, ela negou que o fizera, percebendo o quanto era responsável pelo que estava acontecendo.

No quarto, Mary abriu a porta do *closet*. Não estava faltando nada. As roupas esguias de Gooch, da loja em Windsor especializada em homens altos, ficavam de um lado do guarda-roupa; e a bagunça de desastres tamanho GGG compradas em liquidação ficava do outro. Mary nunca procurara pistas de infidelidade, mas lera suficientes colunas sobre relacionamentos e assistira a muitos programas do horário nobre para saber o que procurar. Marcas de batom nos colarinhos. Não. Cheiro de perfume? Não sentia cheiro de nada, de nada mesmo. Fios de cabelo tingido de louro. Não. Bilhetes de amor ou números de telefone dobrados em pedacinhos de papel nos bolsos dos jeans. Não. Puxou atrás dos casacos de inverno, onde guardavam as caixas de cartões, fotos e fitas de vídeo, mas nada estava errado. Fechou o armário e olhou em volta do quarto, notando no aparador uma caixa etiquetada com as palavras *informações de negócios*. Estava aberta, a tampa caída ao lado, com uma grande pilha de recibos amassados. Olhou para as várias notas fiscais de combustível e refeições que Gooch submetia a Grego com pedidos de reembolso

Encontrou a conta de um restaurante com endereço em Toronto, notando a data, que era do mês anterior, e a hora, início da tarde. O portador do cartão de crédito, James Gooch, almoçara no *dly sp* e *grll chk snd* acompanhado por dois chopes em um lugar da rua Queen. Mary não sabia que Gooch fora a Toronto.

Ao ver sua imagem no espelho quando passou, Mary pensou nas centenas de programas de televisão a que assistira sobre investigações criminais, a busca de provas, a emoção da justiça. Sentou-se na cama para examinar os recibos com mais atenção. Nada alarmante. Nenhum recibo de motel ou faturas de joalherias ou lojas de lingerie. As notas fiscais mais chocantes eram as de combustível. Mary não fazia ideia de que encher o tanque do caminhão de entregas custava tão caro. Não era de admirar que o planeta estivesse correndo perigo! Havia um recibo de uma oficina de funilaria em Leamington — Gooch mencionara problemas com o caminhão de entregas. Havia uma receita não utilizada de remédio para insônia do dr. Ruttle, o que era surpreendente, já que Gooch dormia como um bebê. O restante eram contas de restaurante que confirmavam o hábito de Gooch de se alimentar de forma saudável e sua queda por um chope gelado na hora do almoço.

Mary estava quase terminando de vasculhar a caixa quando encontrou outro recibo de um restaurante de Toronto. Do mesmo restaurante, datado da semana anterior — omelete de claras de ovos e chope. E outro recibo, datado da semana anterior àquela — peixe especial do dia com salada e cerveja. E outro, e outro ainda, duas vezes na mesma semana. E mais outro. Gooch não mencionara ter ido a Toronto seis vezes nos últimos meses, mas ela tampouco perguntara. Ainda assim, aquilo não era prova de nada. O marido fora para lá diversas vezes ao longo dos anos visitar vários fabricantes de quem Grego encomendava artigos especializados para a loja. Mary não tinha um pedaço de papel com o qual confrontá-lo quando ele finalmente chegasse em casa. E daí que ele gostava de jantar num lugar chamado Bistrô 555?

A geladeira cantarolava, mas Mary não a escutava com o tique-taque do relógio. *Me. Liga. Me. Liga.* Olhou para o teto, como fizera milhares de vezes antes, reparando numa enorme rachadura estendendo-se diretamente sobre sua cama. A fissura estivera ali o tempo todo, passara de fina a grossa, de curta a longa, e ela nunca reparara. Ou aparecera misteriosamente durante a noite, do mesmo jeito que Gooch desaparecera.

Mary pegou o telefone mais uma vez e discou o número de Gooch. Quando foi sua vez de falar, disse:

— É a mulher de Jimmy de novo. — Então, depois de uma pausa: — Você pode dizer a ele... Feliz Aniversário.

Concentrada na rachadura, lembrou-se do momento em que deixara seu corpo sobre as folhas úmidas. No entanto, em sua lembrança, não era sobre seu próprio corpo que seu espírito pairava, mas sobre o corpo de Gooch. Com aquela imagem, Mary abandonou o caos consciente e se entregou à claridade dos sonhos.

Nada espúrio

Idas ao banheiro e para beber água da torneira. Aspirina para aquela dor entre os olhos. Sonhos experimentais. Lampejos de luz. Peso do escuro. Água da torneira. Urina. Descarga. O rosto de Gooch. Luz. Escuro. Água. Xixi. Descarga. Gooch. Mary. O despertador. Gritando para que Wendy fosse embora. Um tique-taque interminável e o fim do tiquetaquear, as pilhas removidas do relógio e jogadas ao chão. Calor — a fornalha não se esgotara, afinal.

Do corredor, a luz âmbar de uma luminária antiga, alimentada por uma confusão de fios enlaçados, esgueirava-se pelo quarto como um amante secreto. Mary entreabriu as pernas enquanto a luz acariciava suas curvas, lambia seus mamilos escuros como alcaçuz e sugava seus dedos dos pés frios. Abriu os olhos e olhou em volta. Com as cortinas abaixadas, não dava para dizer se era dia ou noite.

Mary levantou-se, o pé doendo onde sofrera o corte e confusa com a sequência de histórias e a relação com seus sonhos. O relógio digital que ficava do lado de Gooch estava piscando, o que sugeria que a energia acabara e fora restabelecida em algum momento da noite. Seu próprio relógio ensurdecedor estava desligado. Aquilo não fora um sonho — removera as pilhas às duas. Se da tarde ou da manhã, não tinha certeza. As densas nuvens de cor cinza que via pela abertura nas cortinas não conseguiam revelar a posição do sol. Teve a sensação apavorante de estar atrasada. Muito atrasada. Para o que quer que fosse.

Quando Mary abriu as cortinas, seus olhos foram atingidos pela neve demasiadamente branca espalhada pela paisagem, de modo que não conseguia divisar a fronteira do quintal ou o túmulo do sr. Barkley. Uma grossa camada de neve pesava sobre o salgueiro e deslizava sobre as toalhas congeladas na caminhonete. Tanta neve assim em outubro? Uma espécie de milagre.

Instintivamente, olhou para o telefone ao lado da cama, percebendo que saíra do gancho. Colocou-o novamente no lugar, esperou dar linha e discou o número do marido. Foi a voz que pediu desculpas desta vez:

— Desculpe. Este número está fora de serviço.

Mary colocou o telefone novamente no gancho e respirou fundo várias vezes antes de ligar para Grego, que também estava listado nos números de emergência. Quando Fotopolis não atendeu, ligou diretamente para a loja e se surpreendeu ao descobrir que o Grego também desaparecera, tendo voado para Atenas na semana anterior para ficar com sua mãe moribunda. Mary limpou a garganta antes de perguntar:

— O sr. Fotopolis falou com meu marido antes de ir?

A resposta da recepcionista foi educada e profissional; parecia estar seguindo instruções referentes a perguntas sobre o desaparecimento de Jimmy Gooch.

— Não sei nada a respeito disso — desculpou-se e então comprometeu sua discrição ao acrescentar: — Estou com o celular dele aqui. O sr. Fotopolis encontrou-o no caminhão. Você quer vir retirá-lo, sra. Gooch? Sra. Gooch?

Abotoando sua camisola manchada de sangue, Mary saiu pela porta da frente vestindo suas grandes botas de inverno, mancando por causa do calcanhar inchado, arrastando-se pela neve que cobria a grande e inclinada entrada da garagem. Havia um único conjunto de rastros de automóvel deixado recentemente na estrada, e ela viu o jornal coberto de neve na sarjeta. Mary reclinou-se para pegá-lo, mas não conseguiu. Chutou a neve com a bota e, ao fazê-lo, revelou outro jornal, e outro, e outro, e mais outro. Ela remexeu os papéis em suas finas sacolas plásticas, lendo as datas com incredulidade. Com exceção daquelas oníricas idas ao banheiro para fazer xixi ou beber água, deixara seu corpo se virar sozinho, como um casal em conflito que precisava de um tempo de separação e dormira uma semana inteira.

Percebendo que a caixa de correio estava transbordando de correspondências, reuniu o monte de cartas e anúncios publicitários nos braços e subiu em direção à casa. Passou pela porta da frente e mancou até a cozinha, sendo atingida pela corrente de ar vinda da janela quebrada dos fundos. Encontrou a vassoura perto do cesto de lixo e varreu o vidro em uma pequena pilha no canto. Então, com o que Gooch chamava de fita maluca e um pedaço de papelão de sua pilha de reciclagem, dedicou-se a resolver o problema da corrente de ar.

Energizada pelo exercício físico e carregando a vassoura como uma vara de salto em distância, mancou para fora da casa mais uma vez, com a fita, o papelão e vários sacos de lixo verdes enormes, para construir uma cobertura para o teto solar quebrado da caminhonete. Ela varreu do interior a neve que se acumulara no assento e escorregara para o chão, abriu um saco de lixo e varreu o chocolate para dentro; com um arrepio, lembrou-se do corvo.

Conforme a vassoura pegava os detritos debaixo do assento da frente, cartões pequenos e brilhantes espalhavam-se pelo chão. Ela sentiu a carne tremer enquanto passava a vassoura embaixo do banco, deslocando mais e mais cartões — tiras de alumínio douradas e prateadas. Bilhetes perdidos de loteria instantânea. Dezenas e dezenas deles. Junto de embalagens amassadas de centenas de barrinhas de chocolate. Os segredos do casal escondidos de forma lamentável. Subiu na caminhonete e começou a trabalhar no teto solar.

Pisando na neve molhada, voltou para a casa e foi até a pia, abriu a torneira e bebeu grandes copos de água antes de ir até a mesa, onde desmoronou na cadeira vermelha de vinil. Levantou o olhar do piso frio em direção à geladeira silenciosa. Não ingerira sequer um bocado de comida ao longo da semana toda, e o canto da fome ainda estava distante, uma percepção que a agradou e a alarmou em igual medida.

Mary sentou-se com a correspondência — uma tarefa estranha, já que, em seu acordo tácito de tarefas domésticas, à mesa a correspondência, isto é, as contas, recaíam sobre Gooch, ou fora ele quem insistira em ficar responsável por isso, Mary não se lembrava. Separou os anúncios e cupons, colocando as contas de lado numa pilha para Gooch lidar com aquilo depois. Abriu um cartão de pêsames atrasado de um parente distante e leu os dizeres a respeito de Orin duas vezes, o tempo todo ignorando o envelopinho quadrado que ela avistara logo de cara, endereçado à *sra. Mary Gooch*, no garrancho de Gooch. Ela parou para olhar a Kenmore de novo, mas, como um amante rejeitado, a geladeira não encontrava seu olhar.

Finalmente, pegou o envelope. Ao abri-lo, encontrou o bilhete, o que sempre esperara, o que deixara de esperar, entregue inesperadamente pelo correio de Leaford. Renunciando ao clichê da mão trêmula, leu o rabisco de Gooch no quadrado de papel prateado:

Querida Mary,

Desculpe. Gostaria de saber o que dizer. Tem dinheiro na conta. Vinte e cinco mil dólares. São seus. Ganhei na raspadinha. Nada espúrio. Confie em mim e não tenha medo de gastar. Não planejei isso, Mary. Preciso de um tempo para pensar. Eu me odeio por ser tão covarde — se é que isso quer dizer alguma coisa. Prometo manter contato.

Ele assinara o bilhete com *Seu*, um termo que nunca usara antes, deixando-a com a impressão de que a confundira com outra pessoa. Dobrou o pedaço de papel e colocou-o novamente dentro do envelope. *Espúrio*. Que tipo de pessoa usava uma palavra como essa? E *Seu*. Por que ele escrevera *Seu* quando a própria existência do bilhete sugeria que ele decisivamente não era dela?

Não havia nada, nada, em que Mary pudesse acreditar com confiança. Parecia impossível ou ao menos improvável que seu marido tivesse ganhado uma quantidade colossal de dinheiro na raspadinha, que a tivesse deixado em seu vigésimo quinto aniversário para *pensar* e que manteria *contato*; mas ali estava a prova, escrita com caneta esferográfica num cartão de drogaria que provavelmente comprara especialmente para a ocasião. Levantou e, pisando no cesto para levantar o tampo, jogou o bilhete no lixo.

Era capaz de ouvir o som das palavras de seu marido como uma narração em off de um filme enquanto se locomovia até o banheiro — *não planejei isso, Mary. Preciso de um tempo para pensar*. Com o chuveiro rugindo para afastar a voz de Gooch de sua mente, Mary tirou a camisola e chutou as botas de inverno, livrando-se delas. Despida e apoiando-se na barra de segurança que Gooch instalara para ela anos atrás, Mary entrou na banheira e equilibrou-se no tapete de borracha, onde seu pé vazava um anel de sangue.

Achando os produtos de banho caros que Gooch lhe dera no Natal, Mary despejou-os em si mesma de uma vez só. Esfregando o rosto até ficar rosado, secou a pele com uma toalha limpa, percebendo que havia menos dela mesma do que em dias anteriores. Como sua camisola manchada de sangue estava suja demais para ser vestida novamente, postou-se nua diante do espelho do banheiro, remexendo uma gaveta cheia de produtos para o cabelo e, finalmente, encontrando uma escova grande. Passou-a pelos cabelos e, afastando, os fios da face até ver apenas as raízes grisalhas, chocada pela primeira vez na vida com a semelhança com sua mãe. Não era, entretanto, uma curvatura de osso que Mary reconhecia, tampouco um nariz similar ou um padrão de envelhecimento. Era a expressão do olhar, de confusão congelada. O olhar que Irma adquirira quando sua existência se tornara inconcebível.

Gooch estivera desaparecido por uma semana. A carta dizia que precisava de um tempo para pensar. Mas aonde ele fora? E quanto tempo era suficiente? E se nunca voltasse? Ganhara mesmo na raspadinha? Confusão congelada. No entanto, mesmo ao ver a expressão de sua mãe espelhada em seus olhos, Mary não se preocupou com a possibilidade de ter a doença de Irma. Estava convencida de que seu destino seria mais poético. Um ataque cardíaco fulminante era o que imaginara, e sentira-se à beira disso com a ausência de Gooch. Pegou o secador de cabelo, reparando na caixa de coloração vermelha do dia do funeral de Orin.

O tempo passou sem o tiquetaquear do relógio. Mary postou-se diante o espelho do banheiro, desenrolando uma toalha da cabeça. Ela sacudiu a cabeleira, mais acaju do que ruiva, pensando em como sua mãe não recomendaria uma aparência tão atrevida, decidindo que era ligeiramente melhor do que aquelas horríveis raízes grisalhas.

No quarto, vasculhou as gavetas e encontrou pijamas cirúrgicos azul-marinho limpos, que dobrou e colocou em uma grande bolsa de vinil marrom, junto com um kit nunca usado que continha itens de higiene bucal e produtos para o cabelo, além de seu celular carregado e o fio que viera com ele.

Na gaveta de tralhas da cozinha, Mary encontrou caneta e papel, e sentou-se em uma das cadeiras vermelhas de vinil. Ela escreveu: *Gooch, saí para procurar —*, mas não terminou. Procurar o quê? Naquele momento, não tinha certeza.

Os que vão e os que ficam para trás

Sendo outubro e estando os arbustos nus no caminho até o asilo de St. John's, não haveria lilases roxas, mas Mary queria levar flores para Irma. As flores comunicavam um ritual, e aquele era importante. Ela conduziu o Ford vermelho lentamente até o estacionamento coberto de neve no mercado, satisfeita ao ver que seu teto improvisado estava aguentando bem a pressão. O sol nascente, aparecendo ligeiramente atrás das nuvens cinzentas, esquentava o rosto de Mary enquanto ela mancava pelo estacionamento, perguntando-se por que mal podia perceber o cheiro de gordura frita da lanchonete próxima. Entrou no mercado, mas não pegou um carrinho.

A bela moça do caixa, cuja etiqueta de identificação exibia o nome *SHARLA*, olhou para o cartão de cliente que Mary ofereceu e disse, sem olhar para cima:

— Olá, sra. Gooch.

Era um hábito varejista que Mary considerava irritante. Não se importava que fosse mal-educado, queria ficar anônima enquanto fazia compras.

No entanto, não havia por que fingir. A caixa a via quase todos os dias.

— Olá, Sharla.

Mary pôs o buquê de girassóis na esteira.

— Só *isso*, sra. Gooch? Nada de comida?

— Desculpe.

Sharla olhou para cima, exclamando:

— Meu Deus, seu cabelo está *vermelho*.

— Sim — disse Mary com a face queimando até ficar escarlate para combinar.

— Legal.

Sharla moveu as flores cor de açafrão sobre o *scanner*. Irritada, pressionou um botão ao lado do caixa.

— A máquina não está passando. Preciso chamar meu gerente.

Mary sentiu o calor da culpa: *Se você não fosse tão gorda, a máquina passaria as flores.*

— Estava mesmo pensando em levar alguma coisa menor — disse ela.

A garota bateu no microfone do caixa.

— Dick no caixa três, por favor. *Dick*. — Virou-se para Mary, confidenciando: — Esse é o *nome* dele.

— Desculpe.

— Não é *sua* culpa. — Sharla inclinou-se sobre o botão, apoiando-se nos dedos dos pés, flexionando suas pernas torneadas enquanto procurava pelos corredores. Subitamente, ressoaram as notas graves de "Proud Mary". Mary deixou escapar um grito, surpreendendo Sharla, que a ajudou a encontrar o celular entre os outros itens de viagem em sua imensa bolsa marrom. O telefone era tão claramente alienígena para Mary que Sharla teve de tirá-lo de suas mãos, abri-lo e encostá-lo no ouvido de Mary.

— Alô — esboçou Mary, sem fôlego. Era uma mensagem da operadora, mas Mary precisou de alguns segundos para entender que era uma mensagem pré-gravada.

Sharla sorriu.

— Agora é só fechar. Fecha. É só... isso... fechar.

Mary dobrou o telefone ao meio.

— Talvez você queira abaixar o volume do toque — disse Sharla antes de apertar a campainha novamente. — Deus, odeio meu gerente.

Mary assentiu.

— Eu também.

— Um babaca?

— Sim. Ele se chama *Ray*.

Colocando as flores nos braços de Mary, Sharla gesticulou em direção à porta e disse:

— Vou colocá-las no meu desconto de funcionária e você me paga de volta depois.

— Mas eu tenho dinheiro.

— Aceite, sra. Gooch — insistiu Sharla, dispensando-a. — Você vem aqui todo dia, então não tem problema.

— Desculpe.

— Diga obrigada, só isso.

— Obrigada — disse Mary, abraçando o imenso buquê. Saindo da loja, perguntou-se se alguém em Leaford sabia que Gooch estacionara o caminhão no restaurante de Chung e desaparecera. Talvez Sharla soubesse. Talvez seu gesto tivesse sido motivado pela pena. Ou por solidariedade.

Entrou no asilo de St. John's pela porta da frente, secando as botas nos pedaços úmidos de papelão espalhados pelo tapete, conforme solicitado pelo cartaz escrito a mão. O jovem da recepção, contratado recentemente, olhou irritado para o tamanho do buquê em seus braços. Mary não pediu desculpas quando entregou as flores, sobretudo porque também estava trazendo cheques antecipados para os próximos seis meses de estada de sua mãe. Ela pediu ao jovem que, por favor, anotasse seu novo número, para o caso de haver alguma emergência.

— Meu número de celular — disse alegremente e leu o número que estava no cartão.

Parou para cumprimentar um trio de mulheres idosas perto da porta da sala comunal, orgulhosa por sua reputação, adquirida na Farmácia Raymond Russell, de ser "boa com os velhotes". Perto dela, dois Williams diminutos e um Paul esburacado jogavam pôquer, valendo um pote de moedas de um centavo. Esquecera seu cabelo flamejante até que o mais velho dos Williams soltou um longo e baixo assobio.

— Olá olá, Ann-Margret — saudou ele.

O velho Joe DaSilva, que fora cliente cativo da Farmácia Raymond Russell, disse:

— Ei, Ruiva. Você gosta do meu pijama novo, Ruiva?

— Você parece o Hugh Hefner, Joe — disse ela, passando a mão pelo tecido sedoso de seus ombros, provocando risadas nos homens idosos.

Ela corou quando o William mais velho cutucou seu seio, que ele confundira com o braço, e disse:

— Fique para esta rodada. Você pode me dar sorte.

— Você parece melhor — observou ela.

— Eles mudaram minha medicação.

— Isso explica muita coisa. Fique longe da minha mãe — brincou ela, deixando os homens com suas cartas.

Na sala comunal, Mary encontrou a mãe parada ao lado da paciente nova, outra frágil mulher branca, Roberta, uma estranha de Kitchener que nunca recebia visitas. Lado a lado, roncando em cadeiras de roda com cobertores enrolados até o queixo, faziam Mary pensar em bebês no parque, e ela entendeu por que as mães diziam que pareciam anjos quando estavam dormindo. Encontrou um lugar entre sua mãe e Roberta e pôs a mão sobre o ombro terminantemente esquelético de Irma.

— Mãe?

Mas foi Roberta, afligida por algum misterioso mal da idade, que abriu os olhos.

— Sim? — repetiu Roberta, capturando o olhar de Mary de modo que ela não pudesse virar de lado. — O que foi?

Mary hesitou.

— Vim para dizer adeus.

A velha mulher deu de ombros.

Mary apertou os dedos gelados de Irma, dirigindo-se à mãe num sussurro, esperando que Roberta não pudesse ouvir.

— Vim para dizer adeus.

— Você quer meu perdão? Agora que estou morrendo? Foi por isso que você veio? — perguntou Roberta.

Mary fez uma pausa, vendo a ânsia da velha mulher, e respondeu:

— Sim.

Roberta assentiu lentamente.

— Eu diria que esperei um longo tempo por isso.

— Certo.

— Tanto tempo perdido...

— Sim — concordou Mary.

— *Perdido.*

— Perdido.

— Como você vai se lembrar de mim? — perguntou a velha mulher, buscando os olhos de Mary. — Em que você vai pensar?

— No jeito como você penteava meu cabelo — Mary lhe disse, comprimindo a mão de Irma o tempo todo. — Vou pensar no jeito como você penteava meu cabelo.

— Que mais?

Mary fez uma pausa.

— E vou pensar em... como sempre admirei sua força.

— Sempre disse o que pensei e pensei o que disse.

— Sei que você me amou — Mary beijou as têmporas envelhecidas de sua mãe e olhou ao longe, juntando-se às duas mulheres.

Sem saber quanto tempo ficara sentada lá — pois, desde o desligamento do relógio, o tempo não fora mais sequencial, tornando-se ao mesmo tempo aqui e agora e então e antes —, Mary finalmente comprimiu os dedos ossudos de sua mãe, um ritual de adeus mais triste e mais natural do que imaginara.

Ao sair do asilo, parou para se despedir da mesa de homens jogando cartas e lembrou ao jovem da recepção que era o *celular* que eles deviam contatar se precisassem falar com ela.

O caminho inclinava-se diante dela. Ouviu um grito distante por nutrição — não uma dor no estômago, mas um lembrete cerebral avisando-a que deveria comer. A padaria Oakwood ficava a dois quarteirões do asilo de St. John's.

A Oakwood era a única padaria independente que restara no condado de Baldoon; a cadeia de lanchonetes de Tim Hortons aniquilara a competição anos atrás, mas Mary permanecera uma cliente fiel, sobretudo quando acrescentaram o *drive-through* e ela não tinha mais de gastar energia para sair do carro ou sofrer os olhares de reprovação dos outros clientes, mesmo que tivesse de admitir que tinham razão. *Por que* uma mulher do tamanho dela precisava de uma caixa de donuts?

Ao abrir a porta, lembrou-se de suas visitas frequentes a Oakwood com sua mãe quando era criança. Antes das compras de sexta-feira, porque Irma nunca fazia compras de estômago vazio, fora hábito parar na padaria, onde achavam um banco no grande balcão em formato de U, e sua mãe a advertia: "Não gire", repetindo isso mil vezes antes de precisar dar um peteleco no joelho de Mary. Irma pedia o muffin de grãos e uva-passa e café forte sem açúcar naqueles copinhos brancos que sempre vinham com pires.

— Gosto da iluminação aqui nesta hora do dia — dizia Irma. Ou: — Gosto de como este lugar nunca muda.

Mary escolhia seu donut entre as várias estonteantes opções que havia, uma decisão que provocava mais agonia do que êxtase, dado que frequentemente se arrependia de escolher o donut recheado de geleia, desejando ter escolhido creme e fritura no lugar da opção sofisticada. Irma rasgava pedacinhos de muffin e os lançava na boca, mastigando pensativamente, e, embora raramente pronunciassem uma palavra, Mary sentia-se ligada a ela na apreciação sensual de ambas àquele lugar.

Na manhã que precedeu o funeral de Christopher Klik, a família Brody parou na Oakwood para tomar café. Sem vontade de se balançar em sua elegante saia preta e blusa branca ajustada, Mary sentou-se imóvel no banquinho entre seus pais no balcão perto da porta. A garçonete sorriu com firmeza enquanto hesitava entre o donut de granulado colorido e o de limão, decidindo-se finalmente pelo de glacê duplo de chocolate. Pediu para provar o muffin de sua mãe e o pão de canela de seu pai antes de colocar para dentro o donut de chocolate incomumente pequeno, que não satisfaria a *obesta* nem de longe. Tentou rasgar seu donut em pedacinhos como sua mãe fazia, mas conseguiu apenas uma bagunça com os dedos.

— Coma *direito*, Mary — disse Irma.

Mary viu que seus pais estavam sem apetite e ficou aliviada ao pensar que não perceberiam se comesse a refeição deles também, perdidos como estavam na batalha mortal do dia. Enfiou o resto do donut na boca e se virou no exato momento em que a porta se abriu, revelando a silhueta da maravilhosa Karen Klik, coberta de preto para o funeral de seu irmão mais novo, com os longos e lisos cabelos louros escorridos em linha reta, os cílios cobertos de rímel à prova de água, as chaves do carro balançando em seus dedos longos, certamente resolvendo algo do velório. Os olhos delas se encontraram.

— Tem chocolate na sua blusa — disse Karen.

Em pânico, Mary esticou a mão, espalhando ainda mais o chocolate em sua gola de algodão.

— Oh, Mary — gritou Irma, partindo para a ação, molhando um guardanapo num copo de água e puxando a camisa de Mary.

— Oh, *Mary*.

Quando Mary finalmente teve coragem de levantar os olhos, Karen Klik ainda a estava observando. Mary não conhecia a palavra para o que viu nos olhos da irmã em luto. Aumentando sua humilhação, mais tarde houve uma ardente discussão entre as mulheres no velório sobre o que removeria melhor a mancha de chocolate, até que a cunhada da sra. Klik apontou:

— De qualquer forma, ela está *estourando* nessa camisa. Use-a para fazer retalhos.

Tentando esquecer a vergonha daquele dia, Mary abriu a porta da Oakwood e entrou. A funcionária atrás do balcão, surpresa, levantou os olhos.

— Oi, sra. Gooch — disse, reconhecendo-a do *drive-through*. A conversa no balcão cessou abruptamente e todos os olhares recaíram sobre ela. *Todos* sabiam que Jimmy Gooch ganhara na loteria e deixara sua mulher gorda para ir atrás de uma jornada visionária de meia-idade.

Abaixando os olhos, Mary teve um vislumbre de si mesma no reflexo de uma mesa cromada, impressionada pelo tom de seu cabelo, um profundo tom de fogo que concedeu, por um momento, não ficar horroroso em seu rosto.

Mary não se sentava no balcão em formato de U desde criança e nunca *naquele* balcão em formato de U, já que, logo depois do funeral de seu colega de classe, a estrutura fora amplamente destruída pelo segundo incêndio de sua história, e Irma parou de ir até lá antes das compras às sextas-feiras. Mary imaginou que era porque não mais poderia dizer *Amo como esse lugar nunca muda.*

Para preencher o silêncio, disse à funcionária:

— Acho que vou tomar um café — e caminhou em direção ao balcão. O restante dos clientes voltou a se dirigir a seus respectivos grupos — o quarteto de fazendeiros, a mãe com os fedelhos, as três professoras aposentadas que Mary reconheceu do Colégio de Leaford, mas que pareciam não reconhecê-la. A caixa dos Zeller. A garçonete trouxe-lhe café forte.

— Por favor — perguntou Mary —, qual seria o caminho mais rápido para a estrada saindo daqui?

Um dos fazendeiros respondeu antes que a garçonete pudesse abrir a boca.

— Pegue esta estrada até o Número 2. A esquerda no Número 2 leva diretamente à 401. Espero que seus pneus estejam bons. Estão avisando que vai nevar mais.

— Para onde você vai? — perguntou o fazendeiro que não estava usando boné de beisebol.

— Toronto — decidiu Mary, já que os recibos do restaurante eram sua única pista de fato.

Ele torceu o lábio e resmungou:

— Odeio Toronto.

— Colocamos sua encomenda no congelador quando você não a retirou na semana passada, sra. Gooch — gritou a funcionária detrás do balcão. — Você quer pegá-la agora?

— Como?

— Seus bolos da semana passada? Não é por isso que você está aqui? Quatro, né? E os doces sortidos.

Mary congelou enquanto o ambiente silenciava e os olhos se viravam. Corada, levantou-se e pagou a conta.

— Você pode entregar os bolos no asilo de St. John's?

— A entrega tem um custo extra.

Mary tentou impedir o tremor em sua mão enquanto procurava o dinheiro atabalhoadamente.

Regra de três

Rugindo pela estrada na grande caminhonete Ford, ouvindo a fita da Motown que Gooch gravara para ela anos atrás, Mary observava a paisagem, as fazendas planas e os enormes tonéis cercados pela densa vegetação da floresta. Umas poucas árvores teimosas agarravam-se ao outono, mas a maioria estava nua e preta em razão da neve derretida. Viu uma placa anunciando o próximo posto de serviços, lembrando-se de que precisava fazer xixi e comer algo. Mesmo com uma pausa na viagem, esperava chegar ao restaurante em Toronto na hora do jantar, quando mais pessoas da casa estariam lá, para fazer perguntas sobre Gooch. Ele certamente era memorável. Talvez Gooch tivesse conversado com alguém sobre uma viagem que queria fazer. Um lugar onde desejaria morar. Ou tivesse dado alguma pista sobre seu destino. Mary entendia agora, embora criticasse tais tramas nos dramas do horário nobre, que na vida real não se podia fazer nada além de seguir a menor pista, quando a menor pista era tudo o que se tinha.

Com as juntas duras de tanto dirigir, tomou fôlego ao lado da caminhonete antes de entrar no posto de serviços, seu pé esquerdo inerte até o tornozelo. Olhando para o céu, perguntou-se se a neve realmente viria ou se precisava de algum tempo para pensar.

Considerando a fila na lanchonete e impaciente para voltar à estrada, Mary comprou uma barra de proteínas da máquina automática e mastigou-a vagarosamente, olhando para o caixa eletrônico ali perto. No bilhete, Gooch escrevera: *Gaste o dinheiro.* Mas, de repente, não acreditava — *como* acreditar em Gooch? — que o dinheiro ainda estaria ali. Entrando na longa fila para o caixa, esperou e, quando sua vez finalmente chegou, sacou seu cartão bancário da carteira e começou o procedimento, perguntando-se se Gooch quisera dizer: *Gaste, mas no cartão de crédito.* Ele detestava quando Mary usava o cartão de crédito, porque isso desequilibrava sua contabilidade. E quanto do dinheiro deveria gastar? Todo ele? Metade? E em quê? Para um homem que gostava de estar no controle, sua falta de instruções era de enlouquecer. Pediu à máquina mais cem dólares, que juntou ao volumoso maço de dinheiro, e esperou que ela cuspisse o recibo. A grana ainda estava lá.

Em virtude do hábito de olhar para baixo, Mary não notara o jovem desmazelado parado atrás dela na fila para o caixa eletrônico. Antes de sair, virou-se e descobriu que ele a observava com *aquele* olhar. Conhecia os olhares. Havia vários deles e, curiosamente, independentemente de idade, raça ou gênero, o olhar dizia: *Que moça gooorda.* Ou aquele que dizia: *Que desperdício de pele.* Ou: *Quanto será que ela teve de comer para ficar tão grande*? Com o passar dos anos, notara uma nova expressão, que sugeria um estudo comparativo: *Ela é gorda como minha prima, tio, mãe, melhor amiga.* Com a epidemia de obesidade norte-americana, parecia cada vez mais frequente que alguém amasse alguém tão gordo quanto ela.

No estacionamento, seus passos lerdos não foram páreo para a corrida firme do homem, e ele já estava em cima dela quando ela ouviu o som dos pés dele. Era o homem da fila do caixa eletrônico. Ele sacou uma pequena lâmina prateada que escondera na manga da camisa. Mary fechou os olhos enquanto ele estendia o braço. Morte violenta. A regra de três.

ɔ sentiu o metal em suas entranhas, agradeceu sua gordura ... briu os olhos e ficou confusa ao ver o homem segurando ... as seu cartão bancário prateado. Silenciosamente, ele ... ır o cartão, apontando para o prédio, apesar de estar ... via ocorrido.

— disse ela.

...ssentiu brevemente e virou-se para ir embora. Mary o ...ıtitar sobre o asfalto escorregadio até a estrada, onde um ...ıo de carga fazia a curva. O motorista do caminhão buzinou. ...ıtaria dos espectadores não abalou o homem, que conseguiu chegar a calçada justamente quando o veículo avançou. Parou, não porque ouvira o caminhão ou porque tivesse notado a comoção que causara, mas para acenar para Mary, sem sorrir, antes de desaparecer no interior do prédio. Ela ficou olhando pela larga janela enquanto ele, tendo perdido o lugar, pegou o fim da fila do caixa eletrônico, e ela pensou em tudo o que o estranho havia arriscado em seu gesto de gentileza.

— Obrigada! — gritou ela, mesmo sabendo que ele não ouviria.

Novas contas complicavam o *continuum* da determinação de Mary enquanto tentava calcular a data da volta do marido. Se ele ganhara cinquenta mil, como ela calculava, o dinheiro chegaria ao fim. Em algumas semanas? Meses? Dependendo de onde estivesse e de como estava gastando o dinheiro. E se fossem cem mil e ele tivesse saído numa espécie de farra, não sendo nem de longe o homem que ela achava que ele fosse? Ou talvez tivesse sido um milhão, e, nesse caso, admitia, era possível que ela nunca mais voltasse a vê-lo. Considerar as possibilidades de Gooch voltar para casa sozinho era uma distração, ela sabia, evitando pensar nas chances de ao menos encontrá-lo.

Ao se aproximar da cidade grande, o número de v
junto com a velocidade e a pressa dos outros motoristas de
diabos estivessem indo. Desacelerou em uma curva, maravil
deslumbrante horizonte prateado. Só vira a cidade em fotos e n
e mesmo assim teve uma forte sensação de *déjà-vu*. Não como
vesse estado ali, mas tivera a mesma sensação, a exata sensação,
virou do corredor de analgésicos para o de produtos dentais e e
trou Jimmy Gooch com aquele olhar mais de vinte e cinco anos a

O tráfego da via expressa em direção ao centro da cidade esta
lento, mas Mary resolveu não se importar. Observou as pessoas pas
seando pelo caminho próximo ao agitado lago cinzento agasalhadas contra o frio do outono e o sol poente aquecendo famílias com sua saudável luz dourada. Observou namorados adolescentes atravessando pontes e patinadores fazendo manobras nas calçadas. Tantas pessoas. Ninguém que ela conhecesse. Ninguém que ela conhecesse. Sentiu-se agradavelmente pequena.

O trânsito estava praticamente parado, e a luz perdeu seu apelo romântico e pulverizou de cinza as famílias com frio, os corredores mesquinhos, os patinadores exibidos e os ciclistas descuidados, e Mary entendeu do que Gooch estivera falando quando descreveu o editorial de um jornal de Toronto sobre o constante debate em relação às vias expressas junto ao lago, que estavam sempre entupidas de trânsito e bloqueavam o acesso das pessoas à água. Lembrou-se de ter ficado irritada com o hábito de Gooch de ler artigos em voz alta para ela e de desejar que ele tomasse logo o café da manhã e fosse embora para que ela pudesse sequestrar as sobras daquela torta de pêssegos. Esclarecida pela escuridão sorrateira, Mary percebeu que seu desejo fora realizado. Gooch tinha ido embora e agora ela podia comer torta de pêssegos até sangrar massa podre.

Encontrar o restaurante foi fácil. A rua Queen ficava pertinho da via expressa, e ela seguiu os números da fileira de lojas até chegar a uma fachada pequena e quadrada que ostentava uma placa de mosaicos indicando Bistrô 555. Gooch preferia restaurantes que continham a palavra Grill em seu nome e, se Mary fosse jogadora, teria apostado que seu marido não escolheria comer naquele estabelecimento. Mas teria errado. E não foi só uma, mas seis vezes, de acordo com os recibos.

Procurou um lugar para estacionar e, sem encontrar espaço na rua, prosseguiu. E prosseguiu. E prosseguiu, esgueirando-se por ruas apertadas, passando por estreitas casas vitorianas com gramados de selo postal, por altíssimos prédios de apartamentos, por lojas étnicas e de rede, apenas para encontrar um labirinto confuso de ruas de mão única que a levavam de volta para as mesmas ruas de mão única, ainda sem encontrar onde estacionar.

Com sua precária noção de tempo, Mary pôde apenas imaginar que dirigira em círculos por cerca de trinta minutos. Decidira, ao dirigir pelas ruas estreitas e cheias de vida, que podia entender por que as pessoas amavam Toronto — e por que a odiavam. Finalmente, vários quarteirões depois da rua Queen, viu uma placa de estacionamento público. Entrou com o Ford no estacionamento, encontrou uma vaga disponível e se assustou quando um homem peludo apareceu ao lado da caminhonete.

— Vinte dólares — exigiu.

Ela não vira a placa.

— Para estacionar? — perguntou ela, atônita, e lhe deu uma nota.

— Chaves, por favor — disse ele, estendendo a mão cheia de graxa.

— As chaves do meu carro? — perguntou ela, confusa.

— Por favor — respondeu ele, desagradavelmente.

— Preciso deixar *minhas chaves*?

— Sem chaves, não estaciona.

Entregou as chaves com certa relutância e partiu em direção ao restaurante. Na rua, descobriu que não podia, como de hábito, manter os olhos baixos com tantos perigos na calçada — corredores e compradores e animais de estimação e patinadores e as pernas estendidas de pedintes esfarrapados. Nunca vira tantos humanos, de tantas cores e raças, e apostou que não conseguiria adivinhar metade de seus países de origem. Com os olhos erguidos, porém, confrontava-se, a cada loja e restaurante, com o próprio reflexo. Esquecera-se de trazer um casaco, mas não estava com frio. Na verdade, havia manchas escuras de suor em seu pijama cirúrgico azul-marinho e um brilho de transpiração em sua face e pescoço. Percebendo que era no mínimo possível encontrar Gooch no Bistrô 555, parou para respirar. Imaginou-o bebendo cerveja no bar e tentou não se perguntar quem poderia estar sentada ao lado dele, correndo a mão esguia por sua coxa rija.

Remexendo na bolsa, encontrou um batom coral e o passou nos lábios. Depois, encontrou o segundo conjunto de pijamas cirúrgicos e usou a parte de cima para limpar o rosto brilhante de suor. Começou a descer a rua apinhada, vendo as pessoas se apertarem ao passar por ela a caminho do bonde antiquado, com suas sacolas e sacos disso e daquilo. Os sem-teto interpelando os apressados. Um trio de prostitutas na sombra de um beco acossando um Grand Marquis cor de vinho.

Encontrou o mosaico sobre as janelas acortinadas. Bistrô 555. Preparou-se e procurou a maçaneta. Girou, mas estava fechada. Verificou a placa na janela. O restaurante só abria às seis. *Seis?*

Havia tranquilamente uma dúzia de pessoas por perto, mas nenhuma a quem pudesse perguntar as horas. Moviam-se rápido demais. Ocupadas demais para se incomodarem. Ninguém fazia contato visual. Virou-se e viu um jovem magro, de comoventes olhos castanhos, pele cor de oliva e cavanhaque ralo olhando para ela. Ela estava no caminho.

— Você precisa esperar o bonde ali — disse ele, apontando para o ponto de ônibus lotado.

— Estou esperando o restaurante abrir — disse Mary educadamente, pois viu que o jovem tinha a chave do lugar e estava entrando.

— Daqui a meia hora — disse ele e deslizou para dentro.

Exausta, Mary mal podia imaginar dar os passos restantes até o restaurante, muito menos perambular pelas ruas sombrias e desconhecidas por meia hora. Parou na entrada do Bistrô 555, substituindo o rosto dos estranhos pelo de Gooch e relembrando, como as séries de televisão faziam no começo de cada programa, o episódio anterior, destacando os detalhes que a haviam trazido até ali.

Por que um restaurante só abriria depois das seis? Arrogância de cidade grande, concluiu. Entre as muitas arrogâncias e afetações de que o povo de Leaford falava. O povo da cidade grande menosprezando, com suas maneiras, comunidades rurais porque elas não tinham museus ou parques de diversão ou prédios governamentais ou teatros.

Aberto às seis. Certamente, o povo da cidade tinha fome antes das *seis*. Mas então Mary percebeu que *não* estava com fome. Ainda não. Seu mundo se invertera com o desaparecimento de Gooch, e fazia sentido que seu corpo se comportasse da maneira contrária. Lembrava-se de ter marcado todas as caixas num questionário de revista que perguntava: *Você é um comedor compulsivo?* Invejava os que perdiam a fome sob estresse, como sua mãe.

O jantar no lar dos Brody era servido às cinco em ponto na infância de Mary — pelo menos, até Irma começar a trabalhar apenas de manhã e o jantar ser adiantado em uma hora, às quatro, quando Orin chegava em casa voltando do turno da tarde. Depois que ele se aposentou, o jantar estava na mesa quando Mary chegava do colégio, e seus pais, com seus escassos apetites, esvaziavam e lavavam seus pratos antes que ela devorasse sua comida em segundos. Irma não dizia "Vamos jantar". Dizia "Vamos acabar logo com o jantar". De certa forma, pensou Mary, Irma passara a vida inteira ansiosa para acabar logo com as coisas, como se soubesse o fim de sua história o tempo todo e não considerasse as páginas intermediárias dignas do esforço de serem lidas.

Tempo. Sem sobressalto, sem baque. Sem ritual, sem rotina. Sem idas e vindas à cozinha. O tempo seguido de nada. Sem Raymond Russell. Sem Gooch. Mary sentiu um inesperado alívio em sua desobrigação com o tempo e não se perguntou há quanto tempo estava de pé na frente do restaurante quando a porta se escancarou contra seu traseiro e o homem de cavanhaque apareceu.

— Pode esperar aqui dentro se quiser.

Ela agradeceu, perguntando-se se ele a havia convidado por causa da propaganda ruim que fazia do lugar chique — uma mulher imensa, com extravagantes cabelos ruivos, usando pijamas cirúrgicos azul-marinho e botas velhas de inverno. *Se você comer aqui, pode ficar assim.*

Ajustando-se à luz, só encontrou pequenas cadeiras de bistrô disponíveis e foi cuidadosa ao soltar seu grande e cansado corpo. Tomou fôlego, observando o homem se ocupar de tarefas atrás do bar, decidiu ser direta.

— Estou à procura de alguém. Ele veio aqui algumas vezes recentemente, e pensei que alguém pudesse se lembrar dele. Jimmy Gooch?

— Não me diz nada.

— Ele é alto. Bem alto. Um metro e noventa e oito, cabelos ondulados. Meio grisalho na frente. Grande. Bonito. As pessoas costumam se lembrar dele.

O homem deu de ombros.

— Reduzi muito meus turnos.

— Oh.

— Na verdade, sou ator.

— Oh.

— Pareço o jovem Al Pacino — disse ele de perfil.

— Parece — concordou ela.

— Sempre me dizem isso.

— Tem mais alguém a quem eu possa perguntar?

— O cara que você está procurando está encrencado?

Ela balançou a cabeça.

— Pode perguntar à Mary. — Ele sorriu para si mesmo. — Ela vai chegar daqui a pouco.

— Mary? — indagou Mary desconfiada.

— Nossa *hostess*. Mary Brody. Ele parece alguém de quem Mary se lembraria.

Assim que ouviu o próprio nome de solteira sair dos lábios da imitação de Al Pacino, a porta da frente se abriu à figura de uma mulher que usava um vestido de tricô vermelho agarrado e sapatos de salto alto pretos fatais. Seu cabelo louro escuro caía em ondas, emoldurando o belo rosto, ressaltando seus ombros ossudos. Ela avançou para a luz, os olhos azuis ressaltados com um denso rímel preto e um pouco de brilho nos lábios rosados. Maçãs do rosto perigosas. Em volta de seu pescoço de cisne, usava um grande pingente de prata que pendia bem abaixo de seu decote profundo. Ela olhou para Mary, Mary olhou para ela e, juntas, exclamaram:

— Mary?

— Heather?

O ator ergueu os olhos detrás do bar.

— Heather?

Heather Gooch sorriu-lhe de relance.

— Oi, superastro — flertou. — Por onde andou?

— Quem é Heather?

— É um apelido. — Ela piscou, fazendo uma expressão dissimulada de desespero. — Mary e eu nos conhecemos dos *velhos tempos*.

— Vocês duas se chamam Mary?

— Pode nos dar cinco minutos? Só cinco? Prepare a máquina de café para mim. *Por favor* — ronronou Heather.

Observando a cunhada bater os cílios e girar os quadris, Mary pensou que Heather estava vinte anos defasada para tanto coquetismo. Ela era vários anos mais velha que Mary, mas parecia facilmente uma década mais jovem, e Mary não a via há seis anos, traduzidos em vinte quilos. Matemática avançada.

— Está usando meu nome de solteira? — Mary não estava zangada, apenas surpresa.

Heather certificou-se de que a porta vaivém da cozinha estava fechada antes de se inclinar para pegar uma cadeira, com o imenso pingente de prata batendo no vidro da mesa enquanto ela dizia sem se desculpar:

— Foi o primeiro nome em que pensei quando aluguei meu último apartamento. Quando foi que ficou ruiva?

— Mas por quê?

Heather deu de ombros.

— Não quero ser encontrada. Por certos antigos *sócios*. É mais fácil ser outra pessoa. Por que está aqui, Mary?

— Recibos de restaurante — respondeu Mary. — Ele tem vindo vê-la. Por que ele não me contou?

Aquela Heather não era a Heather carente. Não era a Heather trágica. Não era a Heather desligada. Aquela Heather tinha o olhar firme e era presente. Mary observou seus dedos manicurados vasculharem o conteúdo da bolsa de couro e pescarem um chiclete de nicotina do papel laminado.

— Ele veio aqui. Nós almoçamos. Conversamos. Ele é meu irmão. — Ela estendeu a mão, tocando o pulso rechonchudo de Mary. — Pelo menos você sabe que ele não estava tendo um caso.

— Ele lhe deu dinheiro? — perguntou Mary, preparada para se sentir superior.

— Eu dei dinheiro *a ele*. Estou devolvendo. Meu namorado é dono deste lugar. Tem muita grana.

— Quando Gooch lhe emprestou dinheiro?

— É uma dívida antiga — Heather se mexeu na cadeira, brincando com o colar. — Olhe, Mary, sinto muito por ter vindo até aqui, mas, seja lá o que estiver acontecendo entre vocês, é entre vocês dois. Você deveria ir para casa e resolver isso.

— Ele foi embora, Heather. — Mary mordeu o lábio para evitar a expressão de desprezo. — Você *sabe* disso.

Heather olhou para ela sem entender.

— Embora para *onde*?

Mary esperou pela revelação, mas os lindos olhos de Heather brilhavam com uma preocupação tão genuína que, em vez de pegá-la numa mentira, Mary se viu como portadora das próprias más notícias.

— Foi embora. Ele me deixou. Ganhou num bilhete de loteria. Um milhão, pelo que sei. Ele não me contou. E me largou.

— Ele ganhou dinheiro? — Heather piscou rapidamente.

— Mandou uma carta pelo correio. Disse que ganhou na loteria. Disse que precisava de tempo para pensar. Disse que *faria contato*.

— Uau.

— É.

— Encontrei os recibos do restaurante e pensei... eu não sabia.

— Uau. Você ligou para minha mãe? — perguntou Heather.

— Não quero que ela se preocupe.

— Não quer que ela *saiba* — corrigiu Heather. — Além disso, ele não iria para lá. Ele *detesta* o Jack.

— Então, para onde eu vou?

— Para casa. Vá para casa.

Mary sacudiu a cabeça.

— Ele falou sobre um lugar em Myrtle Beach. Um resort de golfe aonde sempre quis ir. Queria ver a Casa Branca. Os monumentos em Washington. Las Vegas? Você sabe como ele gosta de jogar.

— Ele não iria.

— Ele pode estar em Las Vegas, estourando tudo agora mesmo. Ou naquele grande cassino perto da reserva em Montreal.

— Ele não faria isso.

— Ou num cruzeiro no Caribe. Ele queria muito fazer aquele cruzeiro que ganhei no ano passado.

— Por que você não foi?

Por hábito, Mary baixou os olhos, mas disse a si mesma para erguê-los.

— Pode pensar em alguma coisa que ele talvez tenha dito? Uma pista de seu paradeiro?

— Se ele disse que precisava de um tempo, por que não dá tempo a ele? — Heather olhou os ponteiros de um relógio de parede sobre suas cabeças. — Tenho certeza de que tudo vai se resolver, Mary. E, se não se resolver, talvez seja melhor.

Talvez seja melhor. Os médicos haviam dito a mesma coisa sobre seus bebês. Estava igualmente ofendida pela sugestão de que era melhor que seu casamento tivesse acabado.

— Gostei do ruivo — disse Heather. — Ressalta seus olhos verdes.

Mary assentiu, olhando pela janela. Um senhor muito bem-vestido, que poderia ter descrito como *bajulador* se tivesse outra natureza, entrou no restaurante, e Heather se desculpou para ir até ele antes mesmo que estalasse os dedos. Deixou que o velho lhe beijasse o pescoço antes de sussurrar algo na orelha disforme dele. O homem olhou desdenhosamente para Mary, depois atravessou as portas vaivém da cozinha. Um custo. Para tudo.

Heather voltou, vermelha e culpada, sem explicar. Não se sentou, deixando claro que a conversa havia terminado.

— Bem — disse ela.

Bufando pelo esforço de desembaraçar as pernas da cadeira e da mesa de bistrô, Mary se levantou.

— Meu Deus, Mary! O que aconteceu com você? — perguntou Heather, como se o que quer que houvesse acontecido tivesse acabado de ocorrer.

— Cortei o meu pé.

— Olhe pra você! Mal consegue se levantar da cadeira.

— Ganhei algum peso depois da última vez que nos vimos.

— Meu Deus, Mary! Como você pode ter se deixado ficar assim?

O primeiro pensamento que veio à cabeça de Mary foi: "Não venha bancar a moralista para cima de mim, Heather Gooch. Você é uma viciada em drogas." Mas preferiu o segundo, que foi:

— Eu sei.

Heather deu uma olhada para a porta da cozinha, abaixando a voz. Abrandou-se, conduzindo Mary para a porta.

— Se eu tiver notícias dele, aviso.

Mary a deteve.

— Pegue o número do meu celular.

Heather digitou no minúsculo telefone que carregava na bolsa enquanto Mary recitava os números.

— Não se preocupe. Ele disse que faria contato, não disse?

— E se for tarde demais?

— Para quê?

Para mim, pensou Mary.

Heather ficou ali parada, em silêncio, olhando a volumosa forma de Mary Gooch desaparecer pela porta do restaurante. Lá fora, golpeada pela multidão nas calçadas, Mary caminhou de volta para o Ford, desanimada com a sensação incomum de consciência, mas certa de que, se quisesse encontrar Gooch, teria de levantar o olhar dali em diante. Sentiu que andara durante horas e ficou com medo de ter ido para o lado errado.

Os gritos de Heather estavam sendo engolidos pela algazarra da rua. O pingente de prata batia em seus seios enquanto corria entre a multidão. Impedida pelos saltos altos e por seu histórico tabagista, estava completamente sem fôlego quando, próxima o bastante, chamou:

— Mary! Pare!

Mary parou, grata pela ordem, e as cunhadas ficaram imóveis na multidão, as duas com lindos cabelos longos e belos olhos. Heather muito mais alta, de saltos, e Mary com a largura de três pessoas. Viciada. Obesa. Mary culpou a ciência, a química do cérebro, os anabolizantes, a grelina e a leptina, a genética ruim, a mídia, mas parou quando sentiu que seus ancestrais, aqueles pioneiros do condado de Baldoon cuja sobrevivência dependera de responsabilidade pessoal, se reviraram nos túmulos.

— Jimmy foi para Golden Hills — ofegou Heather. — Ele queria ver a mãe.

Ignorando o ruído da rua, concentrando-se nos olhos azuis de Heather, Mary absorveu a informação.

— Ele está na Califórnia?

— Não sei se ainda está lá, mas era para lá que estava indo. Não tive mais notícias dele desde que veio de carona na semana passada para pegar o cheque da loteria.

— Ele pôs vinte e cinco mil dólares na conta. Quanto ele ganhou? — perguntou Mary.

Heather deu de ombros.

— Não me contou. Tudo o que ele me disse foi *o bastante*.

O bastante, repetiu Mary para si mesma.

— Ele também levou os dez mil que devolvi.

— Gooch lhe emprestou dez mil dólares?

— Foi há muito tempo, Mary. O dinheiro da herança do papai.

— Você falou com sua mãe?

— Você sabe que não falo com ela.

— Devo ligar para ela?

— Ela mentiria por ele. Como acabei de fazer.

— Eu *preciso* ver Gooch.

— Se você quer ver o Jimmy, então vá. Vá e pronto.

— Ir para a Califórnia? Aparecer na casa de Eden? "Cheguei, cadê o Gooch?"

— A menos que tenha alternativa melhor. Soube que eles se mudaram há alguns anos. Você tem o endereço novo?

Mary assentiu.

— Willow Drive, 24, Golden Hills. Ainda mando cartões de Natal.

— Você tem dinheiro. Pegue um avião.

— Nunca andei de avião.

— Isso diz tudo.

— Verdade — concordou Mary, em dúvida sobre o que a cunhada quisera dizer.

Heather deu uma olhada na rua, provavelmente para ter certeza de que não estava sendo observada por um de seus antigos associados, antes de dizer: "Quero lhe mostrar algo." Ela levantou o pingente de prata, que Mary percebeu agora ser um medalhão, abrindo-o com suas unhas longas e esmaltadas e inclinando-o para a luz da rua para revelar a foto lá dentro. Era Gooch aos 16 anos, Mary calculou — cruelmente lindo, os cabelos ondulados, o sorriso convencido.

— Meu filho — disse Heather. — Ele me encontrou no ano passado, por meio de uma agência. O nome dele é James. Ele é quase tão alto quanto o Jimmy, dá para acreditar?

O garoto era a imagem idêntica do tio.

— Estou feliz por você, Heather. Gooch já sabe?

Heather assentiu.

— Ele o conheceu.

Mary sentiu faíscas algo muito antigo ressuscitou.

— Jogaram basquete no parque no fim da rua algumas vezes. Ele está na faculdade de medicina. Mora a dois quarteirões de mim, Mary. Quais são as chances?

A sensação de uma punhalada nas costas. Não estava com fome. Era a vez de Mary dizer "Uau".

— Tenho seu número se tiver notícias dele — protelou Heather, avaliando o rosto de Mary à luz azul da rua. — Espero que consiga o que quer, Mary.

— Obrigada.

— Mas, se não conseguir, precisa seguir adiante.

Mary sentiu sede e pensou na sugestão prática de Orin: "Beba direto da mangueira e siga em frente."

Oprimida na calçada, processando a nova informação, Mary foi surpreendida pelo toque do celular em seu bolso. "Proud Mary" mesmo, pensou ela, tremendo.

— Sra. Gooch? — perguntou a voz do outro lado.

— Sim.

— É a Joyce. Do Hospital St. John's.

Mary procurou por um banco, certa de que precisaria estar sentada para ouvir o restante da chamada; não encontrando nenhum, apoiou-se na janela de uma loja de antiguidades.

— Minha mãe? — perguntou calmamente.

— Sra. Gooch, achei que deveria saber que a sra. Shrewsbury faleceu na noite passada.

— Sra. Shrewsbury?

— Roberta Shrewsbury? — A outra senhora idosa.

— Por que estão ligando para mim?

— Nossa nova recepcionista a viu conversando com ela mais cedo no saguão e, como não encontramos o parente mais próximo... Não sabia se a senhora conhecia a sra. Shrewsbury.

— Não conheço.

— Mas ela perguntou por você.

— Por mim?

— Perguntou por você antes de morrer. Suas últimas palavras foram: "Diga a Mary que eu a amo." Achei que estivesse falando de você.

— Não.

— Não tem nenhuma Mary na lista de familiares dela.

— É outra Mary. — Pensando em Heather, que usava seu nome, acrescentou: — Há Mary por toda parte.

Roberta Shrewsbury fazia parte da regra de três de outra pessoa, como Grego e a mãe dele em Atenas — um triângulo de dor distintamente separado —, mas Mary lamentou sua perda.

Como o mistério do desaparecimento de Gooch fora, de alguma forma, solucionado, Mary sabia ou, no mínimo, tinha esperanças de que poderia encontrar seu marido de vinte e cinco anos na Califórnia. *Vivendo o sonho.* Não seria Gooch a completar o trio. Ela e Irma estavam no páreo.

Perdão. A idosa, a sra. Shrewsbury, havia perdoado a Mary *dela*, quem quer que fosse — filha ou irmã, supunha Mary — e parecia em estado de graça, mesmo ao chorar o tempo perdido. Era só isso o que todo mundo realmente queria antes de morrer? Perdoar? Ser perdoado? Ela se sentia recompensada ao pensar que a estranha no St. John's tivera a chance de se despedir. De alguém.

Aliviada por ter o estacionamento à vista, parou para recuperar o fôlego, desejando que o homem peludo, que podia ver observando-a pela janela de sua minúscula guarita, entregasse as chaves em vez de fazê-la andar os passos que faltavam. Aproximando-se da guarita, pôde vê-lo remexendo no enorme painel, onde estavam penduradas dúzias de chaves de carro. Ele se virou para encará-la, abrindo a janela.

— *Você me dar suas chaves?* — perguntou ele, desconfiado.

— Sim — respondeu. — A caminhonete vermelha da Ford. — Apontou ela.

— Não tenho. *Você não dar para mim.* — Ele ergueu as mãos, sugerindo que o problema era dela.

— Você disse: "Sem chaves, não estaciona" e eu as entreguei a você.

— Eu não lembro — fungou ele. — Procure você. — Ele virou o painel, de modo que ela pudesse procurar, mas ela não viu seu inconfundível chaveiro de lanterna entre os objetos brilhantes.

— Não estão aí — disse ela.

— *Você não dar para mim.*

— Eu *dei* para você, sim — insistiu ela.

Ele ergueu as mãos de novo. Mary arfou, num suspiro.

— *Você ter mais chave?* — perguntou ele.

— Não.

— *Alguém poder trazer?*

— Ninguém pode trazer.

O homem sorriu com simpatia.

— *Você ir para casa, pegar chaves. Sou cara legal. Não cobrar estacionamento. Vem.*

Não apenas generoso, como também galante, ele tomou o pesado braço de Mary e a acompanhou como uma noiva de volta à rua, onde assobiou para um táxi e a ajudou a acomodar seu peso no assento rachado.

— Para onde? — perguntou o motorista.

Deus para a alma

Em seus 43 anos, Mary Gooch jamais pusera os pés em um aeroporto e não fazia ideia dos altos e baixos das viagens aéreas. Sabia, pelas notícias da televisão, que era o ruído de fundo quando Gooch estava em casa, da segurança mais rigorosa e das esperas mais longas, do aumento dos custos do combustível de aviões, da menor disponibilidade de serviço. Não sabia que comprar uma passagem de classe econômica para Los Angeles, Califórnia, reduziria a conta no banco em quase setecentos dólares. E não sabia que teria de tirar as botas.

Sempre considerara a perspectiva de uma viagem aérea, como qualquer viagem, com medo e relutância, mas estava preocupada demais com seus pensamentos a respeito de Gooch — o que diria a ele e como o diria quando, ou se, o encontrasse — para se concentrar em qualquer coisa além de seu reencontro. Levantando o olhar à medida que passava pelo ponto de verificação de segurança, tinha consciência vívida das expressões previsíveis das pessoas, mas se sentia desligada de sua fonte e não ficou mortificada quando o agente carrancudo olhou sua foto no passaporte e observou:

— Você deve fazer uma foto nova se vai manter os cabelos vermelhos.

Ao coxear em direção ao portão de embarque para esperar por seu voo, Mary foi dominada por uma tontura e parou numa loja para comprar uma barra de granola, que comeria em seguida, e uma maçã para comer no avião. Havia uma parede repleta de revistas — de esporte, de decoração, de fofocas, de saúde e condicionamento físico — sobre a qual correu os olhos, decidindo que não precisava realmente saber quem era dono do melhor ou do pior corpo da praia e que já não ligava mais se aquele belo casal adotara mais uma criança refugiada. Moveu-se em direção à seção de livros, baseando sua escolha de três romances na arte da capa e nas críticas entusiasmadas.

Já tendo suportado uma longa espera, não gemeu como os demais passageiros quando o alto-falante anunciou as desculpas pelo fato de que o voo atrasaria por mais uma hora. Que diferença fazia? Uma hora. Duas horas. Um dia. Ninguém esperava por Mary. Ela tampouco tinha expectativas. O que era se aventurar até um lugar incerto senão uma aventura? Jamais tivera uma aventura antes. Já estava na hora. Era isso o que sua cunhada quisera dizer.

Mary rolou pela passagem até o avião e se espremeu pelo corredor até seu assento no fundo. Podia ver o que os outros passageiros estavam pensando: todos eram cobrados por excesso de bagagem e ela estava se safando com alguma vantagem. Pior, a partida deles já estava atrasada por horas e a enfermeira gorda os estava atrasando ainda mais. *Sim*, pensou ao repelir seus olhares, *eu estou atrasada. Eu sou gorda. Agradeçam a Deus por não serem vocês.*

Ao chegar à sua fila, descobriu que o assento ficava no meio e que o espaço era pequeno demais para uma mulher de sua largura. Transbordaria do assento, tomando espaço do jovem emburrado à janela e da exótica mulher de pele morena e suave com diamante na narina. No momento em que Mary se espremeu em seu lugar, o jovem ajeitou seu corpo esbelto à parede moldada e rapidamente tapou os ouvidos com os fones do seu *music player*. Mary teve muita dificuldade para afivelar o cinto, pois estava sentada sobre uma extremidade dele e não conseguia se virar para encontrar a outra. A mulher morena, que se levantara para lhe dar passagem, deslocou a almofada de cetim lilás em seu colo e achou o cinto de segurança de Mary, mas era impossível afivelar, uma vez que o passageiro anterior não era morbidamente obeso. Mary entrou em pânico tentando juntar as pontas curtas demais.

Com cuidado para não derrubar o que tinha no colo, a mulher morena se esticou por cima de Mary, estendendo o cinto tanto quanto possível — ainda assim mal dava para passá-lo por cima daquela vastidão. Quando a fivela se encaixou, a mulher abriu um sorriso de dentes incrivelmente brancos. Mary sorriu de volta e cochichou em segredo:

— Este é meu primeiro voo.

A mulher assentiu de um modo que deixava claro que não entendia inglês.

O comandante deu as boas-vindas aos passageiros do voo, o que Mary achou encantador, até todos serem informados de que haveria outro atraso, cuja causa ela não conseguiu ouvir em meio às pragas e aos gemidos. A mulher morena dirigia seu olhar sereno à frente, repousando os braços em seu travesseirinho lilás. O jovem a seu lado encontrou um pequeno aparelho eletrônico no bolso de seu paletó — um daqueles *BlackBerrys*, adivinhou Mary, ou *iPhones* — e se pôs furiosamente a mover os polegares sobre as teclas.

Mary abriu sua bolsa de vinil e retirou um dos romances cujas capas haviam prometido risos e lágrimas. Começou a ler e, identificando um exímio contador de histórias por trás das páginas, foi transportada de modo instantâneo e agradável para outro lugar. Não sabia por quanto tempo estivera sentada ali — estivera em outro lugar o tempo todo, com uma família fictícia, em uma jornada para experimentar o poder redentor do amor — quando, finalmente, a aeronave começou a se mover.

Enquanto o avião taxiava para a pista de decolagem, Mary refletiu que era extraordinário que não considerasse curioso estar espremida em um minúsculo assento de avião, preparando-se para ser transportada para todo um mundo à parte, que *não* era fictício, e baixou o livro assim que o avião ganhou velocidade e se ergueu do solo. Sentiu o estômago descer conforme o avião subia em direção ao imóvel e negro além, impressionada com a volta que fez em direção ao grande lago de vidro. Nunca andara de montanha-russa, mas imaginava que a excitação de dar nó nas tripas não podia ser diferente daquilo que sentia ao ver a cidade se afastar, com a vontade de gritar *Não!* e *Sim!* ao mesmo tempo. Mary Gooch estava partindo não apenas de Leaford mas também de seu país pela primeira vez na vida. *Adeus, Canadá*, pensou e foi imobilizada pelo temor de que jamais pudesse voltar.

Meu lar e terra natal. Jamais havia pensado em se perguntar o que o Canadá significava para ela, a nação soberana cuja proximidade com os Estados Unidos (pelo menos de acordo com Gooch) infectara uma parte do país, como um irmão mais novo invejoso ou um parceiro inamistoso, com um sempre debatido complexo de inferioridade.

Hóquei. Controle de armas de fogo. Os franceses. Bacon de lombo. Cerveja. Serviço nacional de saúde. Um afeto remanescente pela monarquia britânica. Percorreu a longa lista de heróis do esporte e celebridades que choveram do Grande Norte Branco, embora muitos houvessem reconhecidamente encontrado fama e fortuna fora de suas fronteiras amistosas. Gooch teria mencionado outras mil características que ajudariam a definir o país — e ela, com certo senso de vergonha, percebeu que, por sua falta de curiosidade política, sabia tão pouco acerca do mundo em que vivia quanto daquele em que estava prestes a entrar. Subestimara o Canadá, assim como a instabilidade do amanhã.

Ela parou um instante para olhar o rosto dos passageiros do outro lado do corredor. Uma mulher asiática com seu filho adolescente e uma loura macérrima e glamorosa — que Mary tomou por atriz ou aspirante a modelo com destino a Hollywood —, todos eles olhando sonhadoramente à frente, com fones em seus ouvidos. Juntos. Sós. Já haviam partido.

Quando a aeronave atingiu a altitude de cruzeiro e um carrinho prata de bebidas foi empurrado pelo corredor por duas graciosas comissárias de bordo, a mulher exótica deu uns tapinhas no ombro de Mary e apontou para os banheiros atrás delas. Gesticulava em direção ao travesseirinho em seu colo, o qual parecia estar pedindo a Mary para segurar durante sua ausência. Mary havia esticado as mãos, perguntando-se por que a mulher simplesmente não deixava seu belo travesseiro no assento, e então sentiu o peso e o calor do embrulho e viu um minúsculo bebê moreno, pouco maior que um lagarto assado, dormindo profundamente entre as dobras de cetim.

Enquanto a mulher se apressava para ir ao banheiro, Mary erguia a criança à altura de seu estômago, tremendo. Nunca segurara um bebê: branco, moreno, contorcendo-se, dormindo, chorando ou calmo. Quando bebês passavam à sua frente, ela os objetava, do mesmo modo que fazia com as caixas de chocolates danificados na *Raymond Russell's*, afastando-os com um sorriso. *Eu não posso.* Wendy, Patti e Kim haviam, todas, oferecido sua prole babenta, mas nem Wendy insistira demais. Presumiam a dor de Mary e entendiam sua inveja. Gooch, porém, sabia da verdade: Mary tinha pavor de criaturas tão frágeis. E prometera:

— Não vai ter medo quando for o seu.

Certa vez, o excesso de histórias em revistas a respeito de mulheres com sobrepeso que davam à luz sem sequer saberem que estavam grávidas inspirara Mary Gooch. Depois dos dois abortos precoces — e apesar da cópula frequente do casal —, não houvera seios inchados nem náusea matinal. Não houvera nada além das idas ao consultório do dr. Ruttle e ao especialista em Londres, que não conseguia encontrar nada de errado, exceto seu problema de acumular quilos. Seu ciclo menstrual era irregular, em virtude de seu peso, de modo que ausência de menstruação não era um indicador verdadeiro e, lá pelos 35 anos, quando começou a sentir as cólicas na pelve e contou que se haviam passado sete meses desde a última menstruação, imaginou se não seria uma daquelas fabulosas gordas que, simplesmente descendo a rua ou experimentando sapatos na Kmart, de repente caíam e pariam um bebê perfeitamente são e inesperado. Imaginava sua foto na primeira página do *Leaford Mirror*. Uma honraria dúbia, mas não teria se importado.

Uma coleção de tumores fibrosos, não um feto, havia causado as cólicas. Eles eram benignos, mas incômodos e, depois de certa observação, era óbvio que tinham de sair. Junto com sua débil esperança. *Deu entrada no hospital com hemorragia.* A perda *da função*, conforme o especialista explicara a Gooch quando imaginou que estivesse adormecida, foi tão dolorida quanto a perda de seus bebês. Mary fora consolada pela Kenmore. E Gooch, por não ter palavras e por estar pranteando em silêncio, trazia bombas de creme e de chocolate da *Oakwood* e frango do *Colonel*, além de sugerir cheeseburgers três noites seguidas porque achava que isso a faria sorrir.

Erguendo o tecido lilás, Mary encontrou a mãozinha do recém-nascido e acariciou a palma macia, tremendo quando os dedinhos se fecharam ao redor do seu polegar. Cabelos encaracolados escuros, cílios grossos e fartos, olhos inchados, nariz achatado, lábios carnudos. Observava o perfeito bebê moreno subir e descer junto com sua respiração cuidadosa, envolvendo-o, envolvida por ele. Lembrava-se da foto que Heather lhe mostrara, de James.

Sob o tecido, as perninhas magras do bebê se retesaram, e logo ele estava se contorcendo vigorosamente. Mary o viu abrir os olhos, não da maneira semicerrada como fazem os adultos ao despertarem, mas súbita, arregalada. Olhou para dentro das negras pupilas líquidas, sem se dar conta de que estava sorrindo até que o bebê lhe sorriu de volta.

Depois de uma longa ausência, durante a qual o bebê se tornou inquieto, a mulher morena retornou, ostentando manchas circulares molhadas em sua blusa, tentando encobri-las com um xale que não ajudava enquanto segurava uma pequena mamadeira para o bebê, cheia do leite materno que extraíra no banheiro. A mulher sorriu em agradecimento e esticou os braços para pegar seu bebê de volta.

Mary, no entanto, não conseguia soltar aquele minúsculo bebê moreno — do mesmo modo que não era capaz de libertar seu marido de vinte e cinco anos — enquanto gesticulava para a mulher pedindo mais alguns minutos. A mãe pareceu aliviada e assentiu, entregando-lhe a mamadeira. Mary não estava certa de como encaixar um bico tão grande numa boquinha tão pequena e riu quando a ponta de borracha lhe tocou o nariz e o bebê abriu bem os lábios, como uma carpa, levando a mãe a dizer "Fome" em seu inglês limitado.

Fome. Comida. Sustento. Simples e perfeito. Perfeitamente simples de reconhecer mantendo a mamadeira morna nos lábios ávidos do bebê. Água para a flora. Sol para a terra. Ar para os pulmões. Gooch para Mary. Deus para a alma. Ela imaginava Irma segurando uma mamadeira dessas (sabia que não havia sido peito) em sua própria boquinha e se perguntou quando a comida havia perdido sua finalidade divinamente simples — para ela e para qualquer um como ela, incluindo a loura anoréxica na fila de assentos ao lado. Em que ponto a comida deixara de nutrir e passara a torturar?

O bebê fechou os olhos, ainda bebendo da mamadeira enquanto montava a onda da barriga de Mary. Ela pensou nas crianças de Wendy e Kim e Patti. Em como elas se sentavam juntas nas festas de aniversário, enchendo a cara de bolo e despejando cachorros-quentes goela abaixo. Seus respectivos pais não pareciam ter vergonha de sua gloriosa gulodice. Pareciam ter orgulho. Vangloriavam-se a respeito deste ou daquele ser um *bom* prato e se desesperavam pelas crianças que comiam apenas o suficiente.

— Juro que este menino vive de vento — dizia Wendy a respeito de seu caçula.

Vivendo de vento, voando ao vento, observando as pequeninas pálpebras do bebê fecharem-se juntas e sua boca parar de sugar, Mary pôs a mamadeira de lado, erguendo o cetim lilás de sua pele macia, quente, e maravilhada com o corpo que a criança recebera. Funcionando perfeitamente. Comer. Dormir. Amar.

Espiou para os lados e viu a mãe da criança adormecida, e o jovem à janela com seus olhos também fechados. Do outro lado do corredor, a loura anoréxica folheava uma revista que Mary notara na banca do aeroporto, cuja capa gritava: *Reduza a gordura da barriga hoje.* A mulher não tinha gordura, nem barriga, nem nada. Poderia substituir o esqueleto numa aula de anatomia. Eis a coluna cervical. O rádio. A ulna. As costelas flutuantes. A mulher mordia a unha do polegar. Faminta.

E essa história de autoaceitação? Os magros desejavam ser mais magros. Os velhos, jovens. Os comuns, belos. Seria a autoaceitação passível de ser alcançada apenas pelos verdadeiramente iluminados, como a srta. Bolt, ou os puramente autoiludidos, como Heather que, uma vez, encolhendo os ombros, disse ao preocupado irmão: "Preciso ficar doida, Jimmy. É assim que sou."

Mary se lembrou de uma conversa truncada com Gooch uns vinte e cinco quilos atrás, quando ele a informara, cuidadosamente, que Grego havia comido sopa de repolho por dez semanas e perdera nove quilos, por recomendação médica. Gooch anotou a receita e entregou a ela, timidamente sugerindo que ambos tentassem — e falsamente atestando que ele próprio havia ganhado uns quilos.

— Estou cansada de fazer dieta. Já chega — anunciou ela, derrotada, jogando a receita cuidadosamente escrita no lixo. — Sou uma mulher grande. Quem sabe não é hora de eu aceitar isso?

Gooch a segurou pelos ombros, abraçando-a de modo que não pudesse ver a impaciência dele:

— Eu só quero que você seja...

Ela se afastou:

— Magra?

— Não.

— Saudável? Porque as pessoas podem ser gordas e estar bem, Gooch.

— Sei disso, Mary.

— Você só quer que eu seja algo que não sou.

— Sim.

— *Está vendo?*

— Quero que você seja feliz.

Ele se pôs a insistir que o peso restringia a vida dela e que, portanto, sua condição não era algo para se aceitar, mas para se rejeitar. Como o dependente químico. O tabagista. O viciado em jogo.

— Mas é quem eu sou — insistiu ela.

— Mas você é infeliz.

— Mas isso é por causa da *sociedade*, por causa do modo como as *outras* pessoas olham para mim. Por causa do modo como *você* me olha, Gooch.

— Você perde o fôlego por causa de um lance de escada. Você fica cansada o tempo todo. Você nunca consegue encontrar roupas. Suas juntas doem.

— Adoro comida — retrucou baixinho.

— Você odeia comida.

Na pausa que se seguiu, Gooch sentou para ler o jornal. Mary se perguntou se ele estaria certo. Recuperou a receita de sopa de repolho da lixeira, batendo o pó de café e se arriscando:

— Gooch?

Perdido nas páginas de esportes, ele mal olhou para cima.

— Faça o que quiser.

— Não estou dizendo que vou desistir — disse ela. — Você vai desistir? Gooch?

Ele fez que sim com a cabeça, e Mary sabia que não estava ouvindo. Embora soubesse que Gooch não a estava empurrando em direção a uma noção esquelética de perfeição qualquer — que, se fosse meramente gorda, cheinha, rechonchuda, redonda, não *morbidamente obesa*, ele jamais teria empurrado —, ela se sentiu abandonada em seu silêncio. Depois disso, ele pararia de insistir, de todas as formas.

Logo depois de sua rara e brevemente honesta conversa, Mary e Gooch pararam de ter relações sexuais, e os dias de abstinência iam se acumulando gradativamente. Diferentemente de seus pares, Gooch não herdara o olho irrequieto de seu pai, pelo menos não quando estava com sua mulher, ainda que ela soubesse que ele olhava para outras mulheres — esbeltas, nuas, com peitos gigantescos e periquitas raspadas — nas páginas das revistas que escondia na última prateleira debaixo das toalhas no banheiro. No início do casamento, tendo encontrado as revistas sob o colchão da cama deles, ela dissera:

— Odeio essas revistas. O jeito como elas tornam a mulher um objeto.

— Os homens tornam as mulheres objetos. As mulheres tornam os homens objetos. Mulheres e homens tornam objetos *a si próprios*. Há uma espécie de ordem natural nisso, Mary. Não devia levar para o lado pessoal.

A mãe dela havia advertido o mesmo em relação ao hábito de masturbação dos maridos.

Mary olhou pela janela conforme o avião explorava o limite da noite. Lembrou-se de Sylvie Lafleur admitindo haver seduzido Gooch:

— Tinha medo de que nunca fosse acontecer comigo de novo.

Mary se perguntava se teria acontecido outra vez para Sylvie. Ou se algum dia aconteceria para ela.

Para passar o tempo, concentrou-se no porvir. Em poucas horas, chegaria à Califórnia.

Seria tarde. Tarde demais para aparecer na mansão de Eden, em Golden Hills, que ela sabia ficar no subúrbio de Los Angeles, depois das montanhas de Santa Mônica. E levaria algum tempo para conseguir transporte até o local que, Eden dissera uma vez, ficava a uma hora de distância do aeroporto. Teria de conseguir um motel, dormir um pouco e se refrescar antes chegar a seu destino. Gooch estaria lá. Ou não.

Observou o bebê respirar em seu colo. O início de uma vida. Dias e anos enfileirados diante dele. Um caminho a seguir ou a forjar. Concessões a estatísticas e probabilidades. O desejo de amor duradouro. Talvez aquela criança fosse extraordinária e deixasse alguma marca no mundo. Mary pensou no próprio caminho, desde o nascimento até o presente. Ainda estava na primeira metade de sua vida e, até então, tinha vivido pela metade.

O bebê se mexeu, espreguiçou-se e bocejou antes de voltar a seu doce repouso. Ponderando a vida não escrita dele, Mary percebeu que o restante de sua própria história era tão estabelecido quanto o dele. Já havia abandonado seu caminho marcado de sulcos profundos: aquela nova estrada a levara à mais acentuada das curvas. Encontrou esperança no milagre das segundas chances; e no calor do bebê adormecido; e no ritmo de seu coração, que não batia com violência nem estrondo, mas com quietude e determinação. Não era capaz de dizer qual Deus era aquele; então decidiu que não tinha importância e, por tudo o que já sentira antes, teve a certeza de que, naquele momento, não estava sozinha.

Não fechou os olhos, com medo de adormecer e derrubar o bebê. Ficou imóvel entre os dois estranhos adormecidos, analisando sua vida como mulher até o trem de pouso tocar a pista do outro lado do continente. Deixara não apenas sua casa e cidade e país e vida, mas também o peso de sua velha preocupação, tendo adivinhado seu propósito singular: encontrar Gooch. Não o marido que partira, mas o homem que, podia ver agora, estava perdido.

A mulher morena despertou agitada, com as mãos tateando seu colo vazio, aliviada por encontrar o bebê em segurança nos braços da mulher gorda a seu lado. Mais uma espera, pois o piloto anunciara que não havia um portão disponível para a aeronave que chegava tardiamente, mas os passageiros estavam cansados demais para gemer e ocupados demais sacando seus celulares e enviando mensagens a seus entes queridos.

Comida. Sustento. Mary comeu a maçã que tinha na bolsa, perguntando-se por que não tinha gosto.

Sonhando com a Califórnia

Mais do que simplesmente ter esperança, Mary flagrou-se vendo o lado bom das coisas, grata por não ter de esperar pela bagagem como seus fatigados colegas de voo, sem bagagem externa para carregar enquanto achava a saída do aeroporto em Los Angeles. Também tinha centenas de dólares em sua bolsa — e milhares em sua conta bancária. Havia conforto no dinheiro.

Saindo da área de bagagem, notou um diminuto homem calvo, de terno e com uma séria queimadura de sol no couro cabeludo, observando-a passar, desconfiado. Quando a chamou, presumiu que a tivesse confundido com outra pessoa ou, pior, que estivesse gritando um insulto, e não se virou. O homem calvo a seguiu, surpreendendo-a com sua mão gentil, porém firme, no ombro dela, olhando-a nos olhos e pronunciando devagar, como se ela fosse surda:

— Milagre?

— Como disse?

— Milagre?

Ele parecia em pânico, segurando um cartaz para que Mary lesse, e ela percebeu que havia um nome ali:

— Senhora...?

Ela não poderia ter pronunciado o nome.

— Eu? — perguntou Mary. — Não.

O rosto dele mostrou decepção. Sem uma palavra, ele se afastou pegando um telefone celular e murmurando tons de contrição em uma língua estranha.

Mary caminhou pelo saguão de desembarque, detectando, como um ruído no painel do carro, uma mudança no ritmo de seu caminhar, uma alteração na orquestração de sua carne. A força da gravidade parecia menor e, embora não se importasse em adivinhar quantos quilos teria perdido nos dias recentes, pois o número parecia irrelevante, sentia-se menor.

Há muito tempo, quando estava sendo retalhada por seus parasitas, Mary não celebrara sua redução; agora, de novo, estava mais concentrada no motivo de sua diminuição. O vazio maior. Fome? Não tinha fome de nada, a não ser de Gooch.

Milagres — sim, ainda acreditava em milagres. O que eram senão acontecimentos aleatórios que causavam espanto em vez de acontecimentos aleatórios que causavam dor? E a regra de três? Gooch dissera que era ridícula:

— Você pode agrupar suas tragédias em grupos de três ou de trinta, Mary. Se houver pessoas, haverá tragédias. Só porque sua avó e sua tia Peg morreram não quer dizer que nosso bebê vá morrer também.

Mesmo com o sol nascente erguendo-se por cima da estrutura do estacionamento, o ar estava mais frio do que esperara, fazendo com que ela estremecesse.

Conforme caminhava, descobriu que a dor em seu calcanhar havia diminuído. *É amanhã*, pensou e saudou o raiar do dia como um velho amigo que houvesse recentemente lhe perdoado uma grande dívida.

Fora do complexo, Mary seguiu as placas para transporte rodoviário, mas achou que devia ter cometido algum engano, já que não via nenhum veículo à espera, nem táxi, nem ônibus que pudesse levá-la até Golden Hills e nenhum transeunte por perto a quem pedir ajuda. Como seu corpo estava malnutrido e ela não dormira no avião, encontrou um banco no qual poderia descansar enquanto considerava seu próximo deslocamento. Lembrou-se do celular e resolveu ligar para o auxílio à lista e pedir o número de um táxi. Abriu o telefone, teclou os três números do auxílio e pôs o fone ao ouvido. Nada — sem tom de discagem — e, de qualquer forma, não tinha certeza de quais teclas devia apertar para ligar.

Seu passaporte, que pretendera manter em um compartimento fechado com zíper, estava solto em sua grande bolsa de vinil, e ela o pegou para ver a foto que jamais vira. Gooch agarrara a foto antes que tivesse a oportunidade de ver — a iluminação ruim, os cabelos grisalhos, o rosto cheio — e rira, bem-humorado:

— Você parece uma detenta.

A imagem do passaporte dele era tipicamente atraente, mas ela disse:

— Você também.

E ele rira, concordando. A empolgação dele em relação ao iminente cruzeiro pelo Caribe não era contagiante para ela: era torturante, pois Mary sabia, mesmo enquanto debatiam as necessidades de viagem e planejavam as excursões diurnas, que não iriam bebericar *piñas coladas* no convés Lido nem aproveitar um dia de compras pleno de diversão nos mercados de palha de Negril.

Quando uma limusine preta estacionou, ela naturalmente imaginou, dado o lugar em que se encontrava, qual, entre milhares de celebridades, se encontraria oculta atrás das janelas escurecidas. Esperou que a porta se abrisse, torcendo para que fosse uma estrela do esporte ou da música — fofoca para compartilhar com Gooch —, mas a porta da limusine não se abriu, e o carro ficou ali, tranquilamente ocioso. De repente, percebeu que os ocupantes não estavam descendo do veículo por causa *dela*, por causa do jeito como ela estava olhando. O vidro da janela baixou, e o motorista lhe deu uma espiada por debaixo de seu quepe. Parecia estar esperando que ela saísse dali, uma vez que era o único ser humano na redondeza que poderia atrapalhar a privacidade dos ricos e famosos dentro do carro dele — ou tirar uma foto embaraçosa com o celular. O pensamento a fez rir alto.

— Olá — chamou o motorista. Ela resolveu objetar caso ele lhe pedisse para se afastar.

— Olá! — ele chamou outra vez, e ela lhe deu a mesma resposta.

— Para onde está indo? — perguntou ele.

Mary entendeu que ele perguntara *Quando está indo?* e enfatizou:

— Não estou indo.

— Para onde?

— Não estou indo a lugar nenhum — disparou ela. — Vou ficar bem aqui até descobrir como chamar um táxi que me leve até Golden Hills.

O homem desceu da limusine, aproximando-se de Mary no banco. Vendo a queimadura em sua cabeça calva quando ele abaixou o quepe, reconheceu-o, era o homem de sotaque que lhe havia perguntado sobre o milagre. Ele abriu a porta de trás do carro. Os aconchegantes assentos de couro estavam vazios.

— Minha passageira perdeu o voo — explicou. — Venha. Eu levo você até Golden Hills.

Quando Mary não levantou imediatamente, ele acrescentou:

— A tarifa é só o preço de serviço de carro comum. Venha.

O banco traseiro da limusine, que ficava de frente para outro banco traseiro idêntico, era mais espaçoso e luxuoso que qualquer sofá em que houvesse se sentado. Havia mesinhas com garrafas de água gelada e um recipiente de cristal cheio de balas de menta, embrulhadas uma a uma, além de um minirrefrigerador — não uma geladeira Kenmore — com uma porta de vidro, exibindo uma seleção de bebidas alcoólicas.

Enquanto saía com o carro, o motorista olhou pelo retrovisor:

— Qual é seu nome?

— Mary — respondeu. — Mary Gooch.

— Beba se quiser, Mary Gooch. Tem comida no cesto.

Ela notou um cesto de vime no assoalho, repleto de uma variedade de aperitivos: macadâmias, que nunca provara, e bandejas plásticas organizadas, com queijo embalado e bolachas, chocolate premium, frutas frescas. Abriu uma das garrafas de água gelada e bebeu satisfeita, olhando pela janela, atônita pelo volume absurdo de trânsito nas estradas. Não eram nem seis horas da manhã.

— Eu sou o Grande Avi — disse o motorista, sorrindo.

Avi, com a cabeça calva queimada de sol, não era grande, era pequeno. Tinha a metade do peso de Mary e era vários centímetros mais baixo. Ele riu de sua confusão:

— Meu filho é o Pequeno Avi — explicou. — Meu cartão está ali.

Estava em um pequeno compartimento de prata: um cartão comercial com o nome Grande Avi e o nome da empresa:

— Milagre Serviço de Limusine — Mary leu em voz alta.

— Quando meu sogro fundou a empresa, o milagre foi conseguir o empréstimo no banco. Agora, o milagre é dirigir no trânsito de Los Angeles.

Mary assentiu, distraída, colocando o cartão comercial dentro do bolso, pois a bolsa estava fora de seu alcance, pensando no trânsito engarrafado de Toronto dias atrás, horas atrás. Uma vida atrás.

— Você sabe como chegar a Golden Hills?

— Claro — respondeu. — Também moro no vale. Meu turno acabou. Estou indo para casa. Agora não vou vazio. Bom para você. Bom para mim.

Quando o celular tocou, ele o catou no bolso e falou rapidamente em sua língua estrangeira. Ao terminar a conversa, voltou-se para Mary, pelo retrovisor:

— É sua primeira vez em Los Angeles? — perguntou.

Ela fez que sim, tonta pelos carros e pela falta de comida. Olhou para o cesto no assoalho.

— Quanto custa a banana?

Grande Avi acenou com a mão.

— Não custa. Só coma.

Conforme descascava a banana, sua boca não aguava de antecipação. O aroma da fruta, comida fresca, assada numa torta de creme, misturada em um *parfait* ou cozida em um pudim, fora, uma vez, a glória para Mary. Um êxtase em cuja agonia não era capaz de resistir a uma terceira e quarta fatia, ou à fornada inteira, ou à porção toda. No entanto, agora, percebia que a fragrância era apenas indistinta, e o gosto não era um sabor, mas uma noção. Pensou na Oakwood, na maçã, na barra de granola e raciocinou que uma falta sensual de olfato e paladar, combinada com o estresse de sua situação, estava por trás de sua falta de apetite.

— Da próxima vez, pegue a Pacific Coast. É mais longe, porém mais bonita. Hoje pegamos a rodovia — explicou o homem. Ela aquiesceu outra vez, observando o cenário se fundir.

— A companhia aérea perdeu sua bagagem?

— Não, não. Eu não tenho bagagem. Minha viagem não foi exatamente planejada.

Ele ergueu uma sobrancelha, intrigado:

— Você sai do trabalho e diz "Certo, agora vou para Califórnia".

— Mais ou menos isso.

— Você é corajosa. Você é, como é a palavra, *espontânea*?

— Espontânea? Eu? Não. — Mas corajosa? Talvez.

Perdida em suas impressões do mundo que passava por ela, Mary não achou nada que fosse como havia imaginado, exceto as moitas de oleandro branco e buganvília vermelha e as altíssimas palmeiras, balançando ao vento. Margeando as dúzias de faixas de trânsito, havia grossos blocos de concreto que pareciam dar fundação às colinas, cuja superfície estava coalhada de casas, pequenas e apinhadas em alguns lugares, grandes e solitárias se precipitando da face da colina em outros.

— É bonito o clima aqui — observou Grande Avi. — Quente no vale. É sorte você perder os incêndios.

Mary assentiu, incerta a respeito de quais incêndios ele falava. Ou de onde era o vale.

Atento aos humores de sua cliente, ofereceu:

— Se gosta de privacidade, posso subir o vidro.

Ao dizer isso, ele apertou um botão e um pedaço de janela escura começou a se erguer atrás dele.

Mary gritou:

— Não! Por favor. Não quero privacidade.

Ele sorriu.

— A maioria dos meus passageiros quer o vidro. Quase sempre levo o *showbizzness.*

Mary ficou surpresa por realmente não se importar com a bunda de qual celebridade ela poderia declarar ter dividido o estofado ou com que pedacinho de fofoca ele teria ouvido.

— Nunca imaginei que fosse assim. Tantos carros — disse ela.

— Quando vim para cá, primeiro eu tive a mesma impressão, e agora tem o dobro. Talvez o triplo. Achava que Los Angeles era Hollywood Malibu. — Ele riu. — São tantas as comunidades que fazem Los Angeles. Agora conheço todas. As dez cidades mais seguras da América ficam em Golden Hills. Moro em Westlake. Perto.

— Mas e as gangues? Todos os crimes e assassinatos de que a gente ouve falar?

— Nesse lugar, você não vai. É para lá — apontou ele. — Leste. Central Sul. Não é para turista.

Mary parou um momento para considerar que, dentro daquela vastidão, uma parte seleta da população estava vivendo a vida mais segura do país, ao passo que outra estava envolvida naquilo que Gooch dissera ser uma vergonhosa guerra civil.

— Para lá é Glendale. São os armênios.

— Ah.

— Centro é o negócio. E os asiáticos. Cada lugar tem um personagem diferente.

— Como um filme — disse Mary, distraída, sentindo-se minúscula dentro da veloz máquina entre os enxames nos emaranhados de estradas, imaginando se, daquele ponto, poderia ver o Teatro Chinês ou o Centro de Cientologia ou um dos tantos marcos que conhecia dos filmes e da televisão.

— Bom. Está muito bom trânsito esta manhã. — O Grande Avi esvaziou os pulmões enquanto conduzia o elegante automóvel em direção a uma saída daquela autopista e definia seu trajeto por outra. A estrada parecia igualmente cheia para Mary, mas o motorista se mostrava exultante:

— Algumas vezes é um estacionamento ali atrás. Nada se mexe. Você tem sorte hoje. É um milagre.

A limusine deslizou como um tubarão pelas pistas, o concreto ainda se erguendo em certos lugares, a autopista dando vista para densas populações em outros. Como o saguão principal de um grande shopping center, o que parecia ser um trecho infinito de estrada cortava um paraíso varejista de butiques, lojas de departamento e restaurantes fast-food, alguns com os familiares arcos dourados, mas muitos cujos nomes não reconhe...cia. Lá estava o alvo da Target, a loja de departamento à qual Wen...dy e Kim quiseram levá-la num ano, em seu aniversário. Kim gen...nte oferecera:

...es têm coisas muito bonitas mesmo, em tamanhos maiores.

...lo Loco — leu Mary.

...jo — disse Avi, corrigindo sua pronúncia. — É espanhol.

...ido.

Frango doido?

— Agora estamos passando em Woodland Hills.

— Calabasas — leu ela em uma placa na estrada.

— Abóbora é o que significa em espanhol — disse ele. — Não é a escrita certa.

— Você é espanhol?

Ele olhou pelo retrovisor, incerto quanto à piada.

— Armênio? — tentou ela.

— Israelense. Estou nos Estados Unidos há sete anos. Pequeno Avi nasceu na América no ano depois que cheguei.

Mary pensou em sua primeira criança que não nascera. Ele ou ela estaria com 24 anos.

— Sou canadense — disse ela. Uma afirmação que jamais fizera.

O rosto do motorista se iluminou.

— Meu primo mora em Toronto. Nós visitamos há dois anos. Levo meu Avi para o jogo de hóquei. Força, Maple Leafs! — acrescentou ele, sorrindo.

Mary não explicou que seu marido, como a maior parte de Leaford, gostava do Detroit Red Wings, porque soava não patriótico fora de contexto.

— Veja, Mary Gooch. É as colinas agora.

Como prometido, a proliferação de edificações recuou e
estendeu-se uma vista de montanhas amareladas, cheias d
e apinhadas de carvalhos através da qual a rodovia se arqueava
samente. As sombras lançadas pelo sol davam vida às colinas de
que elas pareciam erguer-se e cair com um suspiro sonolento, como
dourados, recostados.

— Na primavera tudo fica verde, como um banquete, nem conto — dizia o Grande Avi, com um ondular em seu braço. — E dourado com as flores. É uma praga, mas é linda.

Mary sempre se sentira assim a respeito dos dentes-de-leão. À beira da estrada, ela leu "Golden Hills".

— Logo. Cinco minutos. Qual endereço, por favor?

Gooch. Possivelmente a cinco minutos de distância. Mary baixou a vista sobre si mesma.

Mesmo que o odor fosse fraco, sentia um azedume se desprender de sua pele e pensou que, no mínimo, teria de tomar um banho e vestir o seu outro uniforme azul-marinho antes de encontrar a casa de Eden na Willow Drive.

— Ah, bem, uma pousada, acho — disse ela.

— Barata ou boa?

Ela teria respondido "boa e barata", mas se recordou do dinheiro em sua conta bancária e raciocinou que estaria pagando somente por um dia e que Eden certamente a convidaria para se hospedar por quanto tempo quisesse.

— Boa.

— Conheço *muito* boa — disse ele.

— Apenas *boa* está ótimo. Obrigada.

— Pleasant Inn — decidiu Avi. — É agradável.

Conforme aceleravam na rampa da interseção entre Golden Hills e a autopista, ele apontou para a esquerda.

— Por ali. Talvez 15 minutos. Malibu.

— Ah. — Sugeriria um passeio por ali com Gooch. Imaginou os dois juntos, dobrando as calças e caminhando na praia, esticando-se para pegar na mão dele, grato por compartilhar o espanto dela. O que quer que seja, vamos dar um jeito.

Ele apontou adiante.

— Já viu o Oceano Pacífico?

— Nunca vi oceano nenhum.

— Tem de ver o oceano. Ele toca a alma. Nem consigo dizer.

Eles pararam em um conjunto de luzes, onde três estradas e doze pistas se cruzavam e onde, em um terreno empoeirado, um grupo de homens baixos de pele escura vestindo roupas desbotadas e bonés de beisebol unia-se em torno de uma pirâmide de garrafas térmicas, as cabeças bem erguidas, acima de seus ombros, os olhos perscrutando a estrada, como suricatos em vigília.

— Quem são eles? — perguntou Mary.

— Os mexicanos?

— O que estão fazendo?

— São os trabalhadores do dia. Eles esperam.

— Pelo quê?

— Que as pessoas cheguem.

— As pessoas vêm e os pegam?

— Talvez alguém precise de ajuda para fazer uma construção. Ou colher fruta. Qualquer coisa.

— Então eles esperam?

— De manhã tem mais. Agora — ele verificou o relógio —, um milagre se alguém parar. — Hoje esses homens não trabalham.

— O que eles fazem?

— Voltam amanhã. Eles esperam que alguém pare. — Ele deu de ombros e pôs o carro em movimento, virando em uma estrada marginal.

— Espero que alguém pare — disse Mary, vendo os olhos de um dos homens; um homem de ombros largos, com a barba aparada, que ficava distante dos outros, de muitas formas. Os olhos do homenzarrão se detiveram na janela da limusine quando esta passou, e Mary se contorceu, até notar que não poderia ser vista atrás dos vidros escurecidos.

— É terrível ser pobre. Isso eu vejo na minha vida — Avi suspirou, buzinando para o SUV reluzente, cujo motorista havia falhado em perceber o sinal verde.

— Você ainda tem parentes em Israel? — perguntou Mary.

— Todos se foram. Todos estão mortos.

— Sinto muito.

— Só aqui agora — disse ele, apertando o punho contra o próprio coração.

— Os meus também. Só tenho meu marido.

O motorista olhou pelo retrovisor.

— Seus filhos?

James, Thomas, Liza, Rachel. Mary sacudiu a cabeça, olhando a paisagem enquanto seguiam. Não se dera conta de que o carro havia parado na hospedagem sugerida até que o motorista tirou seu quepe e se virou para encará-la.

— Mary Gooch? — disse ele com suavidade. Mas, quando ela ergueu o olhar, não podia ver seu rosto nem o prédio diante do qual haviam parado. Suas bochechas estavam quentes e molhadas. O Grande Avi se esticou por sobre seu assento e lhe passou um lenço — que ela apertou contra os olhos, como se um simples lenço ou mesmo toda uma caixa de lenços pudesse barrar a enchente.

Depois de uma buzinada impaciente atrás da limusine, o motorista parou em uma vaga do estacionamento e subiu no assento de trás para se sentar de frente para ela. Levou um momento para Mary perceber que ele estava segurando sua mão.

— Sinto muito — disse ela assoando o nariz. — Não sou assim. Não sei o que deu em mim.

— Agora já foi — disse ele sorrindo.

— Estamos no hotel? Eu deveria... — Mary fez menção de pegar a bolsa, mas ele a deteve com uma gentil pressão em seus dedos.

— Você não vai lá dentro ainda. Não assim. Beba um pouco de água.

Ela bebeu da garrafa oferecida, tentando recompor-se.

— Você não é espontânea. Está fugindo?

Ela olhou para seu rosto avermelhado e respondeu com os fatos.

— Meu marido me deixou. Eu vim para achá-lo. Ele está aqui. Em Golden Hills. Na casa da minha sogra. Ao menos penso que esteja lá.

— Entendo.

— Não devia ter vindo. Eu só... Não sei mais o que fazer.

— Ele tem outra mulher?

— Acho que não.

Avi fez uma pausa.

— Ele tem um homem?

— Não — respondeu Mary, certa do que dizia.

— Não pode ir até ele assim — disse ele, apertando os lábios.

Ele soltou a mão dela e subiu pelas costas do banco de novo para chegar até a frente.

Eles saíram do hotel.

— Para onde estamos indo? — perguntou ela.

— Levo você para Frankie.

Humanidade incomum

A grande limusine preta poderia estar correndo por qualquer rua de qualquer cidade, não pelas colinas marrons desbotadas ao norte do vale de São Francisco. Mary estava com a alma tão profundamente lavada que deixara o carro e também seu corpo, como fizera na grama sob o céu tempestuoso de Leaford. Libertara-se na inundação de lágrimas, livrara-se de uma centena de perdas, mil humilhações, um milhão de dores. Sentia-se leve. Era esclarecida o bastante para saber que não fora a bela choradeira que trouxera tudo para fora, mas todo o enorme episódio de "A vida depois de Gooch".

Não pensou em perguntar quem era Frankie ou por que estavam indo vê-lo ou como esse homem a ajudaria em sua situação. O motorista parecia tão confiante que poderia muito bem ter dito: "Vou levá-la para ver o sacerdote da colina. Ele lhe dirá o que fazer." Mary não se rendera tanto à sua vontade quanto se submetera à esquisitice da vida fora de Leaford. Além disso, sentia-se, de certa forma, despreparada para ver Gooch, se é que ele estava lá, e queria pairar um pouco mais no ar seco e morno acima da limusine, consciente de que aquela sensação, como tudo o mais, iria passar.

E de fato passou quando a limusine entrou em um comprido centro comercial, e Mary caiu das nuvens de volta ao carro, surpresa pelo contraste com qualquer lugar que já vira em Leaford, Chatham ou mesmo Windsor. O estacionamento era vasto, enfeitado com canteiros de palmeiras, deslumbrantes folhagens e fontes de água impressionantes, refletidas nos resplandecentes para-brisas e portas dos veículos, nenhum dos quais uma velha caminhonete Ford com o teto solar quebrado. Hummers, que nunca vira, mas que pareciam tão onipresentes na estrada desde o aeroporto que parara de contar, e Escalades, e Land Rovers, e Mercedes, e Lexus, e Corvettes, e Jaguares. *Gooch adoraria isso*, pensou encantada com os cromados sedutores e os aerofólios sensuais, as linhas e o design, a cor e a simetria. Talvez Gooch tivesse comprado um carro novo com o dinheiro que ganhou na loteria. Perguntou-se qual modelo ele estaria dirigindo.

Aqui não havia lojas Dollarama com caixas de produtos em liquidação entupindo a calçada. Nenhuma casa de sanduíches de frios ou empoeiradas lojas de variedades. Apenas as fachadas faiscantes de lojas caras de vestuário feminino, joalherias e escritórios imobiliários. Assoando o nariz uma última vez, Mary sorveu o cenário, a primeira impressão que teve dos californianos sem seus veículos: crianças bronzeadas em roupas que combinavam e tênis novos; homens de corpos definidos em ternos chiques ou shorts de corrida embaraçosamente apertados; mulheres esguias e manicuradas, de cabelos brilhantes, jeans caros, sapatos mimosos de laços e bolsas de couro com glamorosos detalhes metálicos.

Grande Avi encontrou uma vaga em frente a uma cafeteria, com cadeiras de cedro e enormes guarda-sóis de lona, preservados dos pássaros e dos elementos naturais. Não ocorrera a Mary que os espectadores na calçada ou os clientes bebericando seus *lattes* estivessem interessados em ver quem estava na limusine, e ela ficou apavorada quando todos os olhos observaram enquanto Avi, com seu quepe, ajudou-a a sair do banco. Mary viu seu reflexo na janela espelhada da cafeteria, seu longo cabelo ruivo como que em chamas no ofuscante sol da Califórnia. Ela pensou que deveria parecer uma atriz vinda direto da Central Casting — a enfermeira excêntrica com um coração de ouro ou a interna de um hospício em seu dia livre.

Grande Avi sorriu e ofereceu-lhe o braço, acompanhando-a do carro até o calçadão e dizendo:

— Depois de Frankie, você se sentirá forte. Depois eu a levo até seu marido.

Uma xícara de café cara demais não curaria a atual indisposição de Mary, mas não faria mal, concluiu.

— Sinto muito por incomodá-lo desse jeito — disse, desconcertada com a bondade incomum dele. — Acho que um café *até* que iria bem.

Grande Avi, no entanto, passou pelos guarda-sóis, guiando-a para dentro de uma colmeia cavernosa cor de manteiga, que Irma chamava de *salão de beleza*. Dos dois lados da sala, mulheres de idades variadas estavam sentadas em cadeiras giratórias, sendo arrumadas por um grupo de mulheres de idades variadas usando aventais brancos. Deixando Mary no balcão da recepção antes que pudesse perguntar o que o tal Frankie tinha a ver com um salão de beleza, o Grande Avi desapareceu pelas portas vaivém prateadas em uma sala aos fundos.

Mary olhou em volta, para as quatro mulheres que esperavam em cadeiras de couro macio — duas haviam parado de folhear suas revistas e as outras duas haviam levantado os olhos de seus celulares para avaliar a recém-chegada. Ignorou seu instinto de fuga e sentou-se ao lado de uma adolescente de longos cabelos louros, tomando cuidado para não ofender ninguém com suas emanações. Em dúvida entre esperar que estivesse sonhando e *ter medo* de estar, perguntou-se se em algum momento acordaria e veria a rachadura no teto, a neve pela janela e o vazio de sua cama irregular. Um bipe eletrônico a distraiu. Olhou para a garota a seu lado, de onde o som parecia vir.

— Acho que é para você — disse a garota, erguendo os olhos.

— Como é que é?

— Você — repetiu a garota. — Seu telefone?

— Meu telefone? — O som não era "Proud Mary".

— Talvez tenha recebido uma mensagem.

— Ah. *Ah.* — Mary encontrou o celular na bolsa. Se tivesse mesmo uma mensagem, poderia ser importante. Poderia ser Gooch. Olhou para o telefone. O som continuava. A outra mulher também ergueu os olhos, observando enquanto ela apertava vários botões, envergonhada tanto pelo ruído incessante quanto pela sua inaptidão. Suspirou e disse:

— Desculpe. Não sei se tenho uma mensagem. E, se tiver, não sei como acessá-la.

Mary prendeu a respiração, apertando os botões até que uma jovem sentada à sua frente baixou a revista e observou:

— Pode ser sua bateria. Desligue e pronto. — A mulher estendeu a mão, pegando o telefone de Mary e abrindo-o, e anunciou com autoridade:

— Não é mensagem. Você só precisa recarregar.

— Obrigada — disse Mary, pegando o telefone de volta. Brincou com a ideia de pedir que a mulher lhe desse um curso rápido sobre o celular, mas, quando ergueu os olhos, o Grande Avi avançava em sua direção com o rosto queimado de sol dividido por um sorriso aberto, seguido por uma mulher volumosa de cabelos louros platinados amontoados sobre a cabeça e com o rosto tão pintado que seus detalhes exóticos pareciam se destacar em relevo. Essa mulher, anos mais nova que Mary, mas quase tão grande quanto ela, com olhos amendoados destacados com rímel preto e enormes lábios cor de morango, examinou-a sem sorrir, como um mecânico avaliando um carro batido.

— Essa é Mary Gooch? — perguntou, com um sotaque americano que parecia trair suas raízes estrangeiras.

— Mary, quero que conheça Frankie — disse Avi formalmente. — Este salão é dela.

Frankie não estava usando um avental branco, mas uma blusa turquesa delicada, de mangas compridas e estampa *paisley*, combinando com a saia, que acariciava a carne roliça de seus quadris e nádegas. Ela era linda. *Grande e linda.* Aquilo era *autoaceitação*, pensou Mary. Ou talvez o aparente conforto de Frankie em seu corpo fosse apenas outra decepção, como aquelas estrelas de cinema que celebravam seu volume em capas de revista e depois se associavam a empresas de emagrecimento.

Mary se levantou com certo esforço e ofereceu a mão, que a mulher tomou, mas não apertou.

— Venha comigo, querida — disse ela, puxando-a consigo.

O Grande Avi deu um tapinha no ombro de Mary.

— Frankie vai ajudar — disse ele, depois olhou para o relógio e prometeu: — Eu voltarei em uma hora.

Mesmo sentada na sala de espera de um salão de beleza, Mary não adivinhara que Frankie era uma mulher ou que o propósito de sua parada fosse uma transformação. Sentindo-se muito além de um cuidado tão superficial, teria protestado se soubesse. Nunca assistia a programas de transformação na televisão, deprimida demais com as soluções rápidas e confusa com as mensagens incongruentes. Parecia que as pessoas, e não apenas as mulheres, eram orientadas a abraçar sua singularidade porque o superficial era irrelevante e, por outro lado, era como se um penteado mais moderno e alguns bons acessórios pudessem alterar o curso de suas vidas.

Espiou com as pálpebras semicerradas a pele arrepiada no pescoço de Frankie enquanto ela massageava seus longos cabelos com um condicionador e se retesou quando a mulher anunciou em voz alta:

— Meu primeiro marido também me deixou. Nesta primavera fará seis anos.

— Oh — disse Mary, decidindo que estava grata ao Grande Avi por ter contado sua história à mulher, assim ela mesma não precisaria fazê-lo.

— Foi a melhor coisa que me aconteceu. Duas semanas depois, eu conheci Bob na casa do Ralph e juro por Deus que nunca mais olhei para trás.

— Oh.

— Eu estava lá, no balcão da padaria, certo? Encomendando um bolo para o aniversário do meu sobrinho. Bob estava lá parado, e começamos a falar sobre o trânsito ou sei lá o quê. Eu estava meio nervosa, para falar a verdade, porque em coisa de dois minutos ele me convidou para sair. — Frankie inclinou-se para mais perto, cochichando: — Resolvi ser cara de pau e perguntei: "Você é um daqueles pervertidos que gostam de trepar com garotas gordas?" E ele me olhou direto nos olhos e disse: "Só se você for uma daquelas garotas gordas que gostam de trepar com pervertidos." Gargalhei tanto! Estou com ele desde então.

Mary estava chocada com a linguagem e a franqueza da mulher, mas a história tinha certo charme.

— Que bom — disse ela. — Você também é israelense?

A cabeleireira que lavava os cabelos de uma morena no lavatório ao lado riu: "Ela é *persa*", como se aquilo fosse óbvio.

Longe dos lavatórios e com a porta à vista, Mary mais uma vez teve o instinto de fugir, mas, na ausência de Grande Avi e com o cabelo ensopado, pôde apenas sentar na cadeira giratória que Frankie ofereceu e enfrentar o alisamento de seus cachos. *Irma*, pensou, levemente confortada por saber que a mãe ficaria aborrecida com sua ausência, mesmo tendo atormentado Mary por tantos anos, ignorando sua presença. Ela apertou os olhos.

— É difícil, querida, eu sei — disse Frankie, pegando o frasco do creme para pentear. — Avi disse que a companhia aérea perdeu sua bagagem. — Mary estava esgotada demais para explicar. — É outra mulher? — perguntou Frankie.

Mary sentiu que as mulheres em volta, clientes e cabeleireiras, estavam ouvindo, então respondeu baixinho:

— Acho que não.

Frankie suspirou, olhando para os fios de cabelo úmidos.

— Suas pontas estão muito danificadas, e esse comprimento a envelhece uns dez anos. Estou pensando em cortar na altura dos ombros.

Quando Mary não respondeu, a mulher na cadeira ao lado falou:

— Você tem um rosto tão lindo. Ela não tem um rosto lindo?

Mary sorriu para as duas no espelho.

— Corte — instruiu. — Faça o que quiser.

Frankie segurou o comprimento do rabo de cavalo e o cortou como uma erva daninha. Mary observou o rabo ruivo cair no chão, como se fosse de outra pessoa.

Uma cliente da fileira de trás gritou:

— Isso, garota!

Com o rosto pegando fogo, Mary olhou para cima enquanto Frankie brandia suas tesouras como uma batuta sobre o grupo.

— Certo, pessoal. Esta é a Mary, do Canadá — anunciou. — O marido a deixou.

As mulheres deram um muxoxo, como sinal de simpatia.

— Ele está na casa da mãe em Golden Hills, e ela vai dizer umas verdades a ele quando sair daqui.

Houve murmúrios de apoio por toda parte, e Mary ficou surpresa com o interesse unânime das mulheres. *Agradeçam por não serem vocês.*

— Estou pensando em deixar reto nos ombros e meio encaracolado em volta do rosto — continuou Frankie, incentivando as opiniões.

Uma cabeleireira atrás dela falou por sobre o ruído dos secadores de cabelo:

— Sem franja. Lana Turner, com uma parte de lado e um pouco de volume no topo.

Mary sentiu o coração disparar. Sua privacidade, invadida. Seu cabelo, cortado. Se já estava confusa quanto à própria identidade, agora mais ainda. "Eu não deveria ter vindo", sussurrou para a imagem no espelho, de uma grande mulher com cabelos ruivos molhados na altura dos ombros. "Eu me sinto completamente perdida."

A mulher que chamou a atenção para seu rosto bonito encontrou os olhos de Mary no espelho.

— Todas nós já passamos por isso, querida. Todas nós já passamos por isso.

Outra mulher, que Mary não notara sob um secador de cabelos no canto, ergueu o olhar debaixo de uma bizarra cabeleira cheia de quadrados de papel-alumínio e perguntou:

— Por quanto tempo foram casados?

— Vinte e cinco anos.

— Você devia ser uma criança.

— Dezoito anos — disse Mary.

— Não importa o que houve. Vinte e cinco anos valem a luta — declarou a mulher. Os olhos dela eram prisioneiros de seu rosto suave e rígido, uma serenidade absoluta que, em conjunto com lábios cheios e rugas de expressão preenchidas de colágeno, se tornara tão comum quanto qualquer moda, mas que Mary nunca tinha visto pessoalmente.

Muitos anos atrás, em uma das dolorosas ligações dominicais de Mary à sogra, Eden dissera em primeira mão que faria uma cirurgia plástica. Mary sentira uma pontada de hipocrisia, mas se conteve quanto a implorar por uma resposta ao *por quê?* Foi surpreendida pela resposta de Gooch, quando simplesmente deu de ombros e disse: "Porque deu na telha dela."

— Mas e quanto a envelhecer com elegância? — perguntara Mary. — Pensei que você odiaria pensar que sua mãe é tão vaidosa. Você não acha errado?

— Minha mãe *é* vaidosa. Mas quem somos nós para julgar? — disse ele, incisivo.

— As pessoas morrem por causa de cirurgia plástica, Gooch. Só estou dizendo que acho um risco estúpido.

Sua obesidade havia se manifestado no canto do quarto, e eles não falaram mais sobre a decisão de Eden.

Agora, rendendo-se a seu embelezamento, fechou os olhos e aceitou a onda de prazer proporcionada pelo ar quente do secador. Um raro prazer sensual. Percebeu que, embora ela e Gooch não tivessem relações sexuais havia seis anos e meio, a graça do ato se havia perdido muitos anos e quilos antes.

Depois dos primeiros anos juntos, quando a simples lembrança dos lábios dele fazia seu sangue esquentar, começara a inventar desculpas quando Gooch a procurava na cama; o desejo dela escravizado pela percepção de não se considerar desejável. Quando Gooch era particularmente insistente, nunca rude ou opressor, mas com a boca em seu pescoço ou os dedos explorando seu decote, tolerava o evento como Irma fazia com o jantar, ansiosa por acabar logo.

Quando Mary abriu os olhos de novo, não reconheceu a mulher de cabelos médios emoldurando seu belo rosto. Só conseguiu dizer:

— Oh.

Frankie sorriu — uma artista que completara sua obra-prima.

— Você está *maravilhosa* — ofegou, contando com a concordância efusiva das outras. Mary piscou agradecimentos a todas, buscando compreender seus rostos. Perguntava-se se essa demonstração de generosidade era o que parecia ser. Ao descobrirem sua perda e sua confusão, todas se colocaram nos pés de Mary, ou nas botas nesse caso, e não tinham visto uma mulher gorda ou magra, velha ou jovem, rica ou pobre, mas a si mesmas, em uma alma que fora abandonada e se sentia perdida.

A capa plástica que Frankie colocara em seu colo mas não conseguira prender em volta do pescoço escorregou quando ela se preparava para levantar.

— Ela não pode vestir isso — disse uma das cabeleireiras apontando para o pijama cirúrgico azul-marinho, e Frankie fez cara feia. Ajudando Mary a se levantar, a grande e bela persa-americana a puxou pelas portas vaivém prateadas para a privacidade de um banheiro grande e bem-arrumado.

— Você é enfermeira? — perguntou Frankie, abrindo a porta de um grande armário.

Mary fez que sim, sem tentar explicar o pijama cirúrgico, enquanto olhava para a coleção de roupas de tamanhos grandes com etiquetas. Frankie encontrou um conjunto de saia e blusa com estampa *paisley* que parecia idêntico ao que ela estava usando, mas em verde, e entregou o cabide a Mary.

— Coloque isto. Vá em frente. Meu marido vende esses modelos. Faço por preço de custo. Experimente.

Quando Mary não se moveu, Frankie cochichou:

— Você precisa de privacidade. Mas vou lhe dizer uma coisa, porque nós duas somos grandes e eu posso dizer isso. Se você acha que seu marido a deixou porque você é gorda, deve agradecer a Deus por ter uma segunda chance.

— Foi por isso que seu marido a deixou?

— Ele me deixou porque eu era infeliz. Estava sempre fazendo dieta. Mas Bob me ama como sou, grande. Ele me ensinou a assumir isso. Se você não gosta de alguma coisa em si mesma, mude-a. Se está bem com ela, precisa assumi-la. Não existe meio-termo.

— Certo.

Antes de sair, Frankie acrescentou:

— Há uma loja de calçados no outro corredor. Não pode usar essas botas na Califórnia.

Saindo pelas portas vaivém com as roupas atraentes, Mary encontrou o Grande Avi e o salão inteiro esperando pela grande revelação. Sentindo-se como uma participante relutante de um programa de televisão, girou, enrubescendo. Parou na frente do espelho enquanto Frankie arrumava sua cintura e cuidava da blusa.

— Quanto eu lhe devo? — perguntou Mary, procurando o cartão de crédito.

Frankie escreveu o número em uma fatura e entregou a ela. O valor era maior que o de três semanas de compras.

Outra cabeleireira veio correndo do fundo, carregando uma sacola plástica com o pijama cirúrgico. Entregou-a a Mary, cochichando:

— Não pode usar essas botas na Califórnia.

Sorrindo para ocultar sua impaciência, o Grande Avi tomou o braço de Mary, escoltando-a porta afora para a ofuscante luz do sol e de volta para o casulo de couro da limusine que esperava.

Salgueiros-chorões

O Grande Avi deu um sorriso largo pelo retrovisor.

— Você está linda. Sente-se forte? Sim?

— Sim — concordou Mary, mas não era por causa da transformação. Estava superficialmente transformada, sem dúvida, mas não se identificava com a ruiva de roupas finas (exceto pelas botas) que vira refletida no espelho do salão. Seu fortalecimento não era produto de sua transformação, mas de uma força impulsionada por aquelas mulheres que a haviam armado com o *paisley* verde e a mandado para a batalha pelo amor em nome de todas elas.

— Simplesmente não sei como agradecer — disse Mary. — Não conheço muita gente que faria isso por uma estranha.

— É o bastante — disse o Grande Avi, sacudindo as mãos. — Vou cobrar só a corrida normal. Isso é tudo.

— Obrigada.

— Tantos estranhos me ajudaram quando cheguei à América, nem posso contar. Meu agradecimento é servir. É o bastante. Você entende? Conhece esse sentimento?

Mary não o conhecia, pois passara a maior parte da vida a serviço de sua fome e a maioria de seus dias com os olhos baixos, sofrendo, frustrada e aborrecida demais com a própria insatisfação para avaliar a infelicidade de seus conhecidos. Poderia ter dito que servia a Gooch, mas teria sido mentira. Descobrira a noção da servidão doméstica antifeminista e, mesmo que Gooch trabalhasse por mais horas e colocasse o dobro de dinheiro em sua conta conjunta, ela teria se ressentido das tarefas de varrer a casa e preparar refeições e nunca encontrara a glória em um fogão brilhando ou a paz nos vincos das saias que passava a ferro nas manhãs de domingo.

— Conheço a Willow Drive — anunciou Grande Avi. — É nos subúrbios, antes de Oak Hills.

Leaford não tinha subúrbios, por assim dizer. Havia imensas, lindas mansões vitorianas no centro velho da cidade e bangalôs do tempo da guerra nos bairros mais afastados, e o restante da população vivia no campo, ou cultivando a terra em que moravam ou morando em terras cultivadas por outros. Mary vira os subúrbios de Windsor, aqueles que Gooch descrevera como monótonos por causa da padronização da arquitetura, mas aquelas casas eram únicas se comparadas com a paisagem em que estava entrando agora. Essas casas de subúrbio eram residências enormes, casas monstruosas, em seis modelos que se repetiam — a de um andar, os sobrados, a com garagem à esquerda, a com garagem à direita, a de janela panorâmica gigantesca, a de janela menor —, pintadas em um de três tons de bege, com um grupo de altas palmeiras ou uma fonte com salgueiro no centro do paisagismo.

— Bem-vinda à Willow Highlands — disse o Grande Avi.

No alto das colinas, exibindo casas ainda maiores, com ruas largas e pavimentadas e tanto lugar livre para estacionar que faria aqueles motoristas em Toronto e Nova York ferverem de inveja, Willow Highlands pareceu a Mary um cenário pintado de cinema, como se uma mudança de perspectiva ou o toque de um dedo pudessem destruir a ilusão de paraíso. Era metade da tarde e os moradores deveriam estar na escola ou no trabalho, mas, ainda assim, Mary sentia as almas se demorando dentro das casas, vivendo seu sonho americano.

Os poucos trabalhadores que podia ver enquanto o carro passava eram pequenas pessoas marrons.

— Todas essas pessoas são mexicanas? — perguntou.

Avi checou o espelho de novo, incerto sobre a piada; então, decidindo que ela não estava brincando, respondeu:

— Todo mundo tem ajuda. Jardineiro. Arrumadeira. Babá.

— São ilegais? Mesmo no Canadá, ouve-se muito sobre os mexicanos ilegais.

Ele deu de ombros.

— Alguns. Todos têm opiniões quanto à imigração. No meu caso, minha imigração foi legal. Foi difícil. Custou tanto dinheiro que nem conto. Mas vejo essas pessoas buscando uma vida melhor. Tenho pena. Querem trabalhar.

Mary observou um dos homens mexicanos usando um equipamento enorme nas costas, manejando uma mangueira grossa como uma arma semiautomática para arrancar sujeira da calçada branca.

— As folhas também caem aqui — observou ela.

— Algumas. Sim, é claro. Há estações. No inverno não é frio, mas à noite precisa de casaco.

— No Canadá, dizemos que temos duas estações: o inverno e a construção — disse ela, mas, quando olhou para o espelho, viu que ele estava confuso. — Porque o verão é a única época em que as equipes de construção podem trabalhar nas estradas.

— Ah, uma piada. — Ele sorriu e virou mais uma rua. — Daqui a duas ruas, estaremos na Willow. Número, por favor?

— Vinte e quatro.

Mary engoliu. Olhando pela janela, estava surpresa ao ver que a limusine deixara o amontoado de casas esparramadas e chegara a uma vizinhança muito menos abastada na base das colinas que supôs ser a Willow *Lowlands*. Casas menores de estuque, com gramados menos enfeitados, revezavam-se com fileiras de sobrados de dois andares. Como seus sogros tinham uma fortuna significativa, de repente ela entrou em pânico, achando que pegara o endereço errado. Ou mesmo a cidade errada.

— Preciso ir rápido — disse o Grande Avi olhando o relógio. — Meu Pequeno Avi tem futebol.

Estacionou na curva, diante de uma modesta casa branca com um alto arco na entrada, fora da qual algumas plantas abandonadas em vasos de cerâmica acompanhavam um muro pequeno e rachado.

— Vinte e quatro — anunciou ele.

Havia dois veículos na entrada cheia de folhas — um Camry surrado, que Mary imaginou ser um modelo do fim dos anos 1990, e um Prius branco novo, o carro híbrido que Gooch admirara mas dispensara por ser pequeno demais para um homem grande dirigir com conforto.

— Alguém lá dentro. Sim? — perguntou Avi, passando o cartão de crédito dela na máquina.

— Não sei se esta é a casa certa — disse Mary, hesitante. — Meus sogros são muito ricos.

— A riqueza é diferente na Califórnia — avisou ele. — Essa casa deve custar quase um milhão de dólares.

— Não!

— É verdade! — Ele saltou do banco da frente para ajudá-la a sair do de trás. Depois de apertar suas mãos e olhar em seus olhos, cochichou:

— Vá falar com seu marido.

Mary sorriu e assentiu, acenando quando o carro partiu. *Deus*, orou, *por favor, ajude-me a encontrar as palavras*. Seu coração palpitava, e ela se condenou por não se lembrar de comer mais alguma coisa da cesta da limusine. Virando-se para a pequena casa de estuque, esperou poder sentir, assim como a presença de Deus, a presença de Jimmy Gooch.

Mas parecia cada vez mais provável que aquela fosse a casa errada, considerando o aviso para não fumar grudado no vidro na porta da frente. Nunca vira Jack, pessoalmente ou em fotos, sem um Marlboro pendurado nos lábios.

Aproximando-se da porta, esticou-se para ouvir por cima das gralhas que grasnavam em uma árvore próxima, mas não havia nenhum som lá dentro. Deve haver outro número vinte e quatro, em outra Willow Drive, em outro Golden Hills, na Califórnia. Lembrou-se de que os sogros, em outra época, haviam enfatizado que tinham uma piscina e quadras de tênis. Eden mandara uma foto dela e de Jack em trajes de caminhada que combinavam, inclinados sobre seu Acura prateado na entrada de sua enorme mansão, e Mary se lembrava do comentário de Gooch: "Para que eles precisam de sete quartos?"

A casa errada. E agora?

A porta da frente se abriu, e uma mulher pequena, de lindos olhos pretos e cabelo escuro torcido em um coque, apareceu na varanda, olhando-a com desconfiança.

— *Hola* — disse a mulher.

— Mary — corrigiu-a Mary.

— *¿Hola?* — tentou de novo a mulher.

— Não, Mary — repetiu, apontando para si mesma. — *Mary*.

A mulher disse algo em espanhol que Mary não compreendeu e chamou baixinho na direção de uma sala escura.

— *Señora*.

— Parece que bati na casa errada — desculpou-se Mary. Depois viu pela porta aberta uma mulher idosa e frágil mover-se com dificuldade pelo corredor escurecido, e seu coração começou a disparar. Apesar de não ver Eden havia quase vinte anos, reconheceu-a de imediato quando veio para a luz pelo cabelo chanel preto, sua marca registrada.

Se o rosto da sogra já passara por uma plástica, ele caíra de novo. Seus olhos azuis remelentos inclinavam-se como os de um gato em direção à franja, e suas bochechas e o papo pendiam como roupas no varal. Seu corpo estava envelhecido e frágil, como a madeira deixada na chuva. As mãos deformadas pela artrite interrompiam seus braços finos. Eden não reconheceu Mary ou não estava enxergando bem.

— O que foi, Chita? — perguntou ela.

— Eden — Mary sussurrou.

— Sim — respondeu a idosa estrábica, irritada.

— Eden, é a Mary.

Uma ponta de familiaridade surgiu no rosto caído de Eden.

— Mary?

— Desculpe-me por aparecer assim.

— Eu não a tinha reconhecido — disse Eden.

Mary tocou os cabelos ruivos e com balanço, e então se deu conta de que Eden se referia ao seu peso, e não à sua transformação radical. Ficou parada na varanda, esperando para ser convidada a entrar.

O som de um micro-ondas apitando atraiu a mexicana de volta para dentro da casa enquanto Eden se inclinava contra o batente da porta, cansada pela caminhada e irritada com a intrusão.

— Ele não está aqui, Mary.

— Mas a Heather disse...

— Heather? — disse Eden, erguendo a sobrancelha. — Bem, ele esteve aqui, mas já foi embora.

Mary farejou o ar, esperando captar o cheiro dele, enquanto Eden abria a porta e suspirava resignada:

— Acho que é melhor você entrar. Mas fique *quieta*. Jack está dormindo.

O odor da casa era fraco, mas familiar — um toque de urina, uma ponta de podridão, como o hospital St. John's, em Leaford, ou a casa de Christopher Klik no dia do enterro. Guiada para uma pequena sala de estar entupida de mobília grande demais, Mary percebeu que estava tremendo. Tão perto, pensou ela. Perdera Gooch por horas, dias, disse a si mesma, mas sabia que na verdade fora por *anos*. Sentiu-se desfalecer, e não apenas sentou, mas caiu em uma das poltronas estofadas.

— Detesto preocupá-la, Eden, mas não comi muito hoje. Estou com medo de desmaiar.

Eden revirou os olhos, dando um grito abafado para os fundos da casa:

— Traga o pão doce com ameixas e chá gelado, Chita!

Sentando-se no sofá de frente para Mary, não disfarçou seu desdém.

— Você não deveria ter vindo. E, Deus do céu, por que está usando botas de inverno na Califórnia?

— Eu precisava vir.

— Ele está uma ruína. Você sabe. Está simplesmente uma ruína.

Em vinte e cinco anos, Mary não ouvira ninguém se referir a seu marido em termos tão tristes. Era ela quem sempre havia sido a ruína ou a coitada ou a bagunçada. Não Gooch. Gooch vivia o sonho. Gooch triunfara. Gooch aceitara sua história como ela se desenrolara, enquanto Mary baseava sua biografia nas vontades de seu estômago, virando as páginas a esmo, desejando que o autor a tivesse levado para outra direção.

— Heather disse que ele ganhou dinheiro na loteria.

— Eu *sei*. — Eden sorriu pela primeira vez, revelando um conjunto de dentes brancos como pérolas, mais longos e quadrados que os originais. — O Senhor ouviu minhas preces.

— Quando ele esteve aqui? — perguntou cautelosamente, com medo de que Eden pudesse fugir como um gato selvagem ou decidir se fazer de boba como uma criança.

— Na semana passada. Terça ou quarta-feira. Perco a noção do tempo.

Se as circunstâncias fossem diferentes, Mary ofereceria a própria compreensão de perder a noção do tempo. Em vez disso, disse:

— Estive preocupada.

— Ele não fez isso para magoá-la, Mary.

— Estamos passando por um mau bocado — disse Mary baixinho, aceitando o copo oferecido pela mexicana, que aparecera com chá gelado e uma bandeja de folheados.

— Ele se culpa.

— É mesmo?

— Mas é preciso haver dois para dançar tango, não é? — perguntou Eden. — E foi isso o que eu disse a ele. Eu disse: "Pare de se culpar, Jimmy. Certamente Mary tem algo a ver com isso." Ele não disse uma palavra contra você. Nem uma palavra. Não me contou como você *engordou*. — Eden ergueu as sobrancelhas. — Eu mal a reconheci. Você está com o dobro do tamanho de quando a vi pela última vez.

Mary considerou os folheados na mesa, mas não conseguiu se convencer a pegá-los; pensar em morder o pão doce e massudo trouxe outra onda de náusea, e a dor esquecida entre seus olhos voltou retumbante.

— Imagino o que tem sido para ele todos esses anos. O pobre rapaz tinha tantos talentos. Ele deveria ter sido escritor — disse Eden, e o potencial de Gooch, junto com o claro subtexto de sua mãe, ficou suspenso no ar com cheiro de urina. Ele deveria ter sido qualquer outra coisa em vez daquilo que se tornara.

— Não se atreva a derramar esse chá — avisou Eden, quando Mary se mexeu no assento. — Essa é uma Ethan Allen de dois mil dólares!

— Ah — disse Mary, sorvendo do copo cheio demais.

— Como está sua mãe?

— Na mesma.

— Eu sei que você sofreu sua cota de decepções, Mary.

— Sim.

— Mas isso não é desculpa.

— Para onde ele foi quando saiu daqui? Por favor, diga-me se souber, Eden, sou a esposa dele — suplicou Mary. — Sou a esposa dele.

— Ele disse algo sobre ver as sequoias. No Big Sur. No parque Hiking ou em outro. Estava com um guia turístico. Disse que não tinha planos definidos, só precisava de tempo para pensar.

Tempo para pensar.

— Disse por quanto tempo?

— Não disse. E não que tenha pedido minha opinião, não que já tenha pedido minha opinião alguma vez, mas eu disse que ele deveria entrar com o divórcio e pôr um fim nisso. Vocês dois precisam seguir com suas vidas. Ele ainda é jovem. Poderia passar trinta anos bons com outra pessoa. Veja o meu relacionamento com Jack.

Mary limpou a garganta.

— Você não sabe mesmo para onde ele foi?

— Jimmy ficou aqui por, no máximo, uma hora até que ele e Jack brigassem — fungou Eden. — Esse é o preço a pagar. A gente coloca o marido acima de tudo. É isso que a gente faz. É isso que *você* deveria ter feito.

Mary não perguntou se perder seus filhos havia sido um preço mais alto a pagar, pois podia ver nos olhos íntegros da mulher que ela achava que a perda era deles.

— Eu quero ajudar o Gooch. Quero... — o adendo do que ela queria era muito complicado e íntimo para dizer em voz alta.

— Eu a convidaria para ficar, mas vou receber seis pessoas para o grupo de orações daqui a meia hora.

Se a sua cabeça não estivesse doendo, Mary poderia tê-la golpeado com a palma da mão e exclamado: "O que eu estava pensando?" Como pudera imaginar que encontraria Gooch aproveitando seu tempo para pensar na presença tóxica de Jack Asquith?

— Sinto muito, Eden. Sinto que ele e o Jack tenham brigado. Deve ter sido horrível.

Eden abrandou-se.

— Ele disse que viria me ver de novo antes de sair do estado. Eu disse que o encontraria fora daqui, na delicatéssen.

— Ele vai voltar?

— Ele prometeu vir se despedir.

Despedir-se. Gooch também entendia o ritual. Ele precisava se despedir de sua mãe porque sentira sua mortalidade. Ou a própria. Ganhar na loteria o despertara da inércia. Mary o imaginou sentado na picape atrás do Chung, salivando pelo Combo Número 3. Podia ver a cara dele raspando o bilhete com uma moeda do bolso e encontrando naqueles três números que se combinavam o ímpeto e o meio para deixar a esposa, para pensar em sua existência. *Livre.*

— Acho que eu deveria esperar por ele — disse ela.

— Bem, não *aqui* — afirmou Eden. — Além disso, não sabemos quando ele vai voltar.

— Ele vai acabar ficando sem dinheiro.

— Acho que sim.

— Não é, tipo, um milhão de dólares. Ele lhe contou quanto ganhou?

— O bastante. Ele disse *o bastante.*

O bastante. Aquela palavra. A sugestão de equilíbrio. Apenas a quantia certa. Uma palavra adorável — até que alguém a grita para você. *Basta!*

— Fique à vontade, Mary, mas não posso lhe oferecer um quarto, e mesmo os hotéis mais baratos, aqui, são muito caros. Além disso, e se não for um dia, ou dois, ou uma semana? E se ele ficar um mês fora? Ou mais?

— Ele não faria isso. — Bebendo seu chá gelado, Mary calculava o preço de um mês de hospedagem e outros custos em um hotel.

— E o que você faria, Mary? Ficaria sentada no quarto, vendo televisão? Pedindo *junk food*? E, se você pretende mesmo ficar aqui, vai precisar de um carro o tempo todo. Não pode ir a lugar nenhum sem um carro. O que está dirigindo?

— Tenho carona. — Adicionando o custo do aluguel de um carro, que podia apenas imaginar, Mary começou a ficar aflita. Ficar naquela terra estrangeira para esperar Gooch até que o dinheiro acabasse? Voltar para Leaford para seguir com sua vida? Mas que vida? O sr. Barkley se fora. Orin se fora. Sua mãe era um fantasma. Ela nem mesmo tinha um emprego para o qual voltar, algo com que teria de lidar em algum momento.

— Eu vou ficar — decidiu em voz alta.

— Bem, eu já disse o que tinha a dizer — declarou Eden, jogando as mãos para cima.

Vasculhando a bolsa, Mary encontrou uma caneta e um pedaço de papel.

— Vou anotar o número do meu celular, e você vai me ligar, não vai? Quando tiver notícias dele?

Eden pegou o pedaço de papel e o pôs sobre a mesa.

— Eu acho que isso é um erro. Acho mesmo.

As mulheres se levantaram, lutando com seus corpos debilitados enquanto caminhavam para a porta. Mary estava quase chegando à varanda quando se lembrou de sua bolsa e da sacola plástica com o uniforme azul-marinho. Voltando para dentro da casa, ouviu um som vindo do fim do corredor. Gooch.

Então Eden mentira, como Heather mentira, como todas as pessoas mentiam pelas pessoas que amavam ou a quem deviam algo. Ele estava lá, prestes a entrar na sala, achando que a esposa fora embora.

— Gooch? — deixou escapar.

Jack Asquith — cansado e abatido, encolhido e curvado, com uma máscara de oxigênio sufocando seu rosto de couro curtido, emergiu da sala em uma pequena cadeira de rodas motorizada. Ali estava a morte, apavorada e de olhos vazios, aproximando-se de Mary na porta.

— Jack — murmurou ela.

— Vá se aprontar para o grupo de orações, Jack — disse Eden. Mas Jack continuou em seu curso, atravessando o piso de terracota, olhando para Mary com desconfiança, como se ela tivesse sido aceita nos bastidores de um show sem ter uma credencial especial. Ele parou na ponta das botas dela, afastou a máscara do rosto e murmurou:

— Quem?

Eden o dispensou.

— Ninguém, querido. Vá se aprontar. — Arrastando Mary para a varanda e fechando a porta atrás delas para que ele não ouvisse, ela implorou:

— Por favor, não o aborreça.

— Ele está horrível — chorou Mary. — Oh, meu *Deus*.

— Não usamos o nome de Deus em vão nesta casa.

— Desculpe, eu só...

— Bem, você sabia que ele tinha enfisema. — Mary sacudiu a cabeça, sem fala. — Ele está decaindo depressa.

— Sinto muito.

— Imagine, *eu* ter de pedir dinheiro ao meu *filho*.

— Por quê?

— Como assim, por quê? O plano de saúde de Jack não cobre nem metade das despesas.

— Eu não sabia.

— Claro que sabia.

— Faz muito tempo que não conversamos, Eden.

— Você sabia que perdemos o negócio. Sabia que perdemos a casa.

Mary meneou a cabeça.

— Eu perco a noção do tempo. Talvez não tenha lhe contado. Você parou de ligar.

Era verdade. Mary parara de ligar para Eden no último domingo de cada mês. Tantas vezes a secretária eletrônica atendera e ela entrara em pânico sobre o que dizer, até que percebera que não tinha nada para dizer a Eden, nem Eden para dizer a ela. Finalmente, desobrigara-se da farsa de sua relação. Como Gooch fizera há tanto tempo. Perguntou-se se, em seu ritual para se despedir da mãe, ele estaria procurando perdão. Ou oferecendo.

— Tenho dinheiro, Eden, posso...

— Jimmy me deu cinco mil. Devo assinar um contrato na próxima semana, e isso vai bastar por algum tempo. O restante está nas mãos Dele.

— De Gooch?

— De Deus. Além disso, não aceitaria sua parte do dinheiro da loteria, Mary. Você vai precisar dele para recomeçar.

Um *fait accompli* — Mary se lembrou da expressão da aula de francês da escola. Uma coisa terminada. Finalizada. Superada. Decidida. Morta. Assim Eden via o casamento de Mary, mas Mary tinha reservas suficientes para manter viva a esperança. Ainda assim, sentia-se confusa em relação à quantia exata de dinheiro que Gooch ganhara e a quanto ainda restava na conta. Precisaria encontrar um banco e esperava que o cartão canadense funcionasse nos caixas eletrônicos americanos.

— Há um Pleasant Inn perto da rodovia. Vou alugar um quarto lá — disse ela.

— E...?

— Esperar. Vou esperar pelo Gooch.

— Por quanto tempo?

— Não sei.

— Posso levar você até lá.

— Vou andando.

— É mais de 1 quilômetro — riu Eden.

— Posso andar — afirmou Mary. — Você me liga? — perguntou, insistindo que Eden a olhasse nos olhos.

— Eu ligo — respondeu Eden e, com isso, fechou a porta, sepultando a si mesma, a Jack e à mexicana de olhos pretos dentro da casa fétida para esperar pela misericórdia de Deus em seu grupo de orações.

Alvo livre

O sol estava mais alto quando Mary parou na calçada, esperando para o caso de, como Heather, Eden ter mentido e sair correndo a qualquer momento, sem fôlego e cheia de remorso, gritando: "Você pode encontrá-lo em tal e tal lugar!" Ou: "Ele está em um lugar assim, assim!"

Quando a porta não se abriu, percebeu que não poderia andar mais de 1 quilômetro até o Pleasant Inn. Nem poderia ficar ali parada enquanto o sol queimava sua pele impecável e incendiava seus cabelos vermelhos, torrando seu alvo couro cabeludo. Nunca usara filtro solar, nunca tomara banho de sol e raramente expunha a pele aos raios solares. Mais alguns minutos no sol a pino e ela começaria a tostar nas beiradas.

Risadas e lágrimas, como as prometidas nos romances dentro de sua pesada bolsa, brigavam na garganta de Mary quando ela começou a percorrer a calçada na direção de Willow Highlands. Do outro lado da colina, ficava a estrada principal, onde se lembrava de ter visto um shopping. Havia um banco lá, e poderia verificar seu saldo antes de ir para o hotel. Mais de meio quilômetro. Ladeira acima. *Vai.*

A colina era mais uma subida vertical do que uma ladeira e, escalando a calçada branca, lutando para respirar, os pés abafados nas botas de inverno, perguntou-se casualmente como as crianças aprenderiam a andar de bicicleta em Golden Hills. Adiante, viu um mexicano de meia-idade levantando um cortador de grama da traseira de uma pequena caminhonete vermelha perto de um parque infantil vazio. Acenou para ele, ignorando sua expressão confusa, e gritou bobamente por sobre o ruído:

— Que calor, hein?

A força que tinha de reserva a levou até a metade da colina íngreme antes de parar para descansar na beirada de uma fonte de pedras brilhantes à sombra de uma grande garagem. Willow Highlands, pensou, recobrando o fôlego e olhando em volta. A esplêndida abundância a que o universo aspirava. Ah, que beleza! O que Gooch teria feito dessa paisagem estrangeira? Certa vez, Gooch repetira a Mary uma conversa que tivera com um imigrante da África Ocidental em um restaurante de beira de estrada, em uma de suas entregas em Londres. O homem dissera a Gooch que seu sonho era criar seus filhos na América para que pudessem crescer e dar as coisas como certas.

Apesar de cobiçar Corvettes e sonhar com Lincolns, Gooch não era, por natureza — ou talvez fosse apenas por causa das circunstâncias —, um materialista. Não eram coisas novas, mas sim novas experiências que ele descrevia com desejo em momentos de sinceridade naqueles primeiros anos em que Mary fazia seu jogo. "Deveríamos fazer um passeio na Colúmbia Britânica", ele dizia, ou "Deveríamos ir a St. Laurence para ver as baleias em migração". E "Quero levá-la para esquiar no canal Rideau". Nunca mencionara as sequoias ou Big Sur como destino em seus sonhos, mas poderiam ter sido. Assim como Washington ou Yellowknife. Ou Nova York. Ou Istambul. *Venha comigo, Mary. Venha comigo.*

Sentada na beirada da fonte com um spray de água nas costas, inspirou longa e profundamente, ouvindo o ruído dos cortadores de grama e sopradores de folhas. Ali os trabalhadores estavam a serviço dos abastados. Em algum lugar, Gooch estava bebendo de um cantil, com o mar azul ondulando à sua frente, em busca da própria verdade — ou talvez em busca de Deus — no fim de todas as jornadas de descoberta. O que poderia ele conversar com Deus? Política mundial. Filmes clássicos. Mary esperava que Deus preparasse torradas de canela para Gooch e o deixasse curar a ressaca na santidade da sua amplidão.

Ficou claro para Mary, quando se levantou, que não poderia continuar a subida. Sentiu a silenciosa insistência de seu corpo em continuar se sustentando. Não comera o bastante e ele a estava retaliando, emperrando, parando, esperando, muito parecido à maneira como havia arrotado, cagado e tido cólicas quando ela comera demais.

Avistou o mexicano que vira mais cedo dirigindo pacientemente sua cansada caminhonete ladeira acima e percebeu que ficara ali descansando durante o tempo que ele levara para aparar a grama do parque.

— Espere! — chamou. — Por favor!

Ele parou na curva enquanto ela empurrava o corpo para fora da beirada da fonte. Ela sorriu.

— Pode me dar uma carona até o banco, por favor?

O homem pareceu não entender e ficou assustado quando Mary abriu a porta do carona e colocou sua grande bolsa no banco, dizendo: "Posso pagar." Tirando seu maço de notas, pegou cinquenta dólares e apertou contra suas palmas manchadas de verde. Ele aceitou o dinheiro, ainda sem compreender.

— É canadense — disse ela —, mas você pode trocá-lo no banco.

Ela se acomodou no banco da frente, gesticulando.

— Pode me levar ao banco?

Ele sacudiu a cabeça, seus olhos expressando pesar por não conseguir entender ou talvez por ter parado mesmo.

Lembrando que havia um restaurante de fast-food ao lado do banco, ela arriscou:

— O frango louco? O Pollo?

— *Pollo?* — perguntou ele. — *El Pollo Loco?*

Ele assentiu e saiu com o carro. Não conseguindo alcançar a bolsa no chão, Mary enfiou o maço de dinheiro no bolso da roupa estampada.

Ela não podia se comunicar com o motorista, então ficou olhando as casas enquanto subiam e depois desciam a colina; enquanto isso, a caminhonete velha e suja percorria seu caminho até a estrada principal. Parados no semáforo, ela notou algo escrito na janela traseira de uma Chevy Suburban na frente deles. Primeiro, entendeu como um slogan de propaganda, e ficou surpresa ao ler: *Trent Bishop 1972 a 2002. Sempre em nossos corações.* Nunca vira um epitáfio impresso em um veículo e foi atingida pela pungência do lamento incansável que representava — a senhora morena no volante lembrando ao mundo, em cada viagem ao mercado e carona para o trabalho, que ela perdera um filho chamado Trent, mas que o carregaria como uma foto em um medalhão e que nunca seria esquecido.

Pensando na velha caminhonete Ford com o teto solar remendado com fita que abandonara em Toronto, perguntou-se se sentiria compelida a comemorar seu casamento daquela maneira. Pintando na janela traseira: *James e Mary Gooch, 1982-?*

Quando desceu do veículo, Mary estava satisfeita pelo fato de o mexicano não lhe ter devolvido o dinheiro que ela lhe dera. Em vez disso, saíra correndo, com medo de que mudasse suas ideias, claramente *locas.*

O caixa eletrônico estava à vista, mas havia uma farmácia na mesma distância, e Mary sentiu seu chamado. Uma frequência diferente da geladeira Kenmore ou dos restaurantes de fast-food; mais uma campainha de advertência do que um canto de sereia. Comida. Caminhando em direção à farmácia, sentia cada passo como se pisasse descalça sobre brasas, com o sol desafiando-a a parar e seu espírito impelindo seu corpo exausto para a frente. Dera mais passos desde que Gooch partira do que no último ano inteiro, não percorrendo o mesmo caminho sem atrito, mas descobrindo em cada passo um passo novo, difícil e firme, que suportava não apenas seu próprio peso, mas também o de sua pesada bolsa de vinil e o peso ainda mais denso de sua compreensão crescente.

A farmácia, cujo odor sutil lhe era tão familiar quanto sua casa, estava cheia, com grupos de mães e crianças que deviam ter acabado de sair da escola e entrar nos seus carros à sua espera, pois vira alguns deles durante o curto passeio. Havia alguns homens de terno com café para viagem nas mãos e celulares ao ouvido, e idosas se arrastando para o balcão dos fundos para pegar suas receitas. Mary manteve os olhos erguidos, ciente de que não encontraria Gooch ali — mas, por outro lado, talvez encontrasse.

Ao contrário do povo parrudo de Leaford ou do mosaico de cores e formas que vira nas ruas de Toronto, a população de Golden Hills parecia predominantemente caucasiana, tonificada e preparada para os esportes, desenrugada e melhorada, aspirada e implantada. E tão *alta*. Apesar de ter vivido com um dos homens mais altos do condado de Baldoon durante vinte e cinco anos, Mary ainda ficava surpresa com a altura dessas pessoas, que pareciam ambicionar a das palmeiras.

Encontrando as geladeiras, escancarou uma porta e pegou quatro garrafas grandes de água. Somadas ao peso da bolsa, elas eram demais para seus músculos doloridos. Encontrou um carrinho de compras, no qual colocou a água, a bolsa e a sacola plástica com o pijama cirúrgico e adicionou uma dúzia de barras de cereal, cujas embalagens prometiam energia, nutrientes e proteína. Sentindo dor entre os olhos, encontrou a gôndola dos analgésicos e um frasco de alívio máximo. Passando pelo departamento de necessidades sazonais, colocou vários tubos grandes de filtro solar no carrinho.

Depois de esperar na fila do caixa, lembrou-se dos dólares em seu bolso e puxou as notas do maço para pagar. A caixa balançou a cabeça, sorrindo educadamente:

— Não aceitamos dinheiro canadense.

Mary queria gritar: "Mas eu trabalhava em uma farmácia e sempre aceitávamos dinheiro americano, assim como pagávamos o ágio quando o dólar americano estava mais alto." Repôs as notas no bolso e sacou o cartão de crédito da bolsa.

A caixa entregou as sacolas a Mary, que as depositou no carrinho de compras e caminhou para a porta. Com os músculos desafiados além do limite, ficou grata por se apoiar no carrinho e deixar que ele carregasse seus embrulhos pela distância do estacionamento até os portões ajardinados do banco. De lá, teria de arrastar suas sacolas pela calçada, mas estava aliviada por encontrar à sombra um assento que ofereceria um breve repouso para comer e beber antes que pudesse solucionar o mistério de quanto dinheiro ainda restava na conta. A cada passo, a cada inspiração, sentia as *calorias saindo.*

Antes que os Gooch sofressem a despesa do novo carpete prateado, quando Mary ainda comprava montanhas de revistas, ela lera com ultraje crescente um artigo de uma especialista em nutrição (que Gooch deixara aberto sobre a mesa do lado dela da cama) que apontava, com uma simplicidade desafiadora, as razões pelas quais, mesmo enquanto o Terceiro Mundo passava fome, o Primeiro Mundo estava ficando alarmantemente gordo. Com a equação *calorias que entram* versus *calorias que saem* ancorando o artigo, a mulher condensava o óbvio:

> *Nos restaurantes, servem-nos muitas refeições em porções que são o dobro do que precisamos.* Calorias que entram. *Deixamos que máquinas façam nossas tarefas diárias.* Calorias que saem. *Os restaurantes nem sempre relacionam informações nutricionais e de gordura,*

negando aos consumidores a oportunidade de fazer escolhas melhores. Calorias que entram. *Dirigimos quando poderíamos pedalar ou andar.* Calorias que saem. *Nós nos comunicamos por meio dos computadores. Assistimos muito à televisão. Deixamos para amanhã o que poderíamos fazer hoje.*

Havia tantas afrontas no artigo que Mary nem sabia por onde começar quando se sentou para escrever uma carta ao editor. A primeira ofensa era Gooch ter deixado o artigo para ela — como se já não tivesse lido milhares como aquele além de um milhão de depoimentos de mulheres descrevendo suas várias inspirações para o emagrecimento —, mas não mencionou aquilo na carta.

A segunda ofensa, no ponto de vista de Mary, repousava na abordagem simplista e agressivamente antipática à epidemia. Da mesma maneira que pessoas insensíveis diziam do câncer de pulmão: *Não deveria ter fumado* e do HIV: *Deveria ter usado preservativo*, a autora parecia estar reprovando o gênero de Mary: *Coma menos e mexa sua bunda gorda.* Mas as implicações da obesidade mórbida, como as da anorexia (*Coma mais e você não vai morrer de fome, ora*), eram muito mais complicadas. Em nenhum momento a autora admitira que a comida fosse uma panaceia para a perda. Não havia uma única menção à dor da solidão.

Em um complemento colorido ao artigo, sob a legenda *Começando*, a mulher sugerira que os extremamente grandes poderiam começar se exercitando na ausência de peso da água, onde os músculos poderiam ganhar tônus para o desafio de atividades mais árduas no solo. Como se todo mundo tivesse uma piscina. Como se aqueles extremamente acima do peso estivessem loucos para se espremer num traje de banho para mostrar seus atributos em local público. Mary rira, mas virara a página para terminar o artigo e poder dizer a Gooch que lera se ele perguntasse o que achara.

Lá estava o insulto final — uma foto da autora, especialista em nutrição e autora do futuro lançamento *Mamãe cacau — por que garotas amam chocolate.* A mulher, que parecia ter quarenta e poucos anos, era uma loura alta e esguia, de jeans apertados, botas de caubói, seios atrevidos esticando uma camiseta branca novinha e um sorriso que não era apenas de vitória, mas alardeava que vencera. Não bonita da maneira como Heather era, mas bela, esposa de um cardiologista, mãe de dois adolescentes, moradora de uma igreja reformada em Vermont, onde gostava de assar tortas com as frutas de seus pomares e de onde escrevia um popular blog semanal. *Vivendo o sonho.*

Mary analisou a informação biográfica, mas não havia nenhuma menção à antiga obesidade da autora, nenhuma indicação de que tivesse sido mais do que a vaca magrela que encarava Mary da cerca pintada de branco onde estava encarapitada. A autora podia *assar* tortas, mas não as *comia*. Como ela se atrevia?

A carta ao editor começara com uma reprimenda à escritora, Mary lembrando-lhe que havia explicações variadas e complexas para o ganho de peso e muitas razões médicas que poderiam dificultar o emagrecimento. Mas não pôde escrever a segunda parte, riscando e editando enquanto escrevia, porque, a cada linha sarcástica, sua raiva da forma física da mulher, daquelas pernas lânguidas, daqueles braços definidos, diluía sua racionalidade. Não era tanto por discordar do conteúdo do artigo, pouco original e muito incontroverso, mas por sentir que a autora, carecendo de experiência pessoal, não tinha sequer o direito de escrevê-lo. Estava claro que a mulher jamais encontrara o monstro da obesidade.

Cabeça erguida, alvo livre. Plano em ação. Checar o saldo no banco. Ir para a pousada. Recarregar o telefone. Esperar a ligação — de Heather, de Eden, de Gooch, de Joyce. Esperar, como aqueles mexicanos na beira da estrada. *E dormir*. Isso tudo sem nenhum grau de ansiedade ou incerteza, pois sabia que, com um plano em vez de uma lista, o sono viria e a libertaria.

Devaneios vinham sendo, para ela, mais pesadelos — fantasias sobre a comida, visões de suas provisões secretas, medo de ser descoberta. Mas ela se viu percorrendo a distância do estacionamento no sol escaldante, empurrando seu carrinho de compras como um carrinho de bebê, perdida em uma fantasia de Gooch. Imaginou o grande corpo do marido inclinado sobre o caixa eletrônico, pensou em passar os braços ao redor de seu torso firme e sussurrar às suas costas: *Estou aqui. Estou bem aqui, Gooch.* E ele se virando e exclamando: *Mare. Oh, Mare.*

Parou no limite do estacionamento, puxando as sacolas plásticas do carrinho, e quase caiu de costas em cima de um menininho louro que aparecera atrás dela. A criança olhou dentro de seus olhos assustados e uivou como se ela o tivesse atingido com as costas da mão.

— Oh! — ofegou, procurando ao redor por uma mãe desesperada.

A criança uivou ainda mais alto, e Mary sorriu.

— Não, não, querido. Tudo bem. Vamos encontrar a mamãe.

Abaixou as sacolas e ofereceu sua mão, um tanto perturbada pelo fato de o menino tê-la aceitado tão prontamente.

Saiu de trás dos carros estacionados e viu a mãe, alta, loura e magra como uma vareta, segurando mais dois loirinhos pela mão, marchando em frente, gralhando:

— Joshua!

O garotinho segurou a mão rechonchuda de Mary mesmo quando a mãe e os irmãos se aproximaram, e ainda mais forte quando a mãe estendeu o braço, ameaçando:

— Não fuja! Não fuja da mamãe!

Mary se sentiu frustrada e culpada, como da vez em que saíra da delicatéssen com uma bandeja de brownies que escondera dos olhos de outros compradores no fundo do carrinho e depois se esquecera de passar pela esteira do caixa quando pagou pelo restante.

— Eu me virei e ele estava ali — explicou.

A mulher não olhou para ela, de tão concentrada que estava no castigo de seu rebento.

— Você acaba de perder um McLanche Feliz! — disse entre os dentes.

O garotinho gritou:

— Você *disse*!

— Eu *disse* que se você fosse *bonzinho* — corrigiu ela, soltando-o de Mary e puxando-o sem mais uma palavra.

Mary se virou para as sacolas que deixara no chão e as recolheu com certo esforço, percebendo que, apesar de não ter de se curvar até o fim para alcançar as alças plásticas, abaixara-se consideravelmente mais do que costumava conseguir em sua memória recente.

Parou, como se prometeu que faria, no assento à sombra ao lado do banco e encontrou uma das barrinhas energéticas na sacola. Rasgou a embalagem e comeu lentamente, sorvendo metade de uma garrafa grande de água e esperando mais um pouco na gentil brisa enquanto o sol mudava de lugar até se sentir forte o bastante para se levantar de novo. Ergueu as sacolas e caminhou até o caixa eletrônico do outro lado do estabelecimento, mas, quando procurou o cartão de crédito na carteira, de repente percebeu que estava com a sacola plástica que continha o pijama cirúrgico, com as que continham a água e as barrinhas energéticas e com a que continha o filtro solar e a aspirina, mas notou que estava sem a bolsa. A grande bolsa marrom de vinil. Ainda estava no carrinho de compras; era a última coisa que estava prestes a tirar quando a criança perdida desviara sua atenção.

Cheia de adrenalina, voltou para o estacionamento, onde deixara o carrinho. Ele ainda estava ali. A bolsa, não.

Mary voltou para a farmácia. Encharcando suas roupas de suor, abriu a porta de repente, sua energia desesperada atraindo a atenção antes mesmo que gritasse na direção dos clientes:

— Minha bolsa. Eu a deixei no carrinho de compras. Alguém devolveu?

A caixa balançou a cabeça e deu de ombros. Alguns clientes olharam para ela com pena: os homens, porque estava deplorável, e as mulheres, porque sabiam o que era perder uma bolsa. *Tudo estava naquela bolsa.* Dinheiro de viagem. Romances não lidos. O cartão do banco. O passaporte. A identidade. A carteira de motorista. O cartão de crédito. O cartão médico. O *celular.*

Cambaleando pela porta depois que a caixa perguntara a outros funcionários, que também sacudiram os ombros, Mary voltou para o estacionamento, para o lugar onde tinha certeza de que deixara a bolsa. Ali. O carrinho. Ali. Sem bolsa. E nenhum salvador se espremendo por entre os carros estacionados segurando-a pela mão, como a criança perdida, procurando desesperadamente a mãe.

Bolsa perdida. Marido desaparecido. Esposa deslocada. Mary ficou imóvel no estacionamento, deixando o sol bater em sua cabeça.

Um nome difícil de esquecer

Mary tinha pouca experiência com bancos, já que Gooch sempre fora o responsável pela contabilidade do casal. Só de vez em quando, se ele tivesse se esquecido de sacar dinheiro suficiente para as pequenas compras do mercado, ela entrava no banco em Leaford e preenchia uma ficha de retirada com um valor que revelava a Gooch, invariavelmente, com uma mentirinha.

— Tirei um pouco extra hoje — explicava ela — para o presente de aniversário de Candace. — Ou: — É para aquela obra de caridade que o Ray está ajudando. — Na verdade, era para pagar pelo corte de costela de primeira que ela mesma comera ou por um pedido especial de chocolate Laura Secord.

Abrindo a porta do banco, sentiu-se aliviada não apenas com o ar-condicionado forte, mas também ao ver que não havia filas para o caixa. Havia apenas uns cinco funcionários no banco inteiro: dois homens sentados em bancos altos tamborilando em seus respectivos computadores por trás do balcão dos caixas e outros três que olhavam com expressões confusas para a tela do computador na mesa do gerente, nos fundos da agência. Todos os olhares se voltaram para Mary quando ela entrou.

No entanto, exceto por um breve exame da recém-chegada, enquanto tomavam notas mentais, *Senhora gorda entra no banco*, os gerentes não esboçaram reação e voltaram para o mistério numérico que tentavam decifrar.

Mary caminhou na direção dos caixas, e cada um deles ergueu os olhos de suas telas piscando estranhamente, como se fosse uma aparição e estivessem esperando que se desvanecesse no ar.

Nos poucos segundos que se passaram enquanto Mary atravessava o saguão, onde ficavam os sofás de couro e onde não havia ninguém, seu cérebro enfrentou o desafio de decidir qual dos caixas iria abordar e também percebeu a beleza impressionante dos dois homens; pareciam modelos ou atores ou astros do esporte, impecáveis acima do colarinho e provavelmente em perfeita forma por baixo dos ternos escuros e bem-cortados.

O homem à direita, cujo crachá trazia escrito *Cooper Ross*, era a versão loura. Os cabelos cor de areia lhe caíam sobre a testa bronzeada, e ele tinha um queixo quadrado e dentes muito brancos. O homem à esquerda, *Emery Carr*, usava os cabelos negros penteados para trás com gel e tinha uma pele agradavelmente pálida. Viu a si mesma nos olhos dele e podia ler seus pensamentos distintamente: *Vá para o Cooper. Eu não! Vá para o Cooper!*

Suas pernas trêmulas tinham ideias próprias, ou então eram guiadas por uma força divina, porque a levaram diretamente para o homem moreno; ela colocou as sacolas plásticas no chão e começou:

— Acabei de perder a minha bolsa. Uma grande bolsa marrom, de vinil. Estava num carrinho de compras. Alguém a trouxe para cá?

Emery Carr sacudiu a cabeça e distraiu-se quando o computador emitiu um ruído às suas costas. Cooper Ross, que ouvira a pergunta, tentou ajudar:

— A senhora é nossa cliente? Podemos acessar a sua conta com...

— Sou canadense — disse ela, interrompendo-o. — Sou de Ontário. Estou sozinha aqui. Tudo estava dentro da bolsa. — Ela fez uma pausa, esperando para ver seu reflexo novamente nos olhos de Emery Carr, como se precisasse lembrar a si mesma de que estava em um banco e não perdida em algum lugar sem o conteúdo de sua grande bolsa de vinil. Ele olhou para ela quando Mary repetiu: — Tudo.

— Podemos telefonar para o seu banco no Canadá. A senhora mora na costa leste ou oeste? — perguntou Cooper Ross, apanhando o telefone.

— Em Ontário — repetiu ela, lembrando-se de que estava em um fuso horário diferente. — Fechado. O banco já deve estar fechado — disse ela.

— Talvez sua bolsa tenha sido entregue ao xerife — sugeriu Cooper Ross.

— Oh. — Ficou aliviada por alguém dizer algo remotamente encorajador e levou um susto ao ouvir o som tão americano da palavra *xerife*. Cooper Ross encontrou um número, discou e esperou; então, depois de explicar a situação, entregou o telefone a Mary, que explicou novamente.

— Uma bolsa grande, marrom, de vinil. Meu passaporte. Minha carteira... Sim, está certo... O senhor não tem como entrar em contato comigo. Não tenho um *telefone*.

Os caixas voltaram para seus afazeres; Emery Carr desligou seu computador habilmente e levantou-se para organizar sua mesa de trabalho, enquanto os longos dedos de Cooper Ross deslizavam pelo teclado.

— Mary Gooch — começou ela novamente, depois de uma pausa. — Rural Route 5, Leaford, Ontário, Canadá. — Outra pausa. — Não sei onde vou ficar. — Pensou, por um momento, em Eden e Jack Asquith. Sentindo as lágrimas lhe subirem à garganta, remexeu no bolso da saia xadrez, mas se lembrou de que havia colocado os lencinhos de papel que o motorista da limusine lhe dera no bolso de seu casaco azul. Foi um milagre, ainda que pequeno, encontrar, em vez dos lenços, o maço de notas de dólar canadense que sobrara do que ela dera ao motorista do caminhão vermelho. Tirou as notas coloridas do bolso e colocou-as no balcão enquanto terminava de falar com a pessoa do outro lado da linha.

— No Pleasant Inn — disse ela. — Se a minha bolsa aparecer, o senhor pode me encontrar lá.

Grande Avi dissera que Golden Hills era uma das cidades mais seguras da América e que ele confiara na bondade de estranhos quando imigrara, vindo de outro mundo, o mesmo fez Mary. Depois que ela trocou seu dinheiro canadense pela moeda americana e descobriu que tinha mais de quinhentos dólares, Cooper Ross disse:

— Vamos cancelar seus cartões de crédito, pelo menos. — E continuou a ajudá-la, dando os telefonemas necessários.

Feito isso, Mary agradeceu e lhe pediu mais um favor: que chamasse um táxi, ao que Cooper Ross respondeu graciosamente:

— Emery pode lhe dar uma carona até o hotel. Ele termina o expediente daqui a cinco minutos.

Emery Carr deu um sorriso radiante e disse:

— Sim, é claro que posso lhe dar uma carona. Fica no meu caminho. — Mas Mary percebeu o olhar fulminante que ele lançou ao colega e o risinho por trás da franja loura do outro homem.

Mesmo com um samaritano relutante, uma carona era uma carona.

— Obrigada. Obrigada — disse ela, enquanto se dirigiam para a rua. O sol, que já se punha, lançava seus raios de forma quase artística sobre um monte rochoso a distância, e Mary parou para olhar. Tendo dispensado pouca atenção à natureza, como a tantas outras coisas, sentiu uma súbita onda de prazer ao apreciar a beleza rude dos montes ao crepúsculo, uma perfeição visual, e ficou aliviada ao perceber que um vento frio parecia ter chegado ao estacionamento durante o tempo que ela passara dentro do banco.

Emery Carr, cuja idade Mary calculava entre 35 e 45 anos, dirigia um Mazda, um carro esportivo minúsculo e impecavelmente cuidado, com uma área de armazenamento no lugar do banco traseiro, onde ele colocou as várias sacolas plásticas dela. Abrindo a porta, Mary preparou-se para a tarefa de se encaixar no assento achatado e pequenino. Quando hesitou, ele sorriu falsamente e contornou o veículo, disfarçando sua repulsa por trás do cotovelo dela. Talvez ele não amasse ninguém tão gordo quanto ela.

Como uma idosa, Mary sentiu o próprio peso, e suas perdas se elevaram como fantasmas; Irma, Orin, sr. Barkley, Gooch, a bolsa marrom de vinil; e tais fantasmas pareciam zombar de seus joelhos fracos e de seu queixo duplo e trêmulo. Por que simplesmente não voltava para Leaford para viver o restante de seus dias com o velho sr. DaSilva, e os Paul, e os William, e sua mãe sob cuidados no St. John's? Não estava preparada para aquilo. Mary fechou os olhos, seu coração martelando, aos saltos. *Alguém vai ter de cuidar do meu corpo.*

Emery Carr lembrou-a baixinho de que o ruído que eles estavam ouvindo era o alarme do carro, avisando que o passageiro estava sem o cinto de segurança.

— A senhora precisa usar o cinto, sra. Gooch.

— Mary — disse ela, abrindo os olhos. — Por favor, me chame de Mary.

Puxando o cinto de segurança e ajustando-o ao corpo, notou mais uma vez o quanto definhara desde que Gooch partira. *Calorias que saem. Calorias que entram.* A redução, no entanto, era algo alarmante para ela. Tendo tão pouco controle sobre sua perda quanto tivera sobre seu ganho, sentia apenas a falta de glória de seu declínio. Não teve a intenção de dizer alto:

— Eu só queria morrer.

Emery Carr respirou fundo e, embora Mary imaginasse que ele estivesse pensando *Por favor, não no meu carro, senhora*, o que ele disse foi:

— Alguém vai devolver a sua bolsa. Não se preocupe. — Com aquilo, acelerou o carro e saiu do estacionamento. Mary, imediatamente enjoada por causa do centro de gravidade baixo do carro, perguntou-se se, como os passageiros da limusine de Grande Avi, ele preferiria o copo cheio.

Deu uma olhada de esguelha e se sentiu obrigada a falar quando ele a flagrou olhando:

— É gentileza sua me levar até o hotel.

— A senhora está muito longe de casa.

— Sim.

— A senhora está aqui de férias? — perguntou ele distraidamente, atravessando o sinal fechado em plena hora do rush.

— Não.

— A trabalho? — Ela sacudiu a cabeça. — Ou trabalho, ou férias. Isso é tudo o que existe — riu ele.

Ou enterros, pensou Mary. *Ou uma crise de meia-idade.*

— Alguém vai encontrar a sua bolsa. Não se preocupe. Bolsas não são roubadas aqui em Golden Hills.

— Você sempre morou em Golden Hills?

— Deus, não! Não moro aqui. Moro em West Hollywood. — Ele fez uma pausa, olhando de lado para ela.

— West Hollywood?

— Não é Golden Hills.

— É a área de crime? — perguntou Mary, arregalando os olhos.

— Não.

— A área armênia?

— É a área gay.

— Por que você mora na área gay? — perguntou e, então, respondeu à própria pergunta com certa surpresa. — Oh. — Ele riu da falta de jeito dela. — Acho que eu nunca conheci um homem gay antes — disse ela.

— É claro que conheceu. — Ele sorriu.

— Sou de uma cidade muito pequena. No Canadá — lembrou a ele. — Mas tive, sim, uma professora lésbica uma vez.

— Estamos por toda parte — disse ele.

— Você tem um namorado? — perguntou ela, divertindo-se com a própria ousadia. Conversas íntimas com estranhos. Via acontecer com frequência no cinema e na televisão, mas não tinha certeza de confiar no clichê até se ver apavorada no avião, desejando que a mulher morena a seu lado falasse inglês e lhe oferecesse solidariedade.

— Kevin — respondeu Emery, e ela pode perceber que ele não estava apaixonado. — Seis meses que parecem vinte anos. Estamos comemorando nosso aniversário esta semana. Uma degustação de vinhos em Sonoma. E a senhora? — completou ele, percebendo que ela não usava aliança. — Tem namorado?

Mary tocou a cicatriz em seu dedo anelar.

— Estive casada por vinte e cinco anos. Nosso aniversário acabou de passar.

— E ele não está aqui com a senhora?

Ela sacudiu a cabeça.

— Ele está acampando. Não tenho como entrar em contato com ele.

Eles pararam no semáforo em que as três ruas se encontravam. Encolhida em seu banco, Mary se virou na direção da esquina empoeirada, procurando pelo grupo de mexicanos, mas a pirâmide de garrafas térmicas desaparecera. Dois homens estavam parados como sentinelas, um de cada lado do terreno na esquina, observando os carros e ainda esperando pelo último trabalho do dia ou talvez apenas esperando por uma carona para casa.

Enquanto o sol desaparecia por trás do cume do monte ao longe, Mary observou um dos homens, da sua altura, pensou, de ombros largos, com uma cabeleira negra e com a barba e o bigode aparados. Ele se inclinou para apanhar a mochila do chão e começou a andar lentamente para algum lugar desconhecido. Algo a respeito dele lhe chamou a atenção. Era o homem com quem imaginara ter trocado um olhar quando estava no banco de trás da limusine. Ele esperara. Não havia trabalhado.

Com um tom formal, Emery Carr instruiu Mary:

— A senhora deve voltar ao banco amanhã. Não estarei trabalhando, mas Lucy irá ajudá-la. Ela vai entrar em contato com o seu pessoal e resolver tudo. Alguém vai devolver a sua bolsa. Pense positivo. Tudo vai dar certo.

— Pensar positivo — disse Mary a si mesma, observando seu belo salvador dar a volta no carro para abrir a porta para ela. Antes de se despedir, ele anotou um nome e um número de telefone no verso de um cartão de negócios e colocou-o na mão dela.

— Este é um velho amigo que pode apresentá-la a alguém na sua embaixada, caso a senhora fique presa no país por causa do passaporte.

Emery Carr apanhou as sacolas plásticas, entregando-as nas mãos de Mary, e checou o relógio, antes de perguntar:

— A senhora precisa de ajuda para entrar? — Embora precisasse ou pensasse precisar, Mary podia ver que ele estava com pressa. Sacudiu a cabeça, agradeceu novamente e começou a caminhar na direção da porta do hotel.

Apanhando uma maçã fresca na fruteira sobre a mesa da recepção, registrou-se no hotel por três noites. A recepcionista pequenina ergueu uma sobrancelha quando ela pagou em dinheiro e explicou sobre a bolsa roubada, acrescentando que havia a possibilidade de alguém procurar por ela ali.

— Mary Gooch — ela lembrou à moça. — É um nome difícil de esquecer.

Mastigando a maçã, Mary foi para o elevador, parando para observar uma estante no saguão cheia de revistas e livros. Pensou em procurar algo para ler, mas sabia que não conseguiria dar nem mais um passo. Quando entrou no quarto, chutou para longe as botas de inverno, fazendo uma careta com a dor em seu calcanhar.

Lendo as instruções no telefone junto à cama, pressionou uma única tecla para acessar a linha externa e discou o número da lista telefônica, decepcionando-se ao descobrir que Jack e Eden não constavam da lista local. Não havia como entrar em contato com sua sogra. E Eden não tinha como encontrá-la. E se Gooch ligasse?

Colocou o telefone no gancho e apanhou-o novamente, discando outro número, esperando enquanto chamava. Uma voz de homem jovem atendeu.

— Alô?

Havia risadas ao fundo.

— Alô — respondeu ela. — O meu nome é Mary Gooch. Acho que você está com o meu telefone. Alô? Alô?

A ligação havia caído do outro lado. Mary respirou fundo e discou o número de seu celular mais uma vez, esperando um milagre. Quem quer que estivesse com seu telefone poderia também estar com sua bolsa. E, mesmo que a pessoa não a tivesse encontrado, mas sim roubado, talvez pudesse convencê-la a devolver as coisas que não seriam valiosas para um ladrão, como seu passaporte e sua identidade. Ela discou novamente. A voz de homem jovem respondeu. — Alô? — Mas a ligação caiu mais uma vez. A bateria.

Ela suspirou, atraída pela janela aberta e pela vista deslumbrante dos montes já escuros e imensos, começou a abrir os botões de sua blusa bonita e delicada. Não foi um amante que ela encontrou na brisa de

Golden Hills, mas um tipo diferente de salvação: o toque maternal do ar frio acalmando-lhe o corpo, acariciando-lhe o espírito. As estrelas, como jamais vira, tantas, tão brilhantes, tão próximas que poderiam chover sobre sua cabeça. Mary deixou o orgulho de lado e clamou por seu amigo Amanhã, implorando por uma última chance.

Encontrando o tubo de aspirinas em uma das sacolas plásticas da farmácia, apanhou quatro, engoliu-as de uma vez só com água e abriu uma barrinha de cereal para forrar o estômago. Pensou que não era algo muito saudável comer apenas barrinhas de cereal, então disse a si mesma que deveria comer outra maçã quando voltasse ao saguão. Sua bolsa desaparecera. Nada de telefone. Não podia entrar em contato com Eden. Eden não tinha como achá-la. Sem dinheiro. Sem identidade.

Um plano. Precisava elaborar o próximo plano. Tão óbvio como o cálculo de *calorias que entram* versus *calorias que saem* e a regra de três, estava claro que uma pessoa precisava ter um plano. Despindo-se até ficar apenas com a roupa de baixo, atirou-se na cama e fechou os olhos.

Vivendo o sonho

Foi Irma quem apareceu nos sonhos de Mary, não como era agora, mas como fora um dia, vestindo cardigã com cinto e usando batom cor de ameixa nos lábios finos contraídos.

— Mary — dizia ela ao volante de uma limusine comprida. — Oh, Mary! Você está coberta de sangue!

Olhando para baixo, Mary viu manchas frescas de sangue na frente de sua blusa branca.

— Vai sair — disse ela.

— Não, querida. Não uma mancha de sangue. Nada tira manchas de sangue — disse Irma por sobre o ombro, sem prestar atenção na estrada escura. De repente, Gooch estava lá, abanando os braços freneticamente, atingido pela limusine e caindo por sobre o capô como um animal atropelado.

Com o coração aos saltos, Mary acordou assustada, sem conseguir ver o teto rachado sobre sua cama e vislumbrando o amanhecer por sobre os montes pela janela do Pleasant Inn. Quanto tentou se levantar, foi impedida por uma dor aguda entre os olhos. O lugar onde batera a cabeça no volante. Leaford. Sylvie Lafleur. A casa de campo com papelão no vidro da porta dos fundos. Raymond Russell. Wendy. Kim. Feragamo. Oakwood. Não podia confirmar ou negar a existência daquela outra vida, mas se lembrou de que, em sua atual encarnação, além de seu marido, também perdera sua bolsa.

Massageando a cabeça dolorida, ergueu-se da cama e, depois de engolir algumas aspirinas e comer uma barrinha de cereal, foi ao banheiro, onde lavou a roupa de baixo e o bonito conjunto de saia e blusa que Frankie lhe havia vendido com o sabonete francês que encontrara sobre a pia. Pendurou as roupas, depois de torcê-las, nas costas das cadeiras perto da janela, onde estariam expostas ao sol, e torceu pelo milagre de uma secagem rápida.

Voltando para o banheiro, ligou o chuveiro e ajustou a temperatura da água para morna, alegrando-se ao ver uma pequena cesta com todos os itens de higiene que o hotel oferecia aos hóspedes para que sua estadia fosse mais confortável. Havia xampu e sabonete líquido, um kit para engraxar sapatos e, para seu enorme alívio, uma escova de dentes e um pequeno tubo de pasta. Escovou os dentes rapidamente, enquanto o espelho ficava embaçado.

Sob o jato forte do chuveiro, ensaboou o corpo dolorido. Depois de enxugar a pele e os cabelos com a toalha branca macia, parou para ver sua imagem nua no espelho de corpo inteiro atrás da porta.

— Eu sou Mary Gooch. — Ouviu a si mesma dizer, ainda que soubesse ser uma pessoa completamente diferente. Cabelos vermelhos flamejantes na altura dos ombros e repartidos do lado. Um rosto muito bonito. Estudou suas formas, que haviam mudado de dimensão. Aquele não era o corpo que tirara uma soneca confortável sobre o tapete, mas sim o que viajara milhares de milhas num avião e que havia escalado metade de um monte.

Encontrou os frascos de protetor solar na sacola plástica e ficou na frente do espelho para aplicá-lo. Mary espalhou a loção branca no rosto, onde Gooch a havia beijado. E no pescoço, onde ele havia sussurrado coisas indizíveis. E nos ombros, que ele havia acariciado. Imaginou-se junto a Gooch, tomando sol no convés do navio durante um cruzeiro ao Caribe, passando o protetor solar para ele com um beijo, ronronando:

— Você pode passar nas minhas costas, querido?

Enquanto a loção desaparecia em sua pele, Mary aplicava mais. Tinha uma linda pele clara, ainda intocada pelos raios nocivos do sol. Outra pequena misericórdia. Aplicou a loção no peito, espalhando o creme pela área do decote, e, como se sua mão pertencesse a outra pessoa, observou os dedos nervosos percorrerem seus seios enormes, caídos. Ela tremeu ao tocar a aréola, grande como um pires, e beliscou o mamilo róseo levemente.

Mary arrumou a cama, embora soubesse que a camareira do hotel viria ao quarto mais tarde com o mesmo propósito, também arrumou a bagunça que fizera no banheiro. Não conseguiu decidir se estava ansiosa porque Eden não tinha meios de entrar em contato com ela ou porque suspeitava de que sua sogra não tivesse a menor intenção de fazê-lo.

Checou o relógio. Primeiro, uma ida ao banco para resolver o acesso a seus fundos. Depois cuidaria dos problemas Eden, bolsa perdida e telefone não listado. Tentou não pensar além do plano, no longo dia à sua frente e na noite solitária no hotel esperando notícias de Gooch.

Num armário, encontrou um ferro de passar e uma prancha, e decidiu que o Pleasant Inn deveria ser um bom hotel para oferecer tantas comodidades. Passou a blusa delicada na temperatura mínima, com medo de estragar o tecido fino com um ferro no qual não confiava, e, depois de passar a roupa de baixo, vestiu as roupas ainda úmidas. Mesmo com o peso de suas horríveis botas de inverno e, embora sentisse que o ferimento estava sangrando novamente, Mary, de modo misterioso, se sentia mais leve.

Parando na recepção, apanhou uma maçã na fruteira e explicou seu problema à recepcionista do turno da manhã.

— Fui eu quem perdeu a bolsa. O xerife sabe que estou aqui. Sou Mary Gooch. Você pode chamar um táxi para mim?

A moça franziu a testa.

— Vai demorar entre meia hora e quarenta e cinco minutos.

— Oh.

— Aqui não é Nova York.

— Não — concordou Mary e foi até as grandes cadeiras perto da janela para esperar. Sua atenção foi atraída pela estante, onde viu, como se fosse um milagre, o best-seller que começara a ler no avião e que perdera junto com a bolsa. Sem ter certeza se deveria registrar o empréstimo do livro, como numa biblioteca, ela se aproximou do balcão e perguntou:

— Posso ler este livro?

— Uh-hum — respondeu a moça sem erguer os olhos da tela do computador.

— Preciso pagar? Preciso me cadastrar?

— Não, eles são para os hóspedes. A maioria é do clube do livro. Aqui é um dos lugares favoritos das pessoas para deixá-los.

— Clube do livro? — perguntou Mary, sem entender.

A jovem ergueu os olhos, sorrindo, apesar da irritação.

— As pessoas deixam livros umas para as outras. Acontece no mundo inteiro. O clube do livro. — Ela poderia ter terminado com o bordão adolescente "*dã*".

— Por quê?

— Para compartilhar livros. — Mais uma vez... *dã*.

Ao encontrar uma poltrona de couro espaçosa em que poderia ler confortavelmente enquanto esperava, Mary apreciou a ideia de que um completo estranho deixara o livro para o entretenimento de outro completo estranho e pensou nos volumes compartilhados nas trocas. Encontrou rapidamente a página na qual interrompera a leitura no avião e mergulhou novamente no drama familiar, temendo pelo filho adolescente que havia perdido o rumo, zangada com o pai que tomara uma jovem amante e torcendo pela heroína acusada de um crime que não cometera. Quando o táxi chegou, uma hora depois, desejou ter mais três minutos para terminar o capítulo.

O motorista era um tanto mal-humorado e silencioso, uma combinação agradável que Mary resolveu não levar para o lado pessoal. Ele poderia estar preocupado com uma série de coisas. Deprimido por vários motivos. Poderia estar sozinho. Cheio de autorrecriminação. Talvez sua família tivesse morrido. Talvez, como ela, tivesse chegado recentemente de uma terra distante e não tivesse mais certeza de quem era.

Com a manhã avançando em Golden Hills, Mary estava feliz pela chance de poder sentar em silêncio no banco de trás do táxi e ler sua própria história de vida, que por tantos anos parecera tranquila e sem enredo, mas que agora parecia estar no centro de um redemoinho de ação. Estava ansiosa para escrever o próximo capítulo, prevendo os próximos passos. Um Escalade preto brilhante, modelo que era um verdadeiro bebedor de combustível (Gooch teria se permitido a indulgência ao alugá-lo), estaria estacionado atrás do Prius, na casa de Eden em Willow Drive. A porta se abriria e ele estaria lá, mais alto do que Mary se lembrava. Não ficaria surpreso ao vê-la. Estaria esperando. Uma ruga em sua testa imploraria o perdão dela; um erguer de ombros e um leve sorriso diriam *Ah, a vida.*

Quando o táxi parou no cruzamento, viu os mexicanos, muito mais do que no dia anterior, reunidos em torno do poste que apoiava a barraca. Uma caminhonete marrom entrou no estacionamento, deixando atrás de si uma nuvem de poeira dourada. Mary levou um instante, enquanto a poeira baixava, para ver os homens se engalfinhando; momentos antes eram camaradas, e agora eram competidores pela chance de um dia de trabalho. Quando a caminhonete ficou lotada, os outros voltaram para a reunião junto ao poste, observando a estrada em busca do próximo empregador.

Enquanto o táxi percorria a rua principal, Mary ficou novamente espantada com o volume de carros, mas também surpresa ao ver gente nas calçadas ou ciclistas pedalando atrás do carro, vestidos como os atletas do Tour de France a que Gooch gostava de assistir pela televisão, inclinados sobre os guidões, magros e sérios. Os pedestres estavam vestidos com roupas de trabalho, ouvindo música em seus fones de ouvido, balançando os braços, andando rápido. A maioria era magra, mas nem todos. Uma mulher, não tão grande quanto Mary, mas com uma massa corporal inaceitável, estava descendo a rua de cabeça erguida, olhos focados num ponto fixo, ignorando ou talvez celebrando a pele molenga em seus ossos. *É isso aí, garota*, pensou Mary e desejou poder dizer aquilo de forma tão convincente quanto faziam as outras mulheres.

Pagou ao taxista e lhe deu uma gorjeta generosa, embora achasse chocante ter de pagar dezessete dólares para ser transportada por uma distância tão curta. Se permanecesse em Golden Hills durante algum tempo, teria de encontrar um meio de transporte mais barato. Tinha de haver um ônibus. Será que todas as babás e empregadas tinham carros? *As empregadas!* Percebeu que se esquecera de deixar dinheiro na cama para as camareiras. Mary prometera a si mesma que, se ficasse em um hotel, daria uma gorjeta às camareiras, por causa de uma conversa anos antes, durante uma partida de baralho, em que François acusara Pete de mesquinhez quando, em uma viagem de férias ao México com outros casais, ele se recusara a deixar dinheiro na cama. Gooch, que ficava em pousadas quando precisava, concordara.

— Você devia dar uma gorjeta às camareiras, Pete. Não seja pão-duro.

— Não sou pão-duro! Jesus, todos parecem estar com a mão estendida! Odeio isso! Odeio esses caras que querem carregar nossas malas! Odeio esses banheiros em que um cara quer 1 dólar só para lhe entregar uma maldita toalha de papel!

— Pense dessa forma, Pete — dissera Dave —, todos querem ser você.

— Todos ainda desejariam estar no meu lugar, imaginando quando seriam demitidos da fábrica de carros? Danem-se! Sejam eu.

— Então você dá uma gorjeta ao garçom que lhe traz uma garrafa de vinho, mas não quer dar uma moeda para a senhora que limpa o ralo da sua banheira? — perguntara Gooch, rindo, tentando dissipar a tensão.

— Ele também não deu gorjeta aos garçons — reclamara Wendy. — Foi muito constrangedor

— Este nem mesmo é o meu país! — gritara Pete, por sobre o murmúrio geral.

Como o banco ainda não estava aberto, Mary decidiu dar um passeio pela praça. Atravessando o estacionamento, viu um Prius branco parado na frente da delicatéssen e se lembrou do que Eden dissera a respeito de combinar de encontrar Gooch em algum lugar público para poupar Jack. Fez um esforço para olhar pela janela e observar os fregueses nas mesas chiques da delicatéssen. Gooch e Eden não estavam entre eles.

Observando a praça, Mary esperou ver seu marido pródigo e os cabelos escovados de sua sogra emergindo por trás da fonte ou saindo da cafeteria onde se haviam despedido afetuosamente. Seus olhos percorreram o mar de carros no estacionamento; parecia-lhe que os poucos carros que não eram utilitários esportivos eram Prius brancos e brilhantes.

Sem ver sinal de Gooch, encontrou um banquinho do lado de fora do banco e se sentou para respirar o ar da manhã. Eden dissera que Golden Hills ficava próximo do mar o suficiente para não sofrer com a famosa poluição do Los Angeles. Mary fingiu poder sentir o cheiro do oceano a distância, salgado e doce ao mesmo tempo. Embora estivesse mal-alimentada, com os músculos doloridos por causa do esforço incomum e mesmo apesar do desaparecimento de seu marido e de sua bolsa, achou que se sentia melhor do que em muito tempo.

A poucos metros do banco, o restaurante fast-food começara a grelhar frango, e Mary observou a fumaça cinzenta e engordurada subir sobre as telhas do prédio. Atrás do restaurante, um grupo de pássaros pretos grasnava, planejando um ataque às latas de lixo do lado de fora. Corvos. Marys. Gays. Eles estavam por toda parte. Aqueles corvos, no entanto, como o restante da população, pareciam geneticamente modificados, uma mutação feliz que os tornava maiores, mais fortes e mais pretos. Batiam as asas por entre as enormes latas de metal, cobertas com pesadas tampas com ferrolho. Um pássaro parecia dizer ao outro: "Não há jeito de entrar!"

Mary olhou em volta. Não havia latas de lixo transbordando na vizinhança. Naquele mundo de poucas oportunidades para os corvos, com a evidente atitude cidadã de limpeza, Mary se perguntou o que os pobres pássaros comiam. Migalhas? Desejou ter alguns farelos de pão para atirar na grama. Seu medo de corvos, percebeu, sempre fora o medo de voar.

Um comboio de vans azuis começou a sair do estacionamento na frente de uma agência de serviços de transporte ao lado da farmácia. Estava observando as vans quando uma mulher de meia-idade, sorridente e atraente, com um crachá em que se lia *Lucille Alvarez*, apareceu para abrir a porta do banco às dez em ponto. Mary viu aquilo como um sinal de que, como Emery Carr prometera e como ela prometera a si mesma, tudo daria certo.

Entretanto, o telefonema para o seu banco, que Mary percebeu que poderia ter sido dado por ela mesma, de seu quarto de hotel, dizia o contrário. Como não tinha identificação, sua identidade não podia ser verificada. Pior, era uma completa desconhecida para o pessoal do banco em Leaford. Precisou se controlar para não dizer "Eu sou a mulher gorda".

Quando lembrou ao gerente que estivera no banco havia apenas uma semana e que fora atendida por uma novata, ele simplesmente lhe ofereceu desculpas por não poder ajudar e disse que ela precisava fornecer mais provas de identidade. O tom dele se tornou desconfiado quando ela só foi capaz de lhe dar as informações mais óbvias e acessíveis sobre a conta. Ao ouvir as perguntas sobre a escola em que Gooch fizera o primário ou o nome de solteira da mãe dele (alguma coisa ucraniana) ou seu código de acesso, ela ficou pasma. Quando Mary foi incapaz de repetir o número de sua conta, o tom do gerente ficou gélido. Uma conversa com outro gerente, que não estava disponível no momento, seria o próximo passo.

O gerente do banco em Leaford sugeriu que Mary telefonasse novamente dentro de uma hora. Ela lhe disse que esperaria duas. Por mais frustrada que estivesse com seu fiasco financeiro, estava ansiosa para ir à casa de Jack e Eden e saber se tinham notícias de Gooch. Saiu do banco e pegou duas garrafas de água na pequena geladeira do saguão para beber no caminho.

Os Montes Highlands se descortinavam à frente de Mary. Já suando, preparou-se para a subida. Levantar a perna. Pôr o pé no chão. Balançar os braços. Levantar a perna. Pôr o pé no chão. Balançar os braços. Parar. Descansar. Beber água. Subir mais e mais. Beber água. Subir mais. Balançar os braços. O coração precisa bater. Mais alto. *Respirar*.

Na calçada, em frente a uma daquelas casas enormes em Willow Lowlands, parou para tomar mais aspirina. Piscou e viu um rosto familiar: a mãe do estacionamento, seguida por aquele diabinho, Joshua, e seus dois irmãozinhos (eram trigêmeos), saindo de um Lincoln Navigator preto estacionado ao lado de uma caminhonete Dodge Ram branca e gigantesca na frente de uma mansão de dois andares. O porta-malas estava aberto, cheio de sacolas de papel repletas de compras. A mulher, vestindo um jeans azul e um pulôver sem mangas, usando a quantidade certa de joias de prata, carregava duas sacolas nos braços nus e torneados. Atrás dela, seguindo a mãe como patinhos, os três menininhos louros entoavam uma canção e riam. Mary podia ver um grande e desengonçado cachorro indo na direção da garagem.

Observando a mulher com seus cabelos louros macios e seu rosto bonito, Mary sentiu-se corar de raiva, um desejo de vingança, uma vontade quase incontrolável de gritar por causa de sua bolsa perdida e de todos os problemas que a negligência daquela mulher lhe havia causado. Mas controlou seus instintos. Não iria fazer uma cena na frente das crianças e podia ver agora, com a alta definição da vergonha, a total inutilidade da culpa. Continuou a observar a cena a metros de distância, invisível aos olhos da mãe, ouvindo-a chamar os meninos.

— Ajudem a mamãe a carregar as compras.

— Não! — gritaram eles.

— Ajudem a mamãe e vocês vão poder assistir à televisão. Carreguem algumas sacolas e preparo sundaes para vocês.

Wendy e Kim tinham os mesmos métodos curiosos de educação. *Deixe a mamãe conversar com a tia Mary e vamos parar para comprar chocolates no caminho de casa.* Mary supunha que sua própria mãe, tão ocupada, fizera o mesmo, deixando pacotes de guloseimas compradas no supermercado sobre a mesa para Mary lanchar depois da escola, fingindo não perceber quando a filha comia tudo o que via pela frente;

oferecendo petiscos proibidos, como recompensa pelo silêncio da filha. "Não conte nada ao seu pai. Vamos ao Oakwood para tomar um sorvete caramelado." Ou "Fique quieta enquanto eu experimento estas roupas e depois eu lhe compro um hambúrguer".

Educação permissiva. Crianças no controle. Recompensas para pirralhos mimados. Julgava as mães com certa dureza pela falta de controle delas, mas acabou concluindo que seria tão fraca quanto elas e que provavelmente também ofereceria comida como recompensa para as menores expectativas realizadas ou para silenciar sua própria culpa.

Mary pensou em seus ancestrais arando com as mãos o solo fértil de Leaford. O que as mães e os pais pioneiros teriam dito quando as crianças reclamavam de ter de mover pedras e arrancar raízes, perguntou a si mesma. *Trabalhe duro, e sobreviveremos mais um dia.*

O menininho, Joshua, virou-se de repente e a viu. A mãe também se virou para ver o que ele estava olhando e ficou espantada ao ver Mary de pé na calçada, vestindo seu conjuntinho delicado e as botas pesadas de inverno.

— Olá — disse a jovem, desconfiada.

— Olá — respondeu Mary.

— A senhora é a mulher do estacionamento.

— Sim.

A moça apertou os olhos.

— A senhora mora em Highlands?

— Estou visitando os meus sogros. Eles moram no fim da rua — explicou Mary, apontando com a mão e enxugando o suor da testa com a outra.

A jovem colocou as sacolas de compras no chão com um sorriso de desculpas quando ela se aproximou.

— Acho que não lhe agradeci.

— Você estava muito ocupada — ponderou Mary, enquanto os meninos empurravam uns aos outros na grama macia, gritando e pulando, numa confusão de braços e dentinhos afiados.

— Joshua, Jeremy, Jacob! — gritou a mãe, apresentando os pestinhas. — Onde está o cachorro?

— Está na garagem — disse Mary, por sobre os gritos dos moleques.

— Parem, meninos! Meninos! — A mãe bateu palmas, e mais uma vez ao ver que a confusão continuava. — Joshua! Jacob! Jeremy!

— Eles são adoráveis — disse Mary para suavizar sua dureza.

— Conheço os seus sogros? — perguntou a mulher, rendendo-se.

— Talvez conheça. Esta é uma cidade pequena.

— Jack e Eden Asquith?

— Conheço Jack — disse ela, e ficou claro, pela expressão em seu rosto, que também conhecia o prognóstico dele. — Ele era o dono da loja de suprimentos para animais. Frequentou a escola com o meu pai no leste. Como vai ele?

— Não muito bem — respondeu Mary.

— De onde a senhora é? — perguntou a mulher, tentando não olhar para as botas de inverno de Mary.

— Do Canadá. — Mary esperou, pelo bem de seu país, que não fosse considerada uma embaixadora da moda.

— A senhora deve estar gostando do tempo — disse a mãe e então percebeu que Mary estava suando. — Pensei que Jack tivesse apenas filhas. A senhora deve ser...

— Sou a esposa de Gooch. A esposa do filho de Eden.

— E a senhora e o seu marido vão ficar aqui até Jack...

— Estou aqui sozinha.

O celular da mulher tocou dentro da bolsa de couro, e ela pediu licença para atender. Depois de uma conversa rápida e meio tensa, desligou, explicando seu tom a Mary. — Eu tenho uma reunião da Lydia Lee esta noite. A senhora sabe, a empresa de vendas de joias em domicílio? — Ela tirou um cartão de visitas da bolsa. — Foi a agência de babás que telefonou, avisando que vão mandar uma moça nova hoje. — Ela se virou para os trigêmeos engalfinhados na grama, completando tristemente: — Os meninos não gostam de babás novas.

— Não! — gritou um deles para os irmãos, como se confirmasse a afirmação da mãe.

A mulher sorriu, oferecendo a mão delicada, com as unhas bem-feitas.

— Sou Ronni Reeves.

— Mary Gooch — disse Mary, apertando-lhe a mão, chocada com o contraste de sua mão gorda e áspera com os dedos delicados da moça.

— Prazer em conhecê-la, Mary Gooch. Obrigada novamente pelo outro dia. Mande minhas lembranças ao Jack. Vamos, meninos.

Mary os viu desaparecer dentro de sua casa imodesta: vivendo o sonho.

Abundância de comida

Descendo a rua, Mary viu o Prius branco estacionado na entrada da pequena casa dos Asquith, mas não havia sinal de outro carro. Talvez Gooch tivesse pegado uma carona. Ela imaginou seu marido grandalhão sentado no sofá caro, ao lado da mãe, descrevendo a vista das trilhas de escalada, expressando sua vontade de reconciliação com a esposa. Os pés dela estavam quentes dentro das botas e pegajosos do sangue que escorria do ferimento.

Chegando finalmente à porta, tocou a campainha. Quando ninguém atendeu, começou a ficar impaciente. Mary tocou a campainha outra vez. Depois de um instante, Eden abriu uma fresta da porta.

— Oh, Mary. É *você*.

— Olá, Eden, desculpe-me por incomodá-la...

— Você não pode aparecer e bater à minha porta todos os dias até ele ligar, Mary. Já temos muitos problemas por aqui.

Havia um silêncio de morte dentro da casa. Nenhum som do micro-ondas, nenhum barulho de carro, nenhuma respiração.

— O Jack está...?

— Está dormindo. Chita telefonou avisando que está doente, e preciso preparar a comida para o círculo de orações. Eu disse que lhe telefonaria e vou telefonar.

— Perdi meu telefone.

— Você perdeu seu telefone?

— Bem, na verdade, perdi minha bolsa.

— Você perdeu sua bolsa!

— Só queria avisá-la que estou hospedada no Pleasant Inn, para o caso de você precisar entrar em contato comigo.

— Todos os seus documentos!

— Eu sei.

— Seu cartão do banco?

— Estou resolvendo isso.

— Certo, Mary, bem, ligo para você no hotel se tiver notícias de Gooch. Realmente tenho muito que fazer.

— Mas não tenho o *seu* número. Preciso do seu número. Não está na lista.

— Foi um sacrifício pagar uma taxa extra para tirar o nosso número da lista — queixou-se Eden. — Mas o telefone não parava de tocar. Pobre Jack. Você está deixando o calor entrar. — Abriu a porta e foi para o corredor, fazendo um gesto para que Mary a seguisse enquanto pedia silêncio, levantando o dedo. Nos fundos da casa, entraram em uma cozinha atravancada com portas de correr de vidro que davam para um pequeno pátio e para uma piscina verde e malcuidada.

Eden encontrou uma caneta e uma folha de papel e anotou o número com dedos que pareciam garras. Em seguida, começou a tirar as compras das sacolas sobre a mesa. Mary percebeu que havia pratos na pia. As latas de lixo e de reciclagem estavam cheias.

— Não quero que o Jack encontre você aqui e comece a fazer perguntas. É muito cansativo para ele pensar ultimamente — disse ela.

— Posso imaginar — respondeu Mary, tirando a garrafa pesada de suco das mãos de Eden e os legumes e verduras das sacolas sobre o balcão.

— É a Chita quem normalmente faz isso. Eles esperam mais do que chá gelado e bolachas por aqui. Você deve dar um banquete.

— Oh.

Subitamente percebendo o calçado de Mary, Eden lançou-lhe um olhar condenatório e desapareceu no corredor, voltando em seguida com um par de chinelos pretos, que ofereceu a ela.

— Você não pode usar essas botas na Califórnia.

Mary assentiu, agradecida, tirou as botas e tentou calçar os chinelos ainda de meias.

— Tire as meias — bufou Eden.

Mary se sentou em um dos banquinhos perto do balcão, lutando para alcançar os pés por sobre o estômago enorme, esperando que a sogra não notasse o esforço.

— Pelo amor de Deus, Mary — disse Eden, sacudindo a cabeça. Ela se abaixou, fazendo uma careta enquanto ajudava Mary a tirar suas meias úmidas e manchadas, e ficou perturbada ao ver o calcanhar sangrando. — Isso precisa ser desinfetado.

— Eu sei.

Eden suspirou, vasculhando as gavetas, à procura da pequena caixa de primeiros socorros.

— Espero que tenhamos esparadrapo suficiente. — Era óbvio que Mary não tinha condições de fazer seu próprio curativo, então Eden puxou uma cadeira para perto do banquinho e colocou o pé gordo da nora no colo. — Você já foi a uma pedicure algum dia?

Mary sabia que a pergunta era retórica. Observou o rosto sério de Eden enquanto a mulher mais velha limpava o corte de forma um tanto rude.

— Eden?

— Sim?

— Você vai me avisar quando Gooch telefonar, não vai?

— Eu lhe disse que sim.

Mary fez uma pausa.

— Heather disse que você mentiria por ele.

— Heather disse que *eu* mentiria! — riu Eden.

— Ela parecia muito bem, Eden. Heather parecia bem.

Eden teve o cuidado de não erguer os olhos.

— Foi o que Jimmy disse — admitiu ela.

— Parou de fumar.

Eden deu uma risada irônica, mas continuou sua tarefa, limpando o corte e aplicando antisséptico, e não fez perguntas sobre sua filha rebelde. Mary se perguntou se Gooch havia contado à mãe sobre o filho que Heather encontrara, e ela estava prestes a dar a notícia à sogra quando percebeu que Eden tinha dificuldades em abrir o esparadrapo com as mãos desajeitadas.

— Deixe, eu faço isso.

Antes de devolver o esparadrapo a Eden, os olhos de Mary encontraram os dela.

— Obrigada.

— Não estava tão ruim quanto parecia.

Mary colocou os pés nos chinelos, ainda um pouco apertados.

— Acho que nem pensei em fazer algumas compras depois que perdi a bolsa com tudo.

— Espero que você não venha me pedir dinheiro.

— Não. — Mary observou Eden abrir a geladeira, estupefata ao ver a abundância de comida, já que parecia que aquela mulher frágil e seu marido doente viviam de pouco mais que esperança.

— É que andei passando cheques a semana inteira e mesmo que eu quisesse...

— Não, Eden, não. Não preciso de dinheiro. Tenho certeza de que o banco em Leaford vai resolver tudo. Ou alguém vai devolver a minha bolsa. O escritório do xerife já pode até estar com ela.

— Preciso começar a preparar a comida. — Eden apanhou uma faca, mas seus dedos tortos já não tinham tanta firmeza, e a faca caiu sobre o balcão com um ruído alto.

Mary a interrompeu.

— Eu faço isso.

— Eles estão esperando um banquete — lembrou Eden a ela, observando Mary procurar no armário por uma tábua de cortar, grata demais para protestar.

— Qual é o seu nome de solteira, Eden? — perguntou Mary, lembrando-se de que aquela fora uma das perguntas do gerente do banco

— Por quê?

— O banco me perguntou. Para verificar o acesso à minha conta. O nome da escola primária de Gooch. O nome de solteira da mãe dele. Preciso voltar para o banco quando sair daqui.

— Escola Primária Católica St. Pius. E eu fui deserdada pela minha família. — A família de Eden era do oeste do Canadá; seu pai era fazendeiro e sua mãe costureira. Filha única, saíra de casa aos 15 anos, casara-se aos 17 e ficara viúva aos 20, antes de conhecer James Gooch num restaurante em Ottawa. Seus ancestrais eram ucranianos. — O nome do meu pai era Gus Lenhoff.

Mary sentiu o peso que aquela resposta carregava; o que quer que tivesse acontecido entre Eden e sua família, a sogra ainda não conseguia, uma vida inteira depois, considerar aquele nome seu. Mary gostaria de perguntar sobre os detalhes daquela separação, mas viu que a outra mulher estava frágil demais para esse tipo de lembrança.

No refrigerador, Mary encontrou morangos e melões frescos, além de alguns queijos caros, ovos cozidos, carne temperada e azeitonas. Algumas semanas antes, teria devorado tudo aquilo, engolindo de uma vez colheradas de morangos, mastigando o queijo com voracidade, completando com o pão baguete, arrotando em seguida e querendo mais. Agora, entretanto, olhava para toda aquela comida como se fosse uma aquarela e precisasse decidir que cores iria misturar e usar. Morangos cortados decorando fatias de queijo de cabra sobre torradas. Presunto defumado em rolinhos sobre fatias de melão.

— É a Chita quem faz as compras normalmente. Precisei ir esta manhã e deixar Jack sozinho — explicou Eden. — Nunca me perdoaria se aquele homem morresse sozinho.

Mary imaginava frequentemente como seria uma morte solitária. Um ataque cardíaco na cama enquanto Gooch trabalhava até tarde. Caindo em uma vala, em uma estrada escura. Ou sentada no vaso sanitário.

— Por que você não vai se deitar um pouco? Posso terminar tudo aqui e você pode descansar antes que suas visitas cheguem.

Eden não precisou se deixar convencer. Desapareceu no corredor, deixando Mary sozinha para preparar o banquete. Enquanto Mary cortava, picava, enrolava e fatiava, lembrava-se de milhares de sugestões de receitas das páginas das revistas, que sempre prometia ao Amanhã que faria; mas sua boca esfomeada fora sempre muito impaciente. Mary comia diretamente de sacolas, pacotes ou latas. Suas receitas eram do tipo "Esvazie o conteúdo na panela e mexa sobre o fogo médio" ou "Coloque no micro-ondas na temperatura alta por 11 minutos" e não envolviam cortar, picar e caramelizar. Talvez fosse mais parecida com Irma do que pensava. Talvez Gooch estivesse certo todos aqueles anos, e ela não gostasse realmente de comida.

Horas mais tarde, quando Mary já havia preparado a comida e lavado os pratos, Eden apareceu, lançando um olhar crítico sobre a cozinha.

— Nós usamos os pratos azuis — disse ela. — Mas assim está bom.

O som da tosse de Jack por trás da porta fechada de seu quarto fez Mary estremecer. Eden franziu o rosto e disse:

— É melhor que ele não a veja, Mary. Você tem o nosso número agora. E realmente deveria ligar antes de vir.

— Sim, farei isso.

— Poderíamos estar ocupados com alguma coisa.

— Sim, é claro.

— As manhãs são piores. Uma hora terrível para receber visitas. Terrível.

O telefone tocou, rompendo o silêncio. Eden atendeu.

— Alô? Sim? Alô? Não estou ouvindo. Alô? — Ela desligou, explicando a Mary: — A ligação caiu.

— Caiu?

— Acontece o tempo todo.

Mary saiu da casa pensando na ligação perdida. Poderia ter sido Gooch. Consultou o relógio, percebendo que tinha apenas uma hora para chegar ao banco antes que os bancos canadenses fechassem. Implorou a seus pés para caminharem mais rápido, grata pelo consolo de seus chinelos pretos confortáveis.

Um estado de desconexão

Mary subiu novamente a rua, com os pensamentos cheios de suspeitas, incapaz de se livrar da sensação de que seu palpite estava certo sobre Eden proteger Gooch. Por que teria dito a Mary para não aparecer sem avisar e que eles poderiam estar ocupados com alguma coisa, se Eden e o marido moribundo estavam obviamente no fim de suas forças? E por que diria que as manhãs eram a pior hora do dia, quando estava escrito em seu rosto que todos os momentos eram horríveis? Mary teve a súbita certeza de que o telefonema havia sido de Gooch, e não uma ligação que caíra.

Chegando à fonte no meio da subida, fez uma pausa, mas não se sentou na beirada rochosa. Não havia ciclistas na estrada nem pessoas andando pelas calçadas. Já era a metade da tarde e estava muito quente para qualquer atividade física. Era por isso que as pessoas da área sempre corriam, pedalavam ou caminhavam pela manhã. Tinham seus horários de atividade, como animais em um zoológico. Mary podia ouvir o barulho dos aspiradores de folhas e cortadores de grama ao longe — eram os trabalhadores. Não estava quente demais para eles? Deu mais alguns passos, agradecendo à gravidade por ajudá-la a descer, e, quando chegou ao final da rua, só foi capaz de concordar com seu corpo, que jurava não poder dar nem mais um passo.

Encontrou uma palmeira alta para se apoiar, aliviada ao recostar seu peso contra o tronco áspero. Contudo, a árvore não ofereceu alívio contra os raios quentes do sol, e Mary se sentiu tonta com o calor. Talvez aquele fosse outro sonho, um pesadelo sobre uma distopia inabitada. Se houvesse carros a seu redor, ela talvez tivesse se atirado na frente de um. *Um estado de coma*, pensou, uma inconsciência passageira da qual acordaria e veria a rachadura em seu teto e Gooch a seu lado.

— Alguém faça isso por mim — ouviu-se dizer baixinho. — Eu não consigo. Não posso continuar.

Olhando para o azul perpétuo do céu, Mary falou com Deus, dando-lhe uma deixa. *É agora que Você deve enviar um salvador relutante. Uma resposta às minhas preces.* Mas não houve milagre. Não havia Grande Avi em sua limusine preta. Nem um mexicano em uma caminhonete vermelha e empoeirada. Nem Gooch gritando às suas costas:

— Eu andei procurando por você em todo lugar!

Então, onde estava Deus quando precisava Dela? Assistindo extremas-unções no Terceiro Mundo? Ou o círculo de orações dos Asquith? Celebrando a vitória divina de algum time esportivo? Mary se afastou da palmeira e começou a caminhar novamente na direção do banco. Ela precisava. E foi o que fez. Então, Deus veio; não com asas, mas com o ato em si. Ou era insolação. Mary massageou o ponto dolorido entre seus olhos.

Perto da praça, percebeu que caminhara o restante do percurso em um estado de desconexão. Mary não era nada além da respiração e do movimento de seus músculos, uma meditação ruminante. Só agora sentia as bolhas causadas pelos chinelos apertados.

Chegando ao banco, abriu a porta e se entregou aos cuidados do belo e louro Cooper Ross, que a ajudou a se acomodar no sofá de couro, ligou o telefone a seu lado e até mesmo discou o número de seu banco em Leaford.

Como o gerente do outro lado da linha não fora informado sobre sua situação, foi obrigada a repetir toda a história triste, incluindo os detalhes entediantes; nome, endereço, número para contato. Com o cérebro sofrendo com a falta de nutrição, não conseguiu se lembrar do nome da escola primária de Gooch, St. Alguma Coisa. Nem do nome de solteira da mãe dele; "Gustoff" estava incorreto, embora estivesse certa de que Eden lhe dissera exatamente aquilo. O gerente insistiu que não podia liberar fundos para ela ou revelar qualquer detalhe de sua conta até que fornecesse uma identificação apropriada e pudesse enviar os documentos via fax aos cuidados dele. Ela pensou no número que Emery Carr lhe dera, de alguém que trabalhava na embaixada canadense.

Pediu mais um favor antes de se levantar do sofá: que lhe chamassem um táxi para voltar ao hotel.

— Pode levar até uma hora — disse Lucy. — Aqui não é Nova York.

Mary não podia esperar uma hora. Por mais que temesse passar outra noite sozinha no hotel, sabia que não podia ficar sentada naquele sofá de couro, naquele banco frio, por mais um minuto. Agradeceu aos funcionários e foi para a porta.

Do lado de fora, com os pés doendo nos chinelos apertados, Mary mal podia arrastar as pernas pela rampa do estacionamento. O sol atingia seus olhos como raios laser. O estacionamento. A bolsa. Certamente estaria ali. Deveria estar. Escondida por trás de algum carro parado. *Deveria* estar ali. Sem mais lágrimas para derramar no momento, teve vontade de rir quando percebeu que estava repetindo frases de autoajuda sobre sua bolsa.

Perto dali, um telefone tocou, lembrando a Mary que alguém poderia estar ligando para o hotel com informações sobre seus documentos perdidos. Heather. E se Heather tivesse notícias de Gooch? Heather também não tinha como entrar em contato com ela. Teria de se lembrar de ligar para o bistrô em Toronto. E Gooch? E se a ligação perdida não fosse de Gooch? Talvez ele nem sequer tivesse um telefone. E se tivesse sofrido um acidente enquanto escalava? E se estivesse perdido, sem meios de pedir ajuda? Sentiu a força familiar, centrífuga, do medo. A lembrança de patinar no rio Tâmisa. Uma estalada de chicote; a vez de Mary. Escorregada no gelo, corte na testa, Irma aparecendo com suas botas de borracha. O sangue constrangedor. A cicatriz ainda estava lá.

Poderia ter ficado ali no estacionamento, em meio a suas lembranças desesperadas, mas o calor do sol em suas bochechas rosadas era demais, e tinha certeza de que o protetor solar que aplicara já desaparecera com o suor. Não era possível ficar ali parada, ela percebeu e se lembrou de que precisava de um plano. Voltar para o hotel. Ligar para o homem que conhecia Emery Carr. Ligar para Heather. Esperar. Descansar. Conseguir uma carona para o hotel.

Exceto por perguntar aos fregueses da farmácia se precisavam de ajuda para localizar algum produto, Mary não tinha o hábito de falar com estranhos, e havia poucos deles nas ruas da pequenina Leaford. Vendo uma jovem de boa aparência abrir a porta de seu Subaru, Mary limpou a garganta.

— Com licença? Preciso ir ao Pleasant Inn, perto da rodovia. Você se incomodaria em me dar uma carona?

A jovem, mais nova do que Mary imaginara a princípio, respondeu:

— Bem, é que este é, hum, o carro do meu pai, você entende? Não tenho, bem, permissão para levar, bem, passageiros. Principalmente, hum, estranhos.

Claro, pensou Mary. Ela era uma estranha, e era apropriado que as pessoas tivessem cuidado. Mas aquela era Golden Hills, uma das cidades mais seguras dos Estados Unidos, onde bolsas não eram roubadas e estranhos davam carona a outros estranhos.

Uma mulher mais velha, usando um terno preto bem-cortado, colocava compras no porta-malas. Ela sentiu a aproximação de Mary, mas não se virou. — Com licença? Desculpe-me por incomodá-la. Preciso chegar ao Pleasant Inn e...

A mulher se virou sem sorrir.

— A farmácia tem um telefone se você precisar chamar um táxi.

— Os táxis por aqui demoram muito — explicou Mary. — Aqui não é Nova York.

— Bem, não posso lhe dar uma carona. Estou com os congelados no carro — disse a mulher, mostrando as compras como prova. — Acho que há um ônibus. Em algum lugar. Já vi os mexicanos esperando.

Uma mulher grávida empurrando um carrinho se aproximou, mas Mary não tentou falar com ela. Aprendera, havia muito tempo, a evitar mulheres grávidas, que sorriam ao ver seu estômago enorme e lhe perguntavam de maneira conspiradora para quando era o bebê. Dois golpes doloridos de uma só vez.

Outra mulher, uma senhora de meia-idade com um rabo de cavalo louro e uma expressão séria, estava caminhando na direção de um carro velho cujo porta-malas estava cheio de produtos de limpeza, esfregões e um aspirador de pó portátil. Mary se aproximou dela.

— Com licença? — A mulher se virou sorrindo, e Mary repetiu seu pedido por uma carona.

— Posso levá-la — disse a mulher com um sotaque pesado de cuja origem Mary não tinha certeza. Antes que pudesse expressar sua gratidão, outras três mulheres, todas louras e de expressão grave, apareceram em volta do carro. A primeira explicou a situação para as outras no idioma nativo; seria russo? Examinaram Mary rapidamente, demonstrando aceitação e se acomodando no banco traseiro do veículo compacto.

Em meio ao trânsito da rua principal, Mary teve uma sensação de *déjà-vu*. A bondade de estranhos. As mulheres falavam alto no idioma materno, rindo e batendo nas coxas das outras. Armênias? Mary desejou poder entender o que elas estavam dizendo e ansiou por fazer parte de sua gloriosa irmandade. O percurso foi mais rápido do que quando pegara uma carona com Emery Carr. Podia ver, pelo sol que brilhava sobre os montes distantes, que era mais cedo, ainda antes da hora do rush.

Quando a mulher que dirigia o carro estacionou perto da calçada junto ao cruzamento das três ruas, Mary não compreendeu logo que deveria andar o restante do caminho. A mulher deu um sorriso de desculpas.

— Você se importa de andar até lá? Se eu for por este caminho, a rua tem mão única; terei de voltar e esperar mais uma vez no semáforo.

— Oh.

— Não quero ficar presa no engarrafamento.

— Claro. Obrigada. Muito obrigada.

Mary acenou para as mulheres enquanto o pequeno carro se afastava e apertou o botão de pedestres no semáforo. Começou a atravessar a rua quando a luz ficou verde. Examinando a largura da rua, temeu que não fosse capaz de chegar ao outro lado antes que a luz vermelha começasse a piscar. *Mais rápido*, disse a si mesma enxugando a testa. Tão focada estava na mudança das luzes do semáforo que não ouviu os passos apressados atrás dela. Assustou-se quando um homem pequeno e moreno ultrapassou-a no cruzamento.

O que aconteceu em seguida foi rápido como um tiro — imagens em flashes. Um ângulo do homem na frente dela, camisa xadrez vermelha, cinto firmemente preso à cintura de uma calça jeans larga demais, botas de trabalho sujas e gastas. A rápida visão de uma caminhonete branca virando à direita de forma descuidada no sinal vermelho. O momento do impacto — o para-choque da caminhonete atingindo o tronco do homem. O corpo dele sendo lançado pelo ar. Caindo com um baque. O homem moreno estatelado no chão, inerte e sangrando pela boca no tapete verde do canteiro à margem da rua.

Mary foi a primeira a alcançar o homem. Ele era mais velho do que parecera de início. Ela se ajoelhou e tocou o ombro dele com delicadeza.

— Senhor? Senhor?

Ele abriu os olhos, confuso, agarrando a mão dela enquanto lutava para enxergar direito seu rosto.

— Angélica — disse ele cuspindo sangue no braço dela.

— Mary — sussurrou ela. — Meu nome é Mary.

O tempo paralisado. Segundos congelados que pareceram minutos enquanto ela olhava dentro dos olhos apavorados do homem.

— Está tudo bem — disse ela. — O senhor vai ficar bem. — Perguntou-se se seria possível que ninguém mais houvesse visto o que acontecera, já que o tráfego continuava a rugir em torno dela. Estava tudo como antes, exceto para o homem caído sobre a grama que apertava sua mão.

Com o canto dos olhos, Mary viu uma nesga de jeans avançando pela nuvem de poeira. Um par de pernas se separou da multidão e se ajoelhou ao lado dela para olhar o homem caído. A voz era grave e pesada.

— Ernesto? *Ernesto?*

Como que respondendo a uma ordem, o homem ferido ergueu-se apoiado em seus cotovelos, expectorando sangue na roupa com estampa *paisley* de Mary.

Ela ergueu os olhos e viu que a caminhonete branca estacionara na lateral da estrada e o motorista estava saindo de dentro. Ele estava na casa dos sessenta, tufos de cabelo grisalho coroavam um rosto gorducho e vermelho, braços e pernas finos, uma barriga redonda que ela queria golpear como se fosse um melão. Ele usava roupas de trabalho e, conforme se aproximou, Mary pôde ler o nome bordado no bolso da frente. *Guy*.

Guy ficou de pé ao lado deles torcendo as mãos.

— Precisamos levá-lo ao hospital — disse ele com os olhos perscrutando a via movimentada.

Mary gentilmente ergueu o rosto arranhado e exibiu o corte profundo na lateral de sua língua.

— Foi a língua dele — disse ela. — Ele mordeu a língua. — Ela pegou um pedaço de tecido de sua saia e segurou sobre a boca dele.

— Angélica — disse ele de novo, sorrindo para os olhos verdes dela.

Impaciente, o motorista deu um tapinha no ombro do outro homem.

— Precisamos levá-lo ao hospital. *Agora*. Coloque-o na parte de trás da minha caminhonete. Vai ser mais rápido do que chamar uma ambulância. *Vamos lá!*

Seu tom urgente fez Mary se arrepiar.

— Não deveríamos movê-lo — advertiu quando o homem caído estremeceu e segurou sua barriga com os braços.

Mas o outro homem ficou de pé depressa, ajudando o amigo ferido a se erguer.

— Vamos lá — disse ele, oferecendo sua mão livre para ajudar Mary a se erguer quando ficou claro que Ernesto não soltaria sua mão. Enquanto lutava para se levantar, Mary olhou para os olhos castanhos brilhantes do estranho. Era o homem que vira na esquina empoeirada. Os ombros largos. O bigode aparado e a barba. Ele retribuiu o olhar curioso de Mary num átimo de reconhecimento.

Guy foi na frente, escancarando as portas de sua caminhonete e se enfiando no banco dianteiro, no qual havia um adesivo dizendo

"Controle de armas significa que temos de usar *as duas* mãos". Ernesto agarrou-se a Mary, implorando algo em espanhol enquanto a arrastava para o veículo que os esperava. O amigo traduziu:

— Ele quer que você venha.

— Por quê?

— Ele acha que você é um anjo — respondeu o homem sem nenhum senso de ridículo e sem o menor traço de sotaque.

— Ele bateu a cabeça — disse Mary defendendo o homem enquanto entrava na parte de trás da caminhonete e se acomodava a um banco voltado para a traseira do carro, ainda apreensiva com o estado do desconhecido que fora atingido por um carro. Estava pronta para declarar que não iria quando o homem apavorado começou a sussurrar uma prece, e ela viu a si mesma refletida nos grandes olhos escuros dele. Um anjo ou não, ela fora atraída pela necessidade dele. A mãe para uma criança. A noiva para um noivo.

A caminhonete branca deixou o canteiro de pedregulhos e voltou para a avenida. Mary observou enquanto os demais homens vestindo jeans retornavam para a esquina empoeirada. Não se haviam passado nem quatro minutos desde que começara a atravessar o cruzamento e agora ela estava ali, acomodada no banco de trás da caminhonete de um estranho, segurando a mão de um mexicano que sangrava. Era isso o que acontecia a quem abandonava os caminhos seguros.

O motorista perguntou:

— Como ele está?

Ernesto apontou para suas costelas salientes, falando rápido em espanhol com o amigo que o acompanhava. Mary se virou para observar a expressão preocupada do motorista no retrovisor.

— Ele pode ter quebrado uma costela — disse ela.

O motorista olhava para a autoestrada, com a testa suada ensopando o tufo de cabelos grisalhos sobre ela.

— Algum de vocês fala inglês? *¿Hablan inglés?*

— *No, no hablamos inglés* — disse Ernesto.

— *No, no hablamos inglés* — repetiu o outro homem com os olhos fuzilando Mary.

— Vão fazer uma porção de perguntas no hospital — advertiu o motorista.

— Mas haverá alguém para traduzi-las, não?

— Não seria esse tipo de perguntas.

Mary se inclinou em seu assento para observar as placas da rua. Havia uma com o símbolo familiar indicando "Hospital" na saída seguinte. O homem passou por ela. Talvez conhecesse um atalho.

— Temo que ele possa ter ferimentos internos — disse ela ao motorista.

— Se formos ao hospital, eles vão envolver a polícia — disse ele. — *Policio*, Julio. *Policio*, Juan. — Eles não responderam. Mary não se lembrava de tê-los ouvido dizer seus nomes.

— Você é minha testemunha, senhora. Ele estava atravessando a rua com o sinal vermelho.

— Mas ainda estava *verde*! Eu também estava atravessando. Você fez a curva para a direita sem nem mesmo olhar — disse Mary, pensando *E, se conseguisse andar mais depressa, teria sido eu a atingida.* Mas não fora, com a graça de Deus.

O homem piscou, calculando seus riscos.

— Ele consegue mexer o pescoço? Como está a respiração dele?

Ernesto olhou para o amigo sem dizer nada. Mary respondeu, hesitante:

— Ele está respirando melhor. Os olhos estão límpidos. Mas eu realmente acho que ele quebrou uma costela.

O amigo disse ao motorista, com forte sotaque hispânico:

— *No hospital.*

— Mas ele deveria ser examinado por um médico — argumentou Mary.

— *No hospital* — repetiu ele, fazendo-a se calar com o olhar.

— *No hospital* — concordou Ernesto.

— *No policio. No hospitalay* — disse o motorista aliviado. — Sábia decisão, caras.

— Ele deveria fazer um raio X — disse Mary.

O motorista deu uma gargalhada.

— Você tem plano de saúde, Miguel?

Os dois homens pareceram não entender a pergunta e não responderam.

— Perto *de la avenida de los Árboles.* Hundred Oaks — disse o amigo, com o mesmo sotaque carregado. — Casa. *Por favor.*

O motorista assentiu.

— Hundred Oaks. Vamos direto para lá agora mesmo.

Ficaram todos em silêncio enquanto a caminhonete deixava a autoestrada e enfrentava o trânsito das vias públicas da cidade cheia de ladeiras irregulares e cujas condições precárias de consevação eram o preço a pagar pela negligência municipal. Depois de descerem uma avenida larga ladeada por lojas de quinquilharias, chegaram a uma vizinhança de pequenas casas feitas de tábuas onde havia bicicletas acorrentadas às cercas compondo o cenário e brinquedos de plástico jogados no quintal substituindo canteiros de rosas. As ruas estreitas não desfrutavam da sombra de orgulhosos carvalhos. Tudo o que Mary conseguiu ver foi uns poucos bordos, algumas coníferas altas e o estranho plátano. Conforme a caminhonete descia a rua devagar, cães de guarda farejavadores por trás de portões enferrujados.

O amigo de Ernesto apontou para uma casa pequena e quadrada na esquina de uma rua em que diversas crianças pulavam em torno de um irrigador de quintal sobre um trecho de grama escurecida. Mary viu várias pessoas dentro da casa através das janelas abertas e, pelas falhas da cerca do quintal, um grupo de homens reunidos em torno de uma churrasqueira enfumaçada.

Quando a caminhonete encostou junto ao meio-fio, as crianças desapareceram e o grupo de homens que Mary viu no quintal enfiou-se dentro da casa. O movimento continuou por trás das janelas quando o motorista deu a volta na caminhonete para abrir a porta. Ernesto finalmente soltou a mão de Mary. Ela desceu do veículo, observando enquanto o homem mais jovem e forte amparava o amigo até a casa. Ele parou antes de abrir a porta, lançando um olhar para Mary, um sorriso abatido que ela devolveu antes de se virar para confrontar o motorista.

— Ele deveria ter ido para o hospital.

— Ele deveria voltar para Tijuana — disparou o homem. — Agora, já que Pancho e Raul me transformaram em motorista de táxi, para onde você quer ir? E não me diga Reseda, porque não vou voltar dirigindo neste trânsito.

— Você não pode simplesmente deixá-lo dessa forma! Você nem deu seus dados a ele — lembrou Mary.

— Olhe aqui, minha senhora — a forma como ele disse *senhora* —, se tivessem apanhado esse cara na fronteira como deveriam ter feito, não estaríamos nem tendo essa conversa. Olhe aquilo ali. — Ele fez um gesto na direção da casinha de madeira, das muitas bicicletas acorrentadas ao portão. — Aposto que há uns vinte desses caras aqui.

— Vinte *desses caras*?

— Esses filhos da mãe não vão criar problemas. — Ele bateu o pé de forma ameaçadora. — A senhora vai?

— Você deveria dar dinheiro a ele — deixou escapar ela. — Para o caso de ele precisar ir a um médico.

— Eu deveria ligar para o departamento de imigração.

— Você deveria *me* dar dinheiro, então — disse ela, tremendo ao levantar a voz. — Eu anotei a sua placa, *Guy*!

Ele a encarou por um longo tempo, seus poros exalavam o odor acre da retidão moral. Apanhou a carteira do bolso e tirou um bolo de notas.

— Aqui tem duzentos dólares. E fim de papo. Isso nunca aconteceu.

Dito isso, marchou até a frente da caminhonete, acomodou-se no banco do motorista e, antes de se arrancar dali, concluiu:

— *Você* é uma porca gorda e fodida.

O insulto a machucou tanto quanto um grãozinho de areia. Era gorda. Fato. Mas não era uma porca nem uma fodida. Era Mary Gooch, uma pessoa que, rumo a seu ponto de origem, interrompida por uma ocorrência incomum, viu-se atentamente observada por um grupo de crianças mexicanas atrás de uma janela num lugar chamado Hundred Oaks. Contando o dinheiro, ela percorreu a pouca distância que a separava da casa e tocou a campainha. Depois tocou novamente, mas ninguém atendeu. As crianças estavam em silêncio atrás das cortinas. Bateu com força à porta, impaciente por estar naquela situação. Ainda teria de esperar uma hora por um táxi e não queria nem pensar em quanto sairia uma corrida tão longa.

Mary respirou fundo, bateu mais uma vez, sentindo toda a extensão de seu corpo ser tomada por minúsculas câimbras que subiam dos dedos dos pés até seu couro cabeludo avermelhado. Finalmente, o homem forte e barbudo abriu a porta. Sem esperar que ele começasse a falar, esticou-lhe o bolo de dinheiro, dizendo:

— Ele deixou isso para vocês. Para o caso de seu amigo precisar de alguma coisa.

Ele pegou o dinheiro e olhou para além dela, notando que o homem a largara ali.

— Preciso que um táxi me leve de volta a Golden Hills.

— Levo você quando meu primo voltar com a caminhonete. — Ele olhou em volta antes de abrir a porta. — Vamos lá. Entre.

A primeira coisa que Mary notou foram os sapatos arrumados na mais perfeita ordem ao longo do piso de linóleo na entrada: uma fileira de botas de serviço, outra de tênis, uma pilha de chinelos, calçados de todos os tamanhos e modelos. Cem pares, era o que parecia. Os cômodos, demasiadamente cheios de pessoas para suas dimensões, estavam pintados em cores vibrantes, romã, açafrão, azul-celeste, berinjela. Quando o homem gritou algo em espanhol, que deveria significar que estava tudo bem, adultos e crianças começaram a sair de uma pequena sala nos fundos, observando atentamente a estranha mulher entre eles, falando uns por cima dos outros com suas vogais ricas e enroladas que pairavam no ar como mensagens subliminares. Falavam sobre o acidente, sem dúvida, perguntando-se que papel na história ela havia desempenhado, já que suas roupas estavam cobertas de sangue, e por que aquele homem, por quem pareciam ter tanto respeito, deixara que ela entrasse.

Seguindo-o pela cozinha perfeitamente arrumada até os fundos da casa, Mary encontrou o velho Ernesto sem camisa recostado a uma cadeira, exibindo claramente a extensão de seus ferimentos. Via-se um hematoma em seu peito, onde uma costela ou duas pareciam ter sido fraturadas. Camadas de pele esfoladas cobriam seu ombro ossudo. O rosto estava sujo com resquícios de grama. A língua ainda gotejava sangue. Uma mulher miúda e enrugada com um lenço amarrado à cabeça examinava os ferimentos dele enquanto uma garota pequenina com expressão solene esfregava um pano molhado no rosto barbudo do homem.

Os olhos de Ernesto se arregalaram ao ver Mary e brilharam ao ver o dinheiro nas mãos do outro homem.

— *Gracias* — disse ele. — *Gracias, María.*

— Como se responde a um agradecimento em espanhol? — perguntou Mary ao outro homem.

— *De nada* — respondeu ele, divertido. — Significa "Não foi nada".

E não fora mesmo nada, pensou Mary. Não era necessário agradecer. Ela fizera o que as pessoas fazem. Ajudara alguém que precisava. Não fora sequer uma decisão. Não houvera escolha. Havia, simplesmente, oferecido conforto a um homem apavorado, segurado a mão dele.

— *De nada* — repetiu, tímida.

Mary corou quando ergueu os olhos e viu que o outro homem a observava. Ele se inclinou — não para meramente cumprimentá-la, mas para tomar sua mão de forma firme e gentil ao se apresentar:

— Eu sou Jesús García.

— Re-sú? — repetiu Mary, fazendo com que sua língua reproduzisse o som do nome tão pouco familiar.

— Soletra-se como *Jesus*.

— Ah. — Ela riu e se perguntou se iria desmaiar por causa do calor naquele cômodo quente e superlotado.

— Eu me chamo Mary. Mary Gooch.

Ele tinha a mesma idade que ela, imaginou. Talvez um pouco mais velho ou um pouco mais novo. O rosto moreno era marcado por traços profundos. As bochechas acima da barba bem-aparada eram firmes e arredondadas, lembrando um querubim. Seu físico sugeria certa juventude — força, costas retas, pernas arqueadas como as de um atleta. Tomada pelo olhar fixo dele, Mary se sentiu tonta.

Lendo os pensamentos dela — ou talvez estivesse óbvio na forma como Mary oscilava —, Jesús García puxou uma cadeira e ajudou-a a se sentar ao lado de Ernesto.

— Você me lembra alguém que conheci. O nome dela também era Mary.

Mary nunca ouvira nada semelhante e não pôde imaginar em que mundo um homem como Jesús García poderia conhecer uma mulher como ela.

Ele chamou a atenção de uma das crianças.

— *Agua por la señora.*

A criança sacudiu a cabeça, fazendo um gesto para mostrar que a torneira sobre a pia não estava funcionando. Jesús fechou os olhos brevemente, depois abriu a geladeira e apanhou uma garrafa de cerveja. Ele abriu a garrafa e a entregou para Mary. Ela traduziu para si mesma — *agua* — água.

O líquido gelado e âmbar fez sua garganta arder, mas Mary bebeu em grandes goles e ficou constrangida com o arroto que deu quando finalmente tirou a garrafa da boca.

— Seu vestido está arruinado — disse Jesús García, apontando para as manchas de sangue na camisa dela. — Nada tira sangue.

Ela assentiu, bebendo a cerveja e vislumbrando disfarçadamente suas costas largas quando ele se virou para olhar pela janela. Notou os enormes ombros e braços — ele levantava peso, sem dúvida — e o traseiro esculpido sobre as coxas grossas e musculosas. Ele se virou e a flagrou olhando para ele. O rosto de Jesús não transparecia opinião alguma.

Os outros na casa, tendo sido informados por Jesús sobre os detalhes do acidente e sobre a proeza ligeiramente heroica de Mary, retornaram a seus respectivos afazeres — os homens de volta ao churrasco e as mulheres pendurando roupas no varal em meio ao ar cheio de fumaça —, mas não as crianças, que não voltaram a brincar com o irrigador, e sim permaneceram na cozinha: a mais velha manejando facas afiadas a fim de cortar batatas para a refeição noturna, enquanto as outras debulhavam milho que apanhavam de um saco próximo à pia sem água.

Um celular tocou. Jesús García tirou-o de seu bolso, checou o número que chamava e gesticulou para a multidão, que imediatamente fez silêncio. Ele atendeu à ligação falando um espanhol rápido enquanto se dirigia a um lugar com mais privacidade no quintal.

O som de raspagem fez com que Mary sentisse saudade de Leaford, onde o sol não brilhava todos os dias, mas os costumes eram familiares e ela entendia o idioma. A pequena e rural Leaford, onde havia apenas um punhado de imigrantes recentes, a maioria falando um inglês bem regular. Mary pensou na cor dos moradores do condado de Baldoon.

Brancos, na maioria. Alguns, negros. Rusholme ficava próximo, e a população de lá era formada por descendentes de escravos fugidos do sul dos Estados Unidos — os Jones, os Bishop e os Shadd, que limparam metade do condado de Baldoon, junto com os Brody, Zimmer e Flook —, mas já havia mais de um século que haviam imigrado, e o trabalho duro deles faz parte da história do condado desde que os primeiros alicerces do lugar foram assentados. Mais recentemente, chegara o sr. Chung, dono do restaurante. Também as quatro famílias coreanas que controlavam o império das lojas de conveniência Quick Stop. E uma família indiana que dirigia as duas cafeterias Tim Horton de Leaford.

Orin e Irma não tinham tantas opiniões sobre os imigrantes mais recentes, mas tinham *emoções*, sentiam desdém ou inveja pelos negociantes estrangeiros.

— Acho que, se eu tivesse uma loja e cobrasse quatro dólares por pão velho, também estaria rica. — costumava dizer Irma sobre os coreanos.

— Vi que o camarada chinês está construindo uma piscina — dissera Orin. — Deve estar achando que morreu e foi para o... Aonde quer que eles vão.

E, certa vez, depois de uma visita a uma das cafeterias franqueadas Tim Horton, Orin comentou:

— Aquele cara hindu dirige um Lincoln.

Pelos imigrantes menos afortunados — como a mãe solteira que vivia descendo a rua e que viera das Índias Ocidentais com um filho adolescente que se desencaminhara, que fazia compras com vales e que não parava em nenhum emprego depois que seu modesto negócio afundara —, eles sentiam desprezo.

— Mamando nas tetas do governo — diria Orin.

Ao que Irma responderia:

— Essa é uma imagem nojenta, Orin, sério.

Atrás de Mary, uma criança carregava uma cesta de espigas que haviam sido untadas e temperadas para o churrasco, enquanto uma travessa de carne grelhada era trazida para a cozinha. As crianças riram quando a travessa foi exibida como um bolo de aniversário, as menores se esticavam nas pontas dos pés para dar uma olhada. Mary contou as crianças na cozinha, a velha senhora, Ernesto, os homens do outro lado da janela nos fundos, as mulheres zanzando pelos quartos que davam para o corredor. O motorista da caminhonete tinha razão — havia uns vinte deles ali. A quantidade de carne na travessa, apesar de substancial, não poderia satisfazer tanta gente. Nem as fatias de pão, nem a dúzia de espigas, tampouco as batatinhas cortadas em cubos assando no velho e desgastado fogão.

Sentindo certo pânico, Mary temeu ser convidada para o jantar. Não ousaria mastigar e engolir comida frente àquele grupo de estranhos, assim como nem sequer sonharia em consumir parte de suas mirradas porções. Rezou para que Jesús acabasse logo com aquela conversa ao celular e para que o tal primo com a caminhonete chegasse logo. Dirigiu sua atenção para as fotografias penduradas com ímãs na porta da velha geladeira Frigidaire. A maioria eram fotos de uma família — a família de Jesús García. Uma esposa roliça e bonita com olhos amendoados e cabelo escuro e ondulado. Dois meninos com idêntico cabelo negro e macio e com os olhos lânguidos do pai. Mary sempre ficara secretamente feliz por ser filha única. Sua irmã, tinha certeza, teria sido a magra da família.

A porta da frente se abriu, e um homem idoso entrou na cozinha balançando um chaveiro. Era mais velho do que Ernesto, ressecado pelo sol. O homem cruzou o olhar com o de Mary, sua expressão dizia o óbvio: *Ela não deveria estar aqui*. O rosto dele tornou-se ainda mais sério ao ver que Ernesto estava ferido, recuando ante uma investida do antisséptico que a velha senhora tinha na mão. Pendurou as chaves num gancho junto à porta, resmungando algo aos homens que viravam o milho na churrasqueira. Mesmo ditas em espanhol, Mary pôde entender as palavras *O que aconteceu a Ernesto? Quem é a mulher branca gorda?*

Quando o jantar foi servido, uma das mulheres ofereceu à Mary um prato, encorajando-a com um sorriso:

— *Buen provecho* — disse a mulher. — *Metele mano.*

— *Bwen provayko* — repetiu Mary.

Um dos meninos que estava por perto traduziu para ela.

— Coma. Ela está dizendo para você comer. Bom apetite.

Correndo o risco de parecer rude, Mary pôde apenas balançar a cabeça, explicando de forma tola:

— Ainda estou muito abalada por causa do acidente.

O grupo, ávido, tomou conta da cozinha, mas sem bagunça. As crianças se serviam sozinhas, pegando pequenos pedaços de carne que eram postos num canto da tigela, meia espiga de milho e três azeitonas. Os adultos, em seguida, enchiam seus pratos de acordo com sua posição e apetite. Havia muita conversa. Comia-se de pé, alguns apoiados. Pratos eram erguidos à altura dos queixos. Úmidas bocas famintas abriam e fechavam em torno dos garfos. Dentes estraçalhavam grãos de milho amarelo, trituravam cubos de batatas. Mary não sentia o cheiro da comida, mas conseguia sentir sua dor. Teve certeza de que, se continuasse olhando a comida, iria vomitar.

— Vamos lá — disse Jesús apanhando as chaves do gancho. — Vou levá-la para casa.

Estrelas cadentes

Abrigada na caminhonete imunda em meio a outros veículos seguindo em alta velocidade pela via expressa, Mary imaginou Wendy avisando às outras por e-mail: *Mary Gooch pegou carona com um mexicano esquisitão na Califórnia e acabou com a garganta cortada. Mas que idiota, né?*

Lançou um olhar ao perfil do desconhecido. Dava para perceber que ele se impunha pela maneira como as outras pessoas da casa o tratavam com respeito, e, apesar de não ser muito alto, ele tinha o queixo altivo e o olhar imperturbável. Possuía compaixão e dignidade. A mulher rechonchuda das fotografias na geladeira não estava entre os outros no cômodo. Sua esposa. Era difícil saber, entre todas as crianças, quais eram as suas.

Anoiteceu rapidamente, e as montanhas cada vez mais altas já escondiam o sol. Estrelas salpicavam furos no veludo da noite, trazendo a memória de uma quadrinha infantil que Irma lhe ensinara: *Primeira estrela que vejo, realize o meu desejo.*

Jesús García pigarreou.

— Obrigado.

— Eu não fiz nada.

— Ernesto pediu que você viesse, e você veio. Ele ficou agradecido.

— Ele pensou que eu fosse um anjo.

Jesús estava silencioso, atento à estrada. Não amaldiçoou, como Gooch teria feito, a fechada que levou de uma BMW azul. E não acelerou para encarar o motorista, como Orin fizera tantas vezes. Ela acompanhou o olhar dele para as estrelas.

Sentia o calor que emanava de Jesús do mesmo jeito que sentira Gooch ao lado dela, na caminhonete, no sofá, na cama: radiante e inabalável. Subitamente, um clarão no céu noturno, uma cauda cósmica explosiva cortando o horizonte negro. Brilhante. Uma estrela cadente. Fugaz como um relâmpago. Como a vida de uma pessoa. Como um passe de mágica: *Como ela fez aquilo?*

— Você viu aquilo? — Mary perguntou apontando, esperando que fosse um sinal.

Jesús assentiu indiferente.

— Eu nunca tinha visto uma estrela cadente. — suspirou ela.

— Nunca?

— Não devo fazer um pedido? Não devemos fazer um pedido quando vemos uma estrela cadente?

Jesús García olhou de esguelha para ela, fechando um olho como se fosse penoso para ele informá-la:

— Elas não são realmente estrelas.

— Não são?

— São fragmentos de meteoros que queimam quando entram na pressão da atmosfera da Terra. Nada muito mágico.

— Mas me parece mágico.

— Algumas das estrelas que vemos agora já morreram há muito tempo.

— Isso é mágico. Acho que eu já sabia. Mas ainda vou fazer um pedido. — Apertou bem os olhos e desejou o retorno imediato de Gooch. Ao reabri-los, admirou o céu. — As estrelas não são assim lá na minha terra. Mesmo nas noites mais claras.

— Onde é a sua terra?

Embora estivesse relutante quanto a compartilhar sua situação com um desconhecido, não queria parecer desconfiada. Esperando que seu desterro fosse um elo de identificação entre eles, disse:

— Sou canadense.

— Canadá — repetiu ele, aprovando com a cabeça.

— Apenas fronteiras diferentes.

Ele a olhou confuso.

— México. Canadá — explicou.

— Sou americano — irritou-se ele.

— Ah. — Mary sentiu que devia se desculpar, mas ficou incerta quanto ao deslize.

— Nascido e criado em Detroit.

— Detroit! Fica a apenas uma hora de Leaford. Bem do outro lado da fronteira. É dali que venho!

— Minha família tinha um restaurante no bairro mexicano — disse ele, esperançoso. — Casa García?

Mary balançou a cabeça.

— Nunca estive em Detroit. — Ele a olhou com surpresa. Ou decepção. — Meu marido costumava frequentar a feira do automóvel — acrescentou ela.

Meu marido. *Meu* marido. *Meu marido.* Quantas vezes Mary Gooch dissera aquelas palavras nos últimos vinte e cinco anos? "Meu marido está bem." "Meu marido gosta do bife malpassado." "Meu marido e eu temos uma conta-corrente." Também iniciava muitas frases com "Gooch diz" ou "Gooch acha". A quem iria se referir caso Gooch não fosse mais seu marido?

Jesús García sinalizou a mudança de faixa.

— Seu marido está esperando no hotel?

— Na verdade, neste momento não estou com o meu marido aqui agora — disse Mary, percebendo que aquilo havia soado insano. Suspirou. — Pedir a um fragmento de meteoro não é a mesma coisa, é? O céu fica sempre limpo assim de noite?

Ele apontou para o horizonte.

— Você conhece as constelações? Aquela faixa de luz ali? Aquela é a Via Láctea. Você vê a Ursa Maior?

— Eu conhecia essa aí — observou ela, seus dedos grossos tracejando a concha no céu.

— Draco, o dragão, é aquela ali, entre a Ursa Menor e a Ursa Maior.

Ela não vira o dragão, mas concordou.

— Apenas dirija, Re-sú.

Ele gargalhou e depois voltou ao tom pensativo.

— O melhor lugar para ver as estrelas é o oceano.

— Ainda não vi o oceano.

— Você precisa ver o oceano.

— Todo mundo sempre diz isso.

Ele se virou e deu um sorriso brilhante, o primeiro que Mary viu.

— Devo ter aprendido as constelações nas aulas de ciências — disse Mary. — Certamente aprendi que estrelas cadentes não são estrelas, mas acho que só guardo as informações que preciso usar. E dessa eu nunca precisei. Você se lembra de tudo o que aprendeu sobre as estrelas nas aulas de ciências?

— Biblioteca. Passei muito tempo lá depois... quando fiquei desempregado.

— Estudando constelações?

— Andando pelos corredores. Escolhendo livros aleatoriamente.

— Acho que é isso que os jovens fazem agora quando *Googlam* alguma coisa ou sei lá como se diz.

— Não sou muito de computadores.

— Você é mais de livros aleatórios.

— Não eram apenas os livros. Eu gostava do lugar. Da biblioteca. Da poeira. Do silêncio.

Para provar sua preferência, o homem caiu em silêncio novamente. Mary observou o céu noturno, esperando ver outro fragmento de meteoro se acendendo na atmosfera.

— Estou logo depois da rodovia. No Pleasant Inn — avisou.

Encorajada pela estrela cadente ou talvez meio alta pela garrafa de cerveja que consumira, perguntou:

— Por que você fingiu que não falava inglês?

Dando de ombros, ele disse:

— É mais fácil às vezes.

Heather Gooch também dissera aquilo. *É mais fácil ser outra pessoa.*

Quando pararam no cruzamento, Mary, examinando a rodovia, procurou o terreno poeirento com os olhos, a cena do crime, o lugar onde vira Jesús García pela primeira vez. Quando transferiu o olhar da rodovia para o poste, sentiu-se cativada. Tentando soar tanto piedosa quanto complacente, acrescentou:

— Deve ser horrível ser um trabalhador avulso.

— Trabalho na praça ali adiante — disse ele. — Vê meu tio, o velho com problema no quadril? Ernesto e eu pegamos carona com ele quando podemos e quando ele vai até o vale.

— E quando ele não pode?

— Vamos de ônibus.

Pelas roupas dele, estava claro que não trabalhava no banco e, como não entrou em detalhes sobre a natureza do trabalho, Mary não se sentiu encorajada a perguntar. Mas estava curiosa. A farmácia. A agência de turismo. Havia uma placa indicando uma loja de sapatos. O restaurante de franquia.

Jesús García ajudou Mary a descer da caminhonete e a acompanhou até o saguão, pegando a mão dela:

— Obrigado, Mary. *Gracias.*

— Disponha, Re-sú. — Ele ensaiou um sorriso sob seu bigode, e ela esperou ver aquele sorriso brilhante mais uma vez. — Falei certo? Re-sú?

— Você falou certo.

Mary o observou atravessar as portas duplas do hotel e ir até o veículo. A recepcionista no balcão, que Mary reconheceu como a moça da noite anterior, chamou:

— Sra. Gooch?

— Sim?

A moça viu as manchas em sua roupa.

— Isso é sangue?

— Sim, de um acidente — explicou. — Foi um longo dia.

A recepcionista sorriu.

— Estou com a sua bolsa.

Nada limpa o sangue

O feliz encontro de Mary com sua bolsa marrom de vinil azedou rapidamente quando a recepcionista repetiu o que a polícia dissera a ela. A bolsa fora encontrada por um cão farejador no matagal perto do terreno empoeirado no cruzamento. A sobrancelha erguida da mulher implicava com os trabalhadores mexicanos avulsos, o que Mary achou injusto. Alguns itens de uso pessoal haviam sido deixados na bolsa, mas não a carteira. Nem o celular ou o passaporte. O delegado tinha poucas esperanças de que o documento fosse devolvido.

— Meu gerente disse que nós vamos precisar da autorização do cartão de crédito se você continuar hospedada após a noite de amanhã.

De volta a seu quarto, Mary notou que esquecera inadvertidamente a placa de "Não perturbe" pendurada na maçaneta. Ali dentro tudo estava como antes. A cama feita, as barras de cereal sobre a mesa, a água, o filtro solar. Livrou-se dos sapatos apertados e se acomodou sobre a colcha para abrir a bolsa, amargurada pela falta da carteira.

O espelho sobre a cômoda refletia sua imagem. Sem rumo, não identificada e não identificável. Se ao menos houvesse mais vinte pessoas como ela espremidas ali no quarto, vindas do mesmo mundo, na mesma situação, igualmente incertas quanto ao que fazer em seguida. Não companheiros de infortúnio, mas uma fraternidade, como os imigrantes mexicanos. Uma tribo. Mary percebia que precisava de uma tribo e compreendia agora a loucura que fora tornar Gooch o centro de sua existência.

Jesús García tinha uma tribo e era o rei naquela casa repleta de cores e protegida por uma centena de sapatos na porta. Ela se lembrou das fotografias de família na geladeira, da bela esposa com os olhos amendoados e dos lindos meninos morenos. Talvez ele não pedisse nada às estrelas porque já possuía tudo o que sempre quisera. Pensou no rosto dele enquanto mostrava a Via Láctea. Para ele, não havia nada de mágico nas estrelas, mas, ainda assim, ele parecia estar sob o encanto delas.

Depois de conseguir o número de telefone pelo auxílio à lista e ser transferida para uma telefonista, Mary pediu o número do Bistrô 555. Um plano. Um plano duvidoso, mas era tudo o que tinha. Explicaria a situação para Heather e pediria que lhe emprestasse uma modesta quantia em dinheiro, que devolveria imediatamente assim que suas condições melhorassem.

Mary esperou ansiosa, reconhecendo a voz do outro lado do telefone.

— Alô. Gostaria de falar com He... com Mary Brody. Posso falar com Mary Brody?

— Quem deseja, por favor?

— A irm... amiga. Uma velha amiga. Estive aí no começo da semana. Você é o ator, certo?

— Sim, eu me lembro de você. — A mulher gorda procurando por um homem alto. — Espere um pouco.

O telefone bateu contra o balcão metálico a quase cinco mil quilômetros dali. O ruído ao fundo era ensurdecedor. Enquanto esperava, Mary conferiu seu nécessaire, que aparentemente não fora aberto, e ficou feliz ao encontrar sua escova de cabelo, uma vez que o hotel oferecia apenas um pente. E quem iria querer roubar seu par de calças de pijama cirúrgico azul-marinho? Finalmente, o ator/barman voltou para a linha:

— Alguém disse que ela saiu da cidade.

Mary agradeceu a ele pela ajuda e deu o número de telefone de Eden, para o qual Mary Brody deveria ligar imediatamente quando retornasse.

Onde estava o cartão de visitas em que Emery Carr havia anotado aquele número de telefone? Procurou pelo quarto. As camareiras não tinham feito a limpeza, então o cartão não podia estar no lixo. Ela se levantou e vasculhou todas as superfícies. Checou as lixeiras. Imaginou-se de pé ao lado do carro esportivo de Emery Carr. Ele lhe entregara o seu cartão e... e ela o guardara no bolso do conjunto estampado! Isso!

O mesmo que lavara na noite anterior. Murchando completamente, procurou no bolso da saia enorme e sentiu o volume retangular. A anotação em preto estava borrada. Completamente ilegível, e Emery Carr, àquela hora, devia estar degustando vinho com seu namorado em Sonoma.

Podia ligar para Wendy, pensou, reconhecendo o quão desesperada estava. Ou Pete. Podia ligar para Pete no trabalho. Pedir um dinheiro emprestado. Ou Joyce. Deixara cheques pré-datados na casa de repouso St. John's e talvez houvesse um jeito de acessar o dinheiro por meio deles.

Eram oito e meia da noite, mas, com as três horas de diferença por causa do fuso, o horário comercial já se encerrara e estava muito tarde para ligar para a velha turma de amigos, que na verdade Mary nunca contava realmente como sua, mas de Gooch. Apoiada sobre a mesa robusta, desembrulhou uma barra de cereal e, antes que pudesse dar uma mordida, notou o sangue seco pelo braço e inclinou a cabeça cansada para avaliar a quantidade de respingos em meio às manchas de ferrugem que já estavam no tecido fino.

Desabotoou a blusa e tirou a saia, fazendo um emaranhado com as adoráveis roupas e lançando-as ao cesto de lixo. *Nada limpa o sangue.* Mais uma vez, não tinha o que vestir. Então, lembrou-se das outras calças azul-marinho que haviam ficado na sacola de plástico do salão de beleza.

Enquanto a água fresca corria para o ralo, Mary procurou no fundo de um dos bolsos talhados e ficou satisfeita por encontrar outro cartão. *Grande Avi. Limusines Milagrosas.* Mais do que nunca, acreditava em milagres. Procurando no outro bolso, tocou um caderno pequeno e fino que sabia ser seu passaporte, que agora se lembrava de ter colocado ali quando o motorista da limusine estacionou no aeroporto de Los Angeles. *O seu passaporte.*

Aquela foto horrorosa. Mary Gooch. Cidadã canadense. Nascida no dia 1º de março de 1964. Olhando a fotografia, a prova de sua identidade, deteve-se relembrando aquele dia, os dramas comuns e incomuns e as misericórdias pequenas e grandes. Sentiu alegria, sentimento que adicionara a seu repertório de emoções recentes, e pensou: *Estou curada.* Não era mais a vítima de um mal-estar abstrato. Nenhum de seus sentimentos era abstrato. Cada sensação gloriosa tinha nome — esperança, animação, pânico, tristeza, medo — e se desdobrava em muitas outras. Isso também era o que acontecia quando as pessoas saíam da sua zona de conforto, Mary pensou. Embarcavam em montanhas-russas e ficavam viciadas na adrenalina.

Quase nove horas da noite na Califórnia e aquelas pessoas que jantavam tarde em Toronto estavam acabando suas refeições. Comida! Mais uma vez, esquecera-se de comer. Ou abandonara esse hábito. Ou ficara nauseada demais para comer. Olhou em volta à procura da barra de cereais, mas se distraiu com a tarefa de lavar suas calças azuis.

O passaporte! Como não tinha com quem partilhar a boa-nova, agradeceu a Deus, à providência, ao destino e ao Grande Avi.

Depois de esfregar suas roupas vigorosamente, torceu e passou as peças com o ferro do hotel na temperatura máxima, pendurando os itens úmidos no espaldar da cadeira perto da janela. Retornando ao banheiro, entrou debaixo da pulsante água quente do chuveiro. Para cima e para baixo e dobrando para fazer a curva. Ela se sentiu viva.

O passaporte. Perdido e achado. Como o filho de Heather. Um milagre. Tudo aquilo havia acontecido porque Mary o perdera. Não teria ido ao banco. Não teria pedido uma carona para a mulher com o material de limpeza. O furgão branco teria acertado Ernesto? Quem teria segurado a mão dele? E tudo o mais que poderia acontecer agora que encontrara o documento. Mary podia saber seu saldo. Acessar sua conta. Podia continuar no hotel e esperar pela volta de Gooch. Seria apenas uma questão de tempo. Uma semana talvez. Duas no máximo.

Depois de se enxugar e de secar o cabelo, Mary se enfiou na cama, mas não conseguiu dormir. Com a mão no controle, pronta para zapear, ela se deteve. O livro. Mary o escondera na prateleira mais alta da sala de estar do hotel antes de o táxi chegar para transportá-la, mas as roupas não estavam secas para que pudesse descer até o saguão. Pegou o telefone e discou o número da recepção.

— Desculpe-me o incômodo — começou —, mas eu estava lendo um livro no saguão. Deixei-o... bem, na verdade o escondi atrás dos guias de viagem na prateleira mais alta. Alguém poderia trazer esse livro aqui para mim?

— Agora mesmo, sra. Gooch — respondeu a mulher, embora Mary não tivesse mencionado seu nome.

Agora mesmo, sra. Gooch. Então era verdade. Peça e receberá. Mary nunca fora de pedir, especialmente para si mesma.

Em minutos, ouviu-se uma tímida batida, e ela recebeu o livro pela pequena fresta ao abrir a porta.

— Espere um instante — disse, temendo soar como um figurão. Achou o bolo de cédulas e entregou uma nota de cinco dólares americanos ao garoto moreno e baixinho diante da porta.

— *Gracias* — disse ele, entusiasmado.

— *De nada* — respondeu Mary, percebendo que havia exagerado na gorjeta.

Mary abriu o livro da mesma forma que estava acostumada a abrir os sacos de comida para viagem da Chung's, salivando pela história. Sentou-se para ler a saga da família, um desfile de emoções fictícias, mas, ainda assim, empolgantes. Os próximos capítulos revelavam que a personagem principal, acusada, fora inocentada e que seu filho adolescente, após quase morrer tragicamente, encontrara a redenção no suicídio assistido de sua tia em estado terminal. E que o pai cafajeste, após o autor criar sua vingança final, fora diagnosticado com impotência. Mary diminuiu o ritmo de leitura para as páginas durarem mais; não queria que o livro acabasse.

As estrelas estavam enquadradas na enorme janela atrás da cama. Ela pôs o livro de lado e se acomodou sobre uma pilha de travesseiros, olhando para o universo, pensando na expressão de Jesús García quando viu o rosto dele pela primeira vez como uma terna lembrança, recordando seu comentário, que explicava aquele olhar: *Você me lembra alguém que conheci. O nome dela também era Mary.* Pela primeira vez em sua memória, seus últimos pensamentos antes de dormir não foram sobre Jimmy Gooch.

A fait accompli

Pela manhã, Mary não conseguiu se lembrar de seus sonhos. Sim, lembrava-se de ter sido acordada no meio da noite por um som lúgubre e de ter espreitado a janela através da escuridão pensando no sr. Barkley, o gato. Não podia ver a encosta escurecida, mas percebera que o som era de coiotes uivando no denso chaparral. Eden lhe contara sobre coiotes numa conversa ao telefone, muito tempo atrás, a propósito de um vizinho que, enquanto relaxava mergulhado em sua hidromassagem, tivera sua cabeça confundida com alguma presa peluda e fora surpreendido por um coiote, que abocanhou seu crânio. Mas certamente isso não podia ser verdade. Ocorreu a Mary que não podia confiar realmente em nada do que Eden dizia. Especialmente no que dizia respeito a Gooch. Qualquer mãe mentiria para proteger seu filho.

Enfiando os pés cheios de bolhas nos mocassins de Eden, Mary se lembrou das centenas de sapatos na porta de entrada da casa de Jesús García. A camisa xadrez. O acidente. A língua mordida e as contusões na pele morena do homem velho. A carne no prato. O sorriso gentil da mulher ao dizer: *Buen provecho.* Ela tocou a palma de sua mão direita distraidamente, pensando no aperto de mão de Jesús García.

Estava ansiosa para ir ao banco, que, no entanto, só abriria mais tarde. Mary sabia que Eden estaria acordada, se é que dormira, afinal. Observou o quarto de hotel arrumado, recordando o dia anterior, quando se afligira com a ideia de uma longa e solitária noite ali. Mas, ao contrário do que imaginara, fora levada a outro caminho, guiada por um estranho misterioso.

Usando seu apertado pijama cirúrgico azul-marinho e depois de deixar uma nota de cinco dólares sobre a cama para as arrumadeiras, desceu até o saguão. Lá, solicitou ao rapaz da recepção, que nunca vira, o favor de lhe chamar um táxi. Antes que ele pudesse responder, disse:

— Sei que deve demorar um pouco. Estarei ali à frente, lendo.

— O taxista está lá — disse o rapaz, apontando para o restaurante do hotel no fim do corredor. — É um cara bem gordão de peruca.

Ele corou de repente ao perceber a gafe que cometera.

No restaurante, espiou o taxista rechonchudo perdido em meio ao jornal numa mesa perto da janela.

— Com licença — abordou ela, apontando o carro no estacionamento. — Aquele táxi é seu?

O homem baixou o jornal, sorrindo calorosamente.

— Aonde você precisa ir?

Sentindo vontade de endireitar o cabelo dele, Mary respondeu:

— Rua Willow.

Diferente do taxista do dia anterior, este foi simpático e falante desde que entraram no carro.

— Sorte sua ter me encontrado antes que eu fizesse o pedido — disse ele. — Fazem um bom café da manhã por aqui. E você adoraria o bufê de almoço deles.

De longe, contara cerca de uma dúzia de trabalhadores avulsos esperando perto do poste. Esforçou-se para ver enquanto o táxi se aproximava, mas não conseguiu encontrar o rosto de Ernesto. Jesús García dissera que trabalhava na praça, mas Mary ainda estava desapontada por não vê-lo entre os homens famintos na esquina empoeirada.

Por entre as pernas azuis desbotadas dos homens, seu olhar captou um lampejo de cor — um buquê de rosas de jardim num vaso improvisado com uma garrafa de refrigerante. E outro buquê de flores espalhado pelo chão ali perto. Pensou que um dos trabalhadores poderia ter trazido flores para embelezar o ambiente. Ou talvez amantes adolescentes houvessem deixado os restos de seu encontro amoroso por ali.

— Mexicanos — resmungou baixinho o motorista enquanto passavam.

Conforme o táxi se juntava ao mar de carros da autoestrada rumando em direção a Willow Highlands, o motorista gabou-se de conhecer cada beco e ruazinha de Camarillo até Pasadena, compartilhando livremente seus conhecimentos secretos sobre as melhores rotas a tomar em vários momentos do dia e em certos dias da semana para lugares aos quais ela nunca iria.

— Mas, se estiver indo para Los Angeles, você precisa estar na estrada antes das seis ou estará morta na 405.

— Vinte e quatro — apontou Mary.

— Você está pensando na 23, que a leva ao Vale Simi.

— Vinte e quatro — repetiu. — Bem aqui. A casa. Por favor.

Notou o Prius na rua, mas nenhum outro veículo. Gooch não estava ali. Ainda.

Enquanto se arrastava pela passagem rachada da pequena casa branca, não conseguia conciliar o frio que sentia com o brilho total do sol. Um aroma. Familiar. De eletricidade, mas não de tempestade — a tempestade havia passado. Algo queimava. Cabelo na chapinha de Irma. Pipoca no micro-ondas. *A fait accompli*.

Bateu uma vez, sentindo a presença de alguém. Eden abriu a porta, a cabeça erguida tombando completamente, os olhos arregalados de susto. Aquele olhar demente de bicho surpreendido pelos faróis que vira nos olhos de Irma. Uma confusão paralisante que conhecia bem. Era aquele calafrio.

— Fiz chá — disse Eden, caminhando em direção à cozinha. Mary a seguiu, fechando a porta atrás de si, petrificada. Jack. Onde estava Jack? Estava tudo claro agora. Jack estava morto, e Eden, atordoada. Era esse o olhar. Mesmo a morte anunciada e piedosa era chocante. Hoje vivo, amanhã morto. Jack aqui, Jack lá. Acabaram-se os pulinhos.*

— Você encontrou sua bolsa — reparou Eden quando chegaram à cozinha.

Mary assentiu, olhando para o quarto no qual o homem doente dormia. A cama estava vazia. Debruçou-se, procurando a cadeira motorizada. Não estava no quarto.

— Eden? Onde está o Jack?

— Não está aqui. Graças ao Senhor.

— Onde ele está?

— É terça. Ou é quinta? — Mary não tinha certeza, mas achava que devia ser quarta-feira. — O grupo da igreja leva alguns deles até o parque por uma hora um dia ou outro. Nunca consigo lembrar qual é o outro dia. — Eden inclinou-se contra o balcão. — Fiz chá.

— Chá é uma boa ideia.

— Aqui todo mundo bebe chá gelado. Nunca me acostumei com isso. Gosto de chá quente. Dois cubos. Quer um cubo?

Mary costumava usar quatro cubos de açúcar e creme em vez de leite.

— Sem nada.

— Suponho que o dinheiro e tudo o mais tenham sumido.

---

* No original: Jack present, Jack picked. No more jumping candlesticks (quadrinha infantil americana *Jack, Be Nimble*). (N.T.)

— A carteira sumiu — disse Mary, dando um gole. — Mas encontrei meu passaporte.

Eden chacoalhou a cabeça, mas não havia escutado.

— Você não sabe do Jimmy, sabe? — O tom na voz de sua sogra deixava implícito que, apesar de tudo, não estava acobertando Gooch.

— Ele não tem como entrar em contato comigo, Eden. Ele não sabe onde estou, lembra-se?

Algo chamou a atenção de Eden e, num instante, ela atravessou as portas de correr do quintal e contornou a piscina sombria com uma vassoura nas mãos para expulsar o demônio de um arbusto verde.

— Fora! — gritou ela. — Fora!

Essa era a mãe que Gooch descrevera à Mary naquela primeira noite sob o solene luar. Aquela que fazia cenas. Aquela que havia jogado as roupas do marido no canal Rideau. Por um instante, imaginou se Eden começara a beber novamente.

Seguindo-a até o quintal, Mary não viu nenhuma criatura saltando do arbusto enquanto sua sogra o surrava selvagemente, quebrando galhos e espalhando folhas.

— Eden? Eden? — Evitando a vassoura oscilante, Mary se aproximou, dizendo: — Sumiu. Fugiu para o outro lado.

Eden baixou a vassoura.

— Era um rato?

— Não! Meu Deus, aqui há *ratos*?

— Claro que há ratos aqui. Ratos estão em todos os lugares. E não se usa o nome do Senhor em vão. Jack ficaria chateado se ouvisse isso.

— Graças ao Senhor, Jack não estava aqui para o quê? — perguntou Mary.

— A ligação — suspirou Eden, procurando o roedor pelo quintal.

— A ligação?

— Encontraram Heather.

Mary sentiu pena da confusão da pobre mulher, mas de repente entrou em pânico:

— Você não quer dizer que encontraram Gooch? Eden? Quem ligou?

— A polícia ligou. — O coração de Mary bateu loucamente. — Eles encontraram Heather. Num quarto de motel em Niagara Falls.

— Heather?

— Disseram que foi uma overdose acidental.

— Heather?

— Quase ri quando disseram que não suspeitavam de algo ilícito. É tudo ilícito. A vida toda desperdiçada.

— Overdose? — repetiu Mary, certa de que Eden devia estar errada. Acabara de estar com Heather, seu belo rosto, seu enorme medalhão de prata, seu chiclete de nicotina e o filho recém-encontrado. — Quando? Quando isso aconteceu?

— Ontem.

— Mas eu a vi. Eu a vi em Toronto. Ela estava diferente, Eden. Mudada. Eu disse a você.

— Estive esperando por essa ligação desde que ela era adolescente, Mary. As pessoas não mudam.

Mas as pessoas mudam, sim. Países inteiros mudam. Todos são a soma de seus hábitos.

— Heather *tinha* mudado.

— Disseram que estava usando um pseudônimo — Eden disse secamente. — Mary Brody.

Mary lutou para respirar. Heather Gooch morta aos 49 anos. Em um quarto de motel em Niagara Falls. Overdose acidental? Não, pensou, risco calculado. Morte por risco calculado. A parte da morte fora um acidente, mas devia saber o risco que estava assumindo. Devia ter dito a si mesma, *só esta última vez*, enquanto embarcava naquela viagem condenável, desviada por algum velho parceiro, o canto de sereia do estado alterado. Por ter sido seduzida quase a vida toda pela geladeira Kenmore, Mary a entendia muito bem.

Ilícito. Uma vida desperdiçada. Como? Sentada no banheiro? Sozinha? Ou havia alguém lá para segurar a mão dela? Para ouvi-la implorar por perdão? Para sussurrar um adeus? Heather. Ah, a beleza. Um fato consumado. A regra de três. O triângulo completo. Mas, em breve, Jack começaria outro, para realimentar o medo do segundo e a preocupação com o terceiro. *As tragédias sempre vêm em três ou trinta, Mare.* Talvez Gooch estivesse certo sobre isso também.

— Vai haver um funeral?

Eden sacudiu a cabeça.

— Ela fez um testamento, se é que dá pra acreditar que alguém tão inconsequente e irresponsável como Heather se importaria em fazer um. Queria ser cremada. Sem funeral. Deixou tudo para o Jimmy. Não que tivesse algo além de dívidas, tenho certeza. Jimmy terá de decidir o que fazer com as cinzas dela quando voltar. Não tenho nem ideia.

— Gooch saberá o que fazer — concordou Mary, emocionada com a certeza de Eden de que ele retornaria de fato.

— Que o Senhor tenha piedade da alma dela — sussurrou Eden, erguendo os olhos aos céus.

— Amém — disse Mary, surpreendendo a si mesma.

Eden respirou fundo novamente, lançando um olhar para a piscina verde.

— Tínhamos uma piscina olímpica em nossa última casa. Eu dava uma centena de voltas por dia nadando.

— Uma centena de voltas?

Uma centena de carvalhos. Uma centena de sapatos. Uma centena de Heathers.

— Eu era muito enxuta para a minha idade. — Eden não tinha mais o que dizer sobre a morte prematura da filha. Nem confissão de remorso nem de arrependimento. Nem lamentos chorosos nem lágrimas quentes enchendo seus olhos.

Voltando para casa e notando o desalinho, Mary perguntou:

— Sua ajudante ficou doente de novo?

— Dessa vez foi o filho dela. Tem quatro crianças, e uma delas está doente. É a terceira moça desde que nos mudamos.

— A que horas é o círculo de orações? — perguntou Mary.

— Duas e meia.

— Você quer se deitar?

— Sim, Mary, quero — respondeu Eden, cambaleando em direção à porta. Parou, suspirando profundamente, e sussurrou para o corredor: — Queria que Jimmy estivesse aqui.

Não era preciso dizer a Eden e a seus olhos secos que pusessem tudo para fora. Tudo sairia quando fosse a hora e pronto, Mary sabia.

— Eu também — disse ela.

Pouco tempo depois, enquanto protegia a comida com o filme plástico, a porta principal abriu-se com o som de um baque metálico e vozes calmas. Espiou pelo corredor e viu Jack em sua cadeira de rodas motorizada sendo conduzido à casa por dois homens bem-apessoados. Esperou até que os homens o acomodassem em seu quarto antes de saírem pela porta dos fundos. Ainda que estivesse ansiosa para ir ao banco acessar sua conta, sentiu que deveria ficar até que Eden despertasse para que pudesse se despedir.

No quintal, parou para aproveitar a brisa morna que varria os galhos quebrados pelo chão e encontrou uma cadeira em que pôde repousar na beirada da piscina verde. Olhando para o céu azul, pensou na estrela cadente e sentiu uma onda de vergonha ao se lembrar da gratidão nos olhos do homem ensanguentado. Fizera tão pouco por Ernesto. E absolutamente nada por Heather. Não fizera por sua cunhada doente nos últimos vinte e cinco anos o que uma meia dúzia de estranhos fizera por ela nos últimos dias. Imaginou o obituário de Heather no *Leaford Mirror*. Deixa a mãe, Eden Asquith, de Golden Hills, Califórnia, o irmão, James, e sua cunhada, Mary Gooch, de Leaford, Ontário. E o filho James, estudante de medicina em Toronto.

Pensou em quem deixaria. A mãe, o marido, os ossos de um gato. Heather Gooch deixava um filho, que um dia poderia encontrar a cura do câncer. Ou salvar múltiplas vidas. Ou apenas ser um membro ativo da sociedade. Mary se permitiu uma suposição amargurada. Não deixaria ninguém órfão e não deixaria nenhuma marca na sociedade. Ela nem sequer costumava votar.

Ouviu um tique-taque ritmado, não de um relógio, mas de um pica-pau no alto de um eucalipto perto da cerca. Pensou no despertador sobre a mesa de cabeceira de seu pequeno lar rural. O tique-taque do tempo. As maquinações da negação. Mas seu apetite por negação desaparecera junto com seu apetite por comida nos copinhos de chocolate Laura Secord.

Observando seu enorme reflexo ondulando na água verde e engordurada da piscina, imaginou como uma mulher tão grande podia causar um impacto tão pequeno em seu mundinho. É claro que haveria quem sentisse sua falta e que, possivelmente, agora mesmo estivesse com saudades dela. Os velhos companheiros da casa de repouso St. John's. Alguns poucos clientes da Raymond Russell poderiam ter perguntado por ela. Mas o que *deixaria* de fato? Assim como uma tribo e um plano, uma pessoa precisava de um legado. Agora também podia entender isso.

Às duas horas, Mary não podia mais esperar e foi até o quarto dos fundos, despertando Eden com um gentil toque em seus ombros.

— Cobri tudo com o plástico.

Eden assentiu com a cabeça, erguendo-se da cama, impelida até a sala pelo som de tosse e engulhos vindos do quarto de Jack. Mary ficou parada, incerta sobre o que fazer, uma vez que a tosse e os engasgos continuavam. Rapidamente, Eden apareceu, segurando uma toalha coberta de muco ensanguentado. Mary desviou o olhar.

— Por favor, não entre aí — disse Eden, à guisa de adeus.

Ansiosa por partir, Mary foi até a porta.

— Mary? — chamou Eden. Mary se virou, esperando. — Você volta amanhã? — perguntou em voz baixa. — Simplesmente não posso contar com a Chita.

Mary assentiu, escondendo a surpresa.

— Poderia voltar hoje à noite — ofereceu, esperançosa.

— Volte amanhã de manhã. É quando ele fica acordado por algumas horas. Às vezes chora.

Pobre Eden, Mary pensou. Uma filha morta. Um marido prestes a morrer. Mary nunca considerara que um dia poderia ter tanto em comum com sua sogra.

Arte danificada

Saindo pela porta da frente, Mary não conseguia afastar os pensamentos de Heather Gooch. Estava tão perdida em sua contemplação da vida e da morte em torno de sua cunhada que nem reparou no veículo preto parando a seu lado e não reconheceu a voz de Ronni Reeves chamando da janela do motorista:

— Precisa de uma carona até algum lugar?

A jovem mãe parecia diferente. Sem batom. As mechas louras e lisas escapando de uma echarpe florida em sua cabeça. Manchas que Mary nunca notara em seu rosto. Certamente, aquela aparição não era um milagre. Nem mesmo uma brutal coincidência — a cidade era tão pequena quanto Leaford e, ainda por cima, ela morava na mesma rua.

— Obrigada — disse, abrindo a porta do carro. — Só estou indo até o banco na praça.

— Isso é fácil — disse Ronni Reeves limpando cereal do estofamento de couro.

Olhando para o banco de trás, Mary encontrou os trigêmeos vestidos com uniformes de caratê, dois dos meninos adormecidos com as cabeças encostadas. Joshua, o pestinha fugitivo, atracado a um enorme saco de salgadinhos, os lábios, os dedos e o uniforme branco manchados de laranja. De seu assento, ele a examinou, fazendo uma careta.

— Seu carro quebrou? É Mary, certo? — perguntou Ronni Reeves, quando Mary estava acomodada no assento.

— Mary Gooch. Não tenho carro.

— Você não tem um *carro*?

— Não.

— Você é enfermeira?

— Não — disse Mary, olhando para as calças azul-marinho de pijama cirúrgico que ainda estavam úmidas.

Lançando um olhar para o banco de trás, Ronni disse:

— Você se lembra dessa simpática senhora, Joshua? Foi ela que encontrou você no estacionamento outro dia. Diga "Oi, senhora Gooch".

O garotinho fez uma cara feia para Mary.

— Você fede — disse ele, esfregando um salgadinho laranja contra a cabeça dela.

— *Joshua!* — gritou a mãe, virando-se para arrancar o pacote de salgadinhos das mãos do menino. — Peça desculpas que eu devolvo — disse ela.

Mary pensou no programa da babá inglesa a que assistira na televisão. E no filme com aquela maravilhosa atriz inglesa a quem Mary admirava pela graciosidade e que sempre parecia tão correta nas fotografias de premiações. Aquelas babás com sotaque britânico não devolveriam o salgadinho ao menino malcriado mesmo que ele se desculpasse. Mary pensou que deviam educar crianças adoráveis do outro lado do oceano.

— Como vai o Jack?

Mary sacudiu sua cabeça, fatalmente atingida por um puxão de cabelo na altura da nuca.

— *Joshua*! — berrou Ronni. — Tire seus dedos imundos da cabeça dela.

Mary soltou os dedos amarelos de seu cabelo.

— Meu marido nos deixou há seis semanas. — Ronni pausou para recuperar o fôlego, com o choque da situação a atingindo novamente. — Os meninos estão realmente descontrolados.

— Como foi com a nova babá? — perguntou Mary, sem assunto.

Ronni Reeves, a esposa abandonada com os filhos trigêmeos, balançou a cabeça sombriamente enquanto percorria a rua até o semáforo, aliviada porque o filho estava distraído, pintando a janela do carro com seus dedos cor de laranja e lambidos, até que ele começou a chutar o encosto do assento de Mary.

— Pare já — rosnou ela e olhou para Mary, dizendo: — Ele deveria estar cochilando uma hora dessas. Mas precisei trocar o horário da aula de caratê. Jacob vai ao oftalmologista. E ainda preciso me encontrar com o advogado. Deveríamos estar procurando por pré-escolas.

A lista. Mary podia ver que, como costumava acontecer a ela, a lista de tarefas de Ronni não seria cumprida e deduziu que ela ficaria aborrecida. Até a sua bênção era um fardo.

Algo tocou na bolsa da jovem mãe. Mary observou a bela mulher dirigindo com uma só mão, captando fragmentos da conversa enquanto ela falava. Ronni estava sendo chamada para cobrir outra reunião de bijuterias Lydia Lee naquela noite e teria de recusar porque não encontrara uma babá em tão pouco tempo.

— Posso cuidar deles para você — interrompeu Mary, incerta de seu impulso.

— Não. Eu não poderia pedir isso a você.

— Você não pediu. Estou me oferecendo.

— Você é boa com crianças?

— Sou boa com gente idosa.

— Mas eu mal a conheço.

— Você conhece Jack — disse Mary, percebendo quão profundamente temia outra longa noite no quarto de hotel.

— Isso é verdade. Você é praticamente uma amiga da família. E eu não *conheço* exatamente as mulheres que a agência manda. — Lembrou a si mesma. — Seria apenas por algumas horas. Tem certeza?

Parando na esquina do banco, as mulheres trocaram os números de telefone e combinaram a hora em que Mary deveria chegar. Às seis da tarde. Ronni agradeceu muito, mas Mary a dispensou com um aceno, observando o enorme utilitário esportivo com a promissora placa *RoNTom* sumindo de seu campo de visão.

Seguiu rumo ao banco, com sua bolsa marrom de vinil sob o braço e o passaporte guardado ali dentro, em segurança. Com a prova do passaporte e o auxílio de Cooper, Lucille e do gerente do banco de Golden Hills, o banco canadense resolveu a situação dela e prometeu enviar um novo cartão de acesso aos cuidados da agência.

Para se garantir até que o cartão chegasse, fez um saque de algumas centenas de dólares e aguardou, prendendo a respiração, para ver o saldo da conta no recibo que Cooper Ross lhe entregara. Não havia mudado desde a última consulta. Então era aquilo, o que quer que aquilo fosse. Gooch não fizera nenhum saque daquela conta. Mas e se tivesse feito? Poderia, pensou ela. Poderia ter sacado tudo.

Mary pensou nas histórias de suspense que lia na juventude, nas aventuras que tanto apreciava na televisão. Imaginava se seu próprio mistério seria resolvido com pequenas peças de um quebra-cabeça ou revelado em um trágico e surpreendente final. Como a morte de Heather.

Depois de agradecer ao pessoal do banco e de forrar o compartimento fechado a zíper da bolsa com o dinheiro, saiu pelo estacionamento rumo à loja de sapatos. Havia uma estante com promoções do lado de fora, mas nada que acomodasse seus pés extralargos. Dentro da loja, encontrou um par de tênis do seu tamanho, um pacote com seis meias brancas e, exposta perto da vitrine com outras bolsas, uma sacola esportiva de lona azul com detalhes prateados. Mary pagou pelos itens, calçando os tênis fora da loja e transferindo as outras coisas da bolsa velha para a nova, tomando o cuidado de se lembrar do passaporte antes de cerimoniosamente atirar a bolsa marrom de vinil na lixeira.

Um reflexo no vidro da janela da empresa de limpeza de piscinas chamou a atenção de Mary. Uma criatura avançando na direção dela, frágil e encurvada, equilibrando um ninho de cabelos dourados enrolados sobre a cabeça meio tombada. Lembrava a Mary uma cliente idosa que tivera na Raymond Russell que reclamara muito quando seu batom favorito da marca Elizabeth Arden saíra de linha. A mulher sofrera uma perda óssea tão grave que sua coluna se curvara para a frente transformando seu corpo numa letra "r". Essa mulher tinha uma curvatura semelhante, embora não tão dramática. Porém, mais marcante que sua postura e seu andar vacilante, o que mais chamava a atenção na mulher era o rosto: a pele tão esticada que parecia prestes a rasgar se tentasse piscar ou fechar a boca; os olhos tão esticados que ela estava no limite do terror. Vestia um jeans azul com bom caimento, que apertava a pele fofa da cintura, e uma camiseta apertada de manga longa, que dava a impressão de que ela tinha tatuagens. Mary não sabia que estava olhando; só percebeu que bloqueava o caminho quando a mulher já vinha quase em cima dela, dizendo:

— Com licença.

Dando um passo para trás para abrir caminho, Mary viu que, da parte inferior e reta no fim das costas da mulher, do jeans azul folgado, escapava a protuberância de uma fralda geriátrica. Quando a mulher se virou e a flagrou olhando, Mary se sentiu envergonhada, mas não conseguia parar de se maravilhar com o corpo da mulher, qual uma obra de arte danificada, perguntando-se como teria sido e que jornada o teria transformado.

Virando-se, avistou um anúncio numa janela na qual se lia: *Serviço de Limpeza Gold Piscinas. Grandes Promoções para Novos Clientes.* Atendendo a um impulso, entrou na loja a fim de contratar os serviços da empresa para a limpeza da piscina abandonada de sua sogra. Mesmo que Eden não conseguisse mais nadar uma centena de voltas, talvez conseguisse uma ou duas, pensou, desejando minimizar a angústia da mulher.

Quando deixou a loja algum tempo depois, notou um homem olhando a estante de sapatos em oferta em frente à sapataria ali bem perto. Havia algo de familiar nele, mas, com o sol em seus olhos, não foi capaz de identificar imediatamente quem estava ali, segurando um par de sandálias femininas amarelas naquelas enormes mãos morenas. Sua visão se acostumou, e ela enxergou Jesús García. Estava pronta para chamá-lo quando ele repentinamente enfiou as sandálias amarelas sob a jaqueta e se afastou.

Mary teve uma visão da Loja de Variedades Klik. Comprara tanto doce do casal que eles nunca imaginariam que ela estava roubando também. Enchendo as mãos, a boca, surrupiando, escondendo barras de chocolate bem no fundo dos bolsos enquanto eles faziam outras vendas, tentando parecer inocente enquanto esperava para devorá-las.

Assustada com a velocidade e a estranheza do furto, observou Jesús García sumindo pela avenida comercial. Ansiosa para saber como estava Ernesto, começou a segui-lo, mas parou, preocupada com a possibilidade de ele deduzir que ela havia testemunhado seu crime. Nunca imaginaria que ele fosse um ladrão, mas era isso. Todas as pessoas tinham segredos.

Ninguém era quem aparentava ser.

Cuatro chicas

Caminhar tornara-se cada vez mais fácil nos dias que sucederam a partida de Gooch, e Mary encontrou ainda mais redenção em seus novos tênis brancos. Mal podia notar a distância que já percorrera antes de apertar o botão do semáforo no cruzamento. Examinou o terreno empoeirado na esquina, surpresa ao ver mulheres morenas e baixinhas reunidas em torno do poste e uma dúzia a mais de buquês de flores silvestres espalhadas no chão. Aquelas mulheres teriam trazido as flores? Nunca as vira ali.

Atravessando a rua, atraída pelas flores, dizia a si mesma que a homenagem não era para Ernesto, uma vez que era óbvio que Jesús García não estaria por aí roubando sapatos se seu bom amigo tivesse acabado de morrer. Ainda assim, estava curiosa sobre o memorial de beira de estrada e sobre as mulheres diante dele. Sem se importar com a fina poeira sobre seus tênis novos, caminhou em direção a elas.

Havia uma placa pregada ao poste decorada com uma única coroa de flores de plástico desbotadas e um texto em espanhol.

— Para que é isto? — perguntou.

Elas responderam de uma só vez, num espanhol rápido.

— Não é Ernesto? — perguntou ela, incerta. As mulheres, em sua maioria aparentando a mesma idade que a dela, não compreenderam. Ela apontou a placa. — Isso é para um homem chamado Ernesto?

No entanto, a atenção das mulheres se desviou para um furgão prateado estacionando no terreno empoeirado. O motorista, um homem magro, de cabelos curtos e rosto marcado, parou. Seus olhos pousaram rapidamente em Mary quando desceu o vidro da janela e chamou a mais pesada das mulheres mexicanas, que também era a mais velha, grisalha e fatigada.

— Vamos logo, Rosa. Temos uma hora.

O homem mal-humorado desceu do veículo e deu a volta para liberar a porta lateral. As mulheres embarcaram. Ele parou para olhar Mary.

— Não estou com elas — explicou Mary.

Quando ele riu, Mary deu as costas para partir, ligeiramente ofendida, mas subitamente sentiu uma dor lancinante, uma queimação entre os olhos que fez com que seu coração disparasse. Apoiou-se no poste.

O homem parou de rir.

— Você está bem? Devo chamar uma ambulância?

— Não — disse Mary. — Só preciso recuperar o fôlego.

Ele sorriu e deu de ombros, como que dizendo *Eu tentei*, e estava pronto para fechar a porta quando contou as mulheres dentro do furgão.

— Disse para você me encontrar aqui com *quatro* garotas, Rosa. *Cuatro chicas.*

— *Sí* — disse a fatigada mulher no banco traseiro. — *Cuatro chicas.* Ela contou as mulheres no furgão para provar. — *Cuatro.*

— Quatro *contando* você. Não quatro e *mais* você. Meu chefe disse quatro. Não posso levar cinco.

— Tudo bem — garantiu. — Dividimos o dinheiro.

— Não posso levar cinco. Não posso levar cinco quando ele disse quatro. Uma de vocês precisa sair.

As mulheres calaram-se diante da afronta. Mary apertava os olhos em meio à dor, observando quando elas se viraram para Rosa dentro do furgão e começaram uma silenciosa argumentação de olhos arregalados, sobrancelhas levantadas e lábios apertados até que a questão fosse decidida. Oito olhos castanhos miraram a menor mulher, que também era a mais jovem e que, Mary reparou assim que desceu do veículo, estava nos estágios finais de uma gravidez.

Tossindo com a poeira levantada pelo furgão que partia, a moça tirou um celular da bolsa e tentou sem sucesso fazer uma chamada. Proferindo xingamentos em sua língua natal, abordou Mary, seu sorriso realçava uma cicatriz profunda à direita do seu lábio superior. Parecia grávida demais para estar trabalhando como faxineira. E jovem demais para estar grávida.

— Você tem um celular? — perguntou.

— Não tenho celular — desculpou-se Mary.

A garota grávida contou as sacolas em suas mãos e, em seguida, empalideceu ao olhar para o furgão que desaparecia na estrada. Praguejou em espanhol.

Mary conhecia muito bem aquele olhar.

— Perdeu alguma coisa? Esqueceu algo?

— Meu almoço — disse a moça em um inglês cuidadoso antes de voltar a praguejar em espanhol. Acariciando sua pesada barriga, olhou em direção à rua. — O ônibus passa aqui? — perguntou.

Mary virou a cabeça para olhar para o abrigo de trânsito e, mais uma vez, sentiu a terrível dor em sua cabeça.

— Está passando mal? — perguntou a moça, recuando ligeiramente.

— Não — disse Mary cambaleando. Fechou os olhos e quase ouviu o som do despertador em meio ao ruído do tráfego. Esperou, mas a sensação não passava, e ela permanecia ali ao lado do enfeitado memorial no terreno poeirento em Golden Hills, Califórnia, e viu que aquilo era o fim. Nunca imaginara um cenário assim para sua morte e sentia uma estranha excitação diante do inesperado. Então, sua visão final seria a do céu azul e do sol confortante. O último som que ouviria seria o de buzinas na rodovia 101. E a última pessoa em quem pousaria os olhos seria uma mexicana grávida e miúda com uma cicatriz no lábio superior. Talvez essa garota fosse Deus. E tivesse o poder de perdoar.

Mary abriu bem os olhos, esperando captar uma aura divina. A garota desaparecera. Nenhum sinal dela na estrada. Talvez nunca houvesse estado ali afinal. Com o coração aos pulos, Mary esperou a agulhada fatal, mas o aperto em seu peito cessara, e ela pôde respirar profundamente, inalando a poeira dourada. A dor em sua cabeça passara também. Não agora. Não aqui. Não ainda. Em silêncio, fez uma prece.

Se algum dos motoristas que passaram havia notado a surpreendente visão de uma mulher branca apoiada no poste da empoeirada esquina do terreno dos mexicanos, nenhum parou para investigar. Agarrando o poste, Mary teve uma sensação de *déjà-vu*, lembrando-se de si mesma quando mais nova, segurando o cabo de metal de um esfregão durante uma tempestade elétrica, tentando então, como agora, fazer o extraordinário.

Afastando-se do poste, tomou a direção do hotel em passos incertos a princípio e depois em longas passadas. *Eu não. Não aqui. Não agora.* Desejou ser uma escritora como Gooch para conseguir fazer um poema em gratidão à bênção das segundas chances.

Ofegante, brilhando com a chama da vitória, entrou no saguão do hotel relembrando sua promessa de servir de babá. Imaginou se a onda de calor que sentia eram as endorfinas por seu esforço ou se a sensação era a de expectativa pela noite que se seguiria, ao passo que reconhecia que os meninos podiam ser a tribo pela qual tanto esperara. Olhando de relance para a janela do restaurante enquanto passava, Mary ficou surpresa ao ver a moça mexicana grávida do terreno na esquina, embalando um chá gelado numa das últimas mesas.

Examinou a mulher, que lançava olhares furtivos do relógio em seu pulso para o estacionamento além das janelas e para a bandeja de café da manhã intocada em frente a um senhor de idade na mesa ao lado. Embora sempre ficasse longe de restaurantes e nunca se aproximasse de bufês, Mary entrou, seguindo um impulso misterioso. Todos os olhares no lugar lotado, alguns mais discretamente que outros, observavam seus movimentos rumo ao serviço de bufê, fazendo com que começasse a transpirar. Ela gritou para si mesma silenciosamente:

— *Que diabos você está fazendo?*

Parando diante das opções apresentadas — fatias grossas e suculentas de rosbife e frango temperado com limão e pimenta, macarrão cremoso, cubos de batatas cozidas salgadas, arroz na manteiga —, subitamente entendeu por que entrara. Pegando uma bandeja e um prato, Mary começou com as carnes. Indecisa entre o bife e o frango, colocou ambos no prato, depois uma colherada de macarrão, arroz, uma espiga de milho fumegante e vários pãezinhos com manteiga. Podia sentir os olhares dos outros sobre suas costas quando acrescentou uma taça de pudim e uma fatia de torta de cereja à sua bandeja. Duas caixinhas de leite. Uma garrafa de chá gelado. A moça do caixa nem a encarou enquanto ela pagava pela comida.

Deslizando por entre os outros clientes, encontrou a garota com a cicatriz no lábio e pousou a montanha de comida diante dela. A moça a observou. Belos olhos amendoados, como na foto da esposa de Jesús García. Jovem o bastante para ser filha dele. Ou de Mary.

— *Buen provecho* — disse. — Coma.

A moça aceitou com gratidão, avançando sobre o bife. Mary parou diante da mesa, emocionada com a mastigação dela, desfrutando sua própria fome, mas não por comida. Alucinada em sua gulodice, a moça grávida nem viu quando Mary deixara o restaurante, mas os outros clientes viram, engolindo em seco.

De volta a seu quarto no hotel, Mary se acomodou para ler, mas não conseguia se concentrar. Ainda faltavam duas horas para que se apresentasse à casa de Ronni Reeves para o serviço de babá. Bastante tempo para ocupar a espera de uma hora pelo táxi. As letras pequenas embaçaram conforme a dor entre os olhos aumentava e o rosto de Heather invadia sua visão.

Fechou o livro, afastando os pensamentos de Heather para fantasiar sobre o retorno de Gooch. Precisava encontrar algo para vestir. Algo verde para combinar com seus olhos. Decidiu que gostaria de reencontrá-lo na casa de Eden, e não no hotel, naquele quintal, sob o brilhante eucalipto. Pensou no rosto de Gooch ao vê-la, em como ele levantaria os ombros e sorriria daquele jeito maravilhoso — o jeito dele de dizer, *Ah, a vida* — e em como Mary concordaria duas vezes e inclinaria a cabeça, como que dizendo *Eu sei*.

Não importava a que conclusões ele poderia chegar, não importava a clareza que tivesse alcançado em conversas com Deus: certamente ficaria arrasado com a morte da irmã. Mary tinha esperanças de que Eden fosse poupada do fardo de dar a notícia. Em sua imaginação, via-se espremida com Gooch nos minúsculos assentos do avião em sua volta para o Canadá, imaginando o que fazer com os restos mortais de Heather. "Ela gostava da água." Gooch poderia sussurrar. "Era um peixinho quando mais moça." Ou talvez tivesse um rompante de humor negro e sugerisse espalhar suas cinzas sobre um campo de papoulas, quem sabe maconha.

Mary chamou a recepção para pedir um táxi e se sentou em silêncio no banco traseiro quando ele chegou. Ao passar pelo crescente memorial na esquina, examinou os rostos entre os poucos homens, imaginando se Jesús García estaria entre eles, esperando por seu tio com um problema nos quadris e carregando as sandálias amarelas roubadas escondidas na sacola que levara para o trabalho.

Imaginando as sandálias amarelas entre o tapete de sapatos na porta da frente da casa, lembrou-se de que Jesús dissera que ele trabalhava naquela praça, o que tornava seu delito ainda mais ousado. Supôs que as sandálias eram um presente para sua bela e roliça esposa. Mas ela não acharia aquilo estranho? Ou teria ele roubado antes, diferentes estilos e tamanhos, para aumentar a impressionante coleção em frente à porta?

Aborrecida com sua curiosidade sobre Jesús García, Mary dirigiu seus pensamentos de volta a Gooch. Já bastava o mistério de um homem. Perguntava-se se Gooch gostaria do seu cabelo vermelho.

Até que a morte nos separe

O Lincoln Navigator preto estava estacionado ao lado da enorme picape na entrada da casa de Ronni Reeves, a esposa abandonada, quando Mary chegou de táxi às 5h45. Assim que se aproximou, ouviu uma sinfonia que ultrapassava as portas e janelas: a percussão do grito de uma mãe, acompanhada de um trio de crianças aos berros e dos latidos graves de um cachorro. A ideia de uma noite sozinha no hotel subitamente se tornava tentadora, mas Mary não conseguiu evitar que seus pés a levassem até a porta ou que seus dedos apertassem a campainha.

O som dos gritos foi instantaneamente substituído pelo ruído de fundo de uma televisão ligada no último volume. Passado um longo momento, a porta se abriu. Ronni Reeves, com o rosto vermelho e os olhos inchados, tentava sorrir.

— Oi, Mary. Entre.

— Escutei... da rua... parecia...

— Está tudo bem — disse Ronni, surpresa ao notar que Mary ainda vestia as calças azul-marinho de pijama cirúrgico que usara mais cedo. — Eles só estão um pouco cansados.

Mary alisou o avental sobre sua barriga protuberante, como que se desculpando por sua péssima escolha de vestuário.

— Imagino que você esteja acostumada com o barulho.

Uma confusão além da porta. Um guincho de dor. Crianças gritando. Ronni respirou fundo.

— Meninos! — gritou, batendo palmas. O cachorro latiu de um cômodo distante do lugar onde os meninos se engalfinhavam.

— Meu Deus — disse Mary.

— Meu marido nos deixou há seis semanas — disse Ronni. — Não estamos lidando bem com isso.

— Você me contou.

— Contei? Já contei isso a você? Deus, os vizinhos ainda nem sabem.

Um som de vidro quebrando. A mulher ainda trocou um olhar antes de se lançar ao corredor e encontrar os três meninos na sala dos fundos por entre os cacos de um enorme aparelho de televisão. Os trigêmeos estavam paralisados de susto com o acidente e continuaram imóveis quando Mary os instruiu:

— Não se mexam.

Ela resgatou cada um deles e os colocou em segurança, erguendo-os sobre o amontoado de cacos de vidro até os braços da mãe arrasada.

— Só quero gritar — disse Ronni baixinho.

Entendendo tudo, Mary a levou até a porta da frente.

— Vá. Pode ir.

— Tem certeza?

— Nós vamos ficar bem. Tenho o seu telefone. Vá.

— Obrigada, Mary. Obrigada. — Ronni pegou sua bolsa, beijou os três garotos e disse: — Sejam bonzinhos com a sra. Gooch, meninos.

E, sem perguntar duas vezes, Ronni partiu. Mary observou ela sair com o carro e, quando se virou, encontrou os meninos atrás de si.

— Quero ver televisão! — gritou Joshua.

Os outros concordaram barulhentamente. Mary os observou por um momento.

— Tudo bem...

Ela foi até a sala nos fundos, mas parou, fingindo estar surpresa.

— Meu Deus, meninos. A televisão está quebrada.

— Queremos assistir! — berrou Joshua.

— Mas está quebrada.

— Não é justo! — gritou ele.

— TV, TV, TV! — fizeram coro os outros dois.

— Sinto muito, meninos, mas *eu quebrei* a televisão de vocês — explicou Mary.

Joshua parou de gritar:

— *Você* não quebrou.

— Não quebrei?

— *Nós* quebramos! — insistiu o menino, ultrajado.

— Bem, sendo assim, a culpa é só de vocês — disse Mary, encolhendo os ombros.

Os trigêmeos observaram a estranha mulher indo até a cozinha.

— O que vamos fazer?

— Eu gostava de desenhar. Posso mostrar a vocês como desenhar um cachorrinho.

Eles concordaram, tomando seus lugares em torno da mesa da cozinha.

— A caixa de artesanato está ali — apontou Joshua, mostrando uma cesta que continha livros para colorir rasgados e lápis quebrados. Mary encontrou algumas folhas em branco e se sentou com os garotos.

— Conheço alguns truques para desenhar um cachorrinho. Até uma criança de dois anos consegue fazer.

— Nós temos três — disseram os meninos em uníssono.

— Ah, três. Bem, então vocês não terão dificuldade. Se vocês têm três, posso mostrar como fazer um gatinho e um cavalo também.

Uma vez que as crianças estavam envolvidas na atividade artística, com os dedinhos grossos manuseando os lápis e as línguas rosadas de fora passeando pelos lábios, Mary parou para observar ao seu redor a bela casa com cozinha americana. Podia imaginar o prazer que Ronni Reeves deveria ter sentido ao decorá-la, mesmo tendo sido mal-assessorada em suas escolhas. A mobília, elegante demais para uma casa com três meninos, estava cortada, rasgada, muito manchada e amassada. O que aquilo dizia sobre o casamento daquela pobre mulher? Era impensável que os três belos meninos pudessem ter arruinado a união dos pais do mesmo jeito que haviam feito com a decoração, mas Mary adivinhava a trajetória: a nova mãe aflita e exausta, o marido desprestigiado e negligenciado. Ela, tão cansada e carente de amor, buscando isso em outro lugar. Milagre seria se qualquer casamento sobrevivesse, pensou Mary.

Até que a morte nos separe. Será que noivos ainda diziam isso um ao outro? Não era o cúmulo da hipocrisia, já que ambos começam a relação sabendo que há tanta chance de um casamento durar quanto de acabar? Mary se perguntava se os índices de obesidade na população da América do Norte haviam aumentado proporcionalmente ao número de divórcios. A confusão entre o prazer da gulodice e a satisfação pessoal. Com frequência, um cônjuge dizia querer mais. Precisar de mais. Não ter o suficiente. Seu próprio casamento não durara tanto quanto podia, pelo menos para Gooch, como ficara evidente com sua partida. Então, o que os mantivera unidos durante todos esses anos, além da inércia?

Deve ter havido alguma troca de energia entre eles, mesmo depois de terem parado de se conectar no sentido físico. Amor ou uma forte lembrança dele, algo misterioso e complexo. Lembrou-se de que, pouco tempo depois do Dia do Trabalho daquele ano, dissera para Gooch em tom de brincadeira que por acaso escutara Ray comentar sobre o traseiro dela. Gooch se levantara fervendo da cadeira vermelha de vinil na cozinha em direção à porta. Foi preciso impedi-lo de dirigir até a loja para confrontar o chefe dela, mas secretamente Mary adorara sua fúria. Lealdade. Não condicionada a um anel de ouro em torno de um dedo específico, mas mantida em seu íntimo, como um órgão vital.

Com o lápis roxo parado sobre a folha em branco e o pensamento congelado numa imagem do dia de seu casamento, foi despertada por um dedinho pequeno e insistente que a cutucava.

— Você é gorda — disse Joshua, com a mão desaparecendo em uma dobra na altura do umbigo dela. Interrompida pelas cócegas e encantada com a careta do menino loirinho, Mary resgatou a mão dele.

— Você não precisa chamar uma pessoa de gorda — disse gentilmente.

— Por quê? — perguntou ele, piscando.

— Porque ela já sabe — disse Mary, devolvendo-lhe uma piscadela.

— Você é mais gorda do que o tio Harley — sentenciou Jacob.

Ela riu. Aparentemente, a palavra não tinha uma conotação negativa para os meninos, como se, em seus corações inocentes, fosse apenas outra forma geométrica. Círculo. Quadrado. Gorda.

Depois de colorir por algum tempo, Mary fez aviões de papel para Jacob e Jeremy. Quando começaram a derrubar bombas de lápis um sobre o outro, ela encontrou uma estante cheia de livros infantis e reuniu os garotinhos no sofá da sala de visitas. As três figuras inquietas logo se acomodaram contra seu corpo enorme e acolhedor enquanto ela lia em voz alta os livros que lhe iam empurrando. Um repousando os dedos grudentos em seu braço, outro mexendo distraidamente em seu cabelo ruivo e o último subindo em seu colo, cativado pela mais simples das narrativas. Mary suspirou, estava sendo acariciada carinhosamente por mãos que não as suas próprias.

Depois de ler onze livros, três deles duas vezes, ela estava sedenta, mas, ainda assim, ficou decepcionada ao ouvir um carro estacionando. Levantou-se do sofá e foi até a janela, seu coração veio à boca ao ver não o Navigator preto, mas um Mercedes prateado. Dizendo aos meninos que continuassem sentados, foi atender à porta da frente.

— Olá — disse ela ao homem moreno e sisudo na varanda.

— Quem é *você*? — devolveu o homem, tentando ver o interior da casa atrás dela.

— Sou a babá.

O olhar dele continha um tom de crítica, tanto a seu porte quanto ao vestuário.

— Você é da empresa?

— Amiga da família — disse Mary, confiante.

— Cadê a Ronni? — Ele tentou empurrá-la para passar, mas ela bloqueou a porta. — Meninos! — gritou para o interior da casa. — Joshua! Jacob! Jeremy!

Os meninos precipitaram-se para o corredor, lançando-se aos braços do homem sisudo e gritando:

— Papai!

O enorme e peludo cão, que estivera dormindo ao lado do sofá, começou a latir e a uivar, fazendo festinha nos calcanhares do homem.

— Vou levá-los para tomar sorvete — gritou ele acima dos latidos do cão, atraindo os maravilhados meninos até o carro ainda ligado.

— Não! — Opôs-se Mary. — Você não pode *levá-los*! Não pode levá-los a lugar *algum*!

Ele empurrou os meninos para dentro do carro enquanto Mary continuava berrando e o enorme cão, por sua vez, protestava com latidos furiosos. Ela dançou em torno do carro enquanto ele trancava as crianças.

— Você nem colocou o cinto de segurança neles! — gritou.

Mas ele tomou lugar no assento e engatou a ré. Apavorada, Mary correu até a traseira do veículo e parou a picape prateada com as mãos. O cão juntou-se a ela, não mais latindo para o homem, mas agora para ela.

O pai dos meninos baixou o vidro da janela, rindo do absurdo que era a enorme ruiva de pé atrás do seu carro sob o cerco do cachorro barulhento.

— Você só pode estar brincando — gritou ele. O cão correu para o lado dele e pulou em seu colo através da janela. Mary cruzou os braços, inclinando as costas contra a picape. Pensando que ela blefava, ele soltou o pé do freio. Ela se manteve firme, sentindo o calor do escapamento queimar sua perna.

Com o canto do olho, Mary viu Ronni Reeves irrompendo pela entrada com seu Navigator, bloqueando o Mercedes. A mãe desceu do veículo, bradando obscenidades contra o marido flagrado. Mary abriu a porta do Mercedes e carregou os meninos para fora, o cão peludo os conduziu de volta à casa, protegendo os pequenos da aula de vocabulário obsceno enquanto seus pais em guerra derramavam sangue na calçada.

Quando entrou pela porta alguns minutos depois, Ronni estava arrasada.

— Sinto muito que isso tenha acontecido, Mary.

— Agora os vizinhos estão sabendo — disse Mary.

Ronni estremeceu:

— Ele é tão *babaca*.

— Os meninos podem ouvir você — advertiu Mary. As crianças, porém, já haviam passado para a cozinha, onde provocavam o cão, que ainda estava latindo.

— Você nunca mais vai tomar conta deles para mim, não é? — Ronni perguntou mordendo o lábio. — Você não faz ideia de quanto isso tudo é difícil.

Mary a interrompeu:

— Meu marido também me deixou.

Ronni esticou sua bela mão para tocar o braço carnudo de Mary.

— Por uma mulher mais jovem?

— Ele precisava de um tempo para pensar.

— Tom também disse isso. O que ele não falou é que precisava de tempo para pensar no pau dele na boca da amante, mas foi o que eu concluí. — Mary estava tão estarrecida com a linguagem de Ronni Reeves quanto fascinada por sua ira. — Desculpe-me — acrescentou Ronni. — Mas tenho certeza de que você sabe do que estou falando. Ia pedir que você viesse de novo amanhã à noite.

— Amanhã à noite? Ah, eu não sei — considerou Mary.

— Tenho uma oportunidade em outra demonstração de bijuterias. Realmente preciso do dinheiro. — Ela pegou a carteira e colocou algumas notas nas mãos de Mary.

Recusando as notas, Mary disse:

— Não, por favor.

— Geralmente eu pago às minhas babás.

— Considere como um favor. Eu sou amiga da família, lembra?

— Minha amiga da família virá amanhã?

— Suponho que eu possa vir amanhã. — Mary imaginou quantos livros poderia ler em voz alta antes que ficasse sem voz.

— Que tal tornarmos isso frequente? Pelo menos enquanto você estiver na cidade. Algumas horas durante as tardes e nas noites em que eu precisar representar a Lydia Lee? — pediu Ronni, esperançosa.

— Eu realmente não sei até quando ficarei aqui.

— É claro. Você está apenas esperando até Jack...

— Estou esperando por Gooch, meu marido.

— Você disse agora mesmo que ele a deixou.

— E deixou, mas não permanentemente.

— Ah, e quando ele volta?

— Quando tiver terminado de pensar. Ele está acampando em algum lugar e depois voltará para ver a mãe novamente — explicou Mary. — E eu quero estar aqui quando isso acontecer.

— Para tentar convencê-lo a voltar para casa com você?

— Preciso dizer muitas coisas a ele.

Ronni Reeves apertou o braço de Mary:

— Não importa o que você diga, não importa como diga, acredite: ele já tomou a decisão.

Chuva de meteoros

A música da longa e insone noite, tão familiar para Mary, daquele grandiloquente réquiem que costumava ouvir em Leaford, transformara-se em uma explosiva ópera rock em Golden Hills; o ronco rouco de sua geladeira Kenmore fora substituído pelos uivos de coiotes, o tique-taque do relógio e o som de pássaros noturnos repetindo o refrão: *Ele já tomou a decisão*. Pedaços de cenas de desconhecidos em terras estranhas com acordes de guitarra elétrica ao fundo. Ronni, a esposa amargurada. Tom, o marido infiel. Até mesmo os sogros de Mary eram parentes quase desconhecidos. A loura da limpeza. Ernesto, que pensara que ela fosse um anjo. Jesús García e suas sandálias amarelas roubadas.

Assim que amanheceu na encosta, Mary pensou na mexicana grávida com olhos castanhos amendoados, relembrando a forma voraz como devorara a comida. Mary nem conseguia se lembrar da última vez em que ela própria tivera uma refeição completa. Disse a si mesma que deveria estar faminta e respondeu que não estava.

Concentrou-se na agenda do dia. Ir ao banco buscar o novo cartão, que deveria chegar naquele dia. Estava ansiosa para checar o saldo, preocupada com a possibilidade de o dinheiro sumir de repente, assim como aparecera. Não confiava na constância de objetos. Após resolver tudo no banco, deveria ir à casa de Eden para preparar a comida do círculo de orações e fazer qualquer outra coisa que precisasse ser feita caso a empregada de Eden não tivesse aparecido novamente. Descansar no hotel pela tarde com um bom livro. Cuidar dos meninos de Ronni Reeves durante a noite.

O sol já havia nascido quando tomou o caminho da autoestrada e decidiu caminhar até o banco para se exercitar. Apertou os olhos contra o clarão da larga rodovia de concreto. O espaço entre seus olhos começou a doer novamente, e ela se preocupou com um possível dano maior do que pensara a princípio ao bater a cabeça contra o volante no estacionamento em Chatham. A aspirina não estava funcionando. Precisava de algo mais forte para a dor.

Mais à frente, viu um amontoado de homens e nenhuma mulher esperando na esquina do terreno. Dúzias de buquês decoravam o memorial agora e, abaixo dele, uma enorme jarra ao lado das flores murchas na garrafa de refrigerante recebia moedas e notas de dólar. Uma fotografia fora pregada abaixo da placa no poste. Ela se aproximou. A foto era em preto e branco e datada. Um rapaz com olhos de aço sob um chapéu de feltro. Bem diferente de Ernesto. Ela sorriu para alguns dos trabalhadores, que a observavam desconfiados.

— Alguém fala inglês? — perguntou timidamente.

— Precisa de trabalhadores? — Um homem perguntou, esperançoso.

— Não. Na verdade, não. Nem sequer tenho um carro. Queria saber do Ernesto. Ele sofreu um acidente aqui há alguns dias. Sei que esse não é ele — disse, apontando para a foto —, mas alguém o conhece? Alguém sabe como ele está?

O homem, que ansiava por trabalho, balançou a cabeça.

— Esse não é Ernesto.

— Sim, eu sei.

— Esse é Guillermo.

— Guillermo?

— Ele morreu no campo. Foi o calor — disse ele, apontando o sol.

— Que coisa horrível! Isso é terrível.

— Sim.

— Isso é para a família dele? — perguntou Mary, indicando a jarra de dinheiro.

Ele sacudiu a cabeça.

— Para o funeral dele.

Os outros homens observaram Mary por baixo de seus bonés enquanto ela seguia em direção ao poste. Depois de estudar a foto por um momento, remexeu dentro da sua nova sacola azul com detalhes prateados, tirou um bolo de notas e as dobrou para encher a jarra com todo o dinheiro que tinha.

Juntando-se aos corredores, pedestres e ciclistas, Mary percorreu as calçadas bem-cuidadas até o banco, imaginando se Gooch, pressentindo sensitivamente a tragédia de Heather, seria atraído de volta à sua mãe pelo círculo de orações de hoje.

Seu novo cartão do banco chegara, como prometido, e Mary estava ansiosa para usá-lo na máquina que ficava do lado de fora do prédio. Sacou a máxima quantia possível e checou o saldo no recibo. Uma quantia extra de dinheiro fora sacada da conta. Quatrocentos dólares. Gooch, só podia ser ele. O saque foi o máximo de comunicação que tiveram desde que ele a olhara com aquela expressão na véspera do aniversário deles e dissera:

— Não me espere acordada.

Atravessando o estacionamento, Mary sentiu seu coração se alvoroçar com esperança. O saque provava que ele não estava morto. Não caíra numa ribanceira. Não estava perdido na floresta. Poderia estar, agora mesmo, correndo pela autoestrada, tendo encontrado as respostas que estivera procurando. Ele poderia ter feito o saque para ter meios de atravessar o trecho que faltava para chegar de volta à casa de

Eden. Percorreu os corredores da drogaria, seu otimismo foi lentamente dominado pela dor entre os olhos. Aproximou-se do farmacêutico no balcão dos fundos e pediu o analgésico mais forte. Ao perceber que não conseguiria percorrer a distância até a casa de Eden a pé, solicitou ao farmacêutico o favor de chamar um táxi.

— Vou esperar naquela sombra mais próxima, perto do restaurante. — disse.

— Vai demorar...

— Eu sei — sorriu ela.

Inalando o ar do lado de fora, Mary sentiu não um aroma, mas certa umidade. O motorista da limusine dissera que o oceano estava do lado oposto da rodovia para Golden Hills. A cerca de quinze minutos de viagem de onde estavam. Desejava ir até lá, ficar na arrebentação com suas calças erguidas sentindo a maresia em seu belo rosto e rezando ao deus do mar pelo retorno do marido.

Mal dava para ver a rodovia de onde estava sentada, escondida atrás de uma fileira de ciprestes. A música dançante de uma banda famosa ecoava por um falante escondido dentro de uma pedra falsa no jardim aos pés dela. Ela fechou os olhos, envolvida por um par de braços fortes e grossos, gingando ligeiramente ao som da música. Podia contar nos dedos o número de vezes que havia dançado com o marido, cada vez num casamento diferente durante os anos. Gooch insistiria em tê-la na última dança, iria puxá-la e depois se inclinaria para beijar sua orelha, porque ele queria transar.

Mary passaria o restante da noite em sua cadeira, chupando amêndoas confeitadas de saquinhos de filó branco. Casamento após casamento, Mary ficara feliz com sua independência. Não precisava que Gooch se sentasse ao seu lado a noite toda só porque ela não gostava de dançar ou não sabia como fazê-lo ou não podia conceber sacudir seu quadril generoso entre estranhos. E não era apenas independente; era também confiante e segura, encorajando Gooch a ir para a pista de dança com outras mulheres. *Leve Wendy para rodopiar. Vá dançar com Kim e Patti.*

Todas as mulheres queriam dançar com Gooch. Para se sentirem pequenas naqueles enormes braços fortes e dominadas por aquela mão gigantesca em suas costas, para fingir inocência ao roçar coxa com quadril enquanto coravam ao suave toque do cabelo. Deslizes flagrantes, perdoados ou esquecidos pela ressaca do dia seguinte. Virilhas rodopiantes. Peitos balançantes. Traseiros empinados. Uma enxurrada de transgressões.

Gooch gostava de brincar que Mary "era sua cafetina" nos casamentos. "Vá dançar com a tia de Dave. O marido morreu há cinco anos", diria ela. Ou "Disse a Joyce que você dançaria com ela. O marido tem gota".

No último casamento para o qual foram convidados, a união da filha mais velha de Theo Fotopolis com um rapaz de Atenas, eles eram desconhecidos. A mesa para dez pessoas à qual foram destinados era a mais distante dos noivos, revelando o prestígio que os Gooch tinham entre os convidados. A posição serviu bem à Mary, que não tinha nada decente para vestir e estava usando uma blusa casual demais com uma saia fazendo conjunto em meio a um mar de brilhos e cintilâncias. Apresentando-se aos colegas de mesa, percebeu que aquela era a ilha de excêntricos e párias: a viúva rabugenta, a tia solteirona tagarela, o fotógrafo descasado, o padre e sua mãe.

Um assento, a cadeira ao lado de Mary, ficou vago durante o longo e delicioso jantar grego, que foi para a boca de Mary o que o sexo já fora para seu âmago. Instantaneamente viciante. Queria tudo e muito mais e, embora odiasse comer em público, limpou cada prato que foi servido até a sobremesa. Foi quando a última convidada chegou para preencher a cadeira ao lado dela.

Mary estava com trinta e poucos anos. A mulher tinha a mesma idade, mas parecia mais jovem, muito alta e elegante, morena, com um corte de cabelo curto e estiloso e um vestido azul simples que apertava seu busto empinado e as curvas generosas de seu quadril. Ela tomou o assento, sussurrando para Mary com a cumplicidade de uma irmã:

— Mesa das solteiras, hein? Odeio casamentos. — E, pondo os olhos em Gooch no seu traje escuro, sorriu e acrescentou: — Talvez não.

Um brinde espontâneo para a noiva impediu que Mary apresentasse Gooch como seu marido. Sentindo-se pesada e percebendo que havia comido demais e muito rápido, deixou o doce com calda de mel no prato e pediu licença para ir ao banheiro.

Quando voltara, a banda dava o primeiro acorde e a recém-chegada estava arrastando Gooch para a pista de dança enquanto a orquestra tocava uma música lenta. Gooch viu Mary no meio da multidão e levantou os ombros como se dissesse: *O que eu faço?* E Mary foi na direção oposta até a picape no estacionamento, inclinando-se contra a grade, ouvindo o som da brisa, imaginando quantas músicas tocariam até que Gooch percebesse que ela se fora.

Ele chegou num instante, procurando pelo estacionamento desde a enorme porta de carvalho do salão de banquetes. Suas pernas compridas o levando adiante. Estava bravo.

— Você não pode sair correndo desse jeito.

— Vamos para casa.

— Não, não vamos — disse ele com firmeza.

— Eu vou para casa.

— Eu vou ficar, Mary — desafiou, girando nos calcanhares e saindo.

Não importava quão boa fosse em negar, Mary não podia deixar o marido sozinho no casamento. De volta ao salão, viu a bela mulher encontrando Gooch entre as pessoas no bar, observou a linguagem de seus corpos enquanto ele falava com a outra em meio ao barulho. Ela olhou para o lado de Mary e, então, voltou a atenção para Gooch, sorrindo. Gooch disse mais alguma coisa. A mulher olhou para Mary novamente, atordoada e depois contrita, sentida e envergonhada. Mary a perdoou porque, afinal, associando-se a situação com uma daquelas atividades pré-escolares, quem teria desenhado uma linha unindo Mary e Gooch?

Na última dança da noite — a última que tiveram juntos —, Gooch aproximou-se com aquele sorriso exibido, esticando a mão:

— Última dança, Mare.

Ela sorriu, levantou sua mão até a dele e permitiu que a conduzisse até a pista. Com aquela mão em suas costas, que não era pequena em nenhum lugar, ele a puxou para si, a guiou num lento círculo entre os poucos dançarinos restantes e inclinou-se para beijar o ouvido dela, sussurrando:

— Amo você.

Eles circularam, Gooch cantava em seu ouvido, o hálito quente, a voz rouca de astro do rock. Mary acomodou seu corpo contra o dele, fechando os olhos e os abrindo ao sentir o impacto de outro traseiro na pista de dança. A bela mulher no vestido azul dançava com o sobrinho de 12 anos do noivo, provocando-lhe um sorriso enlevado emoldurado por bochechas escarlates. Ele estava no céu. Mary ficou enojada.

Ao longo da dança, cada visão que Mary perdia da mulher bonita era uma visão ganha por Gooch. Ela imaginou que ele não estava girando mais, afinal, seus olhos se encontravam fixos no belo prêmio do garoto. Quando sentiu os dedos do marido apertando a gordurinha de suas costas, encolheu-se. Quando sentiu o crescente volume da ereção dele, empurrou-o para longe, dizendo:

— Vamos embora, Gooch.

Gooch não entendeu bem o gesto e ficou confuso quando, ao agarrar o seio dela no carro, recebeu um tapa.

— Não enquanto estou dirigindo — ralhou. Limpou a garganta e tentou não soar acusadora. — Sei no que está pensando, Gooch.

— Pensei que você estivesse pensando a mesma coisa. — E riu, agarrando a coxa dela.

— Sei no que você está pensando, Gooch — repetiu ela, imaginando a mulher do vestido azul.

A excitação dele estava em desacordo com sua compreensão, e, vendo que as coisas não iam bem, ele balançou a cabeça.

— Estou pensando que já faz bastante tempo, Mare. Estou pensando que quero fazer amor com minha esposa — disse.

Mary estava trêmula com a lembrança daquela última dança com Gooch quando o táxi estacionou, muito antes do esperado, dirigido pelo simpático homem dos conselhos de tráfego.

Ao chegar à casa de Eden, ela viu o Prius, mas nenhum outro carro estacionado na entrada, e concluiu que Chita novamente não aparecera para trabalhar, como Eden temera. Apertou a campainha, imaginando se a sogra estava do lado de fora perseguindo ratos nos arbustos, porque estava demorando a atender. Finalmente, Eden apareceu, abatida e sem fôlego.

— Ele está no hospital. Teve uma convulsão quando a enfermeira estava aqui na noite passada. Fiquei acordada com ele a noite toda. Acabei de voltar.

— Puxa, Eden... — disse Mary, entrando na casa úmida e reparando na bagunça enquanto seguia a velha mulher pelo corredor até o quarto de Jack.

— Chita se demitiu — disse Eden. — Ela telefonou ontem.

As cortinas estavam fechadas no quarto de Jack, mas Mary podia enxergar à luz fraca a marca no colchão em que ele se deitava, remédios espalhados sobre as mesas de cabeceira, uma pilha de roupa suja no chão. Pela primeira vez, estava feliz por seu olfato não estar funcionando tão bem. Eden afastou as cortinas das enormes janelas que iam do chão ao teto, mas uma peça ficou enroscada na haste de suporte. Puxou várias vezes o tecido, assustada quando soltou a haste de seus ganchos e ela caiu no chão. Com o quarto do doente subitamente banhado de sol, saiu da frente da janela para abrir a porta do vestíbulo.

— Preciso decidir quais ternos do Jack vão para a lavanderia.

Mary notou uma coleção de fotografias na cômoda de Jack e pensou nos adoráveis álbuns de recorte que Wendy poderia fazer com elas, destacando o amor duradouro do casal. Fotos dos passeios exóticos que haviam feito. Fotos dos dois de mãos dadas num veleiro que fora de Jack e em frente àquela mansão com a piscina olímpica.

— Jack teve um barco?

— Ele amava o mar. Foi horrível para ele quando não pôde velejar mais. Ele sentiu mais do que dirigir. Você me ajuda a decidir entre azul e cinza?

Mary compreendeu que elas estavam escolhendo as roupas para o funeral de Jack e parou para pensar antes de responder.

— Azul. — Analisando as fotografias novamente, ela percebeu. — Jack não tem filhas?

— Três. A mais velha mora em Redding. As outras estão na Bay Area.

— Elas estão aqui?

— Não.

— Elas virão?

Eden deu de ombros.

— Elas sabem?

Eden não respondeu.

— Elas não deveriam saber, Eden?

— Elas nunca tiveram tempo para dar um olá. Por que precisariam dizer adeus?

— Elas são filhas dele.

— Que nunca ligaram. Nunca o visitaram. Que demonizaram aquele pobre homem. Acreditavam em tudo o que a ex-mulher dele dizia. Jack nem mesmo chegou a conhecer os netos. Ele orava toda noite para que aquelas garotas vissem a luz. Elas simplesmente partiram o coração dele.

O toque do telefone na mesa de cabeceira assustou as duas.

— Alô — atendeu Eden. — Alô? Alô? — Depois de um momento, ela desligou, dizendo: — A ligação caiu.

— E se fosse Gooch? E se fosse sobre Jack?

— Se for importante, ligarão outra vez.

As duas mulheres fitaram o telefone.

— Nossas bodas de prata são em janeiro — disse Eden, virando o grupo de diamantes da aliança em seu torto dedo esquerdo.

Mary admirou a forma com que as pedras espalhavam a luz.

— As nossas foram há algumas semanas.

Eden se virou, começando a recordar.

— Outubro. Sim. Eu me lembro. — Procurou o anel no dedo de Mary. — Sua aliança.

— Precisei cortar anos atrás. Meu dedo ficou muito gordo.

— Jimmy ainda estava usando a dele. — Eden lhe contou. — Quando esteve aqui, reparei que estava usando a aliança de ouro, se é que isso significa alguma coisa.

Mary sorriu.

— Bem — disse Eden, olhando para o telefone —, acho que não era nada importante. Preciso me deitar um pouco. — Ela respirou fundo, mas não disse mais nada ao se levantar, vagar pelo corredor, girar a maçaneta com seus dedos cruelmente dobrados e deslizar para dentro de seu quarto.

Mary baixou os olhos para as próprias mãos, agradecida por seu maravilhoso funcionamento, agradecendo a todos os dez dedos por seus anos de apoio. Virando-se para sair, viu algo no espelho do vestíbulo de Jack. Um lampejo prateado em seu couro cabeludo. As raízes começavam a aparecer.

Atraída pelo sol, permitiu que seus pés a levassem até a porta dos fundos e ao pátio ao lado da piscina, imaginando se a empresa de limpeza de piscinas viera para fazer o serviço, mas fora enxotada por Eden ou se a empresa não havia encontrado ninguém em casa. Viu o reflexo de sua alma nas águas verdes e escuras, mas estava diferente da última vez em que ela a vislumbrou. A mudança de percepção do tempo havia afetado a soma de suas reflexões. Para o passado, ela não era mais uma serva e, para o espelho camarada, não era uma conspiradora. Aquela felicidade fugaz que tantas vezes havia cogitado? Talvez a felicidade fosse geralmente malcompreendida, pensou. Talvez a felicidade fosse a ausência do medo. Sentiu-se prestes a iniciar a própria transformação e desejou uma garrafa de champanhe para quebrar contra os próprios joelhos. Observou sua figura nas águas ondulantes e sentiu a estranha necessidade de gritar:

— Revolução das gordinhas!

O que seria aquilo tudo? Abandonar Leaford? Aquela falta de apetite? Aquela renúncia aos seus medos? Uma revolução, não *contra* si mesma, mas em apoio a si mesma? Só tinha a agradecer a Gooch por tantas coisas. Mas podia perceber como até mesmo um revolucionário podia perder a perspectiva. E a paciência.

Pouco tempo depois, ouviu um barulho vindo da cozinha e foi se reunir a Eden.

— Estou voltando para o hospital.

— Quer que eu vá junto?

— Não, mas pode ficar se quiser.

— Quer que eu fique até você voltar?

— Apenas pensei que seria melhor para você do que ficar num hotel.

Quando Eden saiu, Mary tirou os lençóis da cama de Jack e abriu as janelas para fazer circular o ar viciado. Aspirou pele morta das ondas do carpete desgastado e espanou os porta-retratos da cômoda. Após a limpeza completa do quarto, lavou a louça, colocou as roupas de molho e varreu o piso de terracota do corredor. Cantarolava ao trabalhar, satisfeita. "Sabe a sensação de ser útil?", Grande Avi lhe perguntara.

A esposa do filho

Com Eden ainda fora de casa, Mary ajeitou as almofadas no sofá e se sentou para descansar. As cortinas estavam parcialmente abertas, e a sala nas sombras, quando ela observou a estante de livros com dúzias de exemplares antigos, incluindo alguns títulos que reconhecera, entre eles uma grossa Bíblia com a lombada de couro. Abriu a Bíblia, tirou um pouco de dinheiro da bolsa e colocou bem no meio das páginas antes de devolvê-la à estante, sacudida pela campainha do telefone que tocava ao lado dela. Não tinha certeza se deveria atender, então entrou em pânico pensando que poderia ser Gooch.

— Alô? — atendeu, vacilante.

A pessoa ficou muda do outro lado. Ou nunca havia existido alguém lá, afinal. Outra ligação perdida. Eden dissera que isso acontecia sempre. Assim como a incidência de esposas abandonadas, Mary supôs.

Assim que desligou o telefone, ela viu um carro turquesa parando na entrada. Uma bela antiguidade, que Gooch teria adorado, mas observou que o motorista não era seu marido e que ele também não estava entre as pessoas que haviam descido do carro. Ela decidira não atender as visitas e estava se escondendo no corredor quando ouviu uma batida na porta. Uma voz chamou:

— Olá?

Mary se esticou e viu o rosto de um jovem de olhos azuis espiando através da pequena janela ao lado da entrada. Abrindo a porta, ela deparou com quatro pessoas que a observavam da varanda. O rapaz de olhos azuis e uma senhora mais velha, de olhos acinzentados. Um idoso ossudo de olhos negros com uma barba espetada e um homem de meia idade e olhos verdes, vestido em lycra, parecendo esportista ou fisiculturista.

— Meu nome é Berton — disse o velho ossudo. — Esse é Michael. — O esportista. — Donna. — A velha. — Shawn. — O rapaz de olhos azuis. Eles sorriram enquanto o velho barbudo e ossudo continuou. — Você deve ser Mary.

— Sim — disse ela, confusa sobre quem seriam e como sabiam seu nome.

— Estamos aqui para o círculo de orações — disse o homem, olhando para dentro da casa.

— Ai, meu Deus — disse Mary. — Eden não avisou a vocês? Jack foi levado para o hospital.

Dada a natureza de sua doença, o grupo pareceu exageradamente surpreso.

— Imagino que o círculo de orações esteja cancelado — acrescentou ela, segurando a porta.

O rapaz se exaltou:

— Não cancelamos círculos de orações.

— Nunca cancelamos um círculo de orações — concordou Berton, apontando para a casa.

Mary deu passagem para que o grupo pudesse entrar. Ela imaginara um grupo menos diversificado. E Eden não dissera que eram seis?

— Não fiz comida — lembrou-se e ficou aliviada quando Donna, a velha, sorriu e lhe afagou o braço.

— Quer se juntar a nós, Mary? — perguntou Berton a caminho da sala de visitas.

Não queria se juntar a eles, mas, na falta de um motivo para recusar, assentiu e foi atrás, contorcendo o rosto quando Shawn abriu as cortinas para que o sol entrasse. Berton e Michael sentaram-se perto da janela, e Mary encontrou um lugar no sofá perto dos outros dois.

— Gil e Terri não poderão vir — anunciou Berton antes de dar as mãos para o esportista de um lado e para o rapaz de olhos azuis do outro. Mary deu as mãos para o rapaz e para a mulher mais velha, que também tomou as mãos do esportista.

Eles se entreolharam, Mary obedecendo às suas ordens, mirando os olhos azuis, os acinzentados, os negros e os verdes. Ficou surpresa ao constatar que nenhum membro do círculo tinha uma Bíblia e imaginou se tomariam emprestado o volume de Eden, encontrando o dinheiro que ela escondera entre as páginas. Foi Shawn quem finalmente falou, sua voz jovem e suave liberou vibrações que desceram por seu braço e fluíram por sua mão até a de Mary.

— Somos seus humildes servos. Shawn, Donna, Berton, Michael e Mary — disse olhando para ela. — Estamos reunidos hoje para orar por Jack. Senhor, tenha piedade do nosso irmão Jack.

E unidos murmuraram:

— Oremos.

— E aqui estamos para orar por Mary — acrescentou Shawn, e todos os olhares se voltaram para ela.

Ela soltou as mãos dos desconhecidos:

— Vocês não têm que orar por mim.

Shawn balançou a cabeça.

— Eden nos contou o porquê de você estar aqui.

A esposa do filho. É claro, Eden havia contado ao grupo de orações sobre a nora gorducha que viera para a Califórnia procurar o marido rebelde. Podia até perceber por suas expressões que já haviam orado por ela alguma vez. Por Gooch também, sem dúvida. Mary imaginou se Eden contara a essas pessoas sobre Heather. O homem de olhos azuis não disse nada sobre rezar pela alma da filha perdida.

— Por favor, Mary.

Acuada entre a velha e o rapaz, certa de sua obrigação junto a Eden e não tendo nada a perder, Mary tomou a mão dele e se juntou a Donna mais uma vez. Sob o brilho do sol quente, estremeceu quando Shawn disse:

— Senhor, ajude Mary Gooch a encontrar o que ela está procurando.

O grupo murmurou em consentimento.

— Oremos.

Mary baixou o olhar junto com os outros, esperando o começo do círculo de orações. Supôs que eles fossem se revezar na leitura das Escrituras antes de oferecer suas orações especialmente na intenção da alma de Jack. E suas meditações sobre a sua própria busca. Esperava que eles orassem por Heather. Alguém tinha de orar por Heather.

O relógio soou, mas ninguém abriu os olhos. Com o sol em seu rosto, os corpos apertados contra ela e o calor de mãos desconhecidas nas suas, Mary observou o quarteto de cabeças baixas. Estariam realmente falando com Deus? Tal comunhão podia ser percebida por uma expressão?

Pensou em Jack, triste por seu fim, mesmo que ele fosse pouco mais que um estranho. E triste por Eden, que seria deixada, como ela, sozinha. Deus ajude Eden, pensou, e se perguntou se isso contava como reza. Quantas vezes, em quantas noites, rezara para Deus? Pedira a Deus? Dera graças. Fizera pedidos fúteis. Incerta da natureza exata Dele ou Dela ou do que quer que estivesse tentando alcançar. Pensou na própria mudança de relacionamento com seu espírito: ali estava ela, a milhas de distância, modificada. As pessoas mudavam. O caminho de uma vida podia virar de repente e resultar num futuro muito diferente.

Concentrada em sua respiração, pensando na vida semiaproveitada de Heather, Mary estava determinada a não terminar a sua própria correndo um risco calculado. Podia ver que seu caminho se reergueria e não seria uma trincheira na lama, mas uma estrada pavimentada com árvores formando uma alameda. Enquanto esperava pelo começo do círculo de orações, percebeu que ele já iniciara.

Quando terminou, sentiu-se traída pela brevidade da sua prece silenciosa em conjunto e chocada ao verificar pelo relógio que uma hora completa já se passara. O quarteto partiu tão silencioso quanto chegou, sem alvoroço ou barulho, sem gritaria de regras, sem trivialidades ou proselitismo. Sem palavra alguma.

Quando o Prius estacionou pouco tempo depois, Mary estava aproveitando um calmo repouso no sofá.

— Esqueci-me de levar algumas fotografias para ele — disse Eden, irrompendo pela entrada.

— Disseram por quanto tempo ele ainda ficará internado? — perguntou Mary. — Limpei o quarto dele. Os lençóis estão na secadora.

— Ele não virá para casa, Mary — disse Eden secamente.

— Por que não descansa por um minuto? — Eden sentou-se ao lado dela no sofá. — Não quer que faça um chá?

— Não quero chá — disse Eden. — Quero Jimmy. Quero Heather. Ah, Mary, o que foi que eu fiz?

Mary segurou a mão de Eden.

— A última vez que a vi, ela estava com vômito na blusa — lembrou Eden. — Não consigo parar de pensar nisso.

— A última vez que a vi — disse Mary, recordando Heather com o medalhão —, ela estava sorrindo.

Depois de algum tempo, sentindo a respiração de Eden se acalmar a seu lado, Mary percebeu que a velha adormecera. Como uma mãe exausta com o filho doente, fechou os olhos também. Quando os abriu novamente, estava sozinha, e Eden tilintava louça na cozinha, além da sala. Seguiu o som, parando na porta ao ouvir o anúncio de Eden:

— Devemos comer alguma coisa.

— Sim — concordou, embora nenhuma das duas tenha se movido em direção à geladeira.

— Preciso ligar para a agência de empregadas antes de voltar para o hospital — lembrou Eden a si mesma.

— Você não precisa contratar uma substituta para Chita. Posso ajudar, Eden. Eu ajudarei.

Eden parou.

— Você ficaria comigo?

— Você quer que eu fique com você?

— Você pode dormir no quarto de Jack.

Mary checou o relógio, relembrando seu compromisso de ser babá naquela noite.

— Só não poderei voltar até as nove.

— Por que não?

— Serei babá para uma mulher que mora na outra rua.

— Babá?

— É para uma mulher que encontrei. Ela conhece você e Jack. Ronni Reeves. Estive lá ontem à noite.

— Bem, você sempre foi do tipo que faz amigos facilmente, não é?

Nada mais longe da verdade, Mary pensou, mas disse:

— Pois é.

— De qualquer modo, estarei no hospital até bem tarde. Não suporto a ideia de dormir numa casa vazia.

Forçando a si mesma e a sogra a engolir algumas torradas e morangos, Mary se preparou para dar baixa no hotel. Não podia imaginar, subindo a colina até Highlands, de onde vinha aquela força e se perguntou que influência o círculo de orações teria sobre o Criador.

A montanha-russa outra vez. Oscilando, vacilando, pendendo entre esperança e desespero. Enquanto o tráfego fluía, Mary via Gooch por trás da direção de cada carro que passava. Gooch deveria estar ali. Sua mãe precisava dele. Sua esposa precisava dele. Ela fechou os olhos e enviou um pedido ao vento. *Jack está morrendo, Gooch. Por favor, venha até aqui.*

Pensando em seu sogro encolhido na cadeira de rodas, lembrou-se de que Gooch também vira Jack e devia saber quão perto do fim ele estava. Gooch nem mesmo deixara um número de telefone para que lhe avisassem caso Jack morresse. *Maldito seja você, Gooch*, pensou de repente. Malditos todos vocês, para o inferno! Lembrou-se de uma palavra que ele escrevera na carta que enviara para ela. Covarde. *Sim.*

Vagando a pé pela rua poeirenta, lembrou que pensara em parar na praça para pedir um táxi. Agora já era tarde. Cansada demais para seguir adiante. Longe demais para voltar. As ruas estavam engarrafadas, mas havia poucas pessoas nas calçadas. Quando ouviu passos atrás de si, agarrou a bolsa esportiva azul junto ao peito. Os passos se aproximaram. Desejou ter uma lata de spray de pimenta, como aquelas que se viam na televisão, caso o único trombadinha de Golden Hills estivesse em seu encalço.

Um rapaz adolescente passou por ela como nuvem de testosterona, e encontrou uma garota adolescente que saíra do abrigo de algumas árvores. Abraçaram-se, com mãos bobas e bocas famintas, encantados um com o outro. Pensou em si mesma com Gooch no começo do relacionamento. Haviam sido amantes bastante famintos.

Mary não reparara que a garota usava fones de ouvido até que ela tirasse um deles e o colocasse no ouvido do rapaz. Ele a abraçou pela cintura e se balançou, apertando sua pelve à dela, fitando seus olhos. Mesmo em sua fúria diante da covardia dele, Mary podia dar a vida naquele momento por mais uma dança com Gooch.

Medo de escuro

Embora abatida, Ronni Reeves estava elegante em seu vestido vermelho de tricô, suas botas de couro com salto alto e seus acessórios prateados chacoalhando quando atendeu à porta da frente.

— Tom saiu da cidade hoje, então não precisa se preocupar com outra cena esta noite, Mary. Como vai Jack?

— Está hospitalizado — disse Mary. — E não voltará para casa. Vou ficar com Eden.

— Sinto muito.

Mary assentiu e apontou para o vestido de Ronni Reeves, tentando desfazer o clima pesado:

— Essa cor fica muito bem em você. — Ronni agradeceu, tentando não reparar em suas calças azuis de pijama cirúrgico.

— Não tive muito tempo para fazer compras — explicou Mary, arrumando o avental. — Esqueci-me de perguntar sobre a hora de dormir dos meninos ontem à noite.

Ronni torceu o nariz.

— Na verdade, eles não têm hora de dormir.

Quando a mãe saiu, Mary encontrou os meninos esperando por ela no sofá da sala de visitas ao lado da coleção de livros. Acomodou-se entre eles, enquanto disputavam entre si para entregar a ela seu volume favorito.

— Leia este, sra. Goochie — implorou Joshua.

— Goochie! — gritaram os outros dois.

— Que tal me chamar de Mary, meninos? — disse ela, rindo.

Depois de ler uma dúzia de livros, viu que os garotinhos estavam ficando sonolentos e disse:

— Vamos procurar os pijamas.

Sem televisão para assistir, seguiram-na calmamente pelas escadas de carpete até o enorme quarto que dividiam. Ali, os meninos se reanimaram e começaram a brincar de pega-pega sobre as três caminhas. Mary tentou detê-los, gritando:

— Não é isso que fazemos antes de ir para a cama!

Jeremy riu.

— Isso é o que *nós* fazemos antes de ir para a cama.

— Meninos! — disse ela, batendo palmas assim como a mãe deles fizera e também não obtendo resultado. Jacob jogou um travesseiro na cabeça dela. Mary procurou o interruptor da luz, apagou-a e fechou a porta para que ficassem no escuro.

Jeremy gritou:

— Não!

Jacob berrou:

— Acenda!

Mary acendeu a luz. Eles olharam feio para ela antes de continuar a brincadeira, atirando travesseiros e pulando sobre as camas. Ela apertou de novo o botão.

— Acenda! Ligue! — Mary acendeu a luz novamente. E assim foi até que os trigêmeos, cujo trabalho de parar e recomeçar a brincadeira era mais cansativo que o dela, finalmente desistiram.

Após colocar os pequenos bárbaros em suas camas, Mary beijou a testa de cada um.

— Deixe a luz do corredor acesa, sra. Mary — pediu Jeremy.

Ela desejava poder dizer a eles que não era o escuro que deviam temer.

Quando Ronni voltou, ficou confusa com o silêncio, surpresa por encontrar Mary sentada no sofá com um livro.

— Onde eles estão?

— Dormindo.

— Sem brigas? Sem ataques?

— Sem nada.

— Você não é Mary Gooch, é Mary Poppins. — Ronni contou algumas notas que estavam em sua bolsa de mão e as entregou para Mary, insistindo. — Não me sinto bem em não pagar a você. E realmente me fiz um bom trabalho esta noite. Obrigada.

Recusando as notas, Mary disse:

— Não posso aceitar o dinheiro. Não posso trabalhar aqui, está lembrada? Sou canadense. E realmente não preciso. — Ela foi até a porta e saiu para a varanda a fim de sentir o ar fresco.

— Todo mundo precisa de dinheiro — disse Ronni, juntando-se a ela na varanda e colocando as notas na mão dela novamente.

— Não preciso mesmo. Meu marido ganhou na loteria.

— Certo.

— E ganhou mesmo. Foi numa raspadinha. Ele colocou vinte e cinco mil dólares na minha conta.

— Ele ganhou na loteria e colocou vinte e cinco mil dólares na conta antes de abandoná-la — disse Ronni, fazendo graça.

— Sim.

Ronni percebeu que ela falava sério.

— Quanto ele ganhou? Como esposa, você tem direito à metade.

— Gooch saberia disso. Meu palpite é que foram cinquenta.

— Mas você não tem certeza?

— Conheço Gooch. Ele faria a coisa certa.

— Ele abandonou você. Ganhou na loteria e deixou você. Mas você *sabe* que ele faria a coisa certa?

A inflexão na voz dela causou arrepios em Mary. Foi para a calçada, dizendo:

— É melhor eu voltar, para o caso de minha sogra...

— Por que você não aluga um carro?

— Minha bolsa foi roubada e ainda não tenho uma segunda via da licença para dirigir.

Ronni Reeves sorriu com um pensamento e voltou para dentro da casa, aparecendo um instante depois com uma chave pendurada em suas adoráveis mãos.

— Leve a picape. — Apontou para uma enorme picape branca estacionada na entrada.

— Como é?

— Você não tem um carro. Leve a picape. Pelos seus serviços de babá. Pelo tempo que estiver aqui. Esse é o meu jeito de recompensá-la.

— Levar a picape?

— É do Tom. Para os seus fins de semana de aventura. Ele disse que ficaria fora da cidade por um tempo. Você já dirigiu uma dessas? — E apertou as chaves contra a palma da mão de Mary.

Voando colina abaixo até a casa de Eden na Dodge Ram, Mary sentiu-se fútil pensando na liberdade oferecida pelas rodas, recordando-se do tanto que quis dirigir a bicicleta motorizada de Christopher Klik muitos anos antes. Estacionou na entrada, surpresa ao ver o Prius, uma vez que Eden estava planejando ficar até mais tarde no hospital, e encontrar sua sogra no sofá com o telefone no colo. Estava olhando para a frente, desligada, e tomou um susto quando Mary falou:

— Peguei um carro emprestado. Uma picape. Tudo bem eu ter estacionado na entrada?

— Pegou uma picape emprestada de quem?

— De Ronni Reeves, minha amiga que mora mais acima na rua. Aquela para quem estou trabalhando como babá.

— Sua *amiga*?

Mary se lembrou de que Irma estava na meia-idade, o começo da confusão paralisante.

— Eu a encontrei há alguns dias, Eden. Falei sobre ela hoje, mais cedo. O pai dela foi colega de escola de Jack. Ronni Reeves?

Eden sacudiu a cabeça.

— Jack conhecia tanta gente. Não podíamos sair para jantar sem encontrar algum conhecido. Era entediante. Mesmo assim, fico feliz que tenha arrumado um carro. Você mencionou mesmo alguma coisa sobre servir de babá.

— Estava pensando em talvez dirigir até o oceano.

— Está tarde, Mary.

— Mas não é longe, é? E não estou cansada. Quer vir comigo?

— Vou voltar para o hospital e ficar mais algumas horas. Vim apenas para fazer alguns telefonemas. — E fez uma pausa antes de anunciar. — As duas da Bay Area vão vir até aqui pela manhã.

— As filhas de Jack?

— E a outra vai ligar quando tiver arrumado um voo. — Eden levantou-se, seu cabelinho preto balançava sobre o rosto encovado. — Desenterrei algumas antigas camisas polo de Jack. Ele foi tamanho grande por um tempo. Não dá para imaginar vendo como está agora. Uma delas deve caber em você, Mary. — Pegou uma blusa que pendia de um cabide na porta. — Aquele hospital é um gelo.

Depois de se despedir de Eden com um aceno, Mary encontrou várias camisas polo em tom pastel empilhadas sobre a cama e escolheu a maior, uma verde-clara. Livrou-se do avental azul-marinho e vestiu a camisa de algodão, feliz ao ver que cobria bem sua barriga protuberante.

Cheia de ansiedade, enfiou-se na picape, pensando em como nunca sonhara em ver o oceano até que o Grande Avi surgiu em seu caminho, mas agora parecia uma busca. A estrada até a costa era outra montanha-russa, mas desta vez no escuro. Curvas e voltas, subidas e descidas percorrendo paisagens que nunca vira e que mal poderia imaginar. Uma volta na estrada e vislumbrou o brilho do Pacífico no meio do breu daquela noite estrelada e negra. Seguiu adiante, ultrapassando mansões acesas aninhadas nas colinas em direção ao litoral; abriu as janelas da picape para deixar que o vento lhe chicoteasse o rosto.

Alcançou a costa e encontrou um local para estacionar ao lado da estrada. A praia estava vazia e escura, mas não podia ouvir o medo em meio ao barulho da arrebentação. Desceu da picape, calculando a distância até a água negra, depois tirou os tênis e caminhou até a areia fria.

Conforme marchava em direção à arrebentação, sua respiração era arfante, e ela sentiu a alma escapando do corpo, como se estivesse lutando por um melhor ângulo de visão. Seu caminho era iluminado apenas pelo brilho da autoestrada. Parou diante da beira do mar, pondo a mão sobre o coração, não por causa da dor familiar, mas porque fora atingida pela beleza da noite, pela água negra erguendo-se diante dela, pela proximidade dos céus e pela percepção de que era tão pequena quanto um grão da areia sob seus pés e tão leve que podia ser carregada pela brisa da noite. Parou para venerar o mundo aos pés do oceano, para reconhecer a finitude e a brevidade da vida, para rezar pela humanidade em terras distantes além da água e dar graças porque o mundo era uma maravilha.

— *Aqua* — disse em voz alta.

Ergueu as calças e mergulhou os pés rosados e rechonchudos, assustou-se com o frio congelante e imaginou Gooch diante da arrebentação do mesmo oceano. O que ele estaria pensando? Obviamente, agora já haveria chegado a algumas conclusões sobre sua vida e seu casamento. *Ele tomou a decisão.*

Achando um lugar seco e frio na areia, acomodou-se. Checando para confirmar que estava só, esticou-se nos grãos brancos, braços ao lado do corpo, como uma criança fazendo um anjo na neve, recordando-se mais uma vez da noite em Leaford em que se deitara nua debaixo da tempestade. Encontrou a Ursa Maior, a Ursa Menor e a faixa de luz que Re-sú havia apontado como a Via Láctea e permitiu que seus olhos vagassem, esperando ver outra estrela cadente para que pudesse fazer um pedido. Não importava que Jesús García achasse que não havia magia no universo. Ali, deitada sob a deslumbrante abóbada celeste, percebeu por que as pessoas colocavam seus mortos entre as estrelas. Por que imaginavam Deus no céu. Passado um tempo, fechou os olhos, procurando nas pálpebras por alguma claridade, esperando que Deus lhe mostrasse a direção.

Orin lhe dissera para beber direto da mangueira e seguir em frente. Heather dissera a mesma coisa. Mas, se seguir em frente significava voltar para o Canadá sem encontrar com Gooch, não poderia fazer isso. Sempre que se imaginava partindo, uma voz irritante a alertava de que, se fosse embora, deixaria para trás algo vital. Então decidiu que, pelo menos, sua espera não era em vão. Sentia-se valorizada por Eden e por Ronni Reeves e seus meninos. Tinha um veículo e dinheiro no banco. Essa reflexão acerca de suas circunstâncias não era algo familiar. Apenas uma tranquila consideração sobre sua existência sem entrar numa espiral de desespero. Uma revolução interior.

Sem chegar a conclusões ou misturar metáforas, Mary passou das ponderações sobre seu marido para a curiosidade sobre sua perda de apetite. Ela podia contar facilmente quantas boquinhas fizera durante as poucas semanas anteriores e era menos comida do que havia ingerido na maior parte dos dias em sua outra encarnação. Aquela fome demoníaca, sua constante companhia, se transformara numa guardiã.

No entanto, uma coisa perdida podia ser encontrada. Como sua bolsa. Seu marido. Ou talvez estivesse perdida para sempre, como seus bebês. Heather. Gooch? Nunca mais queria ouvir o rugido da *obesta*, mas sabia que não conseguiria se sustentar indefinidamente com uma ligeira náusea quando o assunto era comida.

Levantou-se, empurrando a areia, e catou as chaves da picape nos bolsos da calça azul, estranhamente confortada por estar vestindo a velha camisa polo de Jack. Era como se trouxesse a essência dele consigo para dar seu último adeus ao mar.

Dirigindo de volta a Golden Hills, Mary parou no trecho iluminado em que as doze pistas se encontravam e lançou um olhar em direção ao terreno escuro onde ficava o memorial para o homem caído. A dor entre os olhos, que vinha controlando com a fórmula do farmacêutico, irrompeu inexplicavelmente, e ela cogitou estacionar. Mas passou.

Como todas as coisas. Todas as coisas.

Terceiro olho cego

No dia seguinte, quando acordou, Mary esperava ver a manhã se apresentando sobre as áridas colinas atrás do hotel e percebeu que o estranho rapidamente se tornara o esperado. Leaford fora seu único lar até poucos dias antes, e, embora nunca quisesse ou tivesse a intenção de deixá-la, rapidamente se acostumara com a vista de sua janela em Golden Hills e também com a paisagem simples da cidadezinha, seu brilhante céu azul e seu escaldante e terapêutico sol. Quanto tempo levaria para que Eden se acostumasse com a ausência de Jack? E ela com a de Gooch? Quem sentiria a falta de Heather? Seu filho fora avisado?

O quarto de Jack. Além das amplas janelas, que iam do chão ao teto, nas quais o suporte da cortina caíra, havia os altivos eucaliptos e a piscina retangular escura no quintal. A presença de Jack permanecia como um odor no quarto, sua energia residual brotando e crepitando noite adentro. Mary teve um sono agitado na cama bem macia. Em algum momento da noite, ficou superaquecida e arrancou as calças azuis que estava vestindo como pijamas, jogando-as sobre a mesa com as fotografias de Jack e Eden. Notou que o fecho de seu velho sutiã cinza estava preso apenas por um fio.

Observando a brisa que brincava com as folhas dos arbustos lá fora, abraçou seu corpo quase nu sob os lençóis brancos amassados sem pensar em seu tamanho, mas apreciando as mais recentes conquistas dele. Subir pelas colinas. Caminhar por quilômetros. Levantar, girar, pegar e mexer. Beijar cabecinhas louras. Ficar diante do mar na praia. Acariciou a barriga que diminuía como a de um gato adormecido.

Assustou-se com a figura sombria de um homem correndo por trás das árvores do quintal e sentou-se, apertando os olhos, com o coração aos pulos. Gooch? Não era alto o bastante. O homem estava vestindo um macacão azul e um boné com pedaços compridos de tecido que protegiam seu pescoço e seu rosto do sol. Ele entrou num barracão perto da parte traseira da piscina esverdeada. Mary esperou com o coração palpitando.

Quando a porta do barracão se abriu novamente, viu que o homem se livrara da parte de cima do macacão, amarrara as mangas na cintura e mostrava um largo peitoral torneado e bem bronzeado. Carregava uma rede para limpar piscinas e assobiava durante o trabalho.

Esticando-se para a esquerda, ela foi capaz de enxergar no espelho o reflexo do furgão azul da empresa na entrada. Ele era do serviço de limpeza da piscina. Sem nenhuma experiência com piscinas, podia imaginar apenas que a lenda do rapaz sexy que limpa piscinas se baseara na realidade.

Sem cortinas na janela do quarto de Jack, ela estava totalmente exposta ao quintal. Puxou os lençóis brancos para cobrir seu velho sutiã cinza, rezando para ficar invisível. Não conseguia alcançar as calças azuis na penteadeira sem se levantar da cama e não podia arriscar ser vista. Ao ver o homem da piscina se aproximar, fechou os olhos para que ele não a visse olhando.

Um instante depois, não aguentando mais o suspense, espiou para calcular sua localização e não conseguiu tirar os olhos do seu corpo.

Viu, quando ele varreu as folhas, os músculos aparentes de seus largos ombros e costas encolhendo-se com seus esforços, as grossas e firmes ondulações sob os pelos encaracolados do seu peito, os mamilos ficando cada vez mais rijos dentro das aréolas morenas. Gooch dissera que havia uma ordem natural na objetificação do corpo. Mary reparou nas covinhas pairando acima das nádegas esculturais do homem e ficou chocada ao sentir o que reconheceu ser o rubor da excitação.

Ele começou o trabalho esfregando as bordas da piscina e tratando a água verde com pastilhas que manipulou usando luvas amarelas. Mary ouviu o pica-pau no eucalipto mais uma vez e voltou a sentir o movimento do relógio, não pulsando ou batendo, mas acelerando rapidamente e esticando a pele do rosto com a alta velocidade. Tão rápido quanto começara, o homem desapareceu do quintal e foi para a frente da varanda, apertando a campainha.

Mary pulou da cama, colocando as calças azuis e a velha camisa polo verde de Jack, recordando que havia concordado em pagar a limpeza da piscina em dinheiro e desejando chegar até a porta antes de Eden. O Prius branco, porém, já não estava estacionado na entrada. Abrindo a porta, ocupou-se contando as notas em suas mãos. Não queria se arriscar a encarar o homem da piscina ainda que ele já tivesse vestido o macacão novamente.

Ele estava ocupado preenchendo o recibo dela, por isso nem ergueu os olhos ao explicar:

— Já limpamos e demos choque na água. Você poderá nadar a partir do fim da semana.

Mary reconheceu imediatamente a voz dele. Aquele peso de barítono. Atrás dos trapos sob o boné, estava o rosto de Jesús García.

— Re-sú!

— *Mary?*

— Ai, meu Deus! — disse ela, rindo e entregando o dinheiro. — Você trabalha para a empresa de piscinas?

— Você estava no hotel.

— Esta é a casa da minha sogra. Agora estou com ela. — Mary e Eden compartilhando o espaço de uma casa pequena, esperando seus homens: a partida de um e a chegada do outro. — E o seu amigo Ernesto? — lembrou.

Jesús García assentiu.

— Quebrou as costelas. Não vai poder trabalhar por um tempo.

— Sinto muito por ele. E você, Re-sú? Você está bem?

— Estou sim, obrigado.

— Sua esposa e seus filhos? Eles devem estar empolgados com a chegada do Natal.

Ele limpou a garganta, mas não respondeu. Achando que Mary errara na conta, devolveu vinte dólares.

— Fique com isso — insistiu ela. — Como gorjeta.

— Não podemos aceitar gorjetas. Normas da empresa.

— Ah.

— Mas podemos aceitar água — disse ele, erguendo uma sobrancelha.

Mary abriu a porta e levou Jesús García até a cozinha, onde lhe serviu uma garrafa de água que estava na geladeira. Apertando os olhos com sua dor de cabeça, encontrou seus analgésicos e, jogando vários sobre a palma da mão, disse:

— Estou com essa dor. Bem aqui entre os meus olhos. Simplesmente não passa.

— Seu terceiro olho — disse Jesús.

— Meu terceiro olho?

— Em algumas religiões orientais, acredita-se que temos um terceiro olho bem entre nossos olhos de enxergar, onde se pode achar a consciência mais profunda. Enxergar o futuro.

— Você realmente passa muito tempo na biblioteca.

Ele encolheu os ombros, desviando o olhar. Mary sorriu.

— Talvez meu terceiro olho tenha ficado cego. — Mas, reconsiderando, talvez seu terceiro olho não estivesse perdendo a visão, mas parindo-a, e a dor que ela sentia talvez fosse decorrente desse trabalho de parto.

— Você pode tentar fazer uma infusão de casca de salgueiro. Não vai mais precisar desses remédios.

— Casca de salgueiro?

— Contém salex, como o ácido salicílico na aspirina.

— Leu isso em algum livro?

— Minha mãe. Não tínhamos plano de saúde. Nós tínhamos *Quintal.* Dedaleira para a pressão alta do meu pai, casca de salgueiro para dor e febre. *Yerba buena* para quase tudo mais. Você tem algumas crescendo ali atrás. — Apontou na direção do inocente arbusto que apanhara de Eden.

Acompanhando-o até a porta da frente, uma ideia surgiu ao passar pela sua bolsa azul pendurada num gancho ali perto.

— Espere — disse abrindo a bolsa azul e pegando um bolo espesso de notas. Apertando o dinheiro contra a mão dele, falou: — Talvez você possa comprar alguns presentes de Natal a mais para as crianças.

Cerrando o punho para o dinheiro, evitando o olhar dela, apertou os dentes.

— Não. Por favor.

As notas então encheram o bolso da camisa polo dela, que se arrependeu imediatamente do gesto, pois obviamente a gorjeta causara um mal-entendido.

— É melhor eu ir.

— Não é esmola, Re-sú — tentou consertar ao perceber que ferira o orgulho dele. — E o dinheiro nem é realmente *meu.* Não exatamente. Meu marido ganhou na loteria.

Ele colocou o boné de volta.

— É melhor eu ir — repetiu, sumindo num instante, com a mesma velocidade que roubara as sandálias. Acompanhando a partida do furgão azul com o olhar, Mary pousou os olhos na enorme picape branca. Pegou as chaves e foi para o veículo.

Ronni Reeves pareceu surpresa ao ver Mary parada em sua varanda.

— Oi, Mary. Esqueceu alguma coisa aqui ontem à noite? — Os meninos correram até a porta, caindo a seus pés e cantando seu nome. Sentiu suas faces corando, confusa. Depois viu que a afeição era verdadeira e que conquistara a confiança deles em tempo recorde. Quase esquecera o motivo de estar ali.

— Vim devolver o carro — disse ela assim que os meninos desapareceram no corredor.

— Não pode ficar aqui sem um carro.

— Mas é do seu marido. Isso não é certo.

— Eu disse a você, Tom está fora da cidade e não voltará por algum tempo. Além do mais, fico feliz em pensar que a picape dele está sendo usada para o bem, e não para o mal. Por favor. Por mim. É realmente uma troca justa por você ter olhado os meninos para mim.

— Tudo bem — disse Mary com certa relutância.

— O que foi a brincadeira de apagar a luz?

— Desculpe?

— Os meninos estão me pedindo para brincar de apagar a luz.

— Nós nos divertimos. — Mary inspirou, percebendo que ela não fora exatamente devolver o carro. — Acho que ofendi o homem da piscina.

— Como é?

— O rapaz que cuida da piscina. Tentei dar um dinheiro extra a ele para... a família. Ele não quis aceitar.

— Eu não me preocuparia tanto com os sentimentos do rapaz que cuida da piscina — disse Ronni, percebendo que Mary tinha algo mais a dizer. — Talvez ele não entenda nossa língua.

Mary a interrompeu:

— Sobre ontem à noite, eu não queria que você tivesse uma ideia errada sobre meu marido.

— O mesmo que ganhou na loteria e abandonou você?

— Viu? É disso que estou falando.

— Não ligue para mim, Mary — disse a mulher, amenizando. — Estou passando pela minha fase da raiva. Você ainda está em negação.

— Você não conhece Gooch.

— Quer entrar e tomar um café?

De repente Mary soube que era esse o real motivo de ela estar ali: para um cafezinho entre duas esposas abandonadas. Seguindo Ronni até a cozinha, fervilhava de entusiasmo, um sentimento estranho, já que nunca tomara a iniciativa de fazer uma amizade.

Durante o café servido na mesa da cozinha, enquanto os meninos brincavam a seus pés, as mulheres compartilharam suas histórias. Ronni contou a Mary sobre como foi crescer com sua família na costa leste, seu namoro frenético com Tom quando ambos ainda eram calouros de direito, sua alegria com o nascimento dos trigêmeos e o sofrimento no qual o seu casamento se transformara. Mary contou a Ronni sobre a colite de Orin, o Alzheimer de Irma e o próprio caso sórdido com a inércia.

— Não acho que o seu marido mereça você — disse Ronni.

— Não é bem assim.

— Espero que você não pense que é você quem não o merece. Detesto quando as mulheres se subestimam.

— Houve alguns... mal-entendidos.

Ronni concordou.

— O cérebro deles fica nas bolas.

— Nós não nos comunicamos muito bem.

— Marte e Vênus.

— Não fomos sinceros.

— *Ele* não foi sincero. Foi *ele* quem não conversou. Certo?

— Gooch falou até cansar. Só parece que nós nunca conversamos sobre as coisas certas. Passamos muito tempo das nossas vidas juntos. — Mary fechou os olhos. — Famintos.

As mulheres conversaram até que Mary percebeu quão tarde estava. Ela acenou para Ronni da janela da enorme picape, prometendo voltar. O sol começara a se pôr atrás daquela distante cadeia de montanhas, e as rodovias de repente começaram a rugir com o tráfego da hora do rush. Mary não se surpreendeu por ter virado à direita, em direção à autoestrada, em vez de virar à esquerda para a casa de Eden. Sem arrependimentos, foi direto para a esquina poeirenta à procura de Jesús García. Apesar do que Ronni dissera, *estava* preocupada com os sentimentos do rapaz que cuida da piscina. E não sabia exatamente o que dizer quando o encontrasse. Talvez ele precisasse de caridade, mas não *queria* pre cisar, e ela sentiu a necessidade de pedir desculpas.

No semáforo em que as 12 pistas se encontravam, ela o viu, exatamente quando começou a rezar por isso, entre um grupo de três outros homens com garrafas térmicas. Sua aparição era como um milagre. Estacionou lentamente no terreno para não levantar poeira sobre os trabalhadores. Todos os homens, exceto Jesús, correram em direção à picape e subiram na caçamba antes que Mary conseguisse impedi-los. Ela baixou a janela, chamando:

— Re-sú?

Surpreso ao vê-la, ele foi em direção ao veículo, carregando sua sacola.

— Você precisa de empregados? — perguntou, confuso.

Ela sacudiu a cabeça.

— Vim para ver você.

— A mim?

— Quero me desculpar. Não quis...

Ele interrompeu, chamando em espanhol os outros homens que haviam invadido a picape. Eles resmungaram e desceram do carro.

— Eles não vão para casa? — perguntou ela. — Está quase escuro.

— Se você lhes oferecer um trabalho, eles trabalharão.

— Gostaria de poder oferecer. De qualquer forma, vim me desculpar.

— Você não fez nada de errado.

— Ofendi você dando dinheiro daquele jeito.

— Tudo bem.

Não convencida, ela mordeu o lábio.

— Está esperando por seu primo?

— Ele está atrasado.

— Levo você em casa. — Quando ele balançou a cabeça, recusando, ela insistiu. — Por favor. — Ele correu até a porta de passageiro enquanto os outros homens protestavam em espanhol.

Mary foi até a rodovia.

— Você precisa me lembrar qual é a saída. Sei que é em algum lugar em Hundred Oaks.

Ele suspirou.

— Você não pode sair por aí dando dinheiro às pessoas. Mesmo que o seu marido ganhasse milhões na loteria.

— Não foram milhões.

— Isso não é da minha conta. Só acho que você não deveria ser tão confiante.

— Vinte e cinco mil. Foi isso o que ele colocou na minha conta.

— Você não deveria contar isso por aí.

— Passei a vida toda sem contar nada a ninguém, Re-sú. Meu marido, Gooch, ganhou na raspadinha e depois me deixou. Foi por isso que vim para a Califórnia. Ele precisava de um tempo para pensar. É por isso que estou aqui. Acho que não deve demorar muito mais. Para falar a verdade, ele deve dar notícias a qualquer minuto. Ele ganhou o dinheiro. Sabe o que isso significa? O dinheiro? Sinto como se não fosse meu realmente.

Ele se mexeu, desconfortável.

Virando-se, ela se dirigiu ao perfil dele:

— Você deve me achar uma boba.

— Não acho você uma boba.

— Patética, então. Deve achar que eu sou patética. Uma esposa patética que vem até a Califórnia esperar pelo marido que a abandonou.

Ele encolheu os ombros, mirando o horizonte.

— Eu não vou esperar para sempre.

— Não.

— Mas por enquanto.

— Claro. — Jesús tentou mudar de assunto. — É quase dia de Ação de Graças. Vocês têm isso no Canadá também, não é? Lá em Detroit, não demoraria e nós já poderíamos tirar os trenós para andar nas primeiras nevadas. Usamos esquis também. Os únicos mexicanos em Pine Knob.

— Nunca esquiei.

— Mas já patinou? Todo mundo patina.

— Um pouco. No rio Tâmisa, mas ele não congela mais.

— Aquecimento global — assentiu ele.

— Seus filhos já viram a neve?

Ele chacoalhou a cabeça.

— Você devia levá-los algum dia. Andar de trenó, patinar, essas coisas.

— Sim.

— Eles jogam hóquei? É o nosso esporte nacional. Mas, sendo de Detroit, vocês devem jogar hóquei. Suponho que não existam muitas arenas por aqui. Eles jogam? Seus garotos?

— Foram mortos há três anos. Minha esposa. Meus filhos.

A notícia foi tão chocante que Mary ficou em dúvida se ouvira direito. Ficou perplexa com o tom corriqueiro que ele usou.

— Estavam voltando da escola a pé. Um motorista bêbado subiu na calçada. O cara teve a licença cassada. Condenações anteriores.

Mary engoliu em seco, sem palavras. Era como se os fantasmas daquela família preenchessem o ar da picape. *A fait accompli*. Beba um gole direto da mangueira e siga em frente. Mas como alguém podia seguir em frente depois de uma tragédia dessas? Como alguém podia acordar todas as manhãs, se vestir, comer, andar, *respirar* sob o peso de tamanho luto?

— Eu estava trabalhando em Amgen. Estávamos economizando para comprar um segundo carro. Só mais dois pagamentos. Mas, depois disso, não saí mais de casa, a não ser para ir até a biblioteca. Então minha sogra veio do México. Depois o meu cunhado. Depois... bem, você os viu.

Uma centena de sapatos. Uma centena de tristezas.

— Não tenho filhos — disse ela, o que ele não parecia achar inadequado.

— Eu não devia ter lhe contado. Por favor, não chore.

Mary lutou para se controlar. Era o mínimo que podia fazer para o forte e despedaçado homem. O resto do percurso foi feito em silêncio, com Jesús apontando o caminho, até que chegaram à pequena casa com o pequeno jardim de grama queimada. Ele permaneceu no carro.

— Você é uma boa mulher, Mary. Espero que seu marido volte logo.

Ela concordou com um aceno, observando enquanto ele se despedia e desaparecia dentro da casa.

Voltando pela estrada em direção à rodovia, passando por lojas grandes e de departamento, estava tão entorpecida que seu pé apertava o acelerador e suas mãos viravam a direção, e ela não imaginava como isso era possível. Sem saber o que a possuíra, obedeceu a uma placa vermelha e amarela que dizia "Entre". Entrou, parou na placa com o cardápio, estremecendo quando disse ao microfone: "Três cheeseburgers duplos. Um chicken combo extracrocante. Milkshake de morango. Sanduíche de peixe." Recebeu as sacolas gordurosas na janela seguinte, assentindo quando o caixa perguntou se ela estava bem.

Parando numa vaga do estacionamento, mal se lembrando de puxar o freio da picape, Mary abriu as sacolas, agarrou as batatas fritas, devorou um sanduíche, encheu a boca com o frango frito salgado. Seu corpo lutou contra o ataque. Não conseguia engolir. Abriu a porta e se livrou da bagunça, sentindo engulhos. Levando as sacolas para a lixeira mais próxima e enfiando tudo ali dentro, olhou para o céu e para as estrelas havia muito desaparecidas.

Misericórdia

Jack melhorava e piorava, reagia e resistia, não por dias, mas por semanas, fazendo com que até mesmo Eden questionasse a misericórdia divina. O tempo corria enquanto ela observava diariamente a piscina escura ficando cada vez mais clara e a cor de sua água mudando de verde para azul, mas não foi Jesús García quem veio no dia da continuação da limpeza da Pool's Gold. Ele fora substituído por um homem mais alto que não tirava a parte de cima do macacão e não manipulava as pastilhas com luvas amarelas. Mary estava certa de que o desaparecimento de Jesús tinha algo a ver com a confissão trágica que ele fizera e ficou triste ao pensar que talvez não o visse novamente.

O grupo de orações mudou o ponto de encontro para a capela do hospital, mas Mary recusou o convite de Eden para que se juntasse a eles, acreditando que Jack precisava de membros mais concentrados, e não das abstrações de uma mente inquieta.

Nos dias que se passaram enquanto o sol nascia e se punha, Mary dançava conforme o ritmo de sua nova vida. Acordava bem cedo para buscar o exemplar do *Los Angeles Times* na calçada da casa que brilhava com os primeiros raios de sol. Enquanto Eden dormia ou se preparava para suas visitas ao hospital, Mary lia o jornal, viciada em notícias do mundo como um dia fora louca pelas fofocas de celebridades.

Como estudante novata dos jornais matutinos, percebeu que, sob seu ponto de vista, as sutilezas da política ainda eram um mistério ou talvez apenas não entendesse o país no qual estava hospedada. Leu com interesse um artigo que questionava a reação dos eleitores quanto à filiação religiosa de vários candidatos políticos, especulando para quem Deus seria mais ou menos prejudicial nas pesquisas. Desejou que Gooch estivesse sentado a seu lado para ajudá-la a ler as entrelinhas e que Deus dissesse a todos para deixá-lo de fora da política de uma vez por todas.

Depois de ler as notícias no jornal, limpava a casa, preparava refeições que acabavam intactas e então ia passar a tarde com os trigêmeos, levando uma caixa de artesanato cheia de massinhas, cola e glitter. Foi delicioso para Mary descobrir tanta motivação artística nos pequenos, e isso a fez se lembrar de como era criar. Além do mais, ficava feliz na companhia da mãe deles, que também precisava de uma amiga.

Havia o telefonema diário para St. John's em busca de notícias de Irma. Uma longa caminhada pelas Highlands durante as noites em que não estava cuidando dos meninos. Alguns dias fora até o banco e descobrira algumas vezes que outras quantias haviam sido retiradas da conta. Quatrocentos dólares. Quatrocentos dólares. A última ida ao banco mostrara um saque de cinco *mil* dólares, o que a deixou um pouco confusa por não imaginar o que poderia significar. Uma passagem de avião para um destino distante? O pagamento de uma dívida de jogo?

Dirigindo pela bela cidade em sua caminhonete emprestada, Mary reparou em outras homenagens a entes queridos mortos pintadas nos vidros traseiros de carros e caminhonetes. Havia também muitas placas personalizadas e adesivos de para-choque — todo mundo tinha um.

Gostou especialmente de um que dizia *Às vezes é preciso crer para ver.* Alguns adesivos proclamavam: *Estados Unidos. Ame-o ou deixe-o* e, para ela, o desafio era visivelmente antipatriótico. Refletiu acerca das diferenças entre o Canadá e os Estados Unidos, perguntando-se a que conclusões Gooch estaria chegando enquanto confraternizava com os ianques onde quer que ele estivesse; também o imaginou envolvido num debate político acalorado em algum botequim caipira. Mas Ronni Reeves dissera depois a Mary que os americanos não falavam muito sobre política, a menos que estivessem do mesmo lado.

Gooch encontrara amigos, certamente, e talvez entre eles também tivesse encontrado alguma amante. Mesmo apavorada diante da possibilidade de perdê-lo para sempre, era difícil odiá-lo por alguma suposta infidelidade. Mary entendia o que era a solidão. E tinha uma efêmera lembrança do que era o desejo. Talvez ainda restasse nela um resquício de negação, então Mary acreditava, às vezes, que ele podia estar preocupado demais com seus pensamentos para ter se apaixonado.

Diariamente, Mary passava pelo entroncamento das rodovias, dizendo a si mesma que era porque preferia o posto de gasolina perto do terreno empoeirado na esquina ou porque precisava parar na loja de conveniência para comprar alguma coisa de que Eden pudesse precisar, e não porque esperava ver Jesús García. Andou toda a extensão da praça em frente à loja Pool's Gold, dizendo a si mesma que era pelo exercício, e não porque esperava surpreendê-lo saindo do trabalho ou vigiando a loja de sapatos onde roubara as sandálias amarelas.

Quando sabia que Eden ficaria no hospital por um longo tempo durante a noite, dirigia até o oceano para estudar as estrelas. Nas manhãs em que se levantava mais cedo, ia até lá para apreciar o nascer do sol atrás das colinas, comovida com o esplendor da natureza. Mary continuou a encolher e começou a crescer.

Enquanto o restante de Golden Hills degustava peru assado e torta de batata-doce no dia de Ação de Graças, Jack dava seus últimos suspiros, com Eden e as três filhas rodeando o leito hospitalar. Eden achou que o fato de a morte ter acontecido justamente naquele dia era um bom sinal. Havia muito a agradecer, disse ela. Vinte e cinco anos de casamento com o homem que amava. A misericórdia final ao testemunhar o perdão de Jack às filhas desencaminhadas. Ou seria o perdão delas a ele?

Na manhã do funeral de Jack, Eden emergiu de seu quarto vestida de preto e parecia miúda e assustada. Mary a acompanhou até a mesa no quintal para uma xícara de chá quente. Nem mesmo fingiram que pretendiam tomar café da manhã.

— Sonhei com Jimmy ontem à noite — disse Eden.

Mary ainda sonhava com ele todas as noites.

— Sonhei que estávamos em volta da cova de Jack, jogando terra sobre o caixão, e, quando ergui a cabeça, ali estava o Jimmy. Nem me lembrava mais do quanto ele é bonito. As pessoas dizem que, quando alguém morre, nos esquecemos de como é. Dizem que vamos esquecendo os detalhes de suas feições e que, depois de um tempo, não conseguimos nos lembrar de seus rostos.

— Você não vai se esquecer do rosto de Jack.

— Quando acordei, senti como se estivesse atrasada para ir ao hospital. Suponho que preciso de tempo para me acostumar. — Mary concordou, certa de que era assim mesmo. — Uma das senhoras estava dizendo que podia me arrumar um lugar naquela vila para aposentados de Westlake. Oferecem boas condições para pessoas como eu. Em algum momento, precisarei pensar nisso.

— Sim. — O instinto de sobrevivência de Eden era admirável, pensou Mary.

— Sempre pensei que morreria ao lado de Jack, mas ainda estou aqui.

— Você ainda está aqui.

— Deus tem outros planos para mim. Apenas preciso confiar nisso. — Eden suspirou profundamente, observando um enorme corvo pousar no eucalipto ao lado da piscina brilhante. — Jack amava os pássaros. Costumava alimentá-los logo ali, mas faziam muita bagunça. Vamos soltar pombas brancas depois do enterro. O grupo de orações organizou essa homenagem.

Mary deixou a comida pronta para o velório, grata por ter uma desculpa para se ausentar do funeral, uma vez que havia combinado com Ronni Reeves de cuidar dos meninos. Eden nem protestou, e Mary imaginou que seria porque não contara a todos sobre o filho desaparecido e a nora que o esperava e, assim, também estaria aliviada por não precisar dar explicações. Ou talvez a sogra tivesse percebido que Mary não teria nada para vestir no funeral e, com suas calças azuis e a camisa polo de Jack, pareceria digna de pena.

Os trigêmeos ficaram animados ao vê-la na porta e, barulhentos, perguntaram:

— O que vamos fazer hoje?

Nem sempre Ronni saía assim que Mary chegava. No dia do funeral de Jack, Mary cobriu os meninos com aventais e sugeriu que fizessem pintura a dedo ao ar livre. Enquanto as crianças espalhavam as cores em suas telas, Ronni Reeves continuou na porta.

— Checou o saldo hoje?

Mary assentiu.

— Ele fez outro saque.

— E você perguntou se podia descobrir para onde o dinheiro estava indo?

— Eles não dão esse tipo de informação pelo telefone.

— Malditos!

— Tenho certeza de que ele tem um bom motivo.

— E se ele simplesmente caiu fora, Mary?

Mary havia considerado aquela hipótese, é claro. Gooch desaparecido, mas *não* morto. As pessoas faziam coisas surpreendentes.

— Você já pensou no que vai fazer? — perguntou Ronni.

Depois que Ronni saiu, Mary limpou os meninos sujos de tinta e pendurou suas criações no quadro de cortiça da cozinha. Abriu a geladeira, desencorajada pelo cheiro das sobras do jantar de Ação de Graças. Quando sugeriu sanduíche de peru para o lanche, os meninos fizeram careta.

— Peru tem cheiro de pum — anunciou Jeremy.

Preparou fatias de maçã com manteiga de amendoim, imaginando as pombas voando sobre o cemitério.

— Gosto de donuts — reclamou Joshua.

— Eu também — sorriu Mary, lembrando-se de Oakwood —, mas eles não gostam de mim.

— Você deixa seus filhos comerem donuts? — perguntou Jeremy.

— Não tenho filhos.

— Por quê? — perguntou Joshua, lambendo a manteiga de amendoim.

— Porque não — disse Mary com um nó na garganta.

— Se você tivesse filhos, daria donuts para eles? — perguntou Jacob.

— Bem, de vez em quando, eu acho. Mas eles não fazem bem para o corpo da gente. Eles são feitos de gordura e açúcar.

— Gosto de açúcar gordurento.

— *Você* pode gostar, mas seu corpo não quer isso.

— Ele quer sim — corrigiu Joshua. — Se você arrumar algum filho, vai dar donuts para eles?

Mary sorriu e se levantou da mesa para evitar mais conversas sobre crianças e donuts. O reflexo dela na brilhante porta do refrigerador chamou sua atenção. A enorme camisa polo, as calças de uniforme que ficavam a cada dia mais largas, o brilho grisalho das raízes. Checou o calendário no quadro de cortiça e contou os dias que haviam passado desde suas bodas de prata. Cinco semanas.

Ronni Reeves chegou tarde em casa, carregava uma sacola de compras e um sorriso no rosto. Ela levou Mary até a sala de visitas e tirou roupas de dentro da sacola: um par de calças jeans com cordão na cintura, várias blusas lindas e uma saia longa preta.

— Isso nunca caberá em você — disse Mary.

Ronni riu.

— São para você!

— Para mim?

— Eu estava na galeria de Hundred Oaks e pensei que, por você não ser da cidade, talvez não soubesse onde comprar.

Mary pegou a pilha de roupas, olhando para as etiquetas e reparando que eram de um tamanho três vezes menor que o seu normal.

— Ah, mas acho que também não caberão em mim.

— Experimente. Se não servirem, eu levo de volta.

— Quanto devo a você?

— Você não me deve nada. Eu é que devo a *você*, Mary. É egoísmo, eu sei, mas espero que você nunca volte para o Canadá.

Mary riu e levou as roupas para a privacidade do banheiro. Em pé, diante do espelho de corpo inteiro, tirou as calças azul-marinho e a camisa polo. Deparou com aquele sutiã cinza horroroso, enrugado no peito e frouxo sob seus braços. Sua roupa íntima estava deformada pela lavagem diária. Estudou seu reflexo. Plumas caídas de uma almofada, ar de um balão, o envelhecimento, a pele sem colágeno despencando sobre seu púbis e em dobras em torno de seu tronco. Perguntou a si mesma quando tudo isso terminaria.

As roupas couberam. Na verdade, ficaram até um pouco largas. Imaginou-se entrando em St. John's naquele jeans azul de cintura elástica e na blusa nova fresquinha para reencontrar sua mãe sentada na cadeira perto da janela. Se Irma pudesse reconhecê-la, ela mesma não poderia. Ronni ficou encantada quando Mary voltou para a sala de visitas.

— Você parece dez anos mais jovem — anunciou. — Só falta agora fazer alguma coisa com essas raízes grisalhas.

Estava escuro quando Mary voltou para a casa de Eden, e ficou surpresa ao encontrar a casa vazia e ainda arrumada. Tudo como sempre fora. Nada como era antes. Andou pela casa conferindo os quartos e encontrou Eden no quintal, olhando para o topo do eucalipto, assim como fizera naquela manhã.

Eden viu Mary pelo canto do olho e levantou um dedo para silenciá-la, apontando para a árvore. Demorou um momento até que os olhos de Mary encontrassem, entre as folhas, uma pequena e sombria coruja, empoleirada num galho cinza no alto.

— É uma coruja que grita — sussurrou Eden. — Mas na realidade elas não gritam mesmo. Soam como bebês. — A coruja bateu asas para longe, ofendida. — Por causa delas é que não se veem gatos perdidos por aqui. Delas e dos coiotes. Também não se pode deixar um cachorrinho passar a noite fora.

Mary foi até a piscina, arrancando o sapato e experimentando a água fresca e limpa com o dedo.

— Você está melhor — disse Eden, apontando as roupas novas. — Sempre teve um rosto bonito. Lembro-me de ter pensado nisso no dia do seu casamento. Você foi uma noiva linda.

— Perdi o bebê — disse Mary, espanando água com o pé.

Eden a interrompeu.

— Eu sei.

Mary ergueu o olhar.

— Perdi o bebê uma noite antes. Tive um aborto espontâneo na noite anterior. Anterior ao casamento.

— Eu sei.

Mary ficou bestificada.

— Quando eu e Jack fomos até Londres para vê-la no hospital, perguntei ao doutor, e ele foi direto.

— Ele contou a você?

— Ele pensou que eu fosse a *sua* mãe. Perguntou se você sentira cólicas durante a noite e disse que provavelmente você havia perdido... bem, disse que talvez você não tenha percebido o que estava acontecendo, mas que provavelmente havia perdido o bebê na noite anterior.

— Perdi.

— Desde então, soube que você sabia.

— E contou isso a Gooch?

— É claro. — Aturdida com a confissão de Eden, Mary escondeu seu rosto olhando para o céu. — Ele disse que não importava

— Disse?

— Disse que amava você. Disse que ninguém a conhecia como ele.

Seu segredo nunca fora segredo, afinal de contas. *Gooch sempre soubera.*

— Quando você perdeu o segundo bebê, pensei que havia sido uma bênção, Mary. Pensei mesmo. Nunca esperei que o casamento de vocês durasse. Pensei que seria mais difícil se vocês tivessem filhos. Talvez estivesse errada a respeito.

Mary acenou com a cabeça, virando o rosto.

— Uma das senhoras da igreja me convidou para um retiro em Santa Barbara.

— Que bom!

— Parto dentro de alguns dias e vou ficar fora por algumas semanas. Espero que fique, Mary. Não consigo me imaginar voltando para uma casa vazia. E você quer estar por aqui quando Jimmy ligar. Você ainda...

não mudou de ideia quanto a isso, mudou? Está pensando em voltar para o Canadá?

Mary negou com a cabeça. Esquecera a cara de Leaford.

Eden apontou a piscina refletindo o brilho das estrelas.

— Você contratou serviços de limpeza para a piscina.

— Não se preocupe com o custo.

— Vi alguém ali atrás esta manhã. Se eu tivesse um maiô, entraria agora mesmo.

— Está gelada.

— Adoro piscina gelada. É revigorante.

— Vamos entrar — disse Mary subitamente.

— Acabei de dizer que não tenho maiô.

— Eu também não — Mary indicou as árvores e a cerca de cedro alta. — Ninguém pode ver.

— Nadar *pelada*? Não faço isso há uns quarenta anos. — Eden olhou ao redor.

As mulheres ficaram frente a frente, despindo suas roupas, tomando o cuidado de não olhar uma para a outra enquanto levavam seus corpos vulneráveis até a beira da piscina. Eden ofegou ao sentir a água gelada em seus dedos tortos e entrou lentamente, dando gritinhos. Mary desceu seu corpo nu pela escada e caiu na parte funda, espalhando água. Emergiu gritando, e ambas caíram na gargalhada como garotinhas.

— Congelante! — disse Mary.

— Mas é bom. — Eden alisou a água.

— É, sim.

Leves e fluidos, seus corpos não eram feitos de carne e osso, mas de cobranças, impulsos, tensões liberadas de medo e tristeza. Nadaram silenciosamente, tão gratas pela companhia uma da outra quanto pela magia das estrelas e pela revigorante água gelada, por cada lufada de ar inalada que lembrava, *Ah, vida.*

Ligações perdidas

Nadando pelas manhãs e caminhando durante as tardes, Mary notou as rápidas mudanças em seu corpo, percebendo os músculos que apareciam timidamente por trás da pele solta e murcha. Sua perda de peso, sabidamente, apenas representava outras perdas e ganhos. Seu apetite, assim como Gooch, permanecia ausente.

Gooch fazia constantes saques da conta. Outros quatrocentos e mais quatrocentos. De repente, diante do caixa eletrônico no sol quente uma manhã, Mary imaginara se era possível que aquelas retiradas fossem estratégicas. Será que ele voltara para Leaford e tirava dinheiro da conta para atraí-la de volta como se fosse *ela* quem estivesse se escondendo? Possivelmente não. Tão improvável quanto ele deixar o estado sem ao menos telefonar para Eden.

Mary leu romances até sua visão embaçar e, conforme os dias passavam, forçava pequenos pedaços de maçã e torradas goela abaixo. Continuou apoiando Ronni Reeves cada vez mais, fazendo companhia nas compras para encher o enorme refrigerador com frutas e vegetais, desabituando os meninos de sua dieta de lanches e comidas industrializadas, adicionando aulas de culinária às suas sessões de artesanato para que eles pudessem inventar os próprios molhos para cenoura e talos de aipo e fazer bolinhos com bananas amassadas e molho de maçã.

Começou a chamar os trigêmeos de *meus meninos*, que corriam para seus braços quando chegava e se agarravam às suas pernas quando partia. O pai deles não fora visto desde o dia em que tentara roubá-los para tomar sorvete, mas informara a Ronni que estava de mudança para a Flórida com sua nova namorada. Ronni já chorara no ombro de Mary, porque esperava uma reconciliação e agora percebia que isso nunca mais seria possível. Mary afagara as costas da amiga, contendo-se para não dizer que assim era melhor.

Depois da passagem do feriado de Ação de Graças, as luzes de Natal já enfeitavam toda a vizinhança, iluminando Willow Highlands como as imagens de Las Vegas que Mary vira na televisão. Luzinhas brilhantes e delicadas subindo pelos grossos troncos das palmeiras. Redes de luzes multicoloridas nos altos pinheiros. Pingos de luzes pendurados sobre beirais limpos e cercas. Uma quantidade absurda de Papais Noéis infláveis e suas renas obstruindo janelas. Anjos brilhantes vigiando sobre telhados. Enormes bonecos de neve sintéticos espetados sobre gramados recém-cortados. Ainda faltavam alguns dias para o Natal.

— Ele não pode sumir para sempre — dissera Eden, fechando a mala na manhã em que partiu para Santa Barbara. — Com certeza, ele vai voltar para o Natal. Você sabe o quanto Jimmy adora o Natal.

Mary assentira e se despedira da varanda, pensando: *Sim, Eden, ele pode sumir para sempre* e percebendo quão pouco sua sogra conhecia o único filho. Gooch odiava o Natal.

Naquele ponto, ambos tinham algo em comum. Ele via o feriado cristão apenas como uma data comercial, enquanto Mary ficava perturbada com toda a tentação das comidas e a falsa alegria. Ao longo dos anos, passavam as tardes de Natal com Pete e Wendy ou Kim e François, observando seus filhos malcriados devorando refrigerante e pães, tão repulsivos quanto costumam ser os bêbados. Para jantar, iam até a casa de repouso St. John's para fazer companhia a Orin e Irma, compartilhando um peru horroroso e batatas grudentas preparadas anteriormente pelo cozinheiro. Sozinhos em casa durante a noite, abriam os presentes que haviam escolhido para si mesmos e instruído um ao outro a comprar. Para Gooch, sempre foram os sucessos de venda em capa dura da livraria Ridgetown. Para Mary, eram perfumes e loções para as mãos, porque ela não era capaz de pensar em outra coisa.

Mary acordou, sozinha pela segunda semana na pequena casa de Eden, sofrendo daquela familiar dor entre os olhos. Pensou nos analgésicos em sua bolsa azul, mas não se levantou da cama para buscá-los. Ficou assustada com um movimento no quintal e lembrou-se de que era o dia de limpeza do Pool's Gold. Aguardou, observando a figura de um homem lutando para tirar as folhas da água. Jesús García.

Ignorando seu impulso de correr para o quintal, pegou seu novo jeans e a blusa ao lado da cama e voou pelo corredor para longe de onde pudesse ser vista a fim de poder se trocar. Já penteara o cabelo e escovara os dentes quando a campainha tocou.

— Re-sú — disse ao abrir a porta.

Pareceu surpreso ao vê-la.

— Oi, Mary — disse, entregando o recibo.

— Entre que vou buscar minha bolsa.

Jesús García entrou na casa, esperando enquanto ela ia até a sala de visitas.

— Quer tomar água? — perguntou.

— Não, obrigado — respondeu ele.

— Está com fome? O freezer está cheio de sobras do funeral.

— Funeral?

— Meu sogro faleceu. Esteve doente por muito tempo.

— Sinto muito.

— Pensei que você tivesse deixado seu trabalho — disse Mary, rindo para esconder a vergonha de ter notado sua ausência.

— Mudaram meu roteiro. Agora voltaram ao que era antes.

— Posso descongelar um bolinho? Quer um pouco de torta? — O estômago dela revirara-se diante da ideia, uma vez que mal ingerira um bocado de comida sólida desde o lanche no estacionamento.

— Obrigado, Mary, não quero — disse ele, educadamente, preparando-se para partir.

— Por favor, não fique triste por ter me contado — disse ela. — Sobre o que aconteceu com a sua família.

Ele pigarreou.

— Não falo a esse respeito.

— Sei disso, mas não se chateie por ter me contado. — Jesús assentiu brevemente. — Pensei que talvez, como você não veio limpar a piscina...

— Pensei que você já tivesse voltado ao Canadá.

— Ainda não tive notícias do meu marido.

Ele desviou o olhar.

— Você estava certo sobre o oceano, Re-sú.

— Foi até lá?

— É o melhor lugar para observar as estrelas.

— Não vou há anos.

— Vi quando roubou os sapatos — disse Mary num impulso. Ele a observou inexpressivamente. — Da praça. Sandálias amarelas.

Ele se mexeu, incomodado.

— Ernesto trabalhava para o dono como jardineiro.

— Ah.

— O homem ficou devendo o pagamento de um mês a ele.

— Ah.

— Mais um par e estaremos quites.

Mary refletou sobre o jeito que uma pessoa podia roubar a outra. Racionalmente. Impunemente.

— E como vai Ernesto?

— Bem, mas ainda não voltou a trabalhar. E você, Mary? Não tem um trabalho para o qual precisa voltar?

Ela balançou a cabeça.

— Tenho o dinheiro que Gooch me deixou. Olhe para isso, estou falando como se ele estivesse morto.

Foram interrompidos pela aparição do carro azul antigo na entrada, e o velho ossudo desceu com um prato embrulhado em papel-alumínio. Tudo o que Mary precisava era de mais comida.

— Olá, Berton — disse ela, pegando o prato.

O velho avaliou Jesús García e, quando reparou no uniforme da empresa de limpeza de piscinas, decidiu que não era uma ameaça.

Jesús sorriu para Mary.

— Vejo você na semana que vem.

Observou-o se dirigindo até seu furgão e mal ouviu Berton perguntar:

— Sei que Eden foi para Santa Barbara, mas não quer se juntar a nós na casa de Shawn esta tarde, Mary?

Tomada por aquela dor entre os olhos, sacudiu a cabeça indicando que *não* e explicando que ia trabalhar como babá. Assim que o furgão e o carro azul saíram, ela tirou as roupas e foi até a piscina limpa para nadar nua.

Mais tarde, depois de ler para os meninos dos Reeves, brincar de patinho, limpar respingos e receber o mais terno dos beijos de Jeremy, que costumava ser o mais tímido, Mary recusou a proposta de Ronni para um chá gelado no pátio. O ponto entre seus olhos doía e, embora houvesse planejado dirigir até o oceano para ver o pôr do sol, dirigiu-se de volta à casa de Eden, tonta pela falta de comida.

O telefone estava tocando quando entrou em casa. Ao atender, ouviu o ruído de estática.

— Alô.

Não houve resposta. Outra ligação perdida. Nem se perguntava mais se as ligações perdidas poderiam ser de Gooch.

Foi até a cozinha, mas não conseguiu abrir a geladeira, onde não havia nada que pudesse satisfazê-la, sabia disso, e onde a maioria das coisas a deixaria enjoada Sentou-se à mesa, prometendo aos armários: *Amanhã cedo comerei alguma coisa.* Mas percebeu que ainda estava enganando seu velho amigo Amanhã. A quem prometera equilíbrio. Amanhã, quando poderia lutar para encontrar uma graça. Quando não estaria tão cansada e ficaria acordada até o raiar do sol para implorar por uma última chance.

Certo tipo de liberdade

Na manhã seguinte, Mary se ocupou com tarefas domésticas até que chegasse a hora de ir para a casa da família Reeves cuidar das crianças. Diante da porta, dobrou-se para abraçar os meninos e riu espontaneamente quando Ronni a repreendeu por "aquelas raízes grisalhas horrorosas". Ronni sugeriu uma ida ao cabeleireiro para experimentar uma nova cor, mas Mary não estava disposta. Mesmo que o vermelho já tivesse virado cobre por causa dos produtos químicos da piscina, não abriria mão de nadar pelo bem de seus cabelos. Entretanto, cedeu à insistência da amiga em se submeter a uma transformação cosmética.

No gigantesco banheiro da suíte, os meninos observaram sua transformação de queixo caído e em silêncio. Quando a mãe deles terminou de pintar as maçãs do rosto de Mary, escurecer seus cílios, aplicar sombra em suas pálpebras e pintar seus lábios, Jeremy anunciou que ela estava linda. Joshua disse que parecia um palhaço, e Jacob disse simplesmente:

— Não gosto dessas cores no seu rosto. — Mary também não gostara.

Enquanto Ronni terminava de guardar a maquiagem numa gaveta, Mary viu uma tesoura de barbeiro.

— Corte meu cabelo, Ronni — disse impulsivamente.

— Não!

— Ah, por favor. Pode cortar tudo. Quero cortar bem perto das raízes prateadas.

— Sim! — disse Joshua. — Prateado é bonito.

— Ai, Mare — protestou Ronni. — Você vai ficar parecendo, você sabe...

— O quê?

— *Sapatão.*

— Nem ligo. Por mim, tudo bem parecer sapatão. — Pensou na sra. Bolt. — Estou enjoada das raízes. Cansada do vermelho. — Fechou os olhos. — Corte. *Por favor.*

Os meninos bateram palmas, observando pelo espelho enquanto sua relutante mãe segurava as lâminas na nuca de Mary.

— Vá em frente — estimulou Mary, sem olhar.

Ronni respirou fundo, fechando a tesoura no couro cabeludo e tirando um tufo do cabelo estragado pelo cloro. Tarde demais para perguntar a Mary se tinha certeza.

Os trigêmeos pegavam as madeixas à medida que caíam, Mary sugerindo que guardassem o cabelo na caixa de artesanato. Ela nunca se sentira bonita com seu cabelo. O comprimento era resultado da inércia, e sua perda pareceu, de certa forma, uma libertação. Finalmente, sentindo o couro cabeludo arejado depois que o peso dos últimos cachos foi liberado, Mary abriu os olhos.

— Tudo bem — respirou Ronni.

No espelho, Mary viu uma enorme mulher com uma rala cobertura de cabelo espesso, macio e prateado sobre um crânio de belo formato, emoldurando um rosto bonito com expressivos olhos verdes, grossos lábios cor-de-rosa e uma profunda fenda no queixo.

— Bem — disse, pensando: *Esta sou eu.*

Até mesmo Ronni tinha de admitir que o corte radical combinava com ela.

— Está chique.

— Está mesmo — concordou Mary.

Ronni encontrou um par de grandes argolas prateadas e uma gargantilha de seu mostruário Lydia Lee para completar o visual. Os meninos foram unânimes em sua decisão de que, como não sabiam o que *chique* e *sapatão* significavam, Mary parecia um homem usando bijuteria, o que causou um acesso de riso nas duas mulheres. Ah, essas crianças! Quando Mary anunciou que queria levar todos eles para jantar como pagamento pelos serviços de cabeleireiro e estilista, Ronni protestou.

— Você já fez o bastante. *Eu* vou fazer o jantar para você.

Observando Mary remexer sua salada e espetar o frango grelhado, Ronni franziu o cenho.

— Não gostou?

— Gostei — disse Mary. — Mas você se lembra do que contei antes? Perdi completamente o apetite.

— Pensei que você só tivesse dito isso porque prefere comer sozinha. Olhe para mim. Ganhei quatro quilos e meio desde que Tom nos deixou — confessou Ronni. — Só batatas fritas, sorvete e séries de televisão bem ruinzinhas.

Mary concordou, recordando suas antigas amizades.

— Gooch sacou mais quatrocentos dólares.

Ronni sacudiu a cabeça.

— Sobrou quanto?

— Quinze mil e alguma coisa.

— Você pode processá-lo.

— Eu jamais processaria Gooch.

— Confirmou com todos os amigos dele de novo?

— Disseram que ligariam para mim.

— E você acreditou neles?

Mary encolheu os ombros.

— Mas, ainda assim, acha que ele voltará?

— Já não sei mais.

— Aposto que ele está em Vegas esse tempo todo.

— Cansei de tentar adivinhar.

— Retire tudo! — disse Ronni de repente. — Retire tudo e não deixe nada para ele.

— Mas e se ele precisar?

— Que se dane — disse Ronni entre os lábios para que as crianças não ouvissem.

— Não posso deixar Gooch desamparado assim.

— Do mesmo jeito que ele a deixou? — indagou Ronni com seriedade.

Mais tarde, após se revezarem na leitura de histórias para os sonolentos garotos, Mary lhes deu um beijo de boa-noite e aceitou o convite de Ronni para tomar uma taça de vinho no pátio. Como nunca fora de beber muito, já se sentia quente com apenas alguns goles. Suspirou profundamente, olhando para o céu estrelado, e devaneou:

— Há dois meses eu estava trabalhando numa farmácia em Leaford, Ontário, pensando em comprar novas botas de inverno.

— Tom e eu estávamos planejando uma viagem a Aruba. Ele nunca teve nenhuma intenção de fazer essa viagem.

Mary pensou no cruzeiro para o Caribe que havia negado a Gooch.

— Você é tão... tão bonita, Ronni. Vai encontrar outra pessoa.

Ronni riu e serviu-se de um pouco mais de vinho.

— Tenho três filhos de três anos, Mary. Isso por aqui se chama *bagagem*. Para evitar todo esse trabalho, prefiro sair com o meu vibrador.

Sentindo-se desinibida por causa do álcool, Mary disse, com uma risada:

— Gooch...?

— Sim?

— Tem um pênis grande.

Ronni jogou a cabeça para trás.

— Mary Gooch!

— Um pênis *muito* grande.

— Você disse que ele foi seu único amante! Como pode saber?

— Sou observadora — garantiu Mary. — Além do mais, tínhamos TV a cabo até pouco tempo atrás.

— Sua coisinha safada!

Mary nunca fora chamada de safada ou de coisinha. Bebeu outro gole de vinho.

— Não faço sexo há seis anos.

Ronni parou de rir.

— Por quê?

Mary ficou sombria.

— Meu corpo... eu..

— Não consigo me imaginar vivendo sem sexo *para sempre*. Sério. Quero dizer, não pelo relacionamento, mas apenas pelo exercício.

— Nunca pensei em sexo como exercício.

— Você consegue se ver com outra pessoa?

— Não — disse Mary. — Só há Gooch. Sempre foi somente Gooch.

Caminhando sobre a água

O saldo na conta de Mary, que ela ainda conferia diariamente, era sua única conexão com Gooch. Apenas para manter contato, ela continuava retirando dinheiro em saques de cem dólares. Certa tarde, quando Ronni levara os meninos para encontrar o pai, que aparecera na cidade para um encontro de negócios urgente, Mary se dirigiu até a enorme galeria em Hundred Oaks para comprar brinquedos e encher a árvore dos trigêmeos. Ronni e ela concordaram em não trocar presentes. Só a amizade já era o suficiente.

Na loja de brinquedos, escolheu jogos de tabuleiro adequados para a idade deles, conjuntos de desenho e livros de histórias, evitando um mostruário de dardos almofadados semiautomáticos que sabia que os meninos adorariam. Meninos e suas armas. Pete e Wendy tinham uma política rígida "contra as armas" enquanto estavam criando seus dois meninos, mas vassouras se tornavam rifles em suas mãozinhas encardidas e mata-moscas viravam ágeis espadas, e, quando o mais velho dos rapazes começou a morder seus sanduíches sempre em forma de pistola, eles finalmente se renderam. Americanos tinham uma relação perversa com armas, Mary sabia, mas o direito de portar armas era uma ideia estranha para ela, e não era capaz de compreender seu legado. Ronni se permitia manter um revólver numa caixa de sapato em seu armário, mas Mary concluíra por suas interpretações que, pelas estatísticas, a amiga estava mais propensa a usá-la contra o marido infiel do que contra um invasor.

Carregando a sacola de compras pelos corredores da galeria, foi atraída por uma vitrine que exibia as curvas de manequins tamanho grande. Precisava de algumas roupas novas, uma vez que até mesmo a calça de cintura elástica que Ronni comprara para ela agora estava muito larga. Com a atual crise no varejo, a equipe de vendas ficou encantada ao ver Mary Gooch entrando ali.

Na cabine dos provadores com seus três espelhos que emagreciam, sentiu-se aborrecida consigo mesma, imaginando o que a teria atraído até ali, afinal, e por que não havia recusado quando a mulher resolveu trazer uma seleção de vestidos de festa. Experimentou alguns conjuntos de calças e blusas e, depois, relutantemente, vestiu o suéter preto de poliéster flexível que a moça insistira para que provasse. Olhou seu reflexo no espelho, abismada. O cabelo curto e prateado. As bijuterias Lydia Lee. Suas amplas proporções favorecidas pelo tecido escuro e colante.

Uma das vendedoras anunciou:

— Você poderia ser modelo.

A outra se entusiasmou.

— Essa roupa foi *feita* para você.

Mary reclamou.

— Realmente só preciso de alguns sutiãs e calcinhas novos.

Outra moça correu até a seção de lingerie e voltou com uma seleção estonteante de sutiãs rendados e roupas íntimas. Mary experimentou a lingerie, desacreditando em seu reflexo até que finalmente não podia negar que estava — e se sentia — *sexy*.

Corando, jogou as roupas e lingeries sobre o balcão.

— Vou levar tudo!

Arrastando-se pela galeria com suas pesadas sacolas, afastou a culpa, tentando conciliar seu encanto pelas belas roupas com a suspeita de que não as merecia. Seu terceiro olho doeu. Parou, pousando as sacolas perto de uma fonte de água e, tonta, sentou-se num banco. *Você precisa comer alguma coisa*, disse a si mesma, mas só a ideia de mastigar já a deixava nauseada e não podia engolir com aquele nó na garganta.

Descobriu um liquidificador no armário de Eden e tentou bater iogurte com frutas, mas teve dificuldade para fazer a bebida descer. Mais tarde, tentou apenas alguns goles de suco de laranja, várias vezes por dia, e até mesmo Ronni notara que sua energia estava decaindo.

A caminho de casa na enorme Dodge Ram, pelo mesmo trajeto que percorrera com Jesús, permitiu que seus olhos vagassem até as estrelas, pensando sobre a força e o magnetismo da essência de Jesús García. "Vejo você na semana que vem", dissera ele. Esperava que tivesse tempo para ficar um pouco mais, beber um copo-d'água, falar-lhe mais sobre seu terceiro olho. Depois, lembrou a si mesma que a saudade de um só homem já era o suficiente, agora já incerta se aquele homem seria Jimmy Gooch ou Jesús García.

Mais tarde, ao nadar nua na piscina, Mary parou na parte rasa, sentindo a familiar aceleração de seu coração. Agora, não, implorou. Ainda não. Não quando ela estava quase lá. Onde era "lá" não sabia dizer, mas sentiu outra mudança de ventos, como uma tempestade que se aproxima. Talvez fosse Gooch. Prometeu a si mesma beber outra vitamina de frutas. Se Gooch estivesse voltando, precisaria de forças.

Foi a bebida que desencadeou a memória de eventos do seu casamento numa noite de uma década atrás. Mary estivera acamada por uma semana, debilitada por um vírus da gripe que contraíra na farmácia. Gooch tirara licença para cuidar dela quando viu que estava tão fraca que não conseguia nem ir ao banheiro sozinha. Dedicou-se a ela como uma mãe faria, levando sopa numa bandeja e preparando vitaminas de frutas. Ao fim de sua convalescença, Mary reencontrou seu apetite e ouviu o chamado da Kenmore. Pensando que Gooch estivesse fora, uma vez que a casa estava tão calma e silenciosa, ficou chocada ao vê-lo de olhos arregalados na mesa da cozinha, escrevendo em um caderno. Ele ergueu o olhar, culpado. Flagrado.

— Você está de pé! — gritou abobado.

— O que é isso? O que você está escrevendo?

— Nada. — Fechou o caderno.

— Gooch.

— Nada.

— O que é?

— Não é *nada*.

— Se não é nada, deixe-me ver.

— É particular, Mare.

— *Particular*?

— Não é nada demais. É uma história.

— Uma *história*?

— Estou escrevendo um conto — disse, cansado. — É bobo. Eu... é que o *Leaford Mirror* está fazendo um concurso de contos e eu... é bobo.

Mary tentou esconder sua surpresa.

— Deixe-me ler.

Ela esperava que ele recusasse e nunca vira os olhos do marido tão vulneráveis como quando lhe entregou o livro.

— É só um rascunho inicial. Não está muito bom.

Levando o caderno de volta consigo para a cama com um pote de amendoins, Mary acomodou-se, sentindo um temor quente misturado à sua febre baixa. Não era medo de que a história fosse ruim e tivesse de mentir. Seu medo era de que a história fosse boa e tivesse de admitir para Gooch e para si mesma que ele abrira mão de exercitar seu talento e que era tudo culpa dela. Ou, pior, que fosse tão bom que ele venceria o concurso e, assim, perceberia que nunca deveria ter se tornado aquela pessoa e que resolvesse deixá-la por uma vida mais encantadora como escritor famoso.

Mary congelou na primeira linha. A história era sobre um entregador de mobília que se apaixonava por uma jovem viúva enquanto a própria esposa morria por uma doença que soava suspeitosamente como um mal-estar abstrato. O personagem principal entregara um forno com defeito para a outra mulher e arrumava desculpas para retornar diariamente para checar seu funcionamento, comendo, prato por prato, assados queimados enquanto sua esposa definhava na cama. A prosa era vigorosa e econômica, comovente e cômica. Por fim, o homem não consumara o relacionamento, mas retornara para sua esposa com senso de obrigação e dever. Mary terminou a última linha, fervendo de raiva, mas não chamou Gooch para o quarto.

Uma hora se passou. Ouvia-se a televisão na sala de visitas. Esperou, acalmando-se, certa de que a história era autobiográfica, certa de que ele estava prestes a confessar. Finalmente, a fome a fez levantar da cama. Gooch desligara a televisão quando a ouviu chegando pelo corredor. Ficou na porta observando enquanto ela ia até a geladeira em busca de queijo e salame.

— E aí? — perguntou ele.

Mary mastigou pensativa e suspirou.

— Não entendi — anunciou, abandonando-se à mesa da cozinha.

— É só um primeiro rascunho — lembrou ele.

— Mas a esposa dele está morrendo — disse ela, erguendo as mãos para cima.

— É esse o *ponto*.

— *Esse* é o ponto — bufou — Como ele pode fazer isso quando a esposa está *morrendo*?

— Não foi baseado em você, Mare — disse ele firmemente.

— Eu sei — interrompeu Mary — Mas você é um entregador de mobília. As pessoas vão pensar que é sobre *você*.

— É uma realidade que eu conheço. Só isso. Não é sobre você. Não é sobre nós.

— Bem, ele não é muito compreensivo. — Apesar de tudo, Mary *sentira* compaixão pelo marido desejoso e pela viúva solitária. — Ele pode ser um tipo diferente de entregador.

— Acho que sim.

— E não precisa ser casado.

— Mas é aí que está o conflito.

— Tudo bem.

— E que tal o *texto*? — perguntou ele.

Balançando a cabeça, Mary respondeu:

— Algumas palavras são um pouco... — virou os olhos.

Ele tirou o caderno das mãos engorduradas dela.

— Tudo bem, não importa.

— Gooch — protestou —, só estou dizendo que, se você usa palavras que as pessoas vão precisar procurar no dicionário, isso as faz se sentirem burras.

Ele concordou e retornou para o silêncio da sala. Ela terminou o lanche e voltou pelo corredor. Fingiu estar adormecida quando Gooch se deitou na cama, imaginando como até mesmo o maior dos escritores poderia recriar tal sentimento de anseio sem ter um conhecimento direto e íntimo do assunto.

Mary presumiu que Gooch não enviara sua história para o concurso. Ela tinha certeza de que ele teria vencido.

Saiu da piscina nua e descansou um momento sob o denso véu da noite. A campainha tocou. Vestiu um velho robe de Jack que estava no armário e foi até a porta atender, pela primeira vez não sonhando que fosse seu marido desgarrado. Mesmo que seu terceiro olho lhe oferecesse a resposta, ainda não podia confiar em suas visões do futuro e estava cansada demais para ter esperanças.

Era um coral natalino à sua porta: dez crianças fantasiadas, lideradas por uma mulher do grupo da igreja que explicou que estavam levantando fundos para apoiar uma escola carente no leste de Los Angeles. Mary ficou parada à porta, molhada e tremendo em seu roupão. Ouviu não as vozes das crianças, mas um zumbido coletivo no ar noturno. Quando terminaram, pegou várias notas de cem dólares de sua bolsa e as entregou para a perplexa e agradecida mulher.

O sofá a convidava a se sentar e relaxar, mas a geladeira zumbia, lembrando-a de que precisava comer. Forçou-se a ir até a cozinha, abriu o refrigerador e encontrou uma maçã fresca e gelada. Sentou-se sobre o balcão, levando a maçã até a boca. Uma voz implorava: *Você precisa comer alguma coisa.* Por um momento, sentiu-se transportada para o corpo de uma anoréxica moribunda a que assistira num documentário muitos anos antes e colocou a maçã de volta sobre a mesa.

Despindo-se do roupão, Mary voltou para o quintal e para a água gelada da piscina, nadando rapidamente até o fundo e, antes que percebesse, estava cansada demais para dar uma volta completa. Braços esticados, pernas batendo — leves embora pesadas —, lutando contra a metáfora. Todo aquele tempo esperando por Gooch, será que estava caminhando sobre a água?

Mais tarde, despertada pelo toque do telefone, atendeu ao aparelho ao lado da cama:

— Joyce? — perguntou, grogue.

— Mary? Mary? Você está bem?

— É sobre a minha mãe?

— Mary? É Ronni. O que está havendo? Fiquei preocupada. Estava quase colocando os meninos no carro e indo até aí.

Mary sentou-se, surpresa por encontrar o quarto banhado na luz do sol. Olhou para o relógio. Passava do meio-dia.

— Dormi. Dormi demais. Desculpe-me. Já estou indo.

— Não, Mary. Tudo bem. Vou levar os meninos ao shopping. Precisamos fazer algumas compras. Decidi que vamos para o leste no Natal. Partiremos na semana que vem.

Mary não conseguiu responder. Partir?

— Você está aí? — chamou Ronni.

— Estou.

— Os meninos e eu queremos comemorar o Natal com você antes. Tudo bem?

— Tudo.

— Mary?

— Estou aqui.

— Sua sogra vai voltar, não é? Quero dizer, você não vai ficar sozinha?

— Ela vai voltar — mentiu Mary.

Eden telefonara para ela no dia anterior para dizer que decidira passar o feriado em Santa Barbara. Estava fazendo companhia a um velho amigo de Jack, e Mary sentiu o florescer de um relacionamento em seu tom. Sua sogra começara a sair com Jack apenas semanas após a morte de James em um acidente automobilístico, então Mary não estava surpresa, mas imaginou o que teria dado a Eden tanta força e resiliência.

Arrastando-se para fora da cama, vestiu uma de suas roupas novas e caminhou até a calçada para pegar o jornal. Acomodou-se para ler, mas não conseguia se concentrar. Passou pela cozinha, olhando culpada para o refrigerador, e decidiu ir até o banco.

Fora da agência, conferiu seu saldo. Gooch retirara mais dinheiro. Atrapalhando-se com seu cartão de acesso, empurrou-o de volta para a máquina, pedindo a quantia máxima. *Vou sacar tudo, Gooch*, ouviu-se pensando. O dinheiro era, por direito, dela. Pensou na ira de Ronni Reeves, que vinha diminuindo conforme os dias se passavam, e sentiu a sua aumentando. *Foi embora sem uma palavra. Covarde. Tirando o dinheiro que me pertence. Maldito.*

Estava enchendo sua carteira de notas de vinte quando quase colidiu com um homem saindo do banco.

— Emery Carr — disse.

Com seu cabelo curto e prateado e com a perda de peso significativa, ele não a reconheceu.

— Mary Gooch. Você me deu uma carona quando não pude encontrar minha bolsa.

— Uau! — disse Emery Carr, lembrando-se e a reconhecendo. — Você está diferente.

— Sim.

— Achei que já teria voltado para o Canadá a essa altura. Lucy me contou que você conseguiu resolver tudo. Que férias compridas!

— Não são realmente férias — disse, caminhando ao lado dele.

— Você parece uma pessoa completamente diferente. Veio para um daqueles programas de transformação total? Adoro *Esquadrão da Moda.*

Mary riu.

— De certa forma.

— Bem, adorei o que fizeram com você.

Corando, percebeu que caminharam juntos até a delicatéssen e que ele estava segurando a porta de entrada para ela.

— Vou almoçar tarde. Quer juntar-se a mim?

Dentro do restaurante, Mary lutou contra sua náusea, pedindo café e ovos mexidos com torrada. Emery Carr fez uma careta quando viu que ela não estava comendo.

— Quer devolver?

— É que não consigo comer — confessou ela.

— Bem, você precisa comer — insistiu ele. — Estou vendo que está de dieta, mas...

— Não estou de dieta. Só... não consigo. Não consigo engolir.

Emery acariciou a mão dela.

— Você perdeu uma quantidade incrível de peso. Quero dizer, desde a primeira vez em que a vi.

— Eu sei.

— Ótimo. Só que... você precisa comer *algo*.

Concordando, Mary fingiu mordiscar uma torrada. O café preto lhe deu a falsa sensação de energia, mas foi a companhia dele que a reanimou. Conversaram sobre o cenário político.

— É como se houvesse dois Estados Unidos que pensam de formas diferentes, que interpretam a Constituição de formas diferentes. Estamos divididos em dois partidos. Também é assim no Canadá?

— Não sei. Acho que não. Meu marido diz que *liberal* e *conservador* significam coisas diferentes por aqui. Além disso, temos vários partidos. — Ficou orgulhosa de si mesma por lembrar, mas não poderia ter explicado qualquer uma das plataformas dos partidos. Pensou que talvez devesse comprar um computador para pesquisar essas questões.

— Vocês, canadenses, são mais progressistas.

— Porque temos o seguro-saúde nacional?

— Socialismo é algo assustador.

— Por causa das nossas leis para o controle de armas?

— Nem comece.

— Casamento gay?

— Casamento gay. Não acredito em casamento de nenhum tipo, seja hétero ou gay. Não é natural. Mas não permiti-lo? Isso é discriminação.

— Meu marido diz que as pessoas não querem ver casamentos gay porque temem que eles comecem a recrutar.

— E o seu marido? — perguntou Emery Carr. — Já viu a nova você?

Mary ergueu o rosto de sua xícara de café, respirou fundo e, ao exalar, contou ao bonito caixa do banco a história de sua vida como esposa.

Fora do restaurante, ele surpreendeu Mary ao lhe dar um abraço carinhoso.

— Achei que você estava precisando disso.

— Estava mesmo.

— Sabe, você não vai morrer. Levante-se e sacuda a poeira. Você é mulher. Ouça seu rugido.

Ela riu e concordou.

Mais tarde, na mesma noite, sentou-se na beira da cama de Jack, encarando seu reflexo no espelho acima da cômoda. *Você não vai morrer*, dissera Emery Carr.

Existência

Nas páginas de propaganda do jornal, Mary teve de ler convites para dezenas de eventos locais de véspera de Ano-Novo. Ela detestava o Ano-Novo assim como detestava o Natal. Passara muitas noites insones jogada na cama, fazendo promessas para o Amanhã, e essas promessas para o Ano-Novo, as *resoluções*, pareciam ainda mais contratuais. *O ano que vem vai ser diferente. No próximo ano, autocontrole. No próximo ano vou conversar de verdade com Gooch. Ouvi-lo mais. Ir com Gooch aonde ele pedir.* Mary se conscientizara das estatísticas de depressão de fim de ano muito antes de começar a ler jornais. Aquele clima lhe era familiar.

Enquanto nas semanas anteriores não imaginara que Gooch poderia não ter voltado até o Natal, agora tinha certeza de que não voltaria até o Ano-Novo, e talvez até o aniversário dela, em março. Assim como ela, Gooch abandonara sua vida antiga, e ele tinha ainda menos razões para voltar. Mary até parara de analisar o saldo minguante na conta bancária como barômetro para sua volta. Gooch era um homem cheio de recursos. Não importava quanto dinheiro tivesse ou onde estivesse, ele sobreviveria.

Nadando pela manhã, pensou em Eden e em Jesús García — que, abandonados, desolados, continuavam remando. Sentiu um aperto no peito quando emergiu da água, lembrando-se da casinha em Leaford com o vidro quebrado na porta e as manchas de sangue nas paredes. Pensou em Irma, com a boca aberta e os olhos distantes e fundos. O amplo rio Thames, onde esquiara quando criança. Esquecera-se das feições de Leaford, mas ouvia seu chamado, invernal e severo.

Ao chegar à casa dos Reeves para a comemoração adiantada de Natal, Mary forjou um sorriso. Quando se reuniram em torno do imenso pinheiro falso na sala de estar, ela aceitou os beijos e abraços dos trigêmeos e engasgou ao receber seus presentes — retratos emoldurados dos garotos decorados por eles com glitter e formas de coração. Puxou o coro das canções de Natal e engoliu com dificuldade alguns pedaços de batata que os meninos haviam amassado para o purê e a salada que haviam ajudado a preparar especialmente para ela. Ronni estava tão exausta quanto Mary ao fim do jantar e ainda tinha de fazer as malas para a viagem ao leste.

Abraçando a amiga, Ronni prometeu que aquela semana passaria rapidamente.

— Pelo menos você tem apenas um parente com que lidar, Mary. Eu tenho vinte e quatro e cada um deles terá algo a dizer sobre mim e Tom. Fico enjoada só de pensar nisso.

— Será bom para os meninos estarem com a família.

— Detesto pensar em você sozinha com sua sogra.

De volta à caminhonete, Mary começou a dirigir para casa, mas fez uma impulsiva volta em U na estrada, decidindo ir para a praia e olhar as estrelas. No cruzamento, olhou para o estacionamento e ficou chocada ao ver Jesús García parado de pé, sozinho ao lado do poste. Ela estacionou quando o semáforo mudou. Ele deu um sorriso largo quando reconheceu a Dodge Ram, gritando, surpreso e confuso:

— Mary!

Ele caminhou em direção ao veículo, hesitando quando viu o cabelo dela tosado e prateado.

A mão dela voou para a cabeça:

— Está horrível, não está?

— Ficou bem em você.

— Eu estava indo para a praia. Deixe-me levá-lo para casa primeiro.

— Não tem nada melhor para fazer?

— Não — riu ela.

Ele subiu na caminhonete.

— Então vou com você.

— Para a praia?

Ele hesitou, incerto.

— Se você não se importar que eu lhe faça companhia.

O sangue ruborizou suas bochechas quando arrancou da esquina empoeirada e seguiu sua rota, descendo a longa ladeira.

— Talvez você veja outra estrela cadente — disse ele, dando aquele sorriso brilhante.

Enquanto dirigia, Mary olhou de soslaio para seu passageiro.

— Você diz que faz anos que não vai à praia. Por quê?

— Tempo. Circunstâncias. Tenho outras obrigações.

— Mas você costumava levar sua família à praia?

— Costumava levá-los à praia. Mas nós nunca nadávamos. Eu tinha 15 anos quando me mudei para Michigan. Um garoto se afogou naquele verão. Minha mãe não me deixava entrar na água além dos meus joelhos. Tinha medo de que eu fosse carregado pela corrente.

— Parece minha mãe. No inverno, tinha medo de que eu andasse sobre o gelo.

— Minha mãe teve um sonho. Uma visão em que eu me afogava no mar.

— Que horror! Que coisa horrível para se contar!

— Não sei nadar. Até hoje, nunca deixo que a água passe dos meus joelhos.

— Mas você é tão forte.

— Eu também não deixava que meus garotos entrassem na água além dos joelhos.

— Sua esposa o achava louco?

— Ela acreditava em visões também. Milagres.

Mary não teve de perguntar se Jesús também acreditava naquelas coisas.

— Fazer pedidos para estrelas cadentes.

— É claro.

— Eu nunca fui de nadar — disse ela.

— Com medo?

— Não da água.

Fizeram o restante do trajeto em silêncio, confortados pelas colinas que se erguiam à frente.

Depois de estacionar no meio-fio, decidiram passear na arrebentação. A noite caíra, mas Mary se sentia segura na companhia dele, roubando a força dele para abrir caminho na areia.

— Está tão escuro — disse ela.

— É por isso que é o melhor lugar para ver estrelas.

— Como se diz estrelas em espanhol, Re-sú?

— *Estrellas*.

— *Es-tre-jas* — repetiu ela. Erguendo os olhos, Mary contemplou as estrelas e foi subitamente atingida pela tristeza daquele grupo de almas ao qual pertencera um dia, de pé, no piso frio de azulejos, com os narizes nas geladeiras, agulhas em seus braços, cigarros em suas bocas. Inalou a maresia, concentrada em produzir uma lembrança — a água, a brisa em sua cabeça prateada, as deslumbrantes *estrejas* à sua frente.

Na linha-d'água, tiraram os sapatos e enrolaram as pernas das calças. Mary estava grata pelo disfarce da noite quando perguntou:

— Quem eu o faço lembrar, Re-sú? Naquele dia, você disse que eu o fazia lembrar-se de alguém.

— Minha professora do quinto ano. Srta. Maynard. Mary Maynard.

— Eu lembro sua professora?

— Quebrei a perna naquele novembro em que fiz 10 anos e passei o inverno inteiro com a srta. Maynard no intervalo e no almoço. Ela me dava suspiros de alcaçuz e atividades extras. Falava de como eu era inteligente. Uma vez, beijou minha testa. Eu queria que a primavera nunca chegasse.

— Ela se parecia comigo?

— Ela dizia meu nome igualzinho a você, Re-sú.

— Ela era grande? Como eu?

— Era — ele respondeu diretamente. — Cheirava a biscoito. Tinha lindos olhos verdes. Tive uma queda e tanto por ela.

O mar em movimento retalhava sua caminhada na areia.

— Vamos por ali — sugeriu Jesús.

— Re-sú? — chamou ela para dentro da noite. — Não estou vendo você.

Ele voltou para trás, encontrando-a na beira da água.

— Pegue minha mão.

Mary estendeu a mão, sentindo os dedos dele e o choque agradável ao juntarem as palmas. Continuaram, deixando pegadas na areia que eram instantaneamente roubadas pela água incansável. Não conseguia se lembrar de quando fora a última vez que segurara a mão de Gooch. Se soubesse o que aconteceria, jamais a teria soltado.

— Está vendo aquela rocha ali? — perguntou Jesús, apontando para uma sombra desmaiada a distância. — É o melhor lugar para vermos as baleias. Elas chegam muito perto.

— Eu gostaria de ver isso.

— Elas migram na primavera.

Mary parou ao se dar conta:

— Não estarei aqui na primavera.

— Seu marido vai voltar antes disso.

Mary se juntou a ele, fitando o céu.

— Meu marido não vai voltar.

— Teve notícias dele?

Ela sacudiu a cabeça na escuridão.

— Não. Só queria dizer isso em voz alta. Ver como era.

— E como é?

— Como eu havia imaginado.

Ela ficou em silêncio.

Jesús colocou as mãos no ombro de Mary, virando-a para que ela visse o céu.

— O outono é uma boa época do ano para se ver a constelação de Andrômeda. — Ela olhou para onde a mão dele apontava. — Perseu. E, ali embaixo, aquela forma em V? Andrômeda. E, embaixo, aquele quadrado. Pégasus. — Ele esquadrinhou o céu um pouco mais. — *Pisces*. Peixes. Consegue enxergar?

— Peixes. Sou eu. Eu deveria ser artística e sensível.

— Você é?

Na escuridão, ela se virou para Jesús, tomando o rosto dele entre as mãos, pressionando sua boca na dele, um impulso tão chocante para quem beijava como para quem estava sendo beijado. Ela parou, sentindo os lábios dele frios e rígidos.

— Desculpe-me.

— Não.

— Eu não sei por que fiz isso.

— Está esquecido — disse ele energicamente. — Venha. Vamos andar.

Ela estava quente de humilhação.

— Eu não imaginava... eu não imagino...

— Por favor, Mary.

— Eu não sei por que fiz aquilo — disse Mary. — Estou com medo. Estou com medo de nunca ser beijada novamente. Meu marido não vai voltar.

Meu marido não vai voltar. A brisa do mar tomou as palavras e jogou-as à própria sorte para cumprir seu destino.

— Venha, vamos andar — disse ele. Jesús se movia rapidamente, puxando-a pela mão. Ela tropeçou.

— Podemos parar? Por favor? — pediu ela.

Ele parou.

— Fui esposa de Gooch por vinte e cinco anos.

— É bastante tempo.

— Se não sou esposa de Gooch, não sei quem sou.

— Você precisa descobrir no caminho.

— O que vou fazer, Re-sú?

— O que puder fazer.

— Eu não faço nada.

— Então faça algo, Mary.

— Queria que fosse fácil assim.

— Quem disse que era fácil? — perguntou ele. — Continue dizendo a si mesma que a pior parte já passou.

— Não pude me despedir. Acho que essa é a pior parte — disse Mary. Então, lembrou-se da cruel impossibilidade de um adeus que aquele homem sofrera.

— Ah, Re-sú, sinto muito.

Ele puxou a mão, soltando-a, com a voz apertada.

— Não sinta por mim. Por favor. Não tenha pena de mim.

Ela ficou chocada com sua súbita transformação.

— Eu não queria...

— Não procure as respostas em mim, Mary. Não falo a esse respeito. Não penso a esse respeito. Não tenho estratégias de sobrevivência.

Eu me apoio em clichês, assim como todo mundo — um passo de cada vez, um dia de cada vez. Não queria que você tivesse uma ideia errada.

Ela abriu a boca.

— Não diga que sente muito. Não peça desculpas. Por favor. Não diga nada.

A energia entre eles mudara. A conexão se perdera. Não disseram mais nada enquanto caminharam pesadamente pela areia em direção à rua em que o carro estava estacionado. Voltaram para Hundred Oaks num silêncio pesado, como amantes depois de uma briga, sem saber ao certo quem dera o primeiro soco ou o que exatamente machucara ou por quê.

Na curva diante da casa de Jesús García, Mary esperou enquanto ele pausava com a mão na maçaneta da porta. Juntos disseram: "Boa-noite."

Ele começou a percorrer a entrada da casa; depois, de repente, voltou correndo. Ela baixou o vidro, massageando o osso do peito, onde seu coração se partira ao meio.

— O Natal — disse ele, estremecendo.

— Sim.

— É daqui a dois dias.

— É? Sim, é mesmo.

— Sua sogra vai voltar?

Mary assentiu.

— Vai.

— Está mentindo.

— Ela vai ficar em Santa Barbara.

— Você vai ficar sozinha.

— Não me importo.

— Não pode ficar sozinha no Natal.

— Realmente não me importo.

— Venha para cá.

— Não, não posso, Re-sú. Deixaria sua família sem jeito.

— Eles não vão notar — ele deu aquele sorriso brilhante. — Vou buscá-la de caminhonete pela manhã, quando eles forem para a igreja. Não aceito não como resposta.

Mary hesitou antes de responder.

— Obrigada.

A gentileza dos estranhos. Ponderou que alguém deveria ter sido igualmente gentil com Jesús nos dias seguintes à sua devastadora perda, e ele estava retribuindo o favor cósmico. Ela limpou a garganta.

— Sei que você não pensa... que jamais poderia pensar...

— É bom estar com alguém que não conhecia você antes — disse ele.

— Sim. É, sim.

— Pego você às dez.

Mary assentiu, contraindo-se enquanto a dor ia do coração para o meio dos olhos.

— Você está bem?

— Estou — mentiu ela.

— Tem certeza?

Ela fez que sim.

Jesús García olhou para trás duas vezes enquanto percorria o curto caminho e ergueu o braço para acenar antes de desaparecer dentro da casa.

Dirigindo pela estrada até Willow Lowlands, Mary tentou inspirar profunda e calmamente, o que a deixou sem fôlego. A dor no meio dos olhos não deveria ter começado.

Na cozinha, procurou analgésicos na bolsa. O coração ribombava no ritmo do grilo do lado de fora da porta de vidro.

Ouça-me rugir, pensou.

O despertador

No dia seguinte, Mary não conseguia se concentrar nos jornais matutinos com os pensamentos deslizando para Jesús García, relembrando a cena na praia, antevendo com ansiedade o Natal em sua casa. Tinha certeza de que o homem estava tão arrependido de fazer o convite quanto ela estava por tê-lo aceitado. Estragaria o Natal da família assim que cruzasse aquela porta e, se ele não podia aceitar sua pena, ela também não queria a dele. Pensou em ir até o escritório da Pool's Gold para lhe deixar um bilhete, mas temeu que o gesto pudesse ser mal-interpretado pelo empregador dele. Na cozinha, sentindo-se solitária sem Eden, ferveu água para o chá.

Ignorando o chamado da geladeira e os gritos dos armários, subiu na grande caminhonete e se dirigiu ao banco. Emery Carr nem sequer ergueu a sobrancelha quando ela pediu ajuda para sacar três mil dólares em dinheiro. Sua expressão dizia: *Isso, garota*. Ainda assim, ele não pôde evitar expressar sua preocupação:

— Você não deveria andar por aí com tanto dinheiro, Mary.

Sentindo a carga de dinheiro na bolsa azul, Mary não se perguntou se a conta bancária vazia traria Gooch de volta para ela. E não levara o marido em conta ao decidir sacar tudo, a não ser para se poupar de se sentir culpada. O prêmio da loteria fora tanto liberação quanto prisão. Financiara uma fuga e uma jornada. A existência do dinheiro parecia atada a Gooch, e ela tinha urgência em despender, com as notas, o sentimento de vigília por seu marido inconstante. É claro, sabia que precisaria de dinheiro no futuro, mas estava cansada, muito cansada, para tudo que não fosse o mais imediato dos planos.

Pensou em dirigir até o shopping center em Hundred Oaks para comprar presentes para as crianças da casa de Jesús García, mas não imaginava o número de crianças nem suas idades. Na farmácia, viu uma caixa de cartões de *Feliz Navidad* e decidiu recheá-los com as notas de cem dólares que sacara no banco, tanto para as crianças quanto para os adultos. Esperava que Jesús não se ofendesse, mas decidiu não se importar se isso acontecesse. De pé no balcão, fraca pela desnutrição, pegou uma barra de cereais do display, devolvendo-a imediatamente quando se sentiu enjoada só de pensar na maçaroca em sua boca.

Já era o meio da manhã, e restavam poucos homens no estacionamento da esquina quando guinou a grande Ram na poeira. Ela caminhou na direção dos homens no poste, entregando a cada um deles uma nota de cem dólares do maço na bolsa, dizendo *Feliz Navidad*, enquanto eles aceitavam o donativo. Evitou os olhos deles. Não queria gratidão por se aliviar de seu fardo.

Não esperava ver Jesús entre os homens, mas ficou desapontada mesmo assim.

Era um dia excepcionalmente quente para o fim de dezembro, mesmo no sul da Califórnia. Mary pensou em Leaford. As estações marcando o tempo. Os dias de outono passados a caminho do lago para ver as folhas mudarem. Irma trazendo o saleiro para sacudir sobre as maçãs verdes azedas que elas haviam comprado na beira da estrada. Granizo. Botas pisando a neve congelada. Tempestades. Céus tristes. Os cachorros de Merkel latindo a distância.

O sol queimava Mary enquanto ela caminhava em direção à piscina. Tinha muito a considerar e pensou que a água fria poderia ajudá-la a se reanimar. Cruzou a piscina nadando e parou para bater os pés na água até que seus músculos doessem. Com força apenas para subir as escadas, encontrou uma espreguiçadeira na beira da piscina, na qual se esticou de bruços para secar o corpo nu ao sol. O pica-pau cantou no eucalipto sobre sua cabeça, imitando o tique-taque do despertador à noite, lembrando-a de sua antiga vida, mas como se houvesse acontecido com outra pessoa. Concentrou-se nas batidas de seu coração.

Mary tivera, nos dias desde que deixara Leaford, vários sonhos eróticos. A maioria dos sonhos mostrava Gooch, e alguns, previsivelmente, Jesús García. O sonho de um encontro sexual com o homem misteriosamente bonito foi tão vívido que foi acordada pelo tremor de seu corpo em clímax. Então, quando sentiu um dedo cutucando seu pé e uma voz suave sussurrar *Mary*, achou que fosse outro sonho. Mas abriu os olhos e viu que o sol mudara de posição no céu, e que Jesús estava de pé ao lado dela, usando seu macacão azul e segurando a peneira de piscina, olhando para seu grande corpo branco queimado pelo sol.

— Ah, meu Deus — sussurrou ela.

— Você está queimada.

Tentou se levantar, mas estava relutante em se expor ainda mais.

— Lá dentro, depois da porta do pátio, tem um roupão.

Jesús voltou depois de um instante, retraindo-se à visão de suas costas e coxas rosadas.

— Você vai ter de colocar algo aí.

— Vou pôr. Eden certamente tem alguma coisa em casa — disse ela, escorregando para dentro do roupão.

— Você é tão branca. Acha uma boa ideia ficar aqui exposta tomando banho de sol?

— Os tratadores da piscina costumam vir de manhã — disse ela. — Eu adormeci.

— Sorte sua ter sido eu a vir hoje.

— Estou tão envergonhada.

Ele deu de ombros.

— Quem já viu uma canadense rosada viu todas.

— Por que você veio hoje?

— Troquei a escala. Ontem à noite, você parecia... — Ele a ajudou a entrar em casa quando ficou claro que ela não podia andar sozinha.

— Vou encontrar alguma loção — Mary começou a atravessar o corredor, gemendo baixinho de dor.

Ele a impediu.

— Vá deitar. Vou procurar no banheiro.

Ela encontrou a cama de Jack e se deitou prostrada, com os braços ao lado do corpo, ardendo do pescoço ao tornozelo, a carne de suas nádegas vermelhas torturadas pelo peso do fino robe.

Depois de um instante, Jesús apareceu carregando uma grande planta num vaso que encontrara na sala de estar.

— Aloe vera — disse ele, abrindo uma das folhas espessas e espinhentas, espalhando o gel fresco e claro em suas panturrilhas queimadas. — Isso vai ajudar. Vai tirar o calor.

— Obrigada — conseguiu dizer. — Que horror! Sinto muito. Você não precisava.

— Tudo bem. Eu não ligo.

— Sério, Re-sú.

— Você não pode ficar assim.

Seus dedos empurraram o gel até o alto de suas coxas, parando na bainha do roupão.

— Você... consegue alcançar aí atrás?

Mary afastou o roupão, esquecendo sua nudez, desejando apenas a salvação fresca do gel em sua pele em chamas.

— Por favor — murmurou ela.

Com os olhos fechados, não pôde vê-lo abrir outra folha da planta e não podia imaginar a expressão no rosto dele enquanto espremia o gel em seus ombros e o espalhava costas abaixo e pelos montes de suas nádegas escarlates. Ele derramou gel em seus quadris com o toque de um profissional, como o de um médico ou o de um pai.

Ela tentou não gemer.

— Obrigada.

— Tem sorte de ser dezembro, e não julho. Deve parecer pior do que é na verdade.

— Queria que isso fosse verdade sobre tudo. *É melhor do que parece.*

Ele abriu outra e mais outra folha, a pele dela ia absorvendo o fluido curativo. Imaginou que a mão dele estava se demorando em sua coxa. Imaginou ter notado uma mudança em suas intenções. O telefone tocou, assustando os dois. Mary alcançou o aparelho ao lado da cama.

— Alô? — Ela esperou ouvir a voz de Eden. Ou de Ronni. A frequência das ligações havia diminuído nos dias seguintes à morte de Jack. Era uma mensagem automática de vendas, e ela desligou abruptamente.

Jesús se levantou.

— Preciso ir embora.

— Espere. Está com fome? — perguntou ela, sentando-se.

Ele comeu o pão que ela cortou e se serviu da lasanha de vegetais que ela aquecera no micro-ondas. Estranhamente, parecia haver entre eles o bem-estar pós-coito, Mary nua sob o roupão de Jack, Jesús com o macacão azul só da cintura para baixo, com a camiseta branca de baixo se esticando sobre seus peitorais, seus bíceps que pareciam colinas com trilhas de veias azuis. Ela sentia o cheiro dele: terra úmida e cloro.

— Você não está comendo — disse ele.

Ela deu de ombros.

— Não consegui comer durante muito tempo — disse ele.

— Não quero forçá-lo a falar sobre isso.

— Eu não conseguia engolir. Havia um grande nó em minha garganta.

— Durante toda a minha vida, tentei evitar comer demais. Agora não consigo comer nada.

— Você consegue — incentivou ele, pressionando o garfo contra a mão dela.

— Não consigo. — *A fait accompli.* — Não consigo.

— Não pode viver sem alimento, Mary.

— Terei de esperar por um milagre.

— A gente come porque precisa. Sente o gosto porque é capaz. Às vezes, a gente aprecia, porque está vivo.

— Você leu isso em algum lugar?

— Eu vivo isso. — Ele tomou o garfo, juntou um pouco de comida do prato e o levantou em direção à boca dela. Ela balançou lentamente a cabeça.

— Abra — sussurrou ele.

Ela pousou a mão sobre a dele.

— E se eu não conseguir parar? Depois de começar de novo. E se eu não conseguir parar?

— Você consegue fazer qualquer coisa — disse ele. — Esse é seu milagre.

Ela permitiu que seus lábios se separassem, dominada pelo aroma de tomate, pimenta vermelha e abobrinha. Empurrou a comida para dentro da boca.

— Mastigue.

Mastigou, reconhecendo a textura do queijo cremoso, o toque amargo do orégano e a pitada de manjericão. Sabor. Aroma. Ele ergueu outro bocado de comida até seus lábios enquanto ela saboreava a expressão dele, como a de um garotinho que acaba de atrair um gato selvagem. Queria que a continuasse alimentando, mas ele entregou-lhe o garfo e instruiu:

— Mais algumas garfadas.

Mary esperou sentir náusea, mas não sentiu. Ele esperou que ela comesse um pouco mais antes de levar os pratos para a máquina de lavar louças. Mary observou suas costas largas, calculando a firmeza de seus membros.

— Você pode entrar na água além dos joelhos, Re-sú — disse ela. — Na praia, você pode passar dos joelhos.

Ele sorriu e abriu a boca para dizer algo, mas o celular tocou. Ele desculpou-se e falou rapidamente em espanhol enquanto Mary observava, hipnotizada pelos lábios dele, por sua boca se movendo sob o bigode encaracolado. Encerrou a ligação e disse:

— Preciso ir, Mary. Até amanhã cedo.

— Estarei pronta.

Ele se inclinou e roçou sua bochecha com um beijo tão suave que ela não poderia dizer com certeza se fora mesmo um beijo.

— *Feliz Navidad* — disse.

O despertador não fez tique-taque nem assobiou, tampouco fez qualquer som, mas sua pele doía e ardia da queimadura, e Mary não conseguia encontrar uma posição confortável na cama. Partiu a última folha carnuda da aloe vera e espremeu o gel claro nas suas pernas e ombros.

Não foi surpreendida pelo seu reflexo, mas o buscou no espelho da porta do armário, deixando cair o roupão dos ombros ao se aproximar. Lembrou-se da garota, Mary Brody, sozinha e insegura. A jovem noiva com um segredo. A esposa que se tornara.

Uma vida consumida pela fome. Não era mais aquela mulher. Via beleza em sua forma, em seus movimentos sutis, em suas intenções misteriosas e em suas conclusões universais. Como as colinas marrons ondulando no horizonte. Como as cristas das ondas na praia. Sua cabeça não doía. Seu coração não palpitava. Sentiu que poderia ser eletrocutada pela luz que sentia por dentro.

No escuro, caminhou até a piscina e soltou as pernas dentro da água fria. Flutuando sob as estrelas, pensou no dia em que saíra do emprego na Raymond Russell. Dia do inventário. *Você percorreu um longo caminho, baby*, disse a si mesma, depois lembrou que esse slogan era de uma propaganda de cigarros que era enganosa em suas felicitações à mulher liberada.

Lembrando-se dos questionários de revistas que condensavam vidas celebradas, Mary decidiu que editaria a maioria de suas respostas. Para a pergunta *Maior aventura?* Agora tinha uma resposta: Mary Gooch escalara até o topo de Golden Hills. Enfrentara sua fera. Procurara por Deus. Encontrara aceitação. *Maior arrependimento?* Estava farta de arrependimentos. E a pergunta *Maior amor?* Manteria Gooch com ela num medalhão em volta do pescoço. Num desenho numa camiseta. Seu nome adesivado na janela traseira de um carro.

Suas novas possibilidades a saudaram das árvores que balançavam além da piscina enquanto pensava em seu futuro. Poderia escalar o Everest, juntar-se ao Greenpeace. Ir para a faculdade, aprender espanhol, ler os clássicos. Votar. Lembrou-se das advertências da sra. Bolt enquanto via o caminho à sua frente subindo e descendo, fazendo curvas fechadas sobre precipícios irregulares. Nenhum carpete gasto. Nenhuma rotina confortável. Uma existência brilhante acenando com a incerteza. A prova de que milagres existiam.

O amanhã chegou, e Mary se levantou como a fênix na tímida luz da manhã. Envolveu o corpo com o roupão de Jack e foi para a cozinha em direção à geladeira. Estava com fome. Não com desejo. Não procurando motivação. Apenas com fome. Do jeito que as pessoas sentem fome. Abriu o armário e encontrou uma lata de atum. Cortou fatias de tomate e de abacate e pegou um pouco de pão integral do freezer. Sentou-se à mesa e fez a refeição vagarosamente, mastigando e engolindo com cuidado, prestando atenção à nuança de sabores e texturas, satisfeita com a porção modesta. Não havia nenhuma fera em seu estômago, nenhum porteiro nem nada parecido.

Havia apenas Mary Gooch, comendo o suficiente.

Agradecimentos

Gostaria de agradecer às mulheres que, em minha vida profissional, me guiaram ao longo dos anos, pois, juntas, publicamos três romances. Sou especialmente grata ao olhar crítico de minha agente de longa datá Denise Bukowski, por sua franqueza nas discussões, por seus sábios conselhos e por sua amizade além do trabalho. Também sou grata às talentosas editoras que me ajudaram a dar forma a *Rush Home Road* e a *The Girls*, e cujas ideias foram cruciais para o rascunho final de *Um rosto bonito*: Judy Clain, da Little, Brown and Company, e Louis Dennys, da Knopf Canada. Sharon Klein, Marion Garner, Deirdre Molina, Carolyn O'Keefe, Heather Fain, David Whiteside, Nathan Rostron, Jericho Buenida e Gena Gorrell, meus agradecimentos a vocês também.

Em uma nota mais pessoal, quero expressar gratidão aos meus filhos, cujo amor é divino, e a meu marido, há vinte e cinco anos, que ainda me inspira. Como a pesquisa para meu livro consistiu sobretudo em conversas e observações, agradeço aos meus pais, Judy e Phil, a meus irmãos, Todd e Curt, a Kelley (minha irmã-amiga), a Sherry e a Joyce, minhas amigas mais antigas e queridas, e a Allegra. Obrigada também à família de meu marido e às muitas amigas, nem todas esposas, até mesmo alguns homens, com quem troquei confidências ao longo dos anos e que contribuíram para a história de *Um rosto bonito* de maneiras que nem podem imaginar.

Mais uma vez, tenho uma dívida com o sudeste de Ontário, em cuja memória encontrei o condado de Baldoon. Finalmente, quero agradecer à minha tribo no sul da Califórnia, ao pessoal do meu lar adotivo, além das montanhas de Santa Mônica e mais especialmente ao grupo de mães de uma escola em Topanga, que acolheu em seu seio esta canadense transplantada enquanto eu escrevia a história de uma forasteira em busca de seu lugar.

Sobre a autora

Lori Lansens nasceu e foi criada em Chatham, Ontário, uma cidadezinha canadense com passado notável e uma verdadeira coleção de tipos excêntricos, que serviu de palco para seus dois primeiros romances — ambos best-sellers. Vivendo agora com sua família no sul da Califórnia, Lori não pôde resistir ao chamado do fictício condado de Baldoon quando começou a escrever este livro. Ela fez a jornada, junto com sua personagem principal, do Canadá à costa do pacífico dos Estados Unidos, onde aproveita o sol e onde aprendeu uma coisa ou duas sobre transformação.

Impresso no Brasil pelo
Sistema Cameron da Divisão Gráfica da
DISTRIBUIDORA RECORD DE SERVIÇOS DE IMPRENSA S.A.
Rua Argentina 171 – Rio de Janeiro, RJ – 20921-380 – Tel.: 2585-2000